Für Julia.
Dein Strahlen bleibt.

Erfahren Sie mehr im Internet

MONIKA-PFUNDMEIER.COM
www.facebookcom/autormonikapfundmeier/
kontakt@monika-pfundmeier.com

Verlag/Erscheinungsort/Satz: Monika Pfundmeier, München
© 2017-
Herstellung und Verlag: BoD – Books on Demand, Nordersted
Lektorat: Dorothea Kenneweg
Schriften: Times New Roman/Cinzel
© Grafik-Elemente Cover: Burke Akademie/Oliver Wolf
© Cover- und Umschlaggestaltung: Laura Newman – design.lauranewman.de
Umschlagmotive: Designed by Kjpargeter, 0Melonpion, Shahsoft1 / Freepik
© Foto: Raimund Verspohl – www.raimund-verspohl-portraits.com

Bibliografische Information der Deutschen Nationalbibliothek Die Deutsche Nationalbibliothek verzeichnet diese Publikation in der Deutschen Nationalbibliografie; detaillierte bibliografische Daten sind im Internet über www.dnb.de abrufbar.

*ISBN: 978-3-7448-**7475-5***

FSC
www.fsc.org
MIX
Papier aus verantwortungsvollen Quellen
Paper from responsible sources
FSC® C105338

Liebe LeserInnen,

meinen erster Roman Blutföhre zeichnet eine besondere Sprache, den Pinselstrich zeichne ich in Löwenblut fort.

Begegnen Sie Menschen mit ihren Träumen, ihren Dämonen, ihrem Stolz und ihrer Liebe. Im Kurzüberblick stelle ich Ihnen die wichtigsten vor. Dann beginnt die Geschichte.

Viel Freude mit Löwenblut wünsche ich Ihnen!

MP

P.S.: ***Ausführliche Verzeichnisse zu Personen, Inhalt, geschichtlichem Bezug, etc. finden Sie am Ende des Buches.***

Kurzüberblick – Personen

(historische Persönlichkeiten sind mit * gekennzeichnet; Details im Anhang)

***Konradin von Hohenstaufen** (*)* *1252 – rechtmäßiger Thronerbe des Königreichs Sizilien und des Hl. Röm. Reichs, letzter Staufer, prophezeiter Friedenskaiser.

***Charles/Charles d'Anjou** (*)* *1227 – fünfter Sohn des französischen Königs, strebt nach grenzenloser Macht und Einfluss, setzt jedes Mittel ein, vom Papst – trotz Konradins Thronanspruch – zum König Siziliens eingesetzt.

***Papst Clemens IV.** (*)* *ca. 1200 – will das junge Christentum festigen und die Familie der Staufer vernichten. Er strebt nach Macht und bekämpft den alten Glauben.

Ludwig II. »der Strenge« *(*) *1229*, Haus Wittelsbach – einflussreicher, cholerischer Herzog, Onkel Konradins, unterstützt seinen Neffen und verfolgt eigene Ziele.

Friedrich von Baden (*) *1251 – Freund und Ratgeber Konradins.

***Rudolf von Habsburg** (*)* *1218 – Graf, Mitstreiter Ludwigs und Unterstützer Konradins, geschickter Stratege, nutzt seine Mittel.

***Mathilde von Habsburg** (*)* *1253 –unverheiratete Tochter Rudolfs, wissbegierig; durchschnittliche Schönheit mit wachem Verstand.

Thomas von Aquin **(*) * 1225 –** angesehener Kirchengelehrter, baut die Theologie auf Aristoteles' Lehren.

***Herzogin Anna von Schlesien–Glogau** (*) *1240* – Ludwigs zweite Gemahlin, Anhängerin des Christentums und Thomas´.

Cäcilia – dem vorchristlichen Glauben verbunden, sucht einen standesgemäßen Gemahl.

Friggerl/Hulde – weise, alte Frau Hinter ihr verbirgt sich mehr, als der erste Blick verrät.

Albrecht – zungenloser Diener für sein Schicksal will er sich an Cäcilia rächen.

Georg von Hardenberg – Zweitgeborener eines Adelshauses, liebt Cäcilia. Die Vergangenheit und Cäcilias Ehrgeiz stehen dazwischen.

PROLOG

DEZEMBER 1267
GRAFSCHAFT HABSBURG, BURG HABSBURG

Sie kniff die Augen zusammen, fluchte gegen den Winterwind und gegen die Klingen und Speere der Soldaten am Fuß der Burg. Mathilde lehnte sich weiter über die Brüstung des Wehrgangs. Ihre Hände fassten die Krone der Zinnen, ihre Füße suchten eine Furche im erhöhten Gemäuer.

Noch immer versuchte sie, den Ärger über die Worte der Mutter zu verdrängen. »Ich gebe stets acht.« Sie murmelte und blickte hinab. Am Fuße der Habsburg wuselten Knappen, Pferde und Ritter, auf dem Feld sprossen Zelte und Lanzen. Ein Banner flatterte weiß und blau über ihnen, ein Löwe stieß rote Krallen in die Rautenflagge. Mit dem Winter war der fremde Fürst eingetroffen samt seiner Truppen. Glänzende Rüstungen, Schild und Schwert und Speer formierten hoch zu Ross eine Eskorte. Ihr

Anführer gab ein Zeichen, die Streiter folgten.

Mathilde sprang hinab auf den Gang und rannte los. Erst im Burghof hielt sie inne, schnappte Luft. Vor ihren Augen öffnete sich das Tor.

Auf einem Rappen ritt der Fremde seinen Mannen voraus. Von den Schultern des Fürsten floss silbern der Mantel, schwarzer Pelz verbrämte ihn. Frostgrau glänzte sein Haar unter der Mütze aus Bärenfell. Er saß ab, erfasste jeden Kiesel und jeden Käfer. Sein Blick ließ eine Eisschicht zurück, auf allem, was er erblickte, und Eisspiegel bildeten sich unter jedem Tritt – glaubte sie jedenfalls.

Er überragte Rudolf von Habsburg, ihren Vater, um einen halben Kopf. Die Geschichten ihrer alten Amme kamen ihr in den Sinn. Doch der Mund des Fürsten schimmerte, seine Wangen glühten rot statt blau und verrieten: Er war nicht der Eiskönig der Sagenwelt; er herrschte nicht über den Wind und die Wolken. Er war ein Mensch, wie alle anderen nur Menschen waren.

Seine schwarzen Augen musterten Mathilde – länger als ihre jüngeren Brüder und ihre Schwestern; das Gesinde beachtete er nicht. Sein Blick ärgerte sie, und sie reckte ihr Kinn gegen ihn. Dem Starren und Forschen hielt sie stand, ohne zu blinzeln. Er runzelte die Stirn und irgendetwas in seiner Miene änderte sich. Was es war, verstand sie nicht.

Gräfin Gertrud räusperte sich und stupste sie. Wie immer verdrehte ihre Mutter die Augen. »Musst du dergleichen vor unserem Gast erscheinen? Sei einmal wenigstens, wie sich's gehört für die älteste Tochter«, zischte sie. »Gib acht und benimm dich zur Ankunft unserer Gäste.« Sie stieß ihr erneut in die Seite.

Mathilde knickste, und das blonde Haar fiel ihr ins Gesicht, über die Reiterhosen bis auf den Boden. Sie glaubte, ein Räuspern zu hören, ein Eislachen, wie wenn die Frostkruste eines Sees oder eines Flusses aufbricht. Ihre Finger krampften sich in den Stoff des Gewandes, und Hitze schoss in ihre Wangen.

Vaters Haarsträhnen fielen in den Nacken, er tippte an die Seite seiner Adlernase und zwinkerte ihr zu. Ihrer Mutter galt dann sein Lächeln, sein Nicken. Mit Brotkorb und Salz schritten Graf und Gräfin von Habsburg dem Fürst entgegen. »Teilt unser Brot, teilt unseren Wein! Rastet bei uns mein Freund, ehe Euer Weg Euch zurück in die Heimat führt nach Norden.«

Vor dem Nachtmahl huschte Mathilde in den Schatten der Stufen den Turm hinauf. Auf halber Höhe zwischen zwei Geschossen zwängte sie sich zwischen zwei der Bretter und schob sich in die kleine Kammer zwischen Treppenturm und Bibliothek. Einmal mehr flüsterte sie ihr Gebet. *Beschütz mich, Gottvater im Himmel, dass keiner mich und diese Kammer findet.* Sie zeichnete das Kreuz auf Stirn, Lippen, Brust und horchte. Das Astloch gewährte ihr Sicht auf das, was geschah.

Der Fürst ergriff das Wort. In der Stadt Verona hätten sie ein Löwenkind festgesetzt, berichtete er. Zu dessen eigenem Schutz sollten die Stadtmauern sein Käfig sein. *Konradin* nannten sie es. Konradin sollte nicht zu schnell losrennen, mit stumpfen Krallen und ohne Rudel gegen die Schlangen in Rom ziehen.

Mathilde zupfte sich am Ohr. *Ein Unsinn. Was spricht Vater für seltsames Zeug mit dem Nordfürsten?* Graf Rudolf und der Herzog hatten Seite an Seite Schlachten geschlagen – im Süden hinter dem Gebirgsmassiv der Alpen. Schon zuvor hatten sie über Krieg geredet, nun begannen sie erneut damit.

Papier raschelte, ihr Vater las aus einem Schreiben: »Der Papst hat seine Kämpfer aufgehetzt – die Guelfen. Das Schwert und die Führung vertraut er dem Franzosen an.« Er zischte. »Diesem Schlächter.«

»Konradin ist der rechtmäßige Herrscher, der Franzose hat keinen Anspruch auf die Krone.« Unter den Worten des Fürsten bebten die Holzbretter ihres Verstecks.

»Der alte Mann will Euren Neffen auf keinen Fall mit der Krone sehen.«

Der Fürst fluchte. »Der Papst will Konradins Tod.«

Gänsehaut rollte über Mathildes Körper.

Ihr Vater hasste dieses Unrecht ebenso wie der Fürst. Die Gerechtigkeit musste siegen über die Angst und die Engstirnigkeit der Kirche und über den Franzosen, besprachen die beiden. Sie mussten helfen, das war der Fürst seinem Neffen schuldig. Er hatte ihn einst großgezogen an dessen Vaters statt. Mit ihrer Hilfe würde Konradin den Frieden bringen, wie die Legenden versprachen, und er würde wiederum ihnen helfen und das Land endlich befreien aus der Starre, in der es feststeckte.

Das Gesicht des Eiskönigs verwandelte sich in Sorge, wenn Konradins Name fiel – manchmal auch in Zorn. Ludwig, sprach der Vater ihn an.

Der Name des Fremden löste ein Kribbeln in Mathildes Hinterkopf, eine Erinnerung. Er war ein Herzog im Norden, und er besaß Macht. Sie ärgerte sich: Sie sollte noch etwas anderes wissen über ihn, doch wie immer hatte sie den Vorträgen ihrer Mutter über andere Adelshäuser und Herrscher nur mit halbem Ohr gelauscht.

Am nächste Morgen auf dem Wehrgang stob der Schnee in ihr Gesicht, das Jauchzen ihrer jüngsten Schwester übertönte die Tür, die hinter ihnen ins Schloss fiel. Am höchsten Ort der Burg frostete der Winter die Planken zu ihren Füßen mit Kristallsternen und überzog die Zinnen damit. Mathilde packte die Hand der Kleinen fester. »Gib acht, Mia, heute ist es glatt.«

»Tilda.« Klementia zupfte an ihrem Ärmelsaum. »Ich mag da rauf!« Graue Kulleräuglein zwinkerten, sie reckte ihr die Ärmchen entgegen.

»Gleich, Mia.« Sie legte den Zeigefinger auf die Lippen. »Lass mir einen Moment, bis ich Halt finde, dann hole ich dich.« Die Fünfjährige zählte ihre Finger ab zu den Versen eines Kinderreims. Mathilde schmunzelte und wagte einen Blick nach unten.

In dem Lager glaubte sie, den Herzog zu sehen, doch er war es nicht. Auch war er nicht auf der anderen Seite der Wehr – im Burghof. Sie griff fester in das Mauerwerk der Zinnen. Die Knie begannen zu zittern, doch ein Stückchen weiter beugte sie sich noch.

»Auch!«, quengelte Klementia.

»Gleich«, zischte sie und zuckte im nächsten Moment. »Au!« Mathilde ruckte hoch. »Au, lass das, Mia!« Steinchen regneten gegen sie. »Mia, nicht werfen! Du bist gleich dran.«

»Eiskönig sehen!« Die Kleine stampfte und bückte sich erneut. Die Händchen kehrten zusammen, was sich auf dem Wehrgang finden ließ.

»Nicht, Mia! Wenn ich rutsche, dann falle ich. Dann kann ich dich nicht mehr hochheben.« Sie seufzte. »Und hier gibt es keinen Eiskönig zu sehen.«

»Du hast mir versprecht.«

»Du hast es mir versprochen«, berichtigte sie. »So sagt man

das.« Mathilde hob den Zeigefinger und schob sich zurück in Richtung Wehrgang. »Und versprochen hab ich dir nichts. Ich hab dir nur die Geschichte vom Eiskönig erzählt.«

»Ich will aber.« Die Kleine schmollte und rieb abwechselnd die Handflächen auf dem Boden und auf den Knien.

Die Ältere schnalzte mit der Zunge. »Lass das, Mia, und steh auf! Wenn Mutter die Dreckflecken sieht, darfst du nicht mehr mit mir hier nach oben.« Ihr Fuß tastete sich Richtung Wehr, Kiesel rollten unter ihrer Sohle. »Und ich auch nicht.« Ein Kieselhagel folgte. »Schluss jetzt!«

»Du bis ga´stig!«

Im nächsten Moment packte Klementia zu. Die Händchen rüttelten an Mathildes Knöcheln und rissen am Saum. Sie stieß die Kleine von sich, doch Mia schubste zurück. Mathildes Knie knickte weg, die Sohle glitschte über das Mauerwerk, ihr Fuß trat ins Nichts. Sie kippte, fasste ins Leere, patsche auf Stein; Kerben und Fugen glitten unter den Fingern. Sie fand keinen Halt. Stein riss die Hände auf. Ihr Herzschlag dröhnte in den Ohren, Kälte sprang über die Haut und in ihren Bauch. Sie schrie – und Klementia auch. Mathilde knallte gegen Stein. Sie rutschte, ruderte, blinzelte die Tränen in ihren Augen davon, verschluckte sich an Panik und Schmerz.

Abgrund klaffte unter ihrem Oberkörper, ihr Fuß hatte sich zwischen den Steinen verklemmt. Sie streckte die Hände in die Richtung, in der sie die Zinnen vermutete. Schluchzen drang vom Wehrgang zu ihr her. Sie spürte Hände an ihren Beinen. »Mia.« Sie bibberte. Über ihr war der Himmel eisblau. Kopfüber erkannte sie die Baumspitzen, schauderte und vermied jede Bewegung.

»Nich fallen.« Die Kleine wimmerte. »Fall nich, Tilda! Komm auf!«

»Greif meine Hand, Mia.« Sie keuchte. »Schaffst du das?« Sie streckte sich und presste die Unterschenkel gegen das Mauerwerk. »Schaffst du das?« Sie zitterte den nächsten Atemzug.

Und eine Hand packte sie. Die Pranke quetschte ihren Oberarm, die zweite zerdrückte ihr Handgelenk, ein Ruck zog sie hoch. Schwarze Augen starrten in die ihren. Sie erkannte ihn. Im nächsten Wimpernschlag gaben ihre Beine nach, sie knallte auf die Planken. Tränen brannten Feuer über ihre Wangen, sie schämte sich.

Ein Finger hob ihr Kinn. An ihrer Wange spürte sie die raue Hand. »Mathilde.« Er drückte ihren Arm. Die Dunkelheit seiner Stimme vibrierte bis in ihren Bauch. »Mathilde, sieh mich an!« Der Bass beruhigte das Trommeln in ihrem Ohr, seine Hand wärmte ihre. Sie schluckte, ihre Augen füllten sich mit Tränen. Schluchzen schüttelte sie.

Klementia klammerte sich an die Schulter des Eiskönigs. Salztropfen dunkelten den grauen Pelz und glänzten auf dem Schwarz. Er hielt sie ein wenig fern. Seine Pranke schwebte in der Luft. Dann strich er das Haar der Kleinen. »Wenn ich zurück bin in meinem Reich, sehe ich zum ersten Mal meinen Sohn. Ich werde ihn halten. Ganz fest. So wie dich. Dann gibt es keinen Grund zu weinen. Meinst du nicht, Kleines?«

Mathilde zog die Augenbraue hoch und krauste die Nase. »Sie wollte die Ritter sehen«, murmelte sie. »Klementia.« Sie blickte auf – in seine Augen. »Ich wollte das auch.« Ihr Kinn schob sich vor wie von selbst, und ihre Hände ballten sich.

Er legte den Kopf schief und sah Mathilde an, nickte und warf den Pelz über seine Schulter. Seine Hand streckte sich nach ihrer, und das Seufzen rollte über das Wehr. »Du hast Glück gehabt, Mathilde.« Er suchte ihren Blick, packte zu und zog sie auf die Beine. »Glück gehört zum Leben – ab und an hilft aber auch ein wenig Verstand.« Seine Lippen wurden schmal. »Bewahr dir die Neugier, Grafentochter.«

Ihre Schultern sackten herab, so wie der Vorhang in ihrem Inneren fiel. Sie wusste nicht genau, wer er war. Sie wusste nur: Er rügte in diesem Augenblick ein Kind, und ein Kind wollte sie nicht länger sein. Ihr Himmel dunkelte.

Noch einmal hob er ihr Kinn und beugte sich leicht hinab. »Beim nächsten Mal: Nimm dir jemanden an deine Seite, der dich sichern kann. Schutzengel gibt es nur in den Märchen der Kirche, und selbst den Engeln gilt Übermut als Dummheit.«

Klementia rieb sich die Äuglein. »Rettes' du alle?«

»Still«, zischte Mathilde der Kleinen zu.

Er furchte die Stirn und hob Mias Kinn an. »Erst werde ich meinem Neffen helfen.« Der Herzog räusperte sich, dann fuhr er mit Zeigefinger durch die Luft. »… sofern er keine Dummheiten anstellt und seine Lektion lernt. Dann sehen wir zu, wie wir auch noch alle anderen retten, junge Dame«, brummte er. »Einen Schritt nach dem anderen, meinst du nicht?«

»Eiskönig.« Sie zupfte den Bart und das Haar und rieb die Wange am Fell.

»Was?« Sein Schmunzeln blitzte auf, nicht schnell genug verbarg er es.

»Nichts.« Mathilde schüttelte den Kopf und schloss die Lider. Hitze glühte sich von ihrer Brust zum Hals in ihre Miene, nicht einmal der Winterwind war kalt genug, sie zu kühlen. »Setzt sie einfach ab, Herr. Mia plappert zu viel.« Sie nahm ihre Schwester an der Hand. »Vergelt's Euch Gott. Ich danke Euch für mein Leben, Herr.«

Klementia zupfte ihn am Ärmel. »Verfrierst du uns in Eis, jetzt, weil wir hier war'n? Weil du zornig bis' mit uns?«

Mathilde erstarrte. Der Herzog musterte sie, er musterte die Kleine. Mit einem Lächeln drehte er sich um. Die Schritte dröhnten über den Wehrgang, das Silberfell umwogte ihn. Sein letzter Blick warf ihr tausend weitere Fragen in den Kopf, dann war er fort.

†

†KAPITEL 1 – CÄCILIA

SETZLING

31. MÄRZ 1268 – NACHT ZUM PALMSONNTAG
HEILIGES RÖMISCHES REICH, HERZOGTUM BAYERN
FRIEDBERG

Am Köpfhäusl war die Stelle in der Vollmondnacht noch dunkler; nicht nur dort, wo der Setzling einer jungen Föhre spross. Ein Windstoß spielte mit den Blüten und den knospenden Ästen der Bäume im Halsgraben um die Burg.

Cäcilia legte den Zweig mit den Holunderblüten vor den jungen Baum und schreckte hoch. Eine Gestalt schob sich durch die Hollerbüsche, im Mondlicht verharrte sie an ihren Stock gelehnt. Holunderblüten, so weiß wie das Haar der Alten hingen fest am Stoff des hellen Kleides. Sie starrte Cäcilia ins Gesicht.

Die Hofdame richtete sich auf. »Was tut Ihr hier?« Der Klang von Cäcilias Stimme schnitt in die Nacht. Sie zog den Umhang enger, der Pelz schmiegte sich gegen die Aprilkälte an ihre Wange. Ihr Haar fiel wie Abendröte über das Schwarz des Mantels und über das Nachtgewand gleichermaßen.

Die Weißhaarige streifte ihren Zopf zurück und deutete einen Gruß an. »Dieser Ort gehört nicht dir allein.« Die Alte schmunzelte. »Glaubst du, ich ängstige mich hier, weil man sich Spukgeschichten davon erzählt, und weil niemand sonst sich herwagt – weder aus der Stadt, noch der Adel?«

Cäcilia musterte die Fremde. Den knotigen Stab kerbten Furchen, zu brauchen schien sie ihn nicht. »Wer seid Ihr?«

»Die Friggerl nennen mich die einen, die Hulde sagen manche.«

»Ihr habt hier nichts zu suchen, Friggerl, nicht an dieser Stätte des Todes, nicht heute Nacht.«

»Stätte des Todes …«, wiederholte die Friggerl. Über den Flickenumhang bebten kleine Wellen. »Ich ängstige mich nicht vor den Schatten der Nacht, auch nicht vor dem Palmsonntag[1]. Nichts dergleichen tust du.«

»Was ich tue, braucht Euch nicht zu kümmern.«

»Die Christen binden für den morgigen Tag ihre Palmbuschen aus den Zweigen der Weide und werfen sich in den Steinhäusern auf die Knie, sie beten zu diesem Gott und seinen Priestern.« Das Gewand der Alten raschelte. »Du bist heute Nacht nicht in einer der Kirchen. Was tust du hier? Wofür bittest du?«

Cäcilias Kopf ruckte hoch. »Was wisst Ihr von meinen Gebeten?«

Ein Schmunzeln huschte über das Gesicht der Alten. »Weder Engel noch Dämon, noch die *Wilde Horde*[2] wird mich – oder uns – zur Strafe dafür holen, Cäcilia, meinst du nicht? Jedenfalls nicht zur Osterzeit.«

Cäcilia blinzelte. Das Rauschen der Bäume füllte den Rund. »Wie wisst Ihr meinen Namen? Was wisst Ihr hier von der *Wilden Horde*, gute Frau? In dieser Gegend spricht kaum einer davon. Nur manchmal …« Sie zögerte. »… in der Zeit der Raunächte zwischen Weihnacht und Prechtnacht, Dreikönig.«

Die Alte nickte und deutete auf den Setzling. »Drei Seelen sind an diesem Ort erloschen. Frau Hulda wird sich um sie kümmern. Die Hüterin führt die Seelen heim, die unsere Welt zu früh verlassen mussten – Gemordete, Geschundene, jene, die nicht stark genug waren, für sich zu kämpfen.«

Ein Schauer lief über Cäcilias Rücken und riss die letzte Müdigkeit fort. »Ja, für zwei der drei Seelen mag es so sein – nach der Wintersonnwende bis zur Prechtnacht. Zwölf Tage führt Frau Hulda die Horde an, ihr Heer. Jeder Monat, ein Tag.« Cäcilia flüsterte und ahnte das wissende Lächeln der Alten, ehe sie es sah.

»Sie nimmt mit, was unserem Wesen fremd ist, und die Blutföhre wächst nicht ohne Grund. Auch dieser Baum wird noch Kindern und Kindeskindern die Geschichte erzählen von den unschuldigen Seelen und von dem Unrecht, das hier geschah.«

»Es ist ein Baum.« Sie schob ihren Kiefer vor. »Kein Baum kann Geschichten erzählen und neues Unrecht verhindern«, schnappte Cäcilia. Sie spürte Hitze in ihren Adern. Sie straffte ihre Haltung, als könne sie ihre Gänsehaut abschütteln. Die Alte wusste Dinge, die kaum jemand wissen konnte. »Ihr solltet gehen, Mutter!«

»Ein Baum«, wiederholte die Alte. »Und doch betest du hier bei diesem Baum, inmitten der Hollerbüsche um die Seelen der Verstorbenen – und um Konradin.«

»Woher wollt Ihr das wissen?«

»Ich bin lange genug Teil des Hofs, Cäcilia. Der Burgherr ist der Onkel Konradins. Vor all den Jahren hast du den Jungen vom Hofe in Brabant, vom Fuldatal bis an den Hof Herzog Ludwigs begleitet. Und ins Herz geschlossen hast du ihn auch. Er ist der Letzte, der Staufer, ein Nachkomme Friedrich Barbarossas, dem Rotbart, und Friedrichs II..«

»Friedenskaiser«, murmelte Cäcilia, blinzelte. Als hätte die Fremde einen Schlüssel gedreht, quollen Erinnerungen hervor aus den Tiefen ihrer Vergangenheit. Cäcilia blinzelte, sie spürte Tränen in ihren Augen. Sie erinnerte sich an ein Lachen, sie sah den blonden Jungen mit den wachen Augen. Dann blitzte das Bild ihrer Ahnin auf. Als Kind hatte sie deren Geschichten und das Wissen ihrer Nanna aufgesogen, sie lernte die Pflanzen und wie sie wirkten und heilten. Immer noch schmeckte sie das Julbrot und hörte das Feuer knistern. *Jul*[3] wand die Sonne im Winter von der längsten Nacht in wachsende Tage, der Jultag brach das neue Jahr an und neues Leben. Später – am Hof in Brabant – hatten die Priester den neuen Glauben gelehrt. Mit Schmerz, mit Schlägen. Ein Frösteln biss in Cäcilias Nacken, sie rieb ihre Unterarme.

Friggerl suchte Cäcilias Blick. »Konradin stellt sich gegen die Räuber seines Throns, er tut den ersten Schritt von der Kirche zurückzuholen, was ihm gehört. Doch er steht allein, und Ludwig hat ihn im Stich gelassen. Sein Onkel, hört dein Wort, deinen Rat. Noch ist es nicht zu spät.«

Sie streifte ihr Feuerhaar aus dem Gesicht und den Gedanken an alte Legenden ab. »Ludwig duldet meinen Rat. Und er nutzt meine Dienste, das Wissen, das ich an Höfen im Süden und Norden sammelte.«

»Du bist die Stimme an seinem Ohr.«

Cäcilias Blick fing sich einmal mehr an dem jungen Trieb. »Bald genug werde ich nicht einmal mehr in der Spinnstube sein, Friggerl, eher in einem Stall oder im Saal gemeinsam mit dem niederen Gesinde. Jeder weiß, an welches bedeutungslose Haus ich gekettet werde.«

Die Alte verzog ihren Mund und entblößte im Grinsen eine Perlenreihe an Zähnen. »Damit begnügst du dich? Seit dem

Unglück an diesem Ort meidest du den Herzog. Statt aufzustehen, beweinst du dich und deine Fehler, haderst mit der Zukunft und stocherst in einer eitrigen Vergangenheit.«

»Was wisst Ihr schon?« Sie zwirbele ihr Feuerhaar. »Ehe ist ein Geschäft und...«

»...und du meinst, Gefühle stören nur dabei?« Ein Lachen schabte durch die Nacht, Friggerl zerrieb Holunderblüten zwischen den Fingern. »Du begehrst den Mann, der dir bestimmt ist, seit Eurer ersten Begegnung, – und er dich.«

»Das war zuvor«, murmelte sie. »Ehe die Blutföhre wuchs, ehe der Herzog im Zorn seinen Ratgeber zu Unrecht verurteilt hat, ehe ich aus verletzter Eitelkeit dem falschen Mann die Türen in dieser Burg geöffnet habe.« Cäcilia rieb über ihre Stirn. »Die Frau, die hier starb – sie war seine Schwester.« Sie seufzte. »Und er gibt mir die Schuld an ihrem Tod.«

»Ihr Herz war gebrochen. Das ist nicht deine Schuld. Dennoch versteckst du dich hinter Mauern und Bäumen.«

»Jeder weiß, worin meine Schuld liegt. Außerdem ...« Cäcilia verschränkte die Arme vor der Brust. »... die Verbindung ist unter meinem Stand.«

Friggerl klopfte mit ihrem Stab auf Stein. »Eitelkeit«, sagte sie. »Überwinde deine Fehler, geh weiter, lerne daraus.«

»Der Befehl des Herzogs bindet mich an Georg von Harden berg. Mit dem zweiten Sohns eines Pferdebarons erwartet mich eine Zukunft fernab vom Hof, voller Vorwürfe und Langeweile. Weder werde ich irgendwohin gehen, noch lernen.«

»Raubritter tränken die Erde mit Blut, Schmiedefeuer brennen statt Brotöfen. Im Osten frisst der Böhmenkönig Land um Land, den Süden pflügen Schwerter und Kreuze. Und wenn Charles d'Anjou dort mithilfe von Papst und Kirche der Sieg gelingt, wird der Franzose sich weiter ausstrecken gen Norden mit seiner Mordklinge. Sind die Schuld deiner Vergangenheit und ein Gemahl aus bedeutungslosem Hause deine größte Sorge?«

»Wir sind nicht alle frei zu tun, was wir wollen. Was früher und im alten Glauben als richtig galt, wo Freiheit war, wird vergessen. Die Kirche bestimmt den Tagesablauf – besonders in der Woche, die vor uns liegt.« Cäcilias Blick glitt in die Dunkelheit zwischen den Bäumen. »Karwoche«, murmelte sie.

»So nennen sie es.« Die Alte schüttete ein krächzendes Lachen heraus. »Die alten Männer träufeln dem einfachen Volk und den Hohen ihre Geschichten ins Ohr. Sie erzählen von ihrem höchsten Gott und von Jesus, dem Gottessohn. Wie ein Prinz ritt er hinein an einem Sonntag, und mit Blumen und Palmwedeln begrüßten ihn die Bürger der stolzen Stadt Jerusalem.« Sie schnalzte mit der Zunge. »Palmsonntag[4]. Kurz darauf hat der Gottvater ihn geopfert.«

Cäcilia räusperte sich. »In dieser Nacht heute gedenken alle gläubigen Christenmenschen dem Gottessohn und dem Opfer, das er brachte. Sein Leben.«

Die Stabspitze kreiselte auf dem Boden, Friggerls Augen verengten sich. »Weil die Kirche das fordert.«

»Weil sie sagen, sein Opfer rettet die Menschen und wäscht sie rein von ihren Sünden«, trotzte die Hofdame und schob ihr Kinn vor. Wieder erntete sie ein Spottlachen von Friggerl.

»Sind das die einzigen Geschichten, derer du dich erinnerst, oder genügt das, um die Damen am Hofe Herzog Ludwigs abzuspeisen? Einer stirbt und Alle sind erlöst von den Sünden, selbst wenn die Welt weiter lügt und mordet, giert und betrügt.« Das Mütterchen schnaubte. »Eine schöne Geschichte – und so einfach.« Ihre Augenbraue wanderte nach oben, Spott stand in ihrem Gesicht. »Zweifelsohne besser als die Wahrheit über den unbequemen Prediger, der das Volk Neues lehrte und den die Hohenpriester aus dem Weg schaffen wollten.« Ein Windstoß rauschte durch die Märznacht und schüttelte die Blüten von den Ästen. »Die Hohenpriester beseitigen, was ihre Pläne durchkreuzt.«

»Still! Wenn Euch jemand hört, …« Cäcilias Kiefer spannte sich, sie ballte die Hände. »Kehrt heim – in die Stadt, in den Wald oder wo immer Eure Hütte steht. Kehrt heim, ehe Euch die Nacht …« Cäcilia hielt inne. Das Mütterchen richtete sich auf. Vertrautheit schimmerte in den Falten um die Funkelaugen. Und doch wirkte die Frau fremd.

»Still?« Friggerl schüttelte das Haupt. »Gottvater, Gottsohn, Heiliger Geist. Das predigen sie. Gebären sie und nähren sie? Kein Leben kommt durch sie in die Welt. Was ist das – ein Glaube an den Tod und Schuld?« Die Grauhaarige hielt Cäcilia die Waage ihrer Handschalen entgegen, erst ging die eine nach unten, dann die zweite mit dem Stock. »Mann, Frau – Göttin,

Gott. Zwei Teile sind es, die es braucht zum Ganzen.« Sie musterte Cäcilia. »Wo ist die zweite Hälfte geblieben in den Lehren der Kirche?« Sie lehnte sich auf ihren Stab.

»Die Lehren der Kirche, die Pläne der Fürsten nehmen keine Rücksicht darauf – oder auf ein einzelnes Leben.« Sie biss sich auf die Lippen. »Sie legen uns ihr Joch auf und spannen uns vor. Und seht doch, was mit jenen geschieht, die wagen, sich gegen die Pläne zu stellen.«

»Wir sind frei zu tun, was in unseren Möglichkeiten liegt. Das Leben sucht sich seinen Weg, strömt immer weiter.« Friggerl drehte sich ab, am oberen Treppenabsatz hielt sie inne, fasste die Zweige des Hollerbusches. »Wir irren uns, versagen, fallen. Steh auf, oder ein Fluss des Bedauerns reißt dich mit und schleift dich zu einem Kieselsteinchen.« Eine der Blütendolden brach sie vom Zweig und barg sie in ihrer Faust. »Jede Tat zieht die nächste Tat nach. Wer nichts tut, wird zum Spielball. Denk daran: Solange wir leben, liegt das Tun in unserer Hand. Beten allein genügt nicht.«

»Und wenn wir das Falsche tun?«, flüsterte Cäcilia.

Friggerl hob den Arm, die Holunder-Dolden fielen. Sie zuckte die Schultern. »Wir lernen. In uns liegt die Macht, zu ändern, was vor uns liegt.« Auf Kniehöhe landeten die Blüten im weichen Bett ihrer anderen Hand. »Zu verharren und nichts zu tun …«, sie nickte zurück, »… ist Sünde.«

†

†KAPITEL 2 – CHARLES D'ANJOU

ZEICHEN

4. APRIL 1268, ITALIEN,
VITERBO BEI ROM

Das rotgefiederte Wappentier starrte herab auf ihn, auf den Saal, auf die Versammelten vor dem Papstthron Clemens' IV.. Und Charles d'Anjou starrte zurück. Der Adler zerquetschte das grüne Drachenkind in den Krallen, ignorierte Flehen und Fauchen. Der Raubvogel reckte sich, breitete die Flügel aus und schrie nach Beachtung in der Welt – oder nach Macht und Sieg.

Hinge das Webwerk in Rom – er könnte vielleicht sogar ein wenig Respekt erübrigen für den alten Mann und sein Wappen. Für jenen Gelehrten mit dem entrückten Blick, Thomas von Aquin, galt dies nicht, oder für die drei päpstlichen Sekretäre auf der anderen Seite des Stuhls.

Der erste Sekretär rauschte dem Boten an der Flügeltür entgegen und nahm das Schreiben an sich. Mit der Andeutung eines Winks entließ er den Mann. Der Camerlengo brach das Siegel, und seine Miene gefror. Mit einem Seufzen bot er dem Papst die Neuigkeiten dar. Sand um Sandkorn versickerte im Stundenglas hier in Viterbo – im Nirgendwo dieser Ausweich-Residenz.

Charles trat näher an den Thron, räusperte sich. »Ihr habt mich zu Euch gebeten, heiliger Vater.« Er belächelte den ersten Sekretär. Die Schwarzkutte legte den Zeigefinger auf die Lippen, hob die Hand und mahnte ihn zur Geduld. Im nächsten Moment schoss Rot in die Plusterbacken und verriet die Empörung des Camerlengo. Der Blick glitt zum Papst und blieb unbeachtet. Charles schob seinen Dolch den Fingerbreit zurück in den Gürtel. Er machte einen weiteren Schritt und gewann die Aufmerksamkeit des Papstes.

In den Händen Clemens' IV. raschelte Papier, er übersah seinen Sekretär, bleich und nach Luft schnappend. Das Kirchenoberhaupt nickte. Charles kratzte sich am Kinn. Er vermisste sein Päckchen – das Geschenk für den Papst. Zu schnell hatte das Pfand seiner neuen süditalienischen Freunde zu vielen seiner Reisebegleiter den Atem geraubt. Den Geruch, den Anblick faulenden Fleisches ertrug nicht jeder. Den aufständischen Ghibelinen-Grafen hatte der Verlust seiner Hand und der Anblick frischen Blutes von den Beinen geholt. Die Wirkung auf den Papst hätte er zu gerne gesehen – oder die Reaktion seines Feindes, Konradin von Hohenstaufen. In Süditalien hatten am Ende seiner Bemühungen – der Belagerung – die Aufständischen nicht länger dem Staufer gehuldigt. Ihn, Charles, hatten sie *König* genannt. Das Wort klang nicht anders aus dem Mund der Staufertreuen mit vollständiger Anzahl an Fingergliedern und bei den Verstümmelten. Es klang wie zwei Jahre zuvor. Schwert und Feuer hatten nur die Erinnerung seiner Untertanen aufgefrischt. Nun wussten sie wieder, dass Papst Clemens Konradin, den Thronerben, gebannt hatte. Ihm, Charles hatte er dafür Land und Leute zum Krönungsgeschenk gegeben. Konradin von Hohenstaufen – Feind und Verräter der Mutter Kirche von Papstes Gnaden.

Charles tätschelte den Dolch, seine Kiefer spannten sich und die Augen wurden schmal. Die Klinge sehnte sich nach Konradins Blut, und mithilfe des Papstes würde er damit den Boden seiner eigenen Herrschaft düngen, im jüngst eroberten Königreich Sizilien und Neapel – Konradins rechtmäßiges Erbe. Er musste lediglich die Einfälle des Papstes in die richtigen Bahnen lenken. Die Miene des Heiligen Vaters verdüsterte sich Zeile um Zeile, die er las.

Charles' Blick fiel auf die Brüder neben dem Thron, auf die Mitte ihrer Gewänder, die Wänste. Sie bargen die Leiber unter Habit und Schwarzkutten. Dominikaner. Die Mönche reckten die Köpfe auf den Geierhälsen am Papst vorbei, heischten auf jeden Wimpernschlag und jedes Stirnrunzeln des Thomas von Aquin. Flüsterte er in das Ohr seines Gehilfen, reckten sich auch alle Übrigen nach seinen Worten wie nach dem letzten Tropfen Wasser in der Wüste. Vielleicht hätte der Treue-Beweis in seinem kleinen Päckchen den Gelehrten und die anderen Kuttenträger beeindruckt. Vielleicht nahm er den Mönch und seine Verehrer demnächst mit in die Schlacht, testete ihren Wert als Schilde der Christenheit, bis den Klosterbrüdern die Füße und Gedanken wieder auf dem Boden landeten. Ein Wolfsgrinsen schob Charles'

Mundwinkel nach oben. Dann schob er den Gedanken beiseite und gähnte.

Ein Ruck. Papier riss, eine Stimme zerfetzte die Stille. Die Adern am Hals Clemens IV. pulsierten, das Gesicht glühte in der Farbe des Gefiederten. »Dieses Otterngeschmeiß!« Der Papst würgte hustend. Der Wanst unter der Soutane hüpfte. Das eng gegürtete Zingulum änderte daran nichts.

Mit Spucketropfen weihte der Pontifex keuchend und prustend das Podest und die Umstehenden. Er rupfte am Brief, die Fetzen rieselten zu Boden, Leere lag im Blick des Mannes. »Er hat Pavia verlassen.«

»Konradin?«, vergewisserte sich Charles. »Dieser vaterlose Stauferspross?«

Die Armlehnen des Papststuhls zitterten unter dem Schlag. »Thomas!« Er krächzte und wedelte in Richtung des Mönchs. »Thomas!« Mit dem Ärmel der Soutane reinigte er die untere Hälfte des Gesichts, dann wedelte er den Dominikaner näher.

Der Angesprochene studierte die Maserungen der Deckenbalken. Nicht ein Härchen von dessen Tonsur bewegte sich – nur seine Lippen formten Worte. Die Weisheiten dieses Mannes schienen nicht bestimmt für die Ohren der Menschen.

Charles verdrehte die Augen, räusperte sich und lockerte seinen Stand. Er sah sich um nach dem Wein und dem Mundschenk. Er wünschte sich an den Hof seines Vaters in Frankreich, leckte die Lippen, prägte sich das Gesicht des Burschen ein und schwor sich, dessen Unachtsamkeit zu ahnden.

Mit einem Stampfen kam der Papst hoch von seinem Stuhl. »Thomas von Aquin!« An der Wand senkten zwei der drei Mönche die Häupter. Der dritte starrte offenen Mundes zu dem Aquinaten und wagte kaum zu atmen.

Charles gab seinem Knappen ein Zeichen und deutete in Richtung des Thomas. Der erwachte endlich durch das Zupfen an der Kutte, blinzelte und seufzte, dann sichtete er den Saal, lächelte. Zuletzt wandte er sich Clemens zu.

»Thomas von Aquin: Ihr seid mein Zeuge, Ihr Gottgesegneter unter uns Dienern des Herrn.«

Der Gelehrte verbeugte sich. »Ihr erweist mir zu viel der Ehre, Eure Heiligkeit. Ich selbst bin nichts als ein unwürdiger Diener unseres Gottes. Das Gefäß, in das Er Seine Weisheit gießt.« Er zeichnete das Kreuz auf Stirn, Mund, Brust. Die Arme legte er um seinen Bauch. »Wie lautet die Aufgabe, die Ihr mir zugedacht habt?«

»Ich habe Euch als Lehrer und Gelehrten an meinen Hof gerufen. Dieser heilige Zweck ist Euch bestimmt: Seid Zeuge! Gott der Herr hat Euch mit Weisheit gesegnet in dieser Zeit. Er hat Euch erwählt, den Ereignissen beizuwohnen und uns beizustehen. Hier, vor Gott, vor unserem Charles, dem geliebten Sohn in Christo, in seinem Lilienbanner der Muttergottes …«, der Papst deutete auf ihn, »… und vor aller Augen und Ohren am Ostertag, am Fest der Auferstehung unseres Herrn, werdet ihr meine Worte bezeugen vor den Gläubigen und aller Welt.«

Thomas blinzelte, dann entdeckte er die Papierfetzen in der Hand des Papstes. »Was ist geschehen?«

Der Pontifex sank zurück in seinem Stuhl und wedelte in Charles' Richtung. »D'Anjou? Berichtet!«

Charles' Faust krampfte sich um den Gürtel, die Nägel gruben sich in die Handballen. »Konradin hat das Meer und hält auf Pisa zu. In der Lombardei ist unser Bund zerbrochen, und dieser Feind der Kirche wagt erneut, die Hand auszustrecken nach meinem Königreich. Mehr und mehr schließen sich ihm an, diesem Bürschlein.«

Der Aquinate nickte. »Ich sehe.« Er räusperte sich und schritt vor. Er wogte im schwarzen Habit durch die Halle. »Der Kirchenbann hindert ihn nicht, die Herzen zu gewinnen – und die Schlachten.«

»Er versündigt sich gegen Gott und die Mutter Kirche«, keifte der Papst. Er verstummte unter Thomas' Blick. »Sein Vater war König, doch er starb. Was will das Bürschlein jetzt?«

»Die Menschen folgen ihm, dem jungen Staufer.« Die Stimme des Gelehrten dröhnte im Raum. »Doch sie folgten ihm nicht, wäre er nur von Schlecht und Übel.«

Charles spürte den Blick des Thomas auf sich. Er starrte zurück, doch der Gottesmann verzog keine Miene.

Der Kirchengelehrte trat auf ihn zu und bohrte den Finger in Charles' Brust. »Die Gemeinschaft der Gläubigen wendet sich ab von dem, der die Tyrannis bringt und nur Rohheit will. Jesus predigt Liebe.« Thomas hob Zeige- und Mittelfinger ans Herz, dann wandte er sich ab von Charles. »Das wisst Ihr, Heiliger

Vater.«

D'Anjou schluckte sein Würgen hinunter und erzwang ein Lächeln für den Schwätzer.

»Und Konradin hatte ein Erbrecht auf die Lande«, erinnerte der Gelehrte und drehte sich Clemens zu.

Der Papst tat mit seiner Hand die Worte ab, er schlurfte auf den Aquinaten zu. »Sein Großvater und Vater mögen König gewesen sein – im heiligen Römer-Reich und in Sizilien. Doch Friedrich hat die Kirche verraten«, zischte er. »Und nun der Enkel. Er ist der Stimme der Andersgläubigen erlegen und ihrem falschen Glauben. Zum Teufel gehört er damit. Und weder der Teufel noch seine Kinder oder Enkel können Besitz erlangen auf der Erde.«

Thomas wanderte durch den Raum, nickte. Dann fuhr er herum. Sein Finger zielte auf Charles. »Und den jüngsten Sohn des Franzosenkönigs glaubt Ihr besser geeignet für den Besitz – und Eure Zwecke?«

»Die dummen Bauern brauchen eine harte Hand.« Charles winkte ab und zog Spott in sein Lächeln. Er schritt zu einem der Fenster und lehnte sich gegen die Mauer. Die Handschuhe stopfte er in den Gürtel und stellte einen Fuß hoch. Das Schwert baumelte an seiner Seite. »Mit Feuer verteidige ich den wahren Glauben. Ist es nicht das, worum Ihr mich gebeten habt? War ich nicht treu in der Sache? Euer Krieger Gottes gegen den Erzfeind von Mutterkirche?« Er deutete eine Verbeugung an. »Die Hände der Kirche zwangen Siziliens Krone auf mein Haupt. Denn all das Land – es ist Gottes Land. Ich habe verstanden: Die Pflicht das Land zu schützen liegt auf meinen Schultern.«

»Damals schien Euch dieser Trank bitter«, bemerkte Thomas. »Ihr wolltet nicht antreten gegen den Staufererben.« Er verschränkte die Finger. »Ihr hättet vor Konradin knien und ihm die Krone lassen können«, stellte Thomas fest. Er wanderte im Saal auf und ab. »Eure Bedenken habt Ihr mit einem tiefen Schluck der Macht gelöscht.« Die hochgezogenen Augenbrauen stellten die Frage lauter als jede Stimme.

»Thomas, Thomas«, krächzte der Papst. »Ihr wisst doch, Konradin verlor seinen Vater, da zählte er kaum zwei Jahre. Lange Zeit sorgte seine Mutter für ihn. Dann erst gab Elisabeth ihn an den Hof dieses Ludwig, ihres Bruders.«

Der Kopf des Dominikaners ruckte hoch. »Elisabeth von Bayern? Ludwig, der Mörder?«

»Der Strenge«, korrigierte der Papst. »Der Strenge, nennt man ihn.«

Thomas von Aquin runzelte die Stirn.

Charles erhob sich. Er senkte das Haupt, ohne Thomas aus den Augen zu lassen. »Pater, ich werde mein Wort halten – und nicht das Heil meiner und unser aller Seelen verspielen. Und gemeinsam werden wir auch den Christenglauben im Byzantinischen Reich stärken. Konstantinopel wird in neuer Stärke für die Christenheit erstrahlen.«

Die Augen des Papstes glänzten. »Der treue Balduin wird das Kaiserzepter zurückerlangen – mit unserer Hilfe. Im Osten wird er wieder die Stütze unseres Glaubens.«

»Wir werden Euer Ziel erreichen«, bestätigte Charles, sein Blick sog jede Regung des Papstes auf. »Unser Bund steht, Heiliger Vater. Mich wird nichts davon abbringen.«

»Eine einzelne gute Tat, der Gehorsam nur in einer Sache rettet nicht vor den Feuern, die Eure anderen Taten gezündet haben. Selbst wenn es auf Erden zum Vorteil gereicht.« Der Mönch schoss eine Wortsalve in den Raum.

Clemens blinzelte, er ruckte zurück in seinem Stuhl und ließ den Dominikaner nicht aus den Augen. Er kratzte sich zwischen Haar und Pileolus. Das weiße Käppchen schwenkte auf und ab, ein Laternensignal in der Dunkelheit. »Auch schon ein gebrochenes Wort führt ins Feuer.« Clemens räusperte sich. »Seht doch, Thomas: Die Staufer haben vor langer Zeit ihr Wort gebrochen. Konradins Ahnherr hat Gott verraten. Friedrich, diese Schlange, hat beim Kreuzzug versagt, und dazu brachte er die Söhne des Teufels in unser geliebtes Reich. Sarazenen. Friedrich II. hat sich gegen den wahren Glauben gestellt. Die Ungläubigen hat er *Gelehrte* genannt und ihre Wissenschaft zur Religion erhoben.«

Thomas von Aquin räusperte sich. »Das eine schließt nicht zwingend das andere aus. Ihr wäret erstaunt, Heiliger Vater.«

Der Papst schüttelte den Kopf, seine Stimme überschlug sich. »Konradin hat sich nicht losgesagt von diesem Pack. Verräterblut bleibt Verräterblut. Seht ...« Der Finger deutete auf Charles. »Seht sein Banner.« Er fuchtelte in Richtung der Kirchendiener.

»Was ist es? Was ist es?«, stieß er hervor, seine Wangen röteten sich.

Der mittlere Sekretär löste den Blick vom Aquinaten und wieselte zum Schrank. Der Ledereinband eines Folianten knallte auf eine Tischplatte, Seiten raschelten. »Da!«, rief er. Die Schwarzkutte bot den Anwesenden das Wappen auf den aufgeschlagenen Seiten. »Ein Lilienfeld.«

»Ein Lilienfeld auf blauem Grund.« Clemens sah zu Charles und diesem Lehrer. »Es ist das Zeichen! Der Herr im Himmel sendet es uns, seinen Dienern: die Lilie der Muttergottes. Sie ist das reine Schwert. Die Feinde der Kirche werden damit vernichtet.«

Eifer verklärte die Mönchsgesichter. Die Augen des Thomas von Aquin weiteten sich, seine Miene erhellte sich staunend, er nickte, sein Kinn schwabbelte. Charles presste die Mundwinkel fest, verweigerte sich das Grinsen. Mochte Gott seine Gedanken verfluchen, der Teufel ergötzte sich daran. Keiner der Anwesenden erriete sie. *Solange mir der Aberglaube dient, nehm ich ihn auch im Kirchenkleid.* Seine Finger strichen von der Klinge zum Heft seines Dolchs.

Vor der Mitte des Podests blieb Thomas von Aquin stehen. »In der Tat: Die Schuld der Staufer gegen die Kirche und den Allmächtigen wiegt schwer.« Er breitete die Arme aus. »Der Vater starb früh, zu lang war die Mutter mit dem Kind allein auf den wirren Wegen der Frauen. Und Ihr wisst: Frauen sind missratene Geschöpfe und nur aufgrund der Schwäche der wirkenden Kraft in der Welt.[5]» Er seufzte. »Jung mag er sein mit seinen sechzehn Jahren, gewiss. Doch Konradin ist der Spross einer Natternbrut, und der Beweis: Das Weib ist nur Gefäß, ihr Glück ist, einem Mann das Leben zu schenken. Weist man ihr nicht den rechten Platz, vergiftet und schwächt sie die Verbindung der edlen Seele des Mannes zu Gott.« Die Mundwinkel des Mönchs fielen, als sei Unrat vor ihm ausgebreitet. »Die guten Werke Konradins und seine Dichtungen – sie sind nicht gottgesandt. Blendwerk des Teufels. Mit seinem Blondhaar ist er vielleicht gar selbst ein Weib.«

Charles beobachtete den obersten Vater. Er und die Kirchendiener hingen an den Lippen des Lehrers. Die Wangen des Papstes plusterten sich und bebten, die Augen glänzten.

»Niemals kann ein großer Herrscher hervortreten, wenn eine Frau ihn verdorben hat. Er ist der Gnade der Kirche unwürdig – ebenso jene, die ihm folgen und ihm Schutz bieten. Noch einmal werde ich es den Gläubigen zurufen an diesem heiligen Osterfest: Kein Schaden droht, sondern Gottes Gnade, wenn sie die Verräter niederstrecken. Wir müssen die Welt befreien von den Schlangen.« Er zielte auf d'Anjou. »Die Aufgabe des Thomas ist, Zeuge zu sein für die Welt. Er wird der Kirche Weisheit in sie tragen.« Er hustete. »Charles: Dies ist Eure Bestimmung und das nahende Osterfest ist das Zeichen.« Die Stimme schraubte sich in die Höhe. »Der Herr ist mit Euch. Denn: Gott wendet sich ab von jenen, die seine treue Kirche bannt. Zermalmt diesen Wurm! Vernichtet die Staufer.«

D'Anjou gesellte sich zu dem Aquinaten, warf einen Seitenblick auf ihn. Thomas, einst selbst Teil der Aristokratie Italiens, beachtete ihn nicht mehr als den Staub unter den Schuhen. Nicht ein Nicken folgte, noch ein anderes Zeichen der Anerkennung. Charles verengte die Augen. *Dies ist nicht der rechte Ort, zu fangen, was mir auch von diesem zusteht.* Er blickte nach vorn, legte die Faust an die Brust. »Rom ist mein erstes Ziel. Ich schlachte die Aufständischen und die Verräter. Dem Staufer stutze ich sein blondes Lockenhaar und schneide die Glieder ab, die das Bürschlein stützen. Eines nach dem anderen.«

»Er wird sein wie Rauch, sein ganzes Tun wird darin aufgehen«, sagte Clemens. »Er ist ein Lamm, das die Ghibellinen zur Schlachtbank führen.[6]«

»Und wir halten die Messer bereit.« Charles packte den Schwertgriff. Das Grinsen eroberte sein Gesicht.

Thomas zeichnete das Kreuz vor dem Körper. »Auf dem Stuhl Petri werdet Ihr, Clemens, Euch daran erfreuen – im Glanz und der Herrlichkeit des Herrn. Lange dauert Seine Gerechtigkeit an.« Der Blick glitt in die Ferne. »Er erhebt seine Diener und zertritt zu Staub, was zu Staub gehört: Ottern, Falschgläubige, Verräter und die Lust der Weiber und alle, die sich dieser hingeben.«

†

†KAPITEL 3 – CÄCILIA

STICH

05. APRIL 1268, GRÜNDONNERSTAG
HL. RÖMISCHES. REICH, BAYERN, FRIEDBERG

Abendlicht fiel durch die Spitzbögen ins Kirchenschiff und den Altarraum. Die Ziegelwände der Jakobskirche hallten wider von den Worten des Priesters. Immer wieder warf er vom Altar mahnende Blicke zu den Störenfrieden im Kirchen-schiff. Soweit Cäcilia erkennen konnte, beachtete der Herzog dies nicht. Der Kurier aus Italien stand neben ihm, und Ludwig von Wittelsbach schenkte den Neuigkeiten aus dem Süden Gehör.

Schwaden von Weihrauch wirbelten über den Köpfen der Gläubigen – der Mannsbilder rechts, der Weiber links. Durch die Hände des ein oder anderen glitt die Rosenkranzschnur; Perle um Perle zählten die Finger ab. Die Roben raschelten, Worte zischten von Ohr zu Ohr. In den Gesichtern las sie, was den meisten der Betenden missfiel: Der Fremde störte die heilige Messfeier. Der Gründonnerstag galt vielen Anhängern des Christengottes als Auftakt der heiligen drei Tage vor der Auferstehung Jesu Christi.

Ostern. In drei Tagen feiern wir mehr denn je Sterben und Tod.[7] Triduum Sacrum. *Das höchste Fest, die wichtigsten Festtage der Christenheit.* Cäcilia stippte lose Strähnen zurück in den Flechtkranz, starrte über den Mittelgang. *Was ist wichtig genug, in die Messfeier zu platzen? Und weshalb senden die Italiener ihren Kurier nicht zuerst zu mir – wie immer?*

Der Bote beugte sich tiefer. Ludwig rieb seinen dichten Graubart, der Mund bewegte sich. Cäcilia presste die Kügelchen ihrer Gebetskette in die Flächen ihrer gefalteten Hände und rückte weiter an den Rand der Kirchenbank. Vergebens. Sie saß zu weit entfernt von der rechten Ehrenseite; Seite der Seligen und Erwählten Gottes.

Rechts, die Seite der Guten, die Gott erlösen wird, links, die Seite der Verdammten. Tod als Höhepunkt die Frau als Sünderin. Cäcilia fluchte auf Priester und Kirchenväter und wartete auf … nichts. Gottes Strafe blieb aus – kein Blitz streckte sie nieder.

Gott störte sich nicht an ihrer Meinung. Der Pfaffe in seinem grünen Messgewand blätterte eine Seite der Bibel um und quälte sich und die Versammelten im Kirchenlatein mit weiteren Zeilen aus dem Neuen Testament. *Vielleicht ist Gott taub.*

Herzogin Anna und die anderen Hofdamen, die Gäste aus Habsburg, knieten sich in die Christenpflicht und starrten zum Altar. Alle, abgesehen von dem Mädchen. *Mathilde.* Die älteste Tochter Rudolfs und Gertrudes von Habsburg schielte ebenso hinüber zur Bankreihe des Herzogs.

Der Chor setzte ein. Aus den Augenwinkeln bemerkte Cäcilia eine Bewegung. »Ihr schuldet Gott dem Herrn Gehorsam, nicht Eurer ewigen Wissensgier.« Afras Worte zischten zwischen das Liedgeflecht der Sänger. »Wisst Ihr immer noch nicht, was sich geziemt? Richtet Euren Blick zum Altar. Zeigt Dank und Demut für Euer Glück!« Der Finger der brünetten, wimpernlosen Schlange stach in Cäcilias Rücken. »Ihr seid nicht so besonders, wie Ihr glaubt. Ihr steckt Eure Nase in Dinge, die den Männern vorbehalten sind. Bis Ihr stürzt.«

Cäcilia fuhr herum. Sie schlug den Finger weg, packte das Handgelenk, drückte zu. »Ihr wollt im Gotteshaus die Stimme doch nicht noch lauter erheben während der heiligen Messe, Afra?« Afras Kiefer spannte sich. Gesichter schnellten in ihre Richtung. Die Lippen bebten und versiegelten den Schrei dahinter. Cäcilia ließ los. »Der Evangelist Matthäus hat Euch beeindruckt mit seinen Geschichten in der Bibel, nicht wahr? Die [8]Splitter in den Augen anderer seht Ihr deutlich. Vielleicht findet Ihr auch noch eine gute Verwendung für die Balken vor Euren Augen.« Sie blinzelte, legte den Kopf schief und tippte sich an die Nase. »Oder wolltet Ihr mich nur um einen Gefallen bitten. Soll ich Euch nochmal beibringen, wie man das Vaterunser spricht? Ich weiß, es ist nicht einfach für Euch, sich die Zeilen zu merken.«

Der Mund der Hofdame klappte auf, Röte schoss ihr in die Wangen. Das Kirchenlied endete, der Priester hob an zum Evangelium – die Köpfe über den grauen, braunen, mattblauen Gewändern drehten sich zum Altar.

Falten gruben sich tiefer in des Herzogs Stirn, die Knöchel an seinen Fäusten wurden weiß. Graf Rudolf rückte näher zu Ludwig; auch die Miene des Habsburgers furchte sich. Ludwig nickte, tauschte Blicke mit Rudolf, dann ein Flüstern. Der Bote straffte sich. Mit den letzten Silben der Geschichte von Jesu' letztem Abendmahl mit seinen Jüngern kehrte der Italiener auf dem Absatz um, das *Amen* des Priesters begleitete ihn hinaus. Der Herzog folgte ihm.

Verflucht. Cäcilia blickte sich um. *Ich muss bleiben. Herzogin Anna verzeiht viel, solange ihre geliebte Kirche und die Priester geachtet werden.* Sie seufzte und erduldete die Predigt, dann die Feier der Eucharistie. Der Segen des Priesters verwandelte das Brot und den Wein zum Symbol von Christi Leib und Blut, der Gottesmann schlurfte zu den Gläubigen und verteilte die Hostien.

Kann ein Mensch inmitten einer Bewegung in den Winterschlaf fallen? Cäcilia schielte zu dem leeren Platz. *Was auch immer die Kunde der Italiener ist, sie genügt, Ludwigs Zorn zu schüren und ihn aus der Messe zu treiben.* Cäcilias linste über die Schulter zur Tür. An dem Dunkelhaarigen in den Bankreihen stolperte ihr Blick, kreuzte seinen. Georg von Hardenberg rang um eine Spanne ihrer Aufmerksamkeit. Sie schlug die Augen nieder und kehrte sich ab von dem Mann, an den der Befehl des Herzogs und bald genug das Ehegelöbnis sie binden würde.

Der Rosenkranz wanderte weiter durch ihre Finger – einmal und noch ein zweites Mal. Sie spürte seine Augen auf sich. Dann endlich erlöste sie der Pfaffe mit dem Schlusssegen. Der Schäfchenschar war erlaubt, die Bänke zu verlassen und aus dem Gotteshaus zu strömen.

Das Gesinde wuselte vor der Herrschaft auf dem kurzen Fußmarsch von der Stadtkirche Sankt Jakob zur Herzogsburg. Almosensammler warteten auf die Bürger der Stadt Friedberg, auf die Ritter und Damen des Hofstaats. Die Hochgestellten kramten in Börsen nach Münzen, in ihren Herzen nach Güte. Aus dem Augenwinkel sah sie eine Alte mit silbernem Haar, etwas klapperte auf den Boden. Cäcilia huschte vorbei, atmete Frühlingsluft. Sie grüßte im Vorbeigehen Herzogin Anna und Gräfin Gertrude, Georg entdeckte sie ganz in der Nähe.

Afra trat in ihren Weg. »Vier Monde bleiben Euch, Dame Cäcilia.« Sie spuckte vergiftete Namenssilben aus. »Euren Vorteil in Annas Gunst habt Ihr längst verspielt, meint Ihr nicht? Ihr solltet vorsichtiger sein dabei, mit wem Ihr Euch einlasst und mit wem Ihr Euch anlegt, wenn Ihr Euch der letzten Tage und

Wochen an einem bedeutenden Hof erfreuen wollt. Oder habt Ihr gar unsere Gesellschaft über?«

Gottes Strahl auf diese Brut. Cäcilia fuhr über ihr Feuerhaar, hob Kinn und Mundwinkel an. »Habt Ihr …« Ihr Finger umkreiste ihren Mund. »Habt Ihr etwas gesagt? Ich sah Eure Lippen sich bewegen. Lärm lässt sich kaum vom Wesentlichen unterscheiden bei so viel Geplärr.« Sie deutete auf den gefüllten Vorplatz des Gotteshauses.

Afra stieß die gerollte Zunge zwischen den Zähnen vor und zurück, ihre Vertraute Brigitta hüstelte. »Der Hof wird Eure hellen Momente vermissen, Cäcilia. Welch Glück Eurem künftigen Gemahl zuteilwird.« Ihre Lippen verzogen sich im Spott. »Und nicht einmal an einen Fremden müsst Ihr Euch gewöhnen. Er wird Euch sicher ebenso glücklich machen wie Ihr ihn, diesen zweiten Sohn eines Pferdezüchters.« Mit dem Ärmel tupfte Afra ihren Mund. »Den Umgang mit Stuten ist er ja gewohnt. Ist es nicht ein Glück: Der Herzog hat sogar für Euch noch einen Gemahl gefunden. Der Hardenberger war zwar schon einmal verlobt, aber Ihr müsst Euch nicht grämen, weil Ihr nur zweite Wahl seid.« Die Umstehenden wandten die Köpfe.

Georg näherte sich, seine Schritte hallten auf dem Pflaster, seine langgliedrigen Hände striffen die Cotte glatt und richteten den golddurchwirkten Gürtel. *Was* … Cäcilias Denken überschlug sich. Sie spürte Georgs Blick, als ob er auf ihr Zeichen wartete – oder ihre Erlaubnis. *Verteidigt er mich, oder beschämt er mich vor den Augen dieser Nattern?* Ungewissheit nistete sich ein in ihrer Mitte. Sie ballte die Hand.

Im Licht der Abendsonne glitt sie vor die Hofdame. Sie hob ihr Kinn, die Stimme senkte sie und schoss ihren Blick in Afras Augen. »Die Türen Hardenbergs stehen Euch offen, meine Teuerste. Wann immer Ihr Eurer Dunkelheit entfliehen möchtet. Einen Platz finden wir sicher stets für Euch – neben den Stuten …«

Afra verschluckte sich, schnappte nach Luft.

»… oder dort wo es warm ist, neben den Ställen der Schafe und Schweine. Wo immer Ihr Euch wohlfühlt, meine Teure«, ergänzte Cäcilia.

Die Ohrfeige saß und brannte sich in ihre Wange. Der Knall platzte in die Gespräche der Umstehenden, nach und nach verstummte jedes Gemurmel.

»Miststück.« Afra streifte ihr Kleid zurecht.

Hinter ihr wandte sich Herzogin Anna den Damen zu. Cäcilia schmunzelte über den Gesichtsausdruck von Ludwigs Frau. »Schon gut, Afra. Wir kennen Euch ja, und Gott liebt Euch dennoch. Vermutlich.«

Alle Farbe entwich Afras Gesicht. »Ihr, Ihr …«, japste sie.

Cäcilia nickte der Herzogin zu, in Georgs Miene las sie etwas, das sie nicht deuten konnte. Sie knüpfte die Tasseln ihres Mantels enger. Auf dem Weg Richtung Stadtmauer spürte sie brennende Blicke im Rücken.

Wird er mir folgen? Ein Kribbeln bitzelte in ihrem Bauch. Sie musste an die Worte der Alten vom Köpfhäusl denken. Sah er mehr in ihr als nur die Mitschuld am Tod seiner Schwester? Konnte sie gemeinsam mit ihm dafür sorgen, dass ihr Einfluss auch in Zukunft etwas galt? Oder war er einfach nicht gut genug als Gemahl für sie? Die Holzbohlen sandten das Echo ihrer Schritte über den Halsgraben vor dem Burgtor, hinter ihr folgte … Stille. Sie seufzte. *Ich setze meine Hoffnung in jemanden, als ob ich's nicht besser wüsste.* In ihrer Mitte scheuerten Steine, bereit loszurumpeln und auf ihr Herz zu hageln. *Es gibt Wichtigeres zu tun und zu erfahren.* Sie nickte der Burgwache zu und verschwand im Treppenaufgang auf die Arkaden. Hinter der Vertäfelung entriegelte sie den Verschlag, huschte durch den Efeu in den Bretterspalt. Die Kette mit dem kleinen Schlüssel lag wie immer in der Lücke im Mauerwerk, sie zwängte sich durch die Pforte und öffnete damit auch die Luke im Boden. Sie schubste die Leiter nach unten.

»Verschwindet!«, knurrte er über seine Schulter. Ludwig stützte sich mit den Fäusten auf den Kartentisch. In seinem Nacken spannten sich Taue unter der Haut.

»Nein«, sagte sie. »Ihr könnt mich verheiraten und demütigen. Georg von Hardenbergs Haus ist unter meinem Stand. Doch einfach fortschicken könnt Ihr mich nicht. Ihr braucht mich.«

Er starrte auf die Karte, dann blickte er auf. »Diese Verbindung ist der Lohn für Eure Taten, Cäcilia.« Er hustete ein Lachen.

Sie zuckte. »Ihr straft mich?«

»Und Ihr wisst wofür.« Ludwig packte ihre Hand. »Mein Ratgeber könnte noch am Leben sein ohne Euer Ränkespiel.«

»Der Mord geschah, Beweise wurden gefälscht, der Verdacht fiel auf Ulrich. Jeder wusste, Euer Ratgeber war nicht der Mörder.« Sie seufzte. »Dennoch habt Ihr Ulrich verurteilt.«

»Ihr überspannt meine Geduld.« Er ließ sie los. »Ihr habt den wahren Mörder in die Burg gelassen, sogar in Euer Bett.«

Ihre Finger tippten auf einen Ort der Karte. »Eure erste Gemahlin gehörte zum Hof von Brabant. Dort bin ich aufgewachsen. Ich kannte Maria. Ich erinnere mich, was geschieht, wenn Euer Zorn die Geduld verbrennt. Entsinnt Ihr Euch, was Ihr getan habt?«

Ludwig erbleichte, er fuhr sich durch Bart und Grauhaar. »Maria …« Er schwieg.

»Euer Zorn hat Euch vor zwölf Jahren aus Eifersucht fortgerissen.« Cäcilia senkte die Stimme. »Zorn hat das Schicksal Eurer ersten Frau besiegelt, und im Zorn habt Ihr vor wenigen Wochen das Todesurteil über Euren besten Ratgeber verhängt. Die Blutföhre wächst an der Hinrichtungsstätte, wie er vorausgesagt hat. Sie beweist, er starb für einen Mord, den er nicht begangen hat. Er starb, weil er Eure Eitelkeit verletzt hat. Dafür musst er büßen.«

»Verfluchte Schlange! Ihr tragt Euren Anteil an seinem Tod meines Beraters.« Die Schatten im Raum waberten über Ludwigs Falten. »Und am Tod seiner Braut.«

»Georgs Schwester.« Cäcilia erbleichte. Im nächsten Moment fasste sie sich. Sie suchte seinen Blick. »Ihr wolltet von Eurem Ratgeber nicht hören, wo Ihr falsch gehandelt habt.« Ihr Finger stach in Richtung seiner Brust. »Statt aus Euren Fehlern zu lernen, wiederholt Ihr sie.«

»Genug! Ich kann die Zeit nicht zurückdrehen.« Ludwig richtete sich auf.

»Ich habe vor all den Jahren Konradin hierher begleitet, Euer Mündel, den Erben des Throns. In Eurem Kampf an seiner Seite kommen Euch meine Verbindungen zu den Fürstenhäusern im Süden zugute.« Sie verschränkte die Arme über ihrem goldgewirkten Gürtel. »Selbst jetzt, wo Ihr ihn im Stich gelassen habt.«

»Haltet den Mund!« Er fuhr zu ihr herum. »Ich habe ihn nicht im Stich gelassen.«

»Nennt es, wie Ihr wollt.« Sie winkte ab.

»Weib!«

»Welche Worte hat der Bote Euch aus Italien gebracht?« Sie kam seiner Antwort zuvor. »Neues von Eurem Neffen, Konradin? Mit wem sonst an Eurem Hofe wollt Ihr darüber sprechen?« Den Blick gegen ihn gerichtet, fuhr sie fort. »Oder könnt es.«

Seine Augen wurden schmal, er schob seinen Kiefer vor. Der Tisch bebte unter dem Faustschlag des Herzogs. »Herrgottnochmal! Ihr braucht …« Er stockte.

Eine Kette mit Löwenanhänger pendelte zwischen ihren Fingern, glitt auf den Tisch. »Ich brauche Euch nicht ständig an Eure Verantwortung zu erinnern?«, vervollständigte sie.

»Das Wappentier der Staufer. Und meines ebenso.«

»Konradin verlor seinen Vater, da war er gerade zwei Jahre alt. Ihr habt Eurer Schwester geschworen, für ihn einzustehen, als Ihr ihn als Mündel zu Euch genommen habt.« Ihr Daumen klappte ein. »Und …«

»Seid still!«

»… und nun wendet Ihr Euch im Zorn gegen Konradin. Weshalb? Er hat an Eurer Seite die Schlachten gewonnen, und dann habt Ihr Euch von ihm abgewandt.«

»Er…« Ludwigs Hand fuhr über seinen Mund, er senkte das Haupt. »Wir hatten eine Vereinbarung, und er hat sie gebrochen.«

»Er hat eigene Entscheidungen getroffen und lag richtig damit«, mutmaßte sie.

»Ich …«

»Ihr wurdet wütend, weil er Euch nicht mehr braucht.«

»Herrgott! Haltet das Maul!« Der Stoff an seinen Oberarmen spannte sich. Ludwig stützte beide Fäuste auf, schloss die Lider und schöpfte Zug und Zug Atem. »Stickrahmen und Zierrat sind die Aufgaben der Weiber, die Bücher und Schriften; Hauswesen und Hof liegen in der Hoheit der Herrin. Und…«

»Lenkt nicht ab!« Ihre Hand fegte die Kette vom Tisch. »Erteilt Ihr ihm eine Lektion?« Cäcilias Augen weiteten sich, sie fasste sich an die Stirn. »Charles d'Anjou überzieht uns mit Krieg, und Ihr spielt den Lehrer. Eure verletzte Eitelkeit übertrumpft all Euer militärisches Geschick.«

»Konradin ist sechzehn. Besser, er lernt jetzt die Lektion und kommt mit blauem Auge davon. Später«, er räusperte sich, »als Herrscher, werden noch mehr Feinde auf ihn lauern. Was ich tue, lässt ihn erkennen, auf wen er zählen kann.«

»Und wer Einfluss auf ihn haben wird«, murmelte sie.

Ludwig schob sein Kiefer vor. »Zu seinem eigenen Wohl.«

Cäcilias Wangen wurden kalt, bis in die Knochen fraß die Kälte sich. »Was habt Ihr vor?«, wisperte sie. »Er ist Fleisch von Eurem Fleisch. Er ist kein Bursche, dem man den Hintern versohlt. Konradin ist bestimmt für den Thron.«

Die feinen Glieder ihrer Armkette klimperten, sie befühlte den Anhänger, den Raubvogel. Die Erinnerung an den jungen Konradin glomm auf. Von einer Reise nach Italien hatte sie ihm vor Jahren einen Jagdfalken mitgebracht. Der fliegende Jäger hörte auf niemanden, nur auf den blonden Knaben. Konradin und der Falke. Als Konradin den Hof seines Onkels verließ, fand Cäcilia auf dem Tischlein in ihrem Zimmer das goldgeschmiedete Band. Auf dem Stück Pergament las sie in verwischten Lettern: *In Dank, in Erinnerung – Konradin.*

Sie blinzelte. »Ihr zieht Euren Vorteil aus der Lage Eures Neffen. Seht Ihr nicht: Ihr opfert ihn, nur weil Ihr ihm eine Lehre erteilen wollt.« Cäcilias Worte zischten wie die Flammen der Kerzen.

»Ihr wisst nichts, und Ihr versteht nichts, Weib!« Er löste seinen Schwertgurt und warf ihn auf den Boden. »Ihr werft mir Zorn vor und Versagen – vielleicht auch den Tod eines guten Mannes. Aber: Ihr liegt falsch, wenn Ihr denkt, ich würde Konradin opfern. Soweit kommt es nicht.« Er stemmte die Hände in die Seite. »Ihr genießt mehr Freiheiten an meinem Hofe als selbst die hochgestellten Herren.« Sein Blick maß sie, vom Scheitel, über die helle Haut ihres Ausschnitts, die Kurven, bis zum Gewandsaum. »Glaubt auch nicht, an einem anderen Hof erginge es Euch besser.«

»Ihr wisst wie ich: Die Ehe ist ein Geschäft. Vielleicht verhandle ich ein besseres Geschäft als Ihr, mit jemandem, der seine Eitelkeit nicht über das Wohl seiner Familie und die des Reiches stellt. Der Name meines Hauses hat Gewicht, wie die Verbindungen, die ich pflege.«

»Bald seid Ihr die Gemahlin des Hardenbergers. Er wird Euch daran erinnern, was sich ziemt und was das Wohl der Familie angeht.«

»Wir werden sehen.« Cäcilia rollte die Schultern und strich ihr

Feuerhaar nach hinten. Das Unbehagen in ihrem Bauch blieb. Sie tippte auf die südlichen Länder der Karte. »Es gilt, einen Krieg zu kämpfen.« Cäcilia hob den Kopf in Richtung des Lichtauslasses. »Und danach… Wer weiß, was danach ist.« Sie kniff die Augen zusammen. »Welche Botschaft hat Euch der Bote nun gebracht?«

»Konradin …« Er hielt inne und trieb seinen Dolch in einen der schwarzen Kreise. Pisa.

Sie glaubte, die Bedeutung zu erahnen. Ihre Mundwinkel zuckten. »Dann ziehen auch die Ghibellinen in Pisa mit Konradin?« Wut schoss in Ludwigs Miene. Sie stutzte. »Was stimmt nicht, Herzog?« In ihre Stirn gruben sich Falten. »Das war Euer Plan: Verbündete für Konradin zu gewinnen.« Sie räusperte sich und wiederholte: »Euer Plan. Ich habe meine Kontakte genutzt.«

Er hämmerte die Faust auf den Tisch. »Und wie Ihr sie genutzt habt.«

»Zur Hölle: Sprecht! Was ist falsch daran?« Cäcilia schnaubte, warf eine Geste in den Raum. »Konradin ist auf einem guten Weg. Auch kommen die Aushebungen für Euer Heer und das der Verbündeten voran.« Ihre Augen weiteten sich, sie starrte auf den Riss in der Karte. *War meine Vermutung falsch?* »Ist Konradin tot? Hat d'Anjou gesiegt?«

»Ich wünschte, er wär's.«

Sein Flüstern schauderte sie, sie schlang die Arme um ihren Oberkörper. Ihr Geist wanderte, dann erinnerte sie sich an frühere Besprechung. »Euer Neffe sollte in Verona warten.« Ihr Zeigefinger strich über das Papier. Sie zog das Messer heraus und legte die Klinge mit der Spitze Richtung Süden auf den Tisch. »Stattdessen hat er seine Marionettenfäden gekappt und beweist, er lässt sich nicht mehr so einfach lenken.« Er knurrte. Sie nickte. »Euer Neffe ist nicht mehr der hilflose Junge, er schüttelt Euren Einfluss ab. Wenn er die Krone tragen wird,…«

Seine Hand donnerte erneut auf den Tisch. Grimm glühte in seinen Augen. »Ich habe ihm das Herzogtum Schwaben abgeknöpft als Pfand dafür, in Verona zu bleiben. Er stand da, die Brouche an den Knöcheln – ohne Geld, ohne Gut. Er sollte nichts haben, um Dummheiten zu finanzieren.« Das Messer kreiselte. »Aber er hat es geschafft, Mittel zu finden, und Männer.« Die Spitze kam in Richtung Pisa zum Stillstand. »Und er rennt einfach los mit seinem Spielgefährten, diesem blondgelockten Badener. Glauben diese Bengel, ein Thronräuber mit der Erfahrung eines Charles d'Anjou lässt sich so leicht besiegen?« Der Herzog schnappte nach dem Griff und holte aus. »Wir brauchen eine Übermacht.« Langsam senkte Ludwig den Arm, die Leiter vibrierte vom Einschlag der Klinge. »Wir brauchen erfahrene Hauptleute, keine Träumer. Konradin und sein Friedrich begreifen es nicht. Ihre sechzehn Jahre begrünen die Ohren bis zu den Zehen. Wir hatten eine Vereinbarung. Konradin bricht sein Wort. Er sollte nicht ohne meine Verstärkung gegen Charles d'Anjou ziehen.«

»Aber er hat nicht gehorcht.« Ludwigs glühende Wangen beunruhigten sie. Ihr Blick verfing an einem zerrissenen Schreiben am Boden. Das Siegel erkannte sie. »Welche Nachricht kommt von Eurem Bruder aus Niederbayern?«

Der Herzog warf den Tisch um. »Heinrich weigert sich. Er verwehrt sich gegen meinen Ruf, Konradin zu unterstützen.« In seinen Augen glühten Feuerflammen. »Dieser undankbare Auswurf eines Köters.«

Cäcilia nickte. »Ihr seid besser dran ohne ihn. Euer Bruder wechselt die Seiten wie eine Biene die Blüten. Vergesst Heinrich, vergesst Eure Eitelkeit. Bislang waren Eure Vasallen Eure Stütze, und mit Ihrer Hilfe unterstützt Ihr Eures Neffen Sieg.« Sie trat näher zu ihm. »Vielleicht erübrigt Ihr nach den Schlachten noch ein Lehen als Hochzeitsgeschenk für treue Dienste eines Ritters.« Ihre Haltung straffte sich.

Sein Fausthieb donnerte auf den Tisch und selbst bis in die Bodendielen zitterte das Holz. »Genug!« Ludwig baute sich auf vor ihr, zog seine Augenbrauen zusammen. »Genug davon. Als ob dies wichtig wäre.« Ludwig schüttelte den Kopf. »Verschwindet, Cäcilia«, blaffte er, »... und sucht Euch ein Kleid für Eure Hochzeit.«

»Einen Teufel werd ich ...«

Wut furchte seine Miene. »Seid endlich still. Dieser Krieg wird Euch nicht helfen, Eurem Schicksal mit Georg zu entkommen.«

»Georg.« Cäcilias Miene verhärtete sich, sie starrte den Herzog an. Der nächste Gedanke drängte den Grimm fort. *Der Krieg ist Konradins Weg zu seinem Königreich. Mit der Krone auf dem Haupt wird er die Säulen seiner Zukunft setzen. Ist er an der*

Macht, verteilt er Lehen und Einfluss an seine Getreuen. Sie blinzelte und musterte Ludwig. »Das Schicksal hält mehr als einen Weg bereit, Ludwig. Glaubt nicht, Ihr seid der alleinige Herr über die Landkarte und die Straßen des Lebens.« Sie verschränkte die Arme vor der Brust. Trotz und Stolz gleichermaßen setzte sie ihm entgegen.

Ludwig knurrte. »Verschwindet, Weib! Schert Euch um Euren Dreck.«

†

†KAPITEL 4 – KONRADIN

FEINDE, FREUNDE

25. JUNI 1268, ITALIEN,
TOSKANA, PONTE A VALLE

»Nein.« Konradin lehnte die Stirn an den Pfosten. Die Abendluft nach der Schlacht stand vor Hitze, im Zelt wie draußen im Tal von Ponte a Valle. Er blickte von seinem Vetter Corrado am Kartentisch in Richtung der Nachtlager hinten im Zelt. Mithilfe des Knappen schlüpfte Friedrich aus Kettenpanzer, Wams und Hemd und streckte auf der Bettstatt Arme und Beine von sich. Die Kruste aus Blut und Erde auf der Brust des Gefährten hob sich unter den Atemzügen.

Konradin räusperte sich. »Gerolt, bring mehr Wasser und Tücher. Dann reinige Panzer und Schwert, kümmere dich um die Scharten und bessere die Ringe aus – bei meinem auch. Lutgar wird dir später dabei helfen.« Der Bursche nickte, huschte an Konradins Knappen vorbei und schob den Vorhang zur Seite. Der Staufer sah ihm nach. *Vier Jahre nur,* dachte er, *und doch liegen Jahrzehnte zwischen diesem und mir.*

Er wandte sich Corrado wieder zu. »Ich habe so entschieden. Wir lassen ihn am Leben.« Konradin schob den Unterkiefer vor und wischte sich über die Augen. Schweiß klebte das Hemd an seinen Rücken, er roch den Gestank der Schlacht an seinem Körper und schauderte.

Vor seinem Geiste erstand erneut der Krieger des Thronräubers. Der Schrei des Soldaten gellte noch immer in seinem Ohr. »Tod dem Staufer«, hatte er geschrien, wie jeder der anderen Kriegsknechte. Der Zweihänder sauste herab, Konradin zerrte an seinem Schild. Im letzten Moment duckte er sich weg, schlitzte die Waden des Kriegers und rammte in der Drehung die Klinge in den Bauch des Feindes.

Er rieb die Schulter und verzog das Gesicht. *So einfach halten mich Kirche und Charles d'Anjou nicht weg von meinem Thron.*

»Der Franzose würde aber…« Corrado knetete den Griff des

Dolches mit der einen, den Bart mit der anderen Hand. Der Zopf dunkler Haare glänzte vom Scheitel bis zur Brust. Schweiß perlte auf der Olivenhaut.

»Schluss!« Konradin straffte sich.

Sein Cousin verlagerte das Standbein und warf in Richtung der Nachtlager einen Blick.

Friedrich richtete sich auf, krauste die Lippen. Er fasste das blonde Haar zusammen. Die Haut schimmerte im Fackelschein durch das Spiel der Muskeln. Schweiß überzog seine Schultern und Brust und im Gesicht dort, wo Dreck und Blut noch Platz ließen. Sein Freund trat auf Corrado zu und legte ihm die Hand auf den Unterarm. Friedrich deutete ein Kopfschütteln an.

Corrado schob die Hand fort. »Vetter, das sind keine Lilien, das ist Unkraut. Du befreist dich nur, wenn du jeden von ihnen an der Wurzel ausreißt und zerstörst.«

»Er ist mein Gefangener, und wir machen es nicht wie der Franzose. Es ist mein Königreich. Das meines Vaters und unseres Großvaters. Friedrich hat die Sarazenen damals ins Land geholt und von ihrer Weisheit gelernt. Unser Großvater hat sie nicht aufgeschlitzt.« Zwei Schritte brachten Konradin zwischen die beiden. Er fasste den Ellbogen. Er spürte den Griff am eigenen Arm und Friedrichs Stirn an seiner. Er las seine Seele in diesem Blau unter langen Wimpern.

Corrados Arm packte er ebenso. »Du weißt das.« Konradin spiegelte sich in Corrados Augen, die so grün waren wie seine. »Bring mir de Braiselve.« Er nickte seinem Knappen zu. »Lutgar: das Bündel aus dem Waffenzelt.«

Der Vorhang raschelte, Corrados Seufzen blieb zurück, und Friedrich schüttelte den Kopf. Die Lider zitterten, die Lippen bebten. »Er sollte dich besser kennen. Lange genug reitet er an deiner Seite.«

»Er ist mein Fleisch und Blut. Ich weiß um seine Treue.« Der Zeltstoff rauschte lauter als Konradins Stimme. »In ihm brennt das Ungestüm des Südens.«

»Er ist nur zur Hälfte dein Blut.« Der Freund fasste nach seiner Hand, drückte sie und führte den Siegelring an die Lippen. »Dennoch: Er sollte wissen, du handelst nicht wie d'Anjou.«

Konradin legte dem Freund die Hand auf die Schulter. »Ich bin der Letzte der Staufer, und du bist Friedrich von Baden, mein treuester Freund.« Die Worte verwandelten das Blau von Friedrichs Augen in Dunkelblau, der Schrund an der Unterlippe schien all das Rot aufzusaugen. Konradin seufzte. »Du warst schon am Hof meines Onkels Ludwig an meiner Seite. Corrado erst ein gutes Jahr. Er ist hier aufgewachsen, in Italien. Seit Jahren zerren Kirche und Fremde daran. Franzosen, Deutsche. Es ist Spielball der Kurie, und je härter die Tritte und Schläge, desto lauter werden die Gebete im Volk.«

Die Hand des Freundes fand sein Schulterblatt. Der Atem klang wie der Wind bei Nacht über dem Meer kurz vor dem Hafen von Pisa. In Friedrichs Brust beschleunigte das Trommeln. Der Duft von Salz stieg in Konradins Nase und der von Erde und Kiefern. Und Schweiß und Blut. Die Berührung wurde fester.

Er entließ das Seufzen aus der Kehle. Friedrich knuffte ihn an die Brust, die Mundwinkel zuckten.

»Erschöpft?« Der Badener schnappte sich Konradins Fellumhang von der Bettstatt und stemmte die Hände in die Hüften. »Die Lichtgestalt unserer Hoffnungen wird doch nicht ermüdet sein – nach zwei, drei Schwertstreichen.« Er klatschte die Faust in die Hand und plusterte sich auf. »Das kommt von der weibischen Musik und den Dichtungen. Damit gewinnt man keine Schlachten. Und die Weiber auch nicht«, äffte er den Bass Ludwigs nach.

Friedrichs Hand schoss ihm zwischen die Beine und kniff zu, Konradin fuhr zusammen und prustete los. Lachend ließ sich der Staufer zum Kartentisch schieben.

»Genaugenommen ist Charles der mit dem Knüppel – oder dem Dreschflegel. Wie du willst. Der Papst hat ihn lediglich von der Leine gelassen.« Friedrich winkte ihn näher, nichts mehr erinnerte an die Albernheit von eben. »Du wirst ihn zähmen.«

Die Finger hinterließen Linien neben den Flüssen und über den Dreiecken bis nach Verona. »Erinnere dich: Dein Oheim und der Habsburger haben dich gewarnt. Du solltest in Verona bleiben, bis sie mit Verstärkung zurückkehren aus dem Norden. Du hast dich widersetzt. Und im letzten Brief verweigert dir Ludwig den Truppennachschub. Doch sieh nur: Fortuna ist mit dir. Pavia und Pisa haben dich mit Jubel empfangen, Siena auch. Du hast die Unterstützung der Ghibellinen gewonnen. Auf deine Weise. Ohne Ludwigs und Rudolfs Hilfe.« Er deutete auf die Gebiete nördlich der Alpen. »Sie untergraben deine Macht.«

»Ludwig hat sich um mich gekümmert, seit meines Vaters Tod. Du kennst ihn. Du warst selbst an seinem Hof.« Konradin warf die Arme hoch. »Ja, sein Zorn beherrscht ihn. Dennoch,« er ächzte, »schaden würde er mir nie.«

»Konnte er deshalb dein Recht als Thronerbe deines Vaters nicht verteidigen?«

»Ich war zwei Jahre alt.« Er dehnte die Worte. »Das war vor vierzehn Jahren. Welches Königreich sollte ein Zweijähriger regieren?«

»Und heute? Vertraut er dir nicht? Hat er deshalb auf dein Herzogtum als Pfand beharrt?«

Konradin blinzelte. »Friedrich …« Der Staufer verschränkte die Arme vor der Brust. »Schluss jetzt.«

»Weil er so sehr an deinen Sieg und dein taktisches Geschick glaubt?«

»Hier.« Konradin kreiste den Zeigefinger vor dem Gesicht des Freundes, beugte sich über die Karte und tippte in die Mitte der Toskana. »Ponte di Valle war das Vorspiel.«

»Er wird dir keine Truppen mehr senden. Das weißt du, Bruder.« Friedrichs Augen wurden wieder dunkler. Er lehnte sich an seine Seite und berührte Konradins Wange. »Freund.«

»Nein.« Er schüttelte die Berührung ab. Die Stimme war noch an seinem Ohr.

»Du weißt es. Und gleich, was du tust, du erringst seine Anerkennung nicht.«

Sein Stoß brachte den Badener zum Stolpern. »Spar dir deinen wehleidigen Blick«, knurrte Konradin. »Und deinen Mitleidigen auch.« Die Karte dämpfte das Klopfen des Knöchels kaum. Er räusperte sich. »Ponte di Valle war eine wichtige Schlacht in diesem Krieg. Ich habe hier Charles' Marschall trotz all seiner Erfahrung niedergerungen.«

Der Freund verdrehte die Augen, dann nickte er. »Ich verstehe. Damit willst du Ludwig beweisen, du bist gut genug für seine Unterstützung.«

Mit nur einem Streich schleuderte Konradin die Karte vom Tisch. »Du treibst mich in den Wahnsinn.« Er reckte die Hand nach oben und zählte an den Fingern ab. »Ich habe die Unterstützung der Ghibellinen, ich habe die Schreiben aus Rom.

Ich brauche meines Onkels Haufen nicht. Soll er es ruhig wissen.«

»Gut. Schreib ihm das!« Friedrich fuhr herum und drehte ihm den Rücken zu. »Zorniger Tor! Du bist genauso stolz und stur wie er. Herrgottnocheins! Nimm Gift, nimm Galle – schmier es auf einen Fetzen Papier. So wird er dir sicher keine Verstärkung senden.« Er wandte sich über die Schulter.

»Du verstehst es nicht, Friedrich, oder? Er wird es genau aus diesem Grund tun. Was für ein Herrscher bin ich, meinen einstigen Vormund, um Hilfe anzuflehen?«

»Ein Toter?« Der Badener schlug die Hand vor den Mund und riss die Augen auf. Er trat an seine Seite und griff seine Hand. »Verzeih mir.« Er schüttelte den Kopf. Für einen Moment senkten sich die Lider mit den langen Wimpern. »Das war mein Zorn, der aus mir spricht. Ich will dein Glück, dein Lachen, ich will, dass du das Recht erhältst, das dir zusteht. Ich will nicht dein Leid erleben – oder gar deinen Tod. Du bist das Licht in diesem Krieg, Konradin.« Mit den Lippen berührte er seine Fingerspitzen. »Für uns alle.«

Konradin zuckte zurück, entzog ihm die Hand, beobachtete, wie das Haupt des Freundes sich senkte und hob.

»Dein Onkel wird Truppen schicken. Ganz bestimmt.«

»Ja, er wird.« Er räusperte sich, suchte seine Stimme und fand sie. »Er wird«, versicherte er Friedrich. Und sich selbst. Er schauderte und forschte nach dem Fellmantel.

Der Badener folgte dem Blick und schon wärmte der Pelz Konradins Schultern. Unter die Haut bis zu seinem Inneren gelangte die Wärme nicht. Dunkelheit und Sorge durchfrostete ihn. Konradin beobachtete das Mienenspiel des anderen. Friedrich setzte sich ein Lächeln ins Gesicht, Konradin presste die Zunge gegen die Zähne und schnalzte. Den Mantel schleuderte er gegen den Freund. »Du kannst mich nicht blenden. Das – zuwenigst – weißt du gut genug.« Er seufzte. »Du glaubst nicht, dass Ludwig Truppen senden wird.«

Haupt und Schultern sanken herab, selbst die Konturen unter der Haut schienen zu schrumpfen. Friedrich legte die Handfläche auf die Rippenbögen über dem Herzen. »Verzeih.« Er schnappte die Karte vom Boden und breitete sie erneut auf den Tisch, einen Finger auf jenem Fleck von zuvor.

»Hier: Ponte di Valle.« Konradin stützte sich auf den Tisch und beugte sich vor. »Mein Sieg.« Mit Friedrichs Siegesgrinsen wagte sich auch seines zurück und drängte den Klumpen in seinem Magen ein wenig zur Seite.

»Über den Marschall von Charles d'Anjou.« Friedrich nickte. »Er ist mehr als doppelt so alt, und Erfahrung hat er reichlich in der Schlacht.« Der Schalk funkelte in Friedrichs Augen, eine Braue sprang nach oben. »Und...«

»In... Anderswo..., meinst du?« Er grinste und wischte nach seinem Freund. »Kindskopf!«

Der Gefährte legte nun ihm die Hand auf die Schulter. »Etwas Neues bricht an und ein frischer Geist weht durch das Land. Die Zeit der Alten ist vorüber. Alle werden es erkennen.«

Von draußen drang das Scheppern des Kochgeschirrs durch die Plane, Steine wurden gegeneinander geschlagen, Feuer prasselte. Irgendwoher dröhnte ein Rülpsen. Männer riefen sich zu. Der Vorhang riss auf, ins Zelt drängte sich die Abendbrise vor Corrado und dem Gefangenen. Zwei Waffenträger folgten, und spießten ihre Lanzen neben den Eingang in die Erde. Der Helme hatten sie sich entledigt wie des Kettenpanzers, der Düsternis in den Gesichtern nicht.

Jehan de Braiselves stemmte die Beine in den Boden. Lederbänder schnitten in seine Handgelenke, die Arme drückten die Hemdfetzen an die Brust. Die Finger hakten ineinander, den Schwertgriff suchend, wo keiner war. Der orange Haarring stachelte um einen Kranz aus Schweiß in die Höhe. Schlammbraune Knopfaugen forderten Konradin heraus.

Der Staufer zog seinen Dolch.

Der Marschall schob das Kinn und den roten Filzbart vor. Der Mundwinkel zuckte, der Blick war fest.

Der Staufer roch Alter und Verfall aus jeder Pore des Marschalls, sah die Adern am Hals des Feindes flattern. Konradin packte die Arme und drückte sie zur Seite. Ein Streich genügte. Die Fesseln fielen zu Boden.

Jehan de Braiselve drehte die Handgelenke, die Arme vor dem Gesicht. »Was...?« Er ruckte hoch, der Blick sprang zwischen der Klinge und Konradins Miene hin und her. Im nächsten Moment stand er still und aufrecht, die Augenbrauen hochgezogen, die Stirn gerunzelt.

Konradin trat zurück. Die Soldaten am Eingang strafften ihre Haltung und tauschten einen Blick. Zwischen Friedrich und ihm zückte Corrado das Messer und zielte die Spitze in Richtung des Gefangenen. »Er hat sein Leben verwirkt. Er hat den Tod verdient.«

»Weil er seinen Dienst erfüllt im Heer meines Feindes?« Konradin rammte den Dolch zurück in die Scheide, der Mann vor ihm zuckte. In dessen Gesicht schrien Fragen. Konradin winkte dem rechten der Soldaten. »Schick Lutgar rein.« Die Karte raschelte hinter ihm auf dem Tisch. Friedrich rollte sie zusammen.

»Jehan de Braiselve.« Die Augen des Mannes wurden schmal und schwenkten zu ihm. »Das ist Euer Name. Nicht wahr?«

Sein Gegenüber schwieg und zerstarrte den Boden. Konradin wartete, blinzelte und beobachtete jedes Beben und Zittern des Mannes. Er legte den Kopf schief. Stille. Eine der Wachen räusperte sich. Das Prasseln der Feuer draußen wurde lauter, wie die Stimmen.

Lutgar trug das lederumwickelte Bündel ins Zelt. Friedrich nahm dem Knappen das Gewicht ab. Die Rolle polterte auf den Tisch. »Hast du hineingeschaut, Junge?«

Der Blick des Burschen huschte zwischen den Männern und der Rolle hin und her. »Ich…«, stammelte der. »Herr…« Er suchte Konradin und verdrehte die Hände ineinander. »Es sind doch nur Werk…«

»Werkzeuge.« Friedrichs Stimme, die Betonung jagte Gänsehaut von Konradins Zehenspitzen bis zum Scheitel. »Die der Franzosen«, sagte Friedrich. »Aus ihrem Kriegslager.« Er löste die Schlingen und Bänder, das Leder entrollte scheppernd seinen Inhalt.

Die Oberflächen der Dinge auf dem Tisch überzog ein Rostbraun. Oder etwas anderes. Manche Materialien ähnelten Holz, manche Metall. Manche ähnelten tatsächlich Werkzeugen. Friedrich schnappte das Instrument mit dem geschliffenen Haken am Ende und drehte es in Lutgars Richtung. »Sie befragen Ihre Feinde damit und holen sich Informationen.« Lutgar gaffte darauf, dann auf den Franzosen. »Folter.«

»Besser ist, du gehst jetzt, Junge, und komm nicht so schnell zurück. Das gibt böse Träume«, raunte Corrado. »Bring ein paar

Lappen, später«, rief er ihm hinterher.

Mit einem Mal verlor Jehans Gesicht alle Farbe. Der Marschall rang nach Luft. »Ja.« Die Antwort presste sich endlich verzerrt durch die krumme, platte Nase. »Ja, verflucht, ja. Ich bin Jehan de Braiselve.« Er biss sich auf die Lippen. Die Hand ballte sich. Der Blick flackerte. »Nimm deinen Dolch, verdammt! Du Hurensohn! Du scheiß–blondgelockter Hurensohn. Nimm den Dolch! Und wenn ein Furz Ehre in dir ist, dann nimm das Schwert und setz meinem Leben ein Ende.«

»So leicht wird es nicht für Euch.« Friedrich räusperte sich. »So wenig leicht, wie Ihr es Euren Gefangenen macht.«

Der Marschall schlug die Augen nieder. Der Grauhaarige schüttelte den Kopf. Corrados Hand stieß von hinten in den Nacken des Mannes. Er packte zu und zerrte ihn zum Tisch. »Sieh hin. Sieh dir die Geräte genau an.« Corrado schubste den Marschall nur einmal, nur beinah in einen Krummhaken. »Du weißt, wie man sie benutzt, nicht wahr?« Der Dunkelhaarige spuckte aus. »Und ich weiß es auch.« Er schnaubte. »Hast du sie selbst zur Folter eingesetzt, oder nur Befehle erteilt um zu quälen und Informationen zu erhalten?«

Konradin nickte den Soldaten zu. Einer schlug die Zundersteine und bezog Posten in der Zeltmitte. Fackelfeuer flackerte über die Folterstücke, Corrados Miene verzerrte sich. Konradin wusste: Seinen Vetter quälte noch immer die Erinnerung an seine Gefangenschaft in Händen der Franzosen.

Corrado zwang den Franzosen tiefer, die Nasenspitze berührte Rost. Die Werkzeuge auf dem Leder, die Haken und die Zähne, die Klingen und Spitzen trieben jede Regung aus der Miene des Dunklen. Der Marschall stemmte Lider und Lippen aufeinander, stemmte sich gegen den Druck. Brust, Körper, die Bewegungen erstarrten. Die Muskeln am Hals spannten wie Seilstränge kurz vor dem Zerreißen. Er grunzte.

Dann blinzelte Corrado, eine Welle überlief das Gesicht, er löste den Griff. Der Nacken schnellte hoch. Er hob die Arme, stellte die Handflächen nach außen und fand seinen Platz hinter Konradin.

»So…«, begann Konradin, »so sind wir nicht.«

Des Marschalls Pranken klatschten auf den Tisch, Atemzug um Atemzug pumpte im Takt. Der Stoff der Beinlinge bebte auf

Höhe der Knie. Tief sog er die Luft in die Lungen, hob den Kopf. Er richtete sich auf, von der weit nach hinten gezogenen Stirn putzte er die Schweißtropfen. Er striff seine Kleidung glatt und nickte. »Jehan de Braiselve«, bestätigte er. »Ich bin der Marschall des Königs von Sizilien.«

»Ihr seid der Marschall des Charles d'Anjou, des Thronräubers, des Mörders meines Statthalters und des Schlächters von Benevent. Im Auftrag der Kirche«, stellte Konradin fest.

»Euer Statthalter war zu dumm für die Schlacht – und für den Kuhhandel mit der Kirche. Die Niederlage in der Schlacht von Benevent hat er sich verdient.«

»Manfred hat uns mit Mut in die Schlacht geführt wie ein Ehrenmann.« Corrado verwünschte den Marschall auf Italienisch. Konradin zog die Augenbrauen hoch. Seine Geste brachte den Vetter zum Schweigen und bremste die Vorwärtsbewegung des Soldaten. Der Krieger trat zurück und umklammerte weiter Schwertgriff und Fackel. Friedrich glitt neben Jehan, die Dolchklinge zielte auf den Schritt des Marschalls. »Vorsicht mit Euren Worten. In jedem Krieg gibt es Sieger und Verlierer, und manchmal entscheidet nicht mehr als Glück, wer auf welcher Seite steht.«

Konradin schob den Arm seines Freundes zur Seite. Das Nicken bemerkte nur dieser. Seine Worte träufelte er dem Marschall ins Ohr. »Hört mir genau zu.« Er wartete. »Hört Ihr mich? Hier wird es Euch an nichts fehlen, Jehan.« Er suchte ein Zeichen auf dem Gesicht. »Ihr werdet mich begleiten. Ihr teilt das Mahl mit mir, und Ihr brecht mit mir das Brot. Ihr folgt mir durch das Lager meiner Soldaten und sitzt neben mir am Feuer. Von heute an bis zu dem Tag, an dem ich Euch freigebe.«

Der Marschall runzelte die Stirn. »Was soll das?«

»Still!«, bellte Konradin. »Ich will keinen Mucks. Es sei denn, Ihr beantwortet meine Fragen. Kein Wort, keine Silbe, nichts. Zu niemandem.« Seine Geste deutete auf die Waffenträger. »Sie werden bei Euch sein, die gesamte Zeit. Sie werden Eure Stille hören – und ich werde hören, wenn Ihr die Stille brecht.«

Der Marschall schüttelte den Kopf. »Ihr…« Der Hieb in den Magen verwandelte den übrigen Satz in ein Stöhnen. De Braiselve richtete sich langsam auf. Der Soldat, der die Fackel trug, rieb die Faust am Leder ab, die Miene des Waffenträgers starrte unverändert, die des Gefangenen spiegelte Schmerz.

»Nichts werdet Ihr von Euch geben. Versteht Ihr das?« Konradin senkte das Kinn, den Blick bohrte er in das Schmutzbraun seines Gefangenen. Dessen Augen weiteten sich.

»Ich werde Euch behandeln als das, was Ihr seid: ein Edelmann in Gefangenschaft.«

Friedrich ergriff das Wort. »Ihr werdet sehen: Wahre Macht bedarf weder Gewalt noch Grausamkeit.«

Der Marschall schüttelte den Kopf, die Augenbrauen hochgezogen. »Junge, wir leben nicht in einer solchen Welt.« Auf Konradins offenen Blick senkte er den seinen und presste den Mund zu einem Strich.

»Raus.« Konradins Lippen bewegten sich kaum.

Die Soldaten packten de Braiselve an den Armen, zwischen den beiden stolperte aus dem Zelt. Corrado drückte Konradins Schulter, dann verschwand er.

Der Staufer stützte die eine Hand in die Hüfte, in der anderen barg er den Kopf, schnaubte. Der Klumpen im Magen war leichter geworden, verschwunden war er nicht. Noch immer scheuerte er in seiner Mitte, geschmolzenes Blei sammelte sich in den Gliedern und zog ihn in die Tiefe. Sein Arm streckte sich in Richtung seines Freundes.

»Es ist der richtige Weg.« Friedrichs Stimme vibrierte an seinem Ohr.

Konradins Bewegung stockte.

»Es wird gelingen. Dir…« Friedrich räusperte sich, »…wird gelingen, dein Recht durchzusetzen, Kon, und Charles für seine Verbrechen zahlen zu lassen.«

Er nickte.

»Es wird…« begann der Badener erneut.

Konradin wehrte dessen Berührung ab und schob ihn zur Seite. Die Frage in den Augen des Gefährten stach in sein Herz – und Zweifel in seine Seele. Finger krampften sich zur Faust. *Friedrich versteht mich nicht. Jetzt nicht – und nicht in der Sache mit meinem Onkel. Dabei weiß ich zu gut: Bitte ich Ludwig offen um Hilfe, so verliere ich mein Gesicht – und seinen Respekt.* Konradin rieb die Nasenwurzel und schloss die Augen. Kälte frostete mit einem Mal seine Brust und sein Denken. *Doch: Frage ich meinen Oheim nicht, verliere ich…* Er blickte sich um.

»Ich bin nicht schwach. Ludwig wird die Truppen senden – freiwillig.«

Mehr Fragen glühten auf Friedrichs Gesicht, er holte Luft. »Rechtzeitig?«

»Raus.« Konradin drehte sich ab. »Du auch.« Er seufzte.

Friedrich drückte Konradins Oberarm, packte die Finger und ließ sie nicht frei. Noch einmal führte er sie an die Lippen und küsste den Ring, verschluckte den Schmerz, als Konradin das Siegel mit einem Ruck härter entzog. Der Badener nickte und löste sich.

Der Vorhang fiel in Wellen hinter ihm über den Zelteingang.

Konradin riss an der Truhe. Mit einem Knall donnerte der Deckel auf das Gestell von Friedrichs Bettstatt. Er fletschte die Zähne. »Still!«, knurrte er. Er wühlte durch Stoff und Gürtel und endlich fand er, was er suchte. Papier und die Feder flogen auf den Tisch, mit dem Tintenfass war er vorsichtiger.

Er blickte noch einmal in die Richtung, in die Friedrich verschwunden war. »Nichts weißt du! Gar nichts.« Dann setzte er die Feder an.

†

†Kapitel 5 – Ludwig

Unwillkommen

Anfang Juli 1268,
Bayern, Friedberg

Das Papier spannte, das Schreiben der Verbündeten aus Italien zerriss in seinen Händen. Ludwig, der Strenge, schreckte auf. Die Julisonne glühte über den Zinnen der Friedberger Burg, doch auf seiner Haut gefror der Schweiß.

»Ich sollte jubeln«, murmelte er. »Der Papst nimmt Konradin also endlich ernst.« Er warf einen Blick über die Schulter. Der Bote verharrte in der Mitte der Plattform, hin und wieder wandte er den Kopf zum Ausgang. Die Gugel hatte er vom Kopf genommen und knetete den Stoff der Haube.

Ludwig fletschte die Zähne, er wandte sich ab. Über den Halsgraben der Burg schrie er seinen Schrei, über Bäume und Land hinweg, und über die Felder. »Bigottes Pfaffengeschmeiß!« *Bis zu den Toren Augsburgs trägt der Wind meine Worte nicht, zum Bischof erst recht nicht. Diesem verlausten Affen von einem Stellvertreter einer gierschlundigen Schlange von Papst. Und auch nicht nach Italien zu meinem Neffen.* »Konradin, verflucht!« Die Fetzen presste er an seine Brust. »Weshalb konntest du nicht warten.« Seine Lider senkten sich ein paar Atemzüge lang. *Der Papst hat das zweite Mal den Bann über ihn gesprochen und schickt d'Anjou mit noch mehr Macht und Mann gegen den Jungen. Das muss er doch sehen.*

Er sog die Sommerluft in seine Lungen. »Mach, dass dich schleichst«, warf Ludwig nach hinten. »Und eil dich!«

»Herr?«

»Zur Hölle!« Er fuhr um die eigene Achse.

»Verzeiht.« Husten unterbrach den Diener. »Herzog, verzeiht.« Der Mann zuckte. Die Wangen gerötet, den Blick gesenkt holperte er zur Tür. Und fiel. Und japste. Und krümmte sich auf den Boden. Die Umhängetasche klappte auf, Papierrollen ergossen sich auf den Planken. Eine Hand krabbelte zu den Schriften und stopfte sie zurück.

Ludwig marschierte neben das Menschenhäuflein. »Bist du des Schwachsinns Beute?« Er strählte den Stahlbart, quetschte die Ringe des Gürtelbandes und tat einen weiteren Schritt. »Hast zu viel vergorenes Bierbräu erwischt und dein Hirn versoffen?« Ludwig kniff die Augen zu Schlitzen.

Das braune Leinen wackelte. Der Mann barg das Gesicht, rollte sich noch mehr ein.

»Was glaubst du denn…« Die Stimme stockte, sein Blick fiel auf das Schreiben in seiner Hand. Die Hand ruckte zum Mund, er runzelte die Stirn und schüttelte den Kopf. »Eil dich, Bote!«, knurrte er. »Und schick mir den Hauptmann und die Hofdame her, und den Schreiber« Ihm fiel noch etwas ein. »Und einen Knappen mit Wein.« Er fluchte. »Hörst du!« Ludwig tat einen weiteren Schritt, sein Blick glitt über den Rand der Burg, drei, vier, fünf Atemzüge vergingen. Er murmelte. »Cäcilia.«

Eine Schweißperle zerplatzte auf dem Stein der Zinnen. Auf der Handelsstraße holperte ein Fuhrwerk in Richtung der ulricanischen Brücke. Es würde den Lech überqueren und zum Dämmer das Herz der Handelsstadt Augsburg erreicht haben. *Thelonei* strömte in die Kirchentruhen – Zoll für die Überquerung des Flusses machte den Kirchenfürsten noch ein wenig fetter.

Ludwig spuckte aus.

Die Spitzen des Augsburger Domes verhöhnten ihn aus der Ferne. »Konradin ist der wahre König im Heiligen Römischen Reich«, trotzte er. »Gott weiß es.« Der Wind verwehte die Worte wie Staub. »Am Ende wird Er der Gerechtigkeit helfen«, flüsterte er. »Gott verzeiht.« Ludwig schlug sich gegen die Brust, die Finger in die Hand gekrümmt, die Augen geschlossen. »Er verzeiht.« Die Sonne brannte, sein Hemdsärmel wischte die Rinnsale von seiner Stirn.

Entlang der Zinnen der Burg striff ein Lüftchen. Seine Hände schrubbten von den Ellen zum Handgelenk. »Ihr steht nicht über dem Recht der Welt! Fahrt zum Deifel, Clemens, und nehmt Eure Brut mit.«

Cäcilias Lachen stieß wie ein Dolch in seine Rippen. »Das sagt Ihr? Ausgerechnet. Habt Ihr Euch den Kopf gestoßen?«

Ludwig fuhr herum. »Zur Hölle mit Euch.«

Cäcilia löste das Tuch von ihren Hüften und glitt aus dem Schatten der Tür. »Da dürfte ich einiges an Gesellschaft haben«, setzte die Hofdame nach. »So es nach Euren Wünschen geht.« Sie schritt auf ihn zu. Mit einem Wurf fand das weiße Leinen seinen Platz. Der Schleier bedeckte den Ausschnitt ihres grünen Kleides und ihr Haar. Schmelzender Schnee zwischen einer Sommerwiese und dem Sonnenaufgang ihres Haars. Sie lehnte ihren Arm auf das Ziegelwerk neben ihm, als wäre nicht er der Herr der Burg.

Ihr Duft würzte seine Atemzüge, ihr Geruch durchdrang seine Sinne. Die Turmspitzen des Doms verschwanden, des Himmels Blau begnügte sich als Hintergrund der Konturen ihres Profils.

»Cäcilia.« Er stemmte sich gegen die Zinnen. »Ihr seid…«

»…dem Boten auf dem Weg begegnet?« Sie warf den Kopf in den Nacken. »Ich habe ihn gesehen – durch die Schlitze der Wand. Er wird noch eine Weile nach mir suchen.« Ihr Mund schnitt ein Lächeln an, ihre grünen Augen spotteten ihm. »Sagt«, sie wandte sich zum Ausblick und betrachtete die Weite der Landschaft. »Glaubt Ihr, Gott handelt an Eurer statt? Ihr wart nicht an Konradins Seite in der letzten Schlacht und habt dem Franzosen die Fackel nicht aus der Hand gerissen. Er zündet weiter das Reich an, das Konradin gehört. Soll nun der Christengott seine Scharen senden und das Feuer löschen?« Ihr Blick wurde hart. »Zum Teufel: Ihr habt die Aushebung der Truppen gestoppt. Konradins Truppennachschub ist versiegt.«

Ludwig schloss die Augen, seine Lider bebten. »Konradin hat die Truppen des Franzosen in der Toskana geschlagen und Charles' Marschall gefangen.« Die Papierfetzen raschelten in seinen Händen, lauter als seine Worte. »Das Löwenkind hat der Hyäne eine Wunde versetzt.« Er seufzte. »Ihr wisst,…« Er drückte sich von den Zinnen ab und richtete seinen Blick gen Himmel. »… was das bedeutet.«

»Ihr kommt zu spät.« Ihre Stimme war Frost mitten im Sommer. Sie räusperte sich, funkelte ihn an. »Ihr werdet zu spät kommen mit Eurer Unterstützung. Der Franzose wird diese Niederlage nicht einfach hinnehmen. Was immer ihm zur Verfügung steht, wird er gegen Euren Neffen werfen – Kriegslist, Waffen, Truppen.« Ihr Blick schweifte über die Zinnen und über das Tal. »So schnell er nur kann.« Ihre Finger spielten mit dem Anhänger an ihrer Kette, einem Schlüssel. »In einer Sache habt Ihr Glück: Das Volk in Italien hasst ihn und liebt Euren gutherzigen jungen Neffen. Andernfalls würde d'Anjou sicher eine List einfallen, deren Aberglauben für seine Zwecke zu nutzen.«

Der Herzog riss die Arme in die Höhe. »Himmelherrgott! Der Bursche ist sechzehn. Sechzehn! Ich habe meine Schlachten in dem Alter ganz anders geplant.«

»Ihr wart siebzehn und an der Seite von Konradins Vater, dem König.« Sie zog die Mundwinkel ein, die Augenbraue hoch.

Ludwig winkte ab. »Er hat doch Verstand genug. Er muss wissen, was geschieht, wenn man einen Tyrannen reizt. Warum – zur Hölle – hab ich ihn zu den Mönchen geschickt?«

»Er sollte aus der Geschichte lernen? Meint Ihr das?«, mockte sie ihn. »So wie Ihr?« Sie schnaubte. Ihr Haar fiel ihr ins Gesicht und über die Schultern. »Wie Ihr sagt, Ludwig, er ist sechzehn. Er schlägt sich gut, doch er ist jung und sein Gegner übermächtig. Die Kirche hat sein ganzes Haus zum Erzfeind erklärt. Wie soll er bestehen gegen diesen Feldherrn und diesen Papst?«

»Konradin büßt für die Sünden seines Großvaters«, seufzte Ludwig. Seine Finger durchpflügten das Grauhaar, zupften den Bart. Er wandte sich ab und wanderte über die Bohlen der Plattform. »Friedrich II. hat es gewagt, die weltliche Herrschaft über die Kirche zu stellen.«

»Kirche«, murmelte sie. »Ein Haufen alter Männer ohne Bindung an Land, Pflicht und Familie.«

Ludwig hielt inne und starrte sie an. Dann nickte er. »Papst Gregor IX. hat dem Stauferkaiser Friedrich diese Dreistigkeit nie verziehen und die Päpste nach Gregor ebenso wenig. Drei Jahrzehnte sind vergangen, und immer noch sieht ein Papst in Konradin den Antichrist.«

»Friedrich hätte den Kreuzzug damals nie abbrechen dürfen.«

»So oder so – Papst Gregor hätte damals genauso einen anderen Grund gefunden.« Seine Geste schmiss die Worte über die Zinnen. »Friedrich war erkrankt, und das war die Blöße, auf die der Papst gewartet hatte. Friedrich ließ aus Gregors Sicht die Kirche im Stich. Er exkommunizierte den Kaiser und erklärte ihn zum Feind.«

Sie schüttelte den Kopf. »Der Kirche gefällt es nicht, wenn man sich nicht beugt – unter ihre Hoheitsansprüche, ihre Lehren, ihre Auffassung von dem, was sich geziemt.«

Ludwig rieb über sein Gesicht. »Und Konradin glaubt nun, er

könne einfach gegen den geballten Hass der Päpste nach Rom ziehen und sich die Krone zurückholen von dem Tyrannen, den die Kirche zu ihrem Verteidiger und Friedensbringer ausgerufen hat.« Er schüttelte den Kopf. »Was für ein Wahnsinn. Er wollte nicht auf mich hören.«

»Stolz und Eitelkeit.« Ihr Finger stach in seine Richtung. »Weil keiner nachgeben will.« Cäcilia musterte die Veränderung in seiner Miene. Die Spannung seines Kiefers löste sich, in den Zug um seine Augen schlich sich Trauer und Bedauern. Sie stellte sich in seinen Weg. »An Ostern habe ich Euch gewarnt, Ludwig. Was habt Ihr nur getan.« In ihrem Flüstern blendete sie jedes andere Geräusch aus. »Vielmehr: Was habt Ihr unterlassen! Ihr hättet schon längst auf dem Weg zu ihm sein können. Erinnert Euch an unser Gespräch.«

»Der …« Ludwig stieß Luft aus, Röte schoss in seine Wangen. »Verflucht, Weib! Geht! Stickt weiter an Eurem Hochzeitsgewand!«, bellte er. Nach einer Weile murmelte er. »Oder verbrennt es.«

Jegliche Regung fehlte der Maske ihrer Miene. »Ihr lernt nicht aus Euren Fehlern. Eure erste Gemahlin, euren besten Ratgeber – aus Stolz und Zorn habt Ihr sie der nächsten Welt überantwortet.« Sie schüttelte den Kopf. »Wie oft muss ich Euch dies noch an den Kopf werfen, ehe Ihr umkehrt?«

»Verfluchtes Weib«, knurrte er.

»Ihr wollt meine Worte nicht hören?«

Ludwig fuhr mit der Hand über sein Gesicht. Er spürte ihren Blick und straffte die Schultern.

»Es ist noch nicht zu spät. Konradin muss in Rom bleiben. Im Schutz der Mauern kann der Franzose ihn nicht bezwingen. Die Römer sind ihm wohl. Ihr werdet sehen: Gerechtigkeit siegt.«

»So wie bei Ulrich?«

Ludwig erstarrte. Ihr Umriss, die Plattform, die Zinnen, verschwammen in seiner Sicht. Erst ihr Schrei weckte ihn, er lockerte den Griff an ihrem Handgelenk. Ludwig trat zurück. »Herrgott …«

»Ihr bemerkt es nicht einmal, nicht wahr?« Sie rieb die Knöchel, ihre Lider sanken herab. »Ihr ändert Euch nie.«

»Es ist noch nicht zu spät, wenn Konradin auf meinen Rat hört. Ich habe an Ostern im Zorn geurteilt.«

»Erneut.«

»Euch brauche ich nicht, in meine Wunden das Salz zu streuen.« Er drehte sich ab. Ludwig ließ mit seinen Fingern Spinnenschatten auf den Zinnen tanzen.

»Werdet Ihr für Konradin ebenso eine Kapelle bauen?«

»Soweit wird es nicht kommen!«

»Lindert das Eure Qual? Oder glaubt Ihr womöglich daran, wenn Ihr Euch das oft genug vorsagt.«

»Für Konradin wird es keine Kapelle geben.« Ludwig schlug auf die Zinne. »Er wird keine brauchen.«

Sie fasste ihr Haar und drehte es über ihre Schulter nach hinten. »Die Vergangenheit ist Staub.« Cäcilia hob die Hände an, ihre nächste Geste umfasste das Gelände unterhalb der Burg. »Die Zukunft formen wir.« Sie glitt neben ihn. »Noch könnt Ihr schnell genug sein: Truppen sammeln und Konradin zur Unterstützung erreichen. Nehmt Eure besten Hauptmänner und Ritter mit. Mit Fortunas Hilfe könnte es gelingen.«

»Habt Ihr dabei Georg im Sinn?« Er musterte sie. »Wünscht Ihr seinen Heldentod im Krieg, oder die Siegesprämie, die den Gefolgsleuten meines Neffen zukommt – ein Lehen, ein Titel vielleicht?«

Cäcilias Augenbraue wanderte nach oben, sie zuckte die Schultern. »Tod, Trophäen? Das Schwert hält Georg selbst in der Hand. Er kämpft in Konradins Namen und erkämpft sich seinen Weg, sein Leben, oder er verliert. Was am Ende für Euch, für Konradin, für Georg steht, kann ich weder sehen, noch bestimmen.«

»Ihr gewinnt in jedem Fall«, biss er.

»Ihr etwa nicht, Herzog? Keiner von uns tritt an, um zu verlieren. Ihr kennt den Wert von Mut, Erfahrung und Geschick in der Schlacht. Weshalb solltet Ihr einen Kämpfer nicht nutzen, der dies vereint?« Sie blinzelte. »Ludwig, was verliert Ihr, wenn Ihr Georg seinen angemessenen Lohn zukommen lasst?«

Im nächsten Augenblick schrak sie auf. Schritte polterten von der Treppe her. Cäcilia huschte zur Seite, eine Armlänge, zwei, drei, vier trennten sie nun von ihm. Ihre Miene glich einem Wintersee – wie stets, wenn sie von Menschen umgeben war.

Der Bass dröhnte aus Richtung der Treppe. »Mein Herzog.« Weitere Stimmen fielen ein. Stiefel polterten auf den Planken. Im

Bart des Hauptmanns brach sich das Sonnenlicht silbern, auf dem Kopf glänzte es in den Schweißtröpfchen. Gerhart gab das Zeichen mit einer Geste des Reitstocks und die drei Männer hinter ihm zogen ihre Lederhauben ab. Fäustlinge schepperten zum Gruß an die Brustplatte und jeder Waffenträger klemmte das Kinn gegen die Brust. Der Anführer beugte sein Knie. »Dame Cäcilia.« Sie verharrten, bis Ludwig sein Zeichen gab.

Cäcilia schob ein Nicken von sich, ihr Blick kreuzte die Blicke der Männer, und sie nickten erneut.

»Hauptmann.« Ludwig trat vor.

Gerhart tippte mit dem Reitstock in die Handfläche und umschloss schließlich den glattpolierten Griff.

Ludwigs Finger zählten entlang des Ledergurts die Jahre, seit er ihn kannte. Gerhart war einst sein Knappe gewesen – vor einer Ewigkeit. Ein Junge mit schwarzem Bürstenkopf; die grauen Augen hatten jeden Schatten aufgespürt, damals, wie heute. Vor jedem Aufbruch hatte der Schmächtling Ludwigs Zweihänder herangeschleift, mühte sich mit der Waffe, die ihn beinah überragte. Kein Mucks, kein Schnauben, kein Jammern verriet die Anstrengung. Dann huschte er weiter, zurrte die Rüstung an die richtigen Stellen. Gerhart war an seiner Seite gewesen bei seiner ersten Schlacht vor zweiundzwanzig Jahren. Gerharts Haarpracht gehörte mittlerweile zur Vergangenheit.

Ludwig rieb die Hitze von seinem Gesicht und die Erinnerung fort. »Wir entsenden das Heer zur Unterstützung meines Neffen.«

Der Hauptmann spreizte einen Daumen in den Waffengurt. Mit der Spitze des Reitstocks tippte er gegen das Knie. »Wie stellt Ihr Euch das vor?« Er schüttelte den Kopf. »Die Soldaten sind nicht bereit. Die Männer der Vasallen sind längst zurück in den Lehen und in deren Ländern. Rechnet vier Wochen, um die Waffenknechte um Friedberg und München zusammenzuziehen.«

»Dann ist dies der erste Trupp.« Ludwig brummte. »Sie verstärken Konradins Heer in Rom.«

Gerhart legte den Kopf schief und zog die Brauen hoch.

»Der Rest folgt. Dann werden wir in voller Stärke losschlagen.« Ihm fiel noch etwas ein. »Und: Der Hof bricht nach München auf.«

»Das bringt uns nur einen Tagesmarsch weiter in den Süden« Cäcilias Flüstern hörte nur Ludwig. Der Saum ihres Gewandes rauschte über die Dielen. Sie räusperte sich.

Der Hauptmann fuhr sich durch den Bart, er beugte sich zu den Männern. »Holt mir Hardenberg. Den Älteren. Bringt ihn in meine Stube.« Er gab den Wachen ein Zeichen. Ihr Poltern verklang.

»Was wollt Ihr mit ihm?«, verlangte die Rothaarige zu wissen, der Augustwind trug ihre Worte über die Plattform, die Kopfe der Waffenträger ruckten in ihre Richtung.

Hitze loderte in Ludwigs Kopf, in seinen Wangen. In Gedanken verfluchte er sie. Jede Rille des Schwertgriffs spürte er in seiner Hand. »Weib«, mahnte er und erntete ihr zorniges Funkeln, doch weitere Worte ersparte sie ihm.

»Das Kommando des ersten Trupps hat Conrad von Hardenberg.« Gerharts Lider verengten sich zu Schlitzen, das Kinn stach vor. Er erfasste Cäcilia, dann wieder ihn und wischte sich über den Mund. »Mein Herzog, habt Ihr weitere Befehle für mich?« Er packte den Stock fest.

»Hauptmann, Ihr habt mich gehört, Ihr wisst, was getan werden muss. Ihr kennt die Männer und wo ihr Platz am besten ist.«

Gerhart schwieg und nickte. Ludwig stapfte auf ihn zu. Hinter sich spürte er Cäcilia lauern. Der Herzog krallte seinen Blick in den des Gegenübers. »Wir stoßen zu Konradins Heer und beenden diesen Krieg. Er muss nur in Rom bleiben.« Ludwig senkte die Stimme. »Ich brauche einen Boten, dem ich vertrauen kann.«

»Ihr braucht einen, der Konradin überzeugt und die italienischen Verbündeten.« In Cäcilias Stimme hörte er ihr schneidendes Lächeln.

Der Hauptmann blinzelte. »Ihr habt einen im Sinn, Herzog?« Gerhart zeichnete das Kreuzzeichen auf Stirn, auf Lippen, auf Brust. »Gnade ihm der Herr im Himmel.«

†

†KAPITEL 6 – ALBRECHT

TOD UND AUFBRUCH

ANFANG JULI, HERZOGTUM BAYERN,
UMLAND, BEI FRIEDBERG

Er schreckte hoch, Albrechts Kopf knallte gegen den Holz-tisch, und weiße Lichtfunken barsten in der Dunkelheit der ver-lassenen Burgküche von Eurasburg. Der Schmerz trieb dem Diener Tränen in die Augen, sein Grunzen den Rotz aus der Nase. Andere Laute entrangen sich Albrechts Munde nicht; dafür hatte der Pfaffe vor langer Zeit gesorgt. Kein Tag seit seiner Kindheit, an dem er die Zunge nicht vermisste. Noch mehr als sonst vermisste er die Zunge seit dem Tod seines jun-gen Herrn, Hans. Er vermisste auch eine Menge anderer Dinge.

In seinen Lumpen zitterte er trotz der Sommernacht. Schweiß durchtränkte die Fetzen seiner Kleidung und klebte sie an seinen Körper. Sie stanken. Er patschte rundum auf den Lehmboden, die abgefieselten Knochen schob er zur Seite, was an seiner Hand kleben blieb, wischte er an den Steinen am Boden ab. Etwas Weiches dämpfte die Geräusche. Er riss es an sich und wickelte sich darin ein.

Sein Magen brüllte – heute lauter als die drei Tage davor. Er wischte mit dem Handrücken den Rotz ab und an seine Lippen, sog Speichel zusammen und schluckte ihn.

Der Mond geizte mit dem Licht, sparte sich auf für wenige der Umrisse des zerbrochenen Hausrats und die umgekippten Bänke. Albrecht lehnte sich an den Backofen und rieb den Schädel. Kitt rieselte aus dem Mauerwerk zu Boden. Er sammelte ihn auf, rieb ihn zwischen den Fingern und roch daran. Und dann warf er ihn in die Höhle seines Mundes. Er kaute, er schluckte, hustete und barg den Kopf in den Händen.

Sein Blick huschte zur Tür. Zerborstene Bretter quietschten im Durchgang zum Palas der Burg Eurasburg. Er sah zur Decke. Seit gestern kläffte wenigstens der Köter des alten Burgherrn nicht mehr, und auch sein Japsen war verstummt. Zerschlagene Möbel würfelten sich über den Raum, dazwischen geleerte Weinkrüge und Scherben. Dort oben war das Reich des Vaters von Albrechts einstigem Herrn. Der Schlagstock wartete gleich neben der Hand des alten Grafen von Eurasburg. Essensreste hatte der Alte durch den Raum geschleudert. Sie schimmelten auf dem Holzboden zwischen Blut, Pisse, Asche und Kot. Alles, was geblieben war, hatte der Alte versoffen oder verbrannt oder verdorben.

In Albrechts Bauch polterte ein Grimmen. Vielleicht fand sich in den Resten noch Essbares? Vielleicht der Hund? Doch dafür musste er dort hoch. Ihn grauste der Gedanke. Er zuckte zusammen. War da … ein Geräusch, dort oben? Ein Knarzen in den Dielen? Er schüttelte sich, versuchte, seine Lider aufzustemmen gegen diesen Traum, der wiederkehrte seit zwei Nächten. Er stierte in die Dunkelheit, setzte sich auf. Die Müdigkeit siegte. Schlaf zerrte ihn in Düsterwelten.

Die Augen des Alten quollen hervor. Die Füße zappelten nicht länger. Der Alte hatte damit aufgehört, und aufgehört, nach ihm zu schlagen. Atemzüge rasselten, raschelten. Die Haut an dem Hals glich vertrockneten Blättern. Sie zerfielen beim Anfassen. Der Mund des Alten klappte auf, klappte zu, wieder auf und gab ein Röcheln frei und den Gestank von Wein.

Die Augen waren glasig, sie tränten. Rote Flüsschen durchzogen die gelbliche Verfärbung der Äpfel. Sie schwollen an. Beinah quollen sie aus den Höhlen.

Albrecht hörte das Knacken mehr, als er es spürte. Dann erschlaffte der Alte. Dann – nach einer Weile – wurde die Fratze blau, dann schwarz. Leere starrte Albrecht an.

Albrechts Körper kippte, der Stumme riss sich aus der Klammer des Schlafs. Wie lange würde dieser Traum ihn verfolgen? Albrecht rieb sich die Augen, er leckte sich die Lippen. Schmerzen krampften seinen Bauch. Am Ofen schob er sich hoch und entlang, griff nach dem Schlauch auf dem Tisch und schraubte am Verschluss. Ein paar Tropfen wanden sich bis auf die Risse in seinen Lippen. Er schleuderte den Schlauch davon – und bereute mit dem nächsten Atemzug. Er schrie ein Grunzen zur Decke, ein Fluch, wenn ihm eine Zunge geblieben wäre. Dem weiteren Stich in seine Mitte gab er krümmend nach. Noch einmal sah er sich um. Als wenn er nicht wüsste, dass nichts Essbares mehr hier war.

Er schnappte die Decken und sein Weniges an Gewand von der Bank. Das klebrige Leinen tauschte er gegen Untergewand und Hemd, schnürte die Brouche und zog die ledernen Beinlinge hoch. Einst hatten sie Hans gehört. Auf dem Weg zum Stall band er den Gürtel, dass er ihn beim Reiten nicht engte. Er befühlte Leder und Zaumzeug. Mit dem schäbigen richtete er das Tier, das feinere – vielleicht – konnte er verkaufen. Früher hatte es Hans gehört. Vielleicht fand er Essen dafür. Friedberg war nicht zu weit weg mit dem Markt. Vielleicht fand er Beeren im Wald auf dem Weg dorthin. In seinem Mund lief Speichel ein.

Im Hof der Burgruine verschlangen Gras, Flechten, Moos und dürre Stängel jeden Laut. Die Welt hatte Eurasburg vergessen. Er würde dem Beispiel folgen. Die Holzbrücke schickte Hufklappern und Schritte in die Dämmerung, als harrte der Wald dieser Geräusche. Der Mond verblasste, Schwarz wich Grau.

Albrecht warf sich in den Sattel und grunzte antwortend auf das Wiehern des Roten. Angelangt auf der Straße nach Friedberg wischte der Morgen den Schleier davon. Er blickte auf die zerschlagenen Knochen einer Burg und spuckte aus. Der Alte würde ihm nichts mehr antun. Im Galopp verschmierte bald Baum um Baum zu einem Band, durchbrochen von Feldern und Wiesen.

Die Sonne stippte Wärme in seinen Nacken. Er blinzelte den Schlaf aus seinem Kopf, brachte den Roten auf dem Weg zum Stehen und überlegte einen Moment. Er erahnte die Befestigung der Stadt Friedberg und die Verschläge vor der Holzmauer. Albrecht saß ab. Und pisste.

Einer wie er hatte weder Zaumzeug noch Pferd zu besitzen. Er zog das Tier in den Wald, bis sein Weg versperrt war, band den Roten an einen geborstenen Stamm. Farne übertrampelte er, Waldmeister und Gestrüpp. Kletten klebten sich an die Beinlinge, Zweige knickten, wie die Ärmchen und Ästchen der Brombeeren brachen. Er riss die Hand hoch, stopfte die Früchte in sich – gleich ob grün oder reif. Albrecht schob sich durch das Unterholz zur Straße. Stimmen und Worte und knirschende Räder vernahm er, Viecher schnaubten.

Das Buschwerk verbarg ihn, bis der Ochsenkarren vorüber war, und er lächelte. Das war seine Gelegenheit. Er buckelte hinter dem Berg an Heu her und klaubte ab und an die Halme auf, die herabfielen auf den Weg und auf die Brücke zur Burg. Er erinnerte sich an den Ort. Hans hatte hier seinen Tod gefunden. Und Albrecht erinnerte sich an jeden, der Schuld daran trug. *Cäcilia.*

Die Wachen stoppten das Gefährt.

Albrecht neigte den Kopf, bis sein Kinn das Brustbein schier durchbohrte. Weiter hinauf als bis zu den gewickelten, geknoteten Bändern der Schuhe des Waffenträgers reichte sein Blick nicht. Die Spießstange rutschte nur wenig in Albrechts Richtung und gleich wieder zurück. »Selbst aus dem letzten Halm weiß das Bauernpack noch Geld zu machen.«

Die Arkaden im Burghof schluckten die Lästerstimmen der Wachen. Hunger war stärker als Erinnerung. Albrecht watschelte seiner Nase nach. Aus der Burgküche zu Friedberg, aus Türen, aus Fenstern stiegen Nebel auf. Wolken von Gebrühtem hingen über den Töpfen, Haxen baumelten von der Decke und Büschel an grünem Gestrüpp.

Sein Bauch brüllte, sein Mund stand offen. Brot dampfte auf dem Tisch neben ihm. Küchenschürzen und –hauben wuselten vorbei, schubsten. An der Feuerstelle plärrte ein Riese mit Pelz im Gesicht alle anderen an. Zwei Küchenknechte sprangen herbei, hievten den Bottich aus den Ketten des Dreibeins. Brühe verzischte im Feuer. Alle Gesichter folgten dem schwankenden Kessel, bis er seinen Halt auf dem Schemel fand.

Albrecht wusste seine Gelegenheit zu nutzen.

†

†Kapitel 7 – Mathilde

Nachtlicht

Juli 1268, Friedberg

Sie schrie, sie schreckte hoch. Nichts rührte an der Dunkelheit. *Die anderen schlafen noch.* Mathildes Herz rannte, ihr Blick durchforstete die Kammer. *Immerzu keifen sie, meine Schreie sind laut. Jedes Mal, wenn eine von ihnen mich wachrüttelt. Heute nicht.* Mathilde rieb sich die Schulter. Sie barg ihr Gesicht in der Beuge ihres Armes und presste die Lider so fest zusammen, bis es schmerzte. Die Träne wischte sie mit dem Handrücken ab.

Der Morgen war noch weit, die Nacht würde sich noch eine Weile strecken – am Schnarchen der ältesten Hofdame gemessen. Mathilde seufzte. *Gleichgültig wie sehr ich mich wälze – hin oder her auf diesem Bettgestell. Ich bin normal. Und ich bin kein verwöhntes Balg, nur weil die anderen das sagen. Zu Hause war Katha bei mir und Agnes und Hedwig und Mia. Wir hatten unser Gemach auf der Habsburg und Ortenberg, und die Damen hatten ihres.* Mathilde zwang Strähne um Strähne ihres hüftlangen Haares überkreuz und zurrte den Zopf fest. Seit Ostern war sie hier am Hof des Eiskönigs. Sie gehörte dem Hofstaat der Herzogin an, und immer nagten die Stimmen der Hofdamen an ihren Ohren und krochen hinein. Nicht so viel lesen sollte sie. Sie sollte ihre Gedanken für sich behalten – vor allem die Fragen. Sie sollte nicht glauben, als Tochter des Habsburgers wäre sie etwas Besonderes.

In der Werkkammer klapperten die Ratschläge beinah im Takt der Spindeln. Der Geruch von Papier und Tinte, die Logik der Zahlen und das endlose Wissen von Pater Augustinus ließen sie zwischen den Bücherregalen der Studierzimmer die Stunden mit den Stickrahmen überstehen.

Sie fischte nach ihrem Mantel unter dem Bettgestell und schlich auf Zehenspitzen aus dem Schlafsaal, dann durch die Werkstatt. Dort griff sie unter die Bank, gürtete den gefüllten Wasserschlauch um ihre Hüften. Die Tür glitt hinter ihr ins Schloss.

Zwitschern und Zirpen füllte die Augustnacht und im Sternenlicht raschelte Mathilde sich in die Stoffe und ins Schuhwerk. Die Hände an der Brüstung atmete sie die Ruhe auf dem Burghof zu ihren Füßen.

Beinah wie zu Hause. Sie wischte fort, was sich an Feuchtigkeit in ihr Auge geschmuggelt hatte. Auf dem Arkadengang tapste sie ihre übliche Runde.

»Es ist, was ich wollte«, murmelte sie den efeuberankten Holzpfeilern zu. Sie schloss die Augen für einen Moment, und für einen Moment lag der Weinberg unter ihr und die Zinnen der Habsburg. Der Wind strich ihr die Frühlingsluft unter die Nase, und sie zuckte. *Nein. Nicht wie daheim.* Sie huschte die Treppen hinab und durch die Pforte auf den Weg zum Burggraben. Und stutzte.

Der Duft, die Haltung, die Art, wie sie die Hände überkreuz in die Wasserfallärmel schob. Mathilde brauchte kein Sternenlicht. Sie kannte das lange Haar in der Farbe von Feuer und die Augen – so stechend grün. »Was …« Sie nickte und blinzelte die Überraschung weg. Ein Schritt zur Seite brachte mehr Abstand. Die Rothaarige stand mitten im Pfad. »Was tut Ihr hier?«

»Kannst du nicht schlafen? Wieder einmal.«

Mathilde schob ihr Kinn vor. »Geht!«, zischte sie und ärgerte sich.

»Vielleicht solltest du zurückgehen nach Habsburg zu deiner Familie.« Die Hofdame kämmte ihr Haar mit den Fingern und mit der nächsten Welle ihres Arms floss es über Schulter und Ausschnitt. »Oder hast du nicht die Wahl als Tochter eines Grafen?«

»Meinem Vater sind mehr Länder zu eigen als den meisten Herzögen«, schnappte sie. »Bildet Euch nichts ein, nur weil der Name Eures Hauses alt ist. Und weil Ihr die Schlafkammer nicht teilt mit uns anderen.« Sie zog die Lippen zusammen. »Ihr geht vielleicht …«

»Ich gehe, wohin ich will?« Cäcilia fiel ihr ins Wort. »Verwundert dich das?«

»Nein.« Ihre Hand schoss vor den Mund. »Ja.« Mathilde räusperte sich. »Weshalb habt ausgerechnet Ihr das Recht dazu?«

»Ausgerechnet ich?« Die Ältere dehnte jede Silbe. Wort für Wort triefte herab zu Mathilde. Die Rothaarige hob die Augenbrauen, dann schüttelte sie den Kopf. Sie wandte sich um und ging.

»Bei allem, was geschehen ist«, beeilte Mathilde sich, »... bei allem, was man sich erzählt.«

Cäcilia blieb stehen. »Was weißt du schon davon.«

»Erzählt es mir«, forderte sie. »Die anderen – schließlich –, sie erzählen über Euch.«

»Das beschäftigt die Damen, und sie kommen nicht auf noch dümmere Gedanken.«

Mathilde zwang das Schmunzeln aus ihrem Gesicht. »Ihr habt einem Mörder die Türen zur Burg geöffnet. Die Damen sagen, Ihr habt ihn in Euer Bett gelassen. Schämt Ihr Euch nicht? Ein Edelmann fand den Tod deswegen und seine Braut ebenso. Und Ihr habt einen Ritter verhext.«

Cäcilia zuckte mit den Schultern. »Tod. Am Ende kriegt er uns alle. Wer wir sind, fragt er nicht. Der Edelmann, die Braut, der Mörder. Alle nimmt er mit. Ende der Geschichte.«

»Und den Ritter?« Mathilde trat näher, sie verengte die Augen. »Ihr wisst genau, wen ich meine: Die Kammern laufen über von den Gerüchten um Georg von Hardenberg und Euch.«

Cäcilias Miene bebte. »Lächerlich.« Sie spielte die Angelegenheit herunter. »Gerüchte gibt es immer. Wie bei allen Gerüchten findet Ihr dabei nichts als Lüge, Neid und Tücke.«

»Könnt – oder wollt – Ihr die Geschichten nicht davon befreien?« Die Grafentochter kaute auf ihrer Unterlippe. »Habt Ihr einen Ritter verhext? Wie habt Ihr ihn verzaubert, damit er seine Verlobung mit einer anderen gelöst hat?«

Das Lachen der Hofdame perlte in den Rund und verklang. »Kein Mensch verhext einen anderen Menschen. Niemand hat Macht über ein Herz.« Sie flüsterte. »Nicht einmal über das eigene.« Cäcilia senkte ihr Haupt. »Wir sind uns begegnet vor langer Zeit, und ab dem ersten Augenblick wollten wir unsere Zukunft gemeinsam schmieden. Georg wartete nicht auf die Zustimmung unserer Familien, er löste seine Verlobung. Zu früh, zu ungeschickt. Er stellte alle bloß; seine Familie, die Familie der Frau, der er versprochen war, mich. Mein älterer Bruder entzog mir den Zugriff auf meinen Erbteil und meine Mitgift. Nach unserer Hochzeit wären wir mittellos gewesen.«

»Hat Euer Bruder Euren Anteil zurückgegeben?«

Cäcilia verneinte. »Ohne einen Fürsprecher oder einen herrschaftlichen Erlass bin ich weiterhin an das Wohlwollen des Herzogs gebunden.« Sie strich ihr Feuerhaar aus dem Gesicht und deutete in Richtung des Köpfhäusls, der Richtstätte neben der Burg. »Georg handelte vorschnell, und ich zahle den Preis dafür.« Sie seufzte, hob den Kopf zum Sternenzelt. Ihre Worte schienen getragen vom Hauch der Nachtluft, nicht länger von ihrer dunklen Stimme, ihre Lider geschlossen.

»Ihr habt nicht den Bund mit ihm geschlossen, obgleich er alles für Euch aufgegeben hat?« Mathilde trat zurück.

»Weil er vorgeprescht ist und …« Cäcilia unterbrach sich. »Die Ehe ist kein Minnelied, Mädchen. Die Ehe ist ein Geschäft, selbst dann wenn …« Der Satz brach ab. Sie räusperte sich. »… selbst wenn einem das Herz Liebe vorgaukelt.«

»Aber Ihr habt das Bett mit ihm geteilt, ehe Ihr ein Gelöbnis gesprochen hattet.« Sie furchte die Stirn unter dem hustenden Lachen einer Antwort. »Das ist Unzucht. Und der Mörder kam auch zu Euch.«

»Unzucht.« Sie lachte. Drei Schritte – und Cäcilia war bei ihr. »Grafentochter, wer legt fest, was Unzucht ist?« Die Augen blitzten. Sie richtete sich auf und verschränkte die Finger. »Weshalb bist du hier? Willst du mich mit dem immergleichen Sermon der Kirche betäuben?« Ihr Ausdruck tadelte Mathilde. »Du schleichst dich Nacht für Nacht zum Köpfhäusl und zur Blutföhre. Dabei weißt du nichts von dem, was geschehen ist und weshalb sie wächst. Kennst du die wahre Geschichte?« Die Hofdame seufzte.

»Ich habe gefragt.« Mathilde ballte die Hände. »Ein verarmter Freiherr hasste den Edelmann Ulrich und beging einen Mord. Die Braut des Edelmanns starb an gebrochenem Herzen.« Eine Maus schoss zwischen den Büschen hervor, Mathilde erschrak. Das Tierchen huschte über die Kiesel fort. »Ihr hattet Euch mit dem Mörder eingelassen und ihm den Weg zu dem Edelmann geebnet«, setzte sie hinzu. »Der Baum wächst als Zeugnis für die Liebe.«

Die Hofdame blinzelte, dann beugte sie sich näher. »Glaubst du dieses Märchen? Ein Baum, der wächst als Liebesbeweis. Wie alt bist du?« Sie neigte den Kopf.

»Seltsam, wie Ihr das sagt.« Mathilde runzelte die Stirn. »Ich habe den Baum dort oben an der Richtstätte gesehen.«

»Liebe ist ein Geschäft. Liebe erschafft keine Wundertaten zu unserer Unterhaltung.«

»Was verbirgt sich hinter der Blutföhre?«

Im Mondlicht schimmerte Cäcilias Haut wie frischgefallener Schnee. Sie senkte die Stimme, seufzte. »Wahr ist: Der Baum wächst, und beweist die Unschuld des Edelmannes. Ulrich von Mering wollte seine Untertanen schützen und hat sich gegen einen mächtigen Herrscher aufgelehnt. Der Kämmerer dieser Burg wurde ermordet gefunden. Ulrich geriet in Verdacht, und der Herrscher nutzte die Gelegenheit, einen aufmüpfigen Ratgeber loszuwerden. Bei seiner Verurteilung hat Ulrich vorausgesagt, ein Baum würde seine Unschuld beweisen.«

Cäcilia blickte sich um, suchte Mathildes Blick. »Kein Baum wächst von selbst, Mädchen.«

»Wer ...« Mathilde hielt inne. »Was meint Ihr damit? Und was war mit der Braut?«

»Agnes hat ihn geliebt, sie hat um sein Leben gekämpft, sie ist ihm in den Tod gefolgt. An der Stelle seiner Hinrichtung, fand man ihren Körper.« Sie deutete zum Köpfhäusl. »Jetzt wächst dort ein Baum.«

Mathilde blinzelte. »Ich ...«

»Wir handeln und lösen etwas aus, wir entscheiden und gehen voran. Wir zögern und warten und stehen still. Nichts geschieht. Du hast dein Leben selbst in der Hand. Wunder geschehen nicht – schon gar nicht von selbst. Weder steigt Frjia vom Himmel, noch der Christengott. Wenn du etwas verändern willst, entscheide dich, handle. Macht liegt auch in Entscheidungen, die uns klein erscheinen.«

Mathilde zuckte und Cäcilia bemerke es. »Sieh her, Grafentochter. Was willst du, Mathilde?« Sie beugte sich zu ihr. »Du bist die älteste Tochter des Hauses Habsburg.«

»Ich wollte hier sein«, fiel sie ins Wort. »Ich habe das entschieden.«

»Um was genau zu tun?« Cäcilia hustete ein Lachen, Mathilde zog die Schultern nach oben. Der Ausdruck in den Augen der anderen erinnerte Mathilde an Eisblumen. »Du hast immer eine Wahl. Alles ist Veränderung – abgesehen vom Tod.« Sie richtete sich auf. »Du hältst das Werkzeug dazu in der Hand, wie die Schlüssel zu den Türen. Entscheide, durch welche du gehst. Finde deine Wege, stell Fragen. Die Antworten sind nicht gemacht, dir zu gefallen. Aber niemand hält dich davon ab, sie zu nutzen. Gewöhn dich daran.« Cäcilias Augen wurden schmal. »Und natürlich lernst du auch, Briefe zu schreiben und ein Haushaltsbuch zu führen.«

»Und was ist mit der Liebe?«

»Liebe.« Zwei Atemzüge vergingen, drei, sieben. »Dieses Glück wartet auf die wenigsten von uns. Und falls doch, sind wir selten frei, unserem Herzen zu folgen.«

»Was wisst Ihr schon. Könnt Ihr denn mehr, als ein Haushaltsbuch zu führen?«

Cäcilia zuckte mit den Schultern und wandte sich zum Gehen.

Mathilde spürte Wut in ihrem Bauch. »Geht und lasst mich in Ruhe«, fauchte sie. »Ihr müsst den Mann zum Gemahl nehmen, den Ihr erst wolltet und dann verstoßen habt. Welche Eurer Entscheidungen hat Euch dorthin zurückgeworfen? Oder ist es eine Strafe?«

»Nicht immer kriegen wir, was wir wollen. Aber: Nichts ist endgültig.« Die Mundwinkel wanderten nach oben, Grübchen zeigten sich. Die Hofdame fuhr mit den Händen von ihren Seiten über die Hüften nach oben, holte Luft, lächelte. »Was denkst du, Mathilde?« Sie deutete zur Burg. »Du bist in diesem Moment nicht in der Kammer mit den anderen. Du bist hier, wie ich auch. In der Nacht nehmen wir uns unsere Freiheiten.«

Mathilde runzelte die Stirn, erinnerte sich. »Herzogin Anna vertraut Euch, Ihr wart in Tirol am Hofe von Ludwigs Schwester und seines Neffen, selbst in Italien seid Ihr gewesen. Weshalb habt Ihr Euch an Ludwigs Hof begeben?«

Cäcilia seufzte. »Ich bin aufgewachsen an den Wassern der Fulda am Hof von Brabant.« Cäcilia suchte ihren Blick. »Dort war auch Maria. Sie wurde Ludwigs erste Frau. Vor zwölf Jahren starb sie durch Ludwigs Hand.« Mathilde schnappte nach Luft, die Rothaarige fuhr fort. »Zu dieser Zeit war ich bereits am Hof von Ludwigs Schwester Elisabeth. Und nach diesem Unglück bat sie mich, ihren Sohn, Konradin, an den Hof zu begleiten. Ludwig ist sein Vormund, und Elisabeth wollte ihn auf andere Gedanken bringen und ihrem Sohn eine gute Basis schaffen.«

Mathilde fühlte wieder die Hand auf ihrer Schulter, das Kitzeln des Stoffs, dann war sie allein. Sie schloss die Augen. Der Nachtwind flüsterte ihr ins Ohr. Der Gewandstoff trank die

Feuchtigkeit von ihren Handflächen. Ihre Augen brannten bei jedem Blinzeln, sie gähnte und Tränchen schlichen sich über ihre Wangen. Der Mond würde ihr auch heute den Weg leuchten, wie in so vielen Nächten davor.

Die Worte kreiselten in ihrem Kopf, sie hastete über den Pfad. Ein Ruck zerrte an ihrem Kleid und stoppte sie. Ihr Fluch zischte durch die Sträucher, die Farne, durch die Nachtstunden zwischen den Bäumen hindurch. Der Stoff zerriss, sie zog, raffte den Rock hoch und huschte weiter.

Ihre Schritte fanden Tritt auf den groben Stufen, sie nahm zwei auf einmal und hielt erst oben auf dem Podest vor dem Köpfhäusl inne. Ein Dunkelsee lag unter ihr, rauschende Blätter waren seine Wellen. Die Nacht durchzog das Zirpen der Zikaden, durchzog der Duft vom trocknenden Gras der nahen Wiesen. Von Sommer.

Mathilde löste den Gürtel mit dem Wasserschlauch. Sie ging in die Knie und wässerte den Setzling. »Du bist der Beweis. Du musst wachsen, und jeder soll das Zeichen dieser Liebe sehen«, murmelte sie. »Es ist mehr als ein Geschäft.«

†

†Kapitel 8 – Charles d' Anjou

Lammbraten

Juli 1268, Italien, Lucera

Sein Lächeln schnitt in die Nacht durch das Silber von Mond und Sternen. Charles d'Anjou warf das Schreiben seines Verbündeten auf den Tisch. Seine langen Finger rieben von den Mundwinkeln hinab zum Kinn, den Kelch schwenkte er in der anderen Hand. Wie Blut wirbelte der Wein, dunkel und zäh. Der König von Sizilien prostete den Gestirnen zu, dann den Hauptmännern. Der Bote verneigte sich und huschte davon. Zikaden zirpten, die Kohlen glühten knisternd und mit einem Zischen verbrutzelte Tropfen um Tropfen des Fleischsafts in den Flammen. Er sog den Duft auf – den See in der Augustnacht, den Sommer – schmeckte beinah schon das Lamm, Salz, Kräuter und den Kuss des Traubenblutes in seinem Gaumen. Charles trank bis zur Neige und griff sich das Papier vom Tisch.

Sein Becher schlug auf dem Mäuerchen auf, platzte, verteilte Splitter zwischen den Bäumchen. Er schob das Schreiben in die Innentasche seiner Cotte, schob die Hemdsärmel nach oben. Sein Blick musterte die Männer an seiner Tafel. Er nickte und stützte sich auf die Planken des Tisches.

Links von ihm schnippte Guy in die Luft – einmal, und noch einmal. »Ein neuer Becher für deinen König. Wird's bald.« Mit einer Kopfnuss trieb der Graf von Montfort den Knappen an. Guy stierte dem Burschen hinterher, mit Daumen und Zeigefinger bügelte er seinen Schnurrbart. »Wer sagt, eine Belagerung sei grausam?« Der Jüngste in dieser Runde hob den Kelch. »Vor den Toren Luceras sind die Villen dieser italienischen Verräter doch auch für uns Franzosen gut genug gefüllt.«

Guys schwarze Augen wurden schmal. Er musterte die Knechte und Mägde, dann Charles – jeden Zoll seines Gesichts von den Augen zu den Lippen. Guy senkte die Stimme. »Beinah beneide ich die italienische Schönheit, die Euer Bett teilen wird. Die Nachrichten geben Euch Grund die ganze Nacht zu feiern, wie mir scheint.« Er deutete auf die Stelle, wo das Schreiben in der Cotte steckte.

Charles zog Mundwinkel und eine Augenbraue hoch. Guy zuckte mit den Schultern. »Attraktivität ist keine Frage des Geschlechts.«

Er klopfte dem jungen Grafen auf die Schulter und spielte das Lächeln zurück. Dann wandte er sich zur Rechten und bedeutete dem Mann dort, sich zu erheben. »Guillaume.« Der Grauhaarige hob das glattgeschorene Kinn, folgte seiner Aufforderung. »Freund, Fürst von Achaia und der griechischen Kreuzfahrer-Lande.«

Der Tischnachbar strich das gebundene Grauhaar über die Schulter nach hinten. Ohne die übrigen zu stören, stieg er ein Bein nach dem anderen über die Bank und postierte sich.

Charles befeuchtete seine Lippen und legte den Kopf ein wenig in den Nacken. »Waffenbruder. Vasall. Wie soll ich Euch nennen?« Er griff sich die Karaffe und Guillaumes Becher. Er füllte ihn bis zum Rand. Der Mann mit dem Gesicht eines gütigen Druiden zwinkerte nicht, neigte nicht sein Haupt, sprach nicht, als er ihm den Becher in die Hand drückte. »Troubadour, wollt Ihr ein Lied für uns, unsere Kinder, Enkel und Urenkel schreiben, wenn Eure vierhundert Berittenen den Grünschnabel überrannt haben?«

Guillaume de Villehourdouins Braue wanderte nach oben. Er setzte den Kelch an, schüttete den Rebensaft die Kehle hinab und wischte sich den Mund mit dem Handrücken. Selbst im wenigen Licht der Augustnacht schimmerte der Stoff des Hemdes und die Stickereien glänzten in den fließenden Bewegungen dieses Gefolgsmannes. »Zur Hochzeit meiner Tochter und Eures Sohnes?« Guillaume verneigte sich. »Charles, mein König, Ihr wollt ein Land und ein Lied, wie es scheint.« Er schnappte den Weinkrug, reichte ihn Charles als Trinkgefäß und hob seinen eigenen Becher zum Trinkspruch. »Auf das richtige Hochzeitsgeschenk.«

Mit einem Prost erwiderte Charles.

Der Fürst von Antiochia deutete auf die Cotte. »Teilt die Nachricht mit uns, Anjou. Es scheint keine Schlechte zu sein.«

»Oui.« Charles schwenkte den Krug in Richtung des Barons de Courances. »Henri!«

Der Holzsitz schrammte und polterte über den Steinboden. Der wettergegerbte Nordfranzose wuchtete sich hoch und scheuchte ein paar der Stechmücken zurück in Richtung des Fucino-Sees. Er verbeugte sich vor dem König von Sizilien und widmete dann den drei noch sitzenden Seigneurs ein schiefes Lächeln.

»Wir werden ein weiteres Fässchen des Roten brauchen.«

Charles gönnte sich einen Schluck. »Eure Zeit als Oberhaupt Bordeaux' bringt auch mehr als vier Jahre nach deren Ende noch Vorteile für uns.« Der Marschall Frankreichs rieb seinen Bauch und nickte mit breitgezogenem Mund. Das dünne Leinen spannte über seiner Körpermitte, das Brusthaar krauste sich über dem Ausschnitt des Hemdes und stach durch den Stoff.

»Habt Dank für die Stärkung meiner Truppen – und die Verstärkung.« Charles spitzte die Lippen. »Ihr Herren!« Eines nach dem anderen musterte er die Gesichter Jeans von Clary, Jacques Gantelmis, Guillaume L'Estendards. Auf sein Zeichen hin erhoben sie sich. »Gemeinsam sind wir hier für die heilige Sache.« Er prostete ihnen zu.

In Richtung Süden zeigte er, dann presste er die Faust auf die Brust. »Der Papst hat Italien und die Krone Siziliens in unsere Hände gelegt. An uns ist es, mit Euch dieses Land zu befreien von den unseligen Staufern. Diese Teufel haben die Sarazenen hierher gebracht – allen voran Friedrich, der Sohn des Feindes. Er nannte sich einst Kaiser des Heiligen Römischen Reiches.« Er sah das Nicken in der Runde.

»Statt das Reich zu wahren, hat er den wahren Glauben beschmutzt. Diese Missgeburt hat die Ungläubigen ins Land geholt.« Henri de Courances bekreuzigte sich. »Dämonen sind es. Seht Euch Lucera an – die Stadt mit diesen schwarzäugigen Teufeln, mit ihrer Haut wie Schmutz.«

»Gelehrte – so nannte er sie. Das Wissen der Sarazenen zog er dem der Kirche vor.« Charles' Wangen glühten, seine Augen schimmerten wie im Fieber. Spucke klatschte auf den Boden. »Jetzt ist es an der Zeit, den Schmutz der Staufer von der Krone zu waschen.« Charles zerrte das Schriftstück wieder aus seiner Brusttasche und entrollte es. Sein Gesicht leuchtete. »Der Ritter von Akkon ist an Apuliens Küste gelandet. Érard de Valéry wird zu uns stoßen.« Er reckte die Faust gen Himmel, den Krug zur Tischmitte, die Becher seiner Hauptleute, der Seigneurs und des Marschalls klackten gegeneinander. »Wir löschen Konradins Flamme. Mit dem Enkel Friedrichs werden die Staufer vergehen. In Lucera fangen wir an die Sarazenen-Brut zu vertreiben.«

»Ahhh oui!« Sie prosteten ihm zu. »Auf Frankreich! Auf den König! Auf Gottes Recht und den wahren Glauben.«

»Wir brechen morgen auf. Auf einem der Pässe werden wir das Bürschlein erwischen.« †

†Kapitel 9 – Cäcilia

Durst

Juli 1268, Hl. röm. Reich
Friedberg

Die Nacht umarmte sie, Augustwind streichelte ihr Gesicht. Entlang ihrer Wange strich ein Efeublatt. Unter den Fingerspitzen kratzten Körner und Rillen, die Mauer der Burg. Am Durchgang erforschte sie die Maserung des Steins.

Sie blickte zurück auf den Pfad, zwischen die beblätterten Äste der Büsche und Sträucher und runzelte die Stirn. Mathilde stand noch da, die Hände geballt, das Kinn nach vorne, das Haar lose geflochten. Die älteste Tochter des Hauses Habsburg.

Cäcilia neigte ihr Haupt, der Saum von Untergewand und Mantel schleifte auf dem Kies. Und ich? Was treibt mich in die Nacht? Sie glitt um die Ecke. Und stoppte. Ein Schatten kam auf sie zu – unter einer weißen Wolke an Haar. Vor ihr blieb die Alte stehen und lächelte. Und nickte. Cäcilia grinste zurück. »Friggerl.« Das Funkeln in den Augen der Alten mochte sie. Im Funkeln wirkte sie nicht älter als sie selbst. »Was macht Ihr hier, Mutter? Taucht Ihr gerne aus dem Nichts und geistert durchs Dunkel?«

»Der Mond ist bei mir.« Die Mundwinkel schoben sich bis zu den Ohren, um Augen und Mund strahlten die Furchen voller Zufriedenheit. »Ich durchwandere die Nacht. Ich tue, ich lasse, was ich will. Die Nacht ist das, was uns bleibt, Cäcilia, und die Heimlichkeit. Oder nicht?«

Cäcilia legte den Kopf schief. »Ihr redet Unsinn …«

»Bei Tage schleichst du durch geheime Gänge. Was treibst du des Nachts? Du ziehst deiner Wege. Wohin du willst«, kam Friggerl Weiterem zuvor. »Suchst du weiter Erlösung von deiner Schuld.«

Die Hofdame schlug die Augen nieder.

Mit einer Bewegung stieß die Weißhaarige die Worte davon. »Wer hat das Recht zu urteilen? Wer bestimmt, was Recht ist und was … Unzucht?«

»Habt Ihr mich belauscht?«

Weiße Augenbrauenfedern wanderten nach oben. »Spielt es eine Rolle?« Die Alte drehte sich und lud sie ein. »Geh mit mir ein Stück.« Friggerl deutete auf den Innenhof der Burg. »Konradins Füßchen sind hier über den Hof gestolpert, Kastanienmännchen wachten über seine Schlammburgen, Kiesel und Kräuter wanderten in seinen Mund. Alles wollte er erkunden.« Sie lächelte. »Dem Kind sind mehr Fragen eingefallen als Regentropfen vom Himmelszelt. Er hat Gebäck stibitzt und zerrupfte Vögelchen vor den Katzen gerettet.«

»Ludwig hat ihn beschützt, als er ein Kind war.« Cäcilia beobachtete die Frau neben sich.

»Er hat ihn verlassen, als er in den Krieg zog. Und doch hat Konradin gesiegt.« Die Alte neigte den Kopf und schüttelte ihn. »Kennst du die Geschichten von Rotbart und vom Kyffhäuser Berg9? Barbarossa.« Blätterrauschen füllte den Rund, tanzende Äste warfen Schatten ins Nachtlicht.

Cäcilia stemmte die Hände in die Hüften. »Jetzt ist aber genug davon. Die Legende meint Ihr?« Cäcilia blickte sich um. »Friggerl, kommt mir nun nicht mit den Ammenmärchen vom Friedenskaiser, der sein Reich aus höchster Not rettet. König und Gegenkönig10 streiten hier im Heiligen Römischen Reich um die Krone. Das mag so sein, und sie vergessen das Volk und was an den Grenzen geschieht. Doch Tote weckt dies nicht. Weder der Christengott noch Frau Hulda bringen Tote zurück.«

Friggerl lächelte schief. »Weißt du denn nicht, Cäcilia: Wir leben fort in unseren Kindern und Kindeskindern. Hast du das vergessen?« Die Alte seufzte. »Konradin ist Rotbarts Nachkomme. Er kämpft tapfer, selbst da sein Oheim ihn im Stich gelassen hat. Doch wie lange besteht er, wenn er alleine steht?«

»Ihr kennt Konradin, und doch erinnere ich mich nicht, Euch am Hofe gesehen zu haben.«

»Woran erinnerst du dich, Mädchen? Dein Vater hat dich an einen Hof gegeben, ein anderer hat dich an den nächsten verwiesen. Männer haben bestimmt, was du lernst, wem du dienst, was du denkst. Was Sünde ist und was Recht.« Friggerl suchte ihren Blick, Cäcilia hielt stand.

»Was ist mit dem Mädchen, der Grafentochter?« Friggerl ließ

ihr keine Zeit zur Antwort. Sie nickte in Richtung des Köpfhäusls. »Seit Ostern ist sie an Ludwigs Hof geblieben. Sie ist noch unverheiratet, obgleich sie es schon sein könnte.«

»Ihr Vater hat sie noch keinem Mann versprochen.«

»Er wartet auf das beste Geschäft.«

»Mathilde hat einen starken Willen und einen wachen Verstand. Ihr Vater verschachert sie nicht einfach an den Meistbietenden.« Cäcilia tippte sich auf die Lippen.

Friggerls Augen schimmerten golden im Mondlicht. Sie richtete sich auf. »Das Mädchen beobachtet, stellt Fragen. Statt bei den Hofdamen zu bleiben, begutachtet sie bei Tage Burg und Gesinde, schleicht sich in die Nacht. Ihr Mann muss stark sein und klug genug, sie nicht in einen Käfig zu setzen.«

Strähne für Strähne schlang Cäcilia ihr Feuerhaar zu einem Zopf, nickte.

Friggerl nahm ihre Hand und drückte sie. »Schuld und blinder Ehrgeiz sind deine Käfige. Vergib dir deine Vergangenheit. Jeder von uns irrt hin und wieder.«

»Nicht noch einmal«, murmelte sie.

Das Mütterchen lächelte und verneigte sich. »Cäcilia, hab eine gute Nacht. Ich muss an meinen Platz.« Der Efeu raschelte zu ihren Worten.

Zwischen dem Palas und dem Gesindehaus verschwand die Weißhaarige. Auf den Treppen zum Wehrgang suchte Cäcilias Blick noch einmal über den Innenhof. Wer ist sie? Mitten in der Nacht: Wo kommt sie her?

Sie raffte ihren Unterrock und huschte über die nächsten Stufen. Genau vor ihrem Gesicht war der Arm, vor ihrer Nasenspitze. Sie nahm den Duft wahr, erinnerte sich. »Was zur …«

»Still«, zischte er. »Was tust du hier, Cäcilia.«

Sie drängte sich gegen die Wand und drehte ihr Gesicht, ihre Wangen glühten. Ihren Bauch durchstob ein Falter, trieb das Flattern in ihre Brust. Jeder Atemzug, den sie freigab, schreckte sie. Sie spürte den Stich in der linken Seite – mehr noch, als sie ihre Schultern durchstreckte, Fingernägel in ihre Handfläche grub und sich die schützende Maske auf ihre Miene zwang. Ihre Lippen, ihr Mund dürstete. Sie zwang sich zu schlucken.

Er blinzelte nicht und wich nicht aus. Die Augenbrauen verdunkelten das Drohen seines Blicks, Strenge spannte die Haut über den gemeißelten Jochbeinen, verstärkt durch den Bart, den er seit Kurzem trug. Der Arm rückte dichter an sie, das Leder der Armstulpe rieb an ihrer Haut. »Nimm den Arm weg.« Sogar in der Dunkelheit konnte sie das feine Lederband um seinen Hals ausmachen, im losen Ausschnitt des Hemdes verschwand es. Eine Erinnerung blitzte auf; sie runzelte die Stirn und jagte den Gedanken davon.

Seine Augen wurden schmal. »Du …« Er presste die Lippen aufeinander. »Du wirst mich nicht fortsenden.« Er trat zurück und zog das Leinenhemd glatt unter dem Gurt. »Du hast den Mann in dein Bett gelassen, der schuld ist, dass meine Schwester starb.«

Cäcilia fröstelte, schluckte und glitt an ihm vorbei. »Was suchst du hier, Georg?« Sie beobachtete ihn. »Weshalb schleicht ein Ritter Ludwigs hier herum auf dem Wehr? Gerüstet.« Sie deutete auf das Leder um seine Mitte. »Überwachst du mich, oder sammelst du Sporen, um dir doch noch dein eigenes Lehen zu verdienen? Vielleicht kommst du dann los von mir.«

Er stutzte, legte den Kopf schief und musterte sie. Dann striff er das Haar hinters Ohr. »Mathilde ist fremd hier. Friedberg ist nicht Habsburg. Ludwig will sie in Sicherheit wissen – und ihr Vater auch.« Er rollte die Finger am Schwertgurt entlang.

Erneut zwang sie sich zu schlucken und betete, er möge es nicht hören – ebenso wenig das Trommeln und Pochen in ihrer Brust. »Weswegen bist du hier? In einer Burg, in der Speere an jedem Ausgang stehen, wie der Herzog selbst befohlen hat. Willst du Gunst und Lohn des Herzogs erlangen, indem du Krümel aufpickst für ihn?« Ihr Blick floh in die Nacht und fand zurück auf sein Gesicht. »Sieh mich an!«

»Ich bin …« Er blickte in ihre Augen. Seine Zähne bissen die Erwiderung in den Lippen fest. »So ist es nicht.« Georg drehte den Kopf zur Seite und schlug die Augen nieder. »Was weißt du von meinen Zielen.«

Cäcilia zuckte, Hitze schoss in ihre Wangen. Sie war mit einem Schritt direkt vor ihm. »Erzähl mir davon, Georg.«

Er schauderte, und die Schatten verwandelten seine Augen zu Goldseen. Fackellicht irrlichterte auf seinem Gesicht. Sie spürte den Atem, die Wärme seines Körpers, sie atmete Leder und Feuer und Sommerwind. Seine Lider flatterten, und sein Atem ging schnell. Auf Zehenspitzen näherte sie sich seinem Ohr, sie wand den Arm um seinen Nacken. Der Bartflaum streifte ihre Wange. Sie schlug die Nägel in seine Haut und zog ihn heran.

Und stieß ihn fort.

Die Eisenkette umschlang ihr Herz mit einer weiteren Schlaufe und spannte sich. Cäcilia sog Luft in ihre Lungen, sie schloss ihre Lider. Ein Atemzug. Mehr als sechs Monate sind vergangen, seit … . Sie atmete seinen Duft, Kribbeln schauderte sich bis in ihre Zehenspitzen. Beinah hätten ihre Fingerspitzen wieder die Wärme seiner Haut gespürt. Sie kerbte die Fingernägel in ihre Handfläche. Wann hat er seither mehr getan, als um mich herumzuschleichen? Ein geschlagener Kater, der sich verkriecht und seine Krallen nicht finden kann.

Sie verhungerte an der Erinnerung all dessen, was zwischen ihnen gewesen war. Zeit und Zeit war durch das Stundenglas geronnen. Korn um Korn hatte das Brodeln verschüttet, und Sand bedeckte die Relikte ihrer Winternächte.

Georg stand nur da. Ihre Hände wanden sich nach oben, sie stürzte sich in die Seen seiner Augen, eine goldgesprenkelte Dunkelheit mit einem grünen Schimmer Hoffnung, die ihre eigene spiegelte. Sie suchte, sie hoffte, sie trank. Und vergaß ihre Angst, ihn zu lieben und enttäuscht zu werden. Seine Lippen entflammten, und sie erntete den Kuss. Finger kletterten von ihrer Schulter hinauf zu ihrem Hals. Seine Hand wagte sich entlang der Konturen ihres Kiefers und er barg ihr Gesicht, barg sie sanft wie eine Feder. Der Arm um ihre Hüfte zog sie näher. Er trank an ihren Lippen und schenkte ihr nichts zurück als Durst.

Gedanken klammerten sich um ihr Herz. Sie schlug sie davon. Sie roch, sie spürte, sie versank. Ihre Hände fanden die Lücke im Ausschnitt, den Saum des Hemdes. Sie zerrte den Stoff aus dem Gürtel. Ihre Fingerspitzen erinnerten sich an die Landschaft darunter. Die Hitze weckte ihre Sinne und schreckte ihren Verstand. Sie ballte ihre Hand, stemmte sich mit der anderen gegen den Ritter, den zweiten Sohn eines Pferdezüchters. Sie stieß einen Fluch in den Kreis ihrer Gedanken, doch sie hörte nicht auf, das Feuer von seinen Lippen zu trinken, wie sie seinen Duft beim Atmen trank. Einen weiteren Zug nahm sie, noch einen. Und sie öffnete die Lider.

Der Mond tanzte auf seinen Wimpern. Das Licht verschwand im Graben der Augenbrauen. Sie zögerte. Schmeckte ihn im nächsten Moment – suchte, forschte nach dem Feuer und fand, fühlte Konturen und Form.

Seine Wange strich entlang an ihrer, der nächste Kuss brachte den Eisvogel in ihrer Mitte zum Stolpern, dann zum Fliegen. Den Frost störte der Flügelschlag auf. Glitzern entsprang dem Dunkel der Eishöhle.

Hoffnung.

Nicht schnell genug gelang es ihr, das Flimmern fortzujagen, und das Funkeln tanzte über die Scherben. Sie schalt sich Närrin, schalt sich unbelehrbares Kind. Dann stellte sie sich taub gegen das Murren aus ihrem Kopf, lehnte sich gegen seine Wärme. Wege kann man ändern, Schicksale. Menschen? Vielleicht. Ein Seufzen glitt von ihren Lippen, sprengte Risse in die Kruste um ihr Herz.

Nicht mehr denn ein Fingerbreit wollte sie seine Nähe missen, den Mond am Himmel halten. Sie wollte schmelzen und neu schmieden; sie wollte an sich reißen und in alle Tage, Wochen, Monde, Jahre zerren, was die Nacht ihr nur in den Schattenstunden gewährte: Er wäre mit ihr. Sie bog sich zurück. Grübchen und Nasenflügel, Brauen, Wimpern, das Netz an Fältchen um Georgs Augen, das Zucken, das sein Gesicht überlief, der Druck, der seine Lider zusammenpresste, prägte sich in ihr Denken.

Seine Hand zog ihren Kopf näher, die andere lag an ihren Hüften, die Zunge folgte den Linien und teilte ihren Mund. In seiner Brust trommelte das Herz. Nur ein wenig drehte er sich ab, nur ein wenig zeigte sich das Zucken auf seinem Gesicht. Seine Finger rieselten entlang ihres Rückgrats. Atemstoß um Atemzug presste er aus seiner Brust. Ihre Sinne sehnten sich nach Wegen, die sich bahnten, wo das Kleid ihre Haut freigab. Stattdessen verflüchtigte sich der Hauch seiner Fingerkuppen in ihrem Nacken.

Das Flattern strauchelte. Der Rippenbogen unter ihrem Herzen bohrte in ihr Innerstes. So fühlte es sich an. Enttäuschung.

Sie entglitt seinen Armen, die Handflächen gegen seinen Brustkorb gepresst schob sie ihn fort, spürte den Ruck, der durch seinen Körper lief. Georgs Lider klappten auf, Wellen von Fragen überliefen sein Gesicht.

»Wir sind verlobt. Der Herzog hat unsere Ehe bestimmt«, sagte er.

Kälte barst in ihrem Herzen, eiste sich durch ihre Adern. Sie spannte ihre Kiefer. »In den Nächten vergangenen Winter waren wir uns Feuer. Wir trafen uns heimlich, und alles, was zwischen uns kam, brannten wir. Ich erinnere mich an deine Hitze.« Sie verschränkte die Arme. »Bis du uns ausgelöscht hast.«

»Ich war dir nie genug« Seine Augen wurden schmal. »Gleichgültig, wie dieses Feuer brannte, du wolltest dich nicht an mich binden.«

»Du bist vorgeprescht wie ein Kind mit seinem ersten Holzschwert. Zu früh, ohne eine Strategie, ohne ein Schild. Ohne mich.«

Er runzelte die Stirn. »Was?«

Cäcilia winkte ab. »Und nun wagst du dich nur zurück in meine Nähe, weil der Herzog unsere Ehe befohlen hat?« Sie gönnte ihm weniger als die Andeutung eines Nickens. Ihre Stimme säbelte durch die Augustnacht. »Du stolperst in meinen Weg, und statt einen Schritt zu tun und diesen Weg zu gehen, zögerst du und wartest, was geschieht. Du bist …« Sie fuhr sich mit der Hand über den Mund. »Du bleibst Angst und Bedenken und Ungestüm.«

»Ich hätte …« Er drehte den Kopf zur Seite. »Es ist …«, stammelte er.

Aus ihrer Kehle tropfte ein Lachen. »Was?« Sie wandte sich um. »Feigling. Nichts hast du gelernt.«

»Was hast du gelernt? Meine Schwester ist tot. Und du trägst ebenso Schuld daran. Sieh in den Spiegel, ehe du mich Feigling nennst. Wie viele Nächte hattest du Gelegenheit, die Klinge über die Kehle des Mannes zu ziehen, der soviel Leid über uns gebracht hat? Hat Wollust dich geblendet oder dein Ehrgeiz?« Er schlug sich die Hand auf den Mund.

Zu spät, Georg. Sie starrte ihn an. Worte holt man nicht zurück. Cäcilias Gedanken übertönten Georgs Worte. Sie lauschte, hielt inne, runzelte die Stirn. Nichts weiter sagte er. Ein Nichts zerbarst in ihrer Mitte. Ein Nichts bohrte sich in ihr Fühlen. Eisvogelflügel zerstoben, Schneekristalle löschten die Hitze ihres Körpers und in ihrem Kopf. Ihr Herz schrumpfte und rutschte aus der Kette, und sie hörte das Rasseln.

Ihre Füße fanden den Weg durch die Gänge, sie spürte die Nacht, die Feuchtigkeit ihre Wangen kühlen.

Cäcilia schloss die Tür ihrer Kammer, der Riegel quietschte. Sie schnupperte und musste lächeln. Als Kind schon hatte sie den Duft erloschener Kerzen geliebt.

Das Gewand glitt zu Boden. Die Dielen knarzten einen Gutenachtgruß und im Rascheln der Leinendecke hüllte sie sich in die Nacht. Ihre Gedanken verschmolzen mit dem Dunkel.

Sie schreckte auf, sie lauschte. Das Klopfen scheuchte den Schlaf davon. Das nächste Pochen dämpfte auch das Laken über ihrem Kopf nicht. Die Knie hochgezogen zum Kinn presste sie die Lider fester zusammen.

»Cäcilia.« Die Worte flossen unter der Tür hindurch.

Sie stopfte die Kopfkissen gegen ihre Ohren, das Pulsieren von Fingerkuppen hielt an, sie trommelten weiter.

»Cäcilia.« Die dunkle Stimme lockte lauter denn zuvor.

Sie fluchte.

Ihre Zehenspitzen berührten den Boden.

†

†KAPITEL 10 – THOMAS

FEDER UND PAPIER

AUGUST 1268, ITALIEN, VITERBO BEI ROM
AUSWEICHRESIDENZ DES PAPSTES

Die Feder schabte bis auf seine Knochen. Das Papier ächzte, der Schreiber auch. Thomas von Aquin zuckte. Ist denn hier alles gegen mich? Sein Blick schoss zum mittleren der drei Schreibtische und entließ die Luft wieder aus seinen Lungen. Der Sekretär verschlupfte seinen Schädel zwischen den Schultern. Schweiß rann über die Kahlstelle der Tonsur, in die Nasenspitze bohrten sich beinah die Spreißel des Holztisches. Über dem Pergament schwebte zitternd die Schreibfeder. Die Finger des jüngsten seiner Sekretäre krampften sich darum. Auf den beiden anderen Schreibtischen verstummte das Geräusch kratzender Federn. Die erfahreneren beiden Schreiber hielten inne.

»Dummkopf – muss ich dich wieder zurücksenden nach Köln? Muss ich bereuen, der Empfehlung meines Lehrers gefolgt zu sein?« Mit einer Kopfnuss kickte Thomas den Burschen aus der Starre und entriss ihm das Blatt. Seine Fingerkuppen erfühlten eine Kerbe in der Oberfläche, er hielt das Blatt gegen das Licht, das durch die offenen Türen zum Garten drang. »Gottseidank kein Riss.«

Der Bursche schüttelte den Kopf, die Augen hielt er auf der Tischplatte, die Hände bittend erhoben. »Nein, Pater, nein! Ich enttäusche Euch nicht. Streicht mein tägliches Mahl, doch lasst mich in Eurer Nähe. Ich will von Euch lernen.«

Thomas legte das Blatt zurück. »Wir werden sehen.« Sein Finger hämmerten den Takt der Worte ins Tischholz, dann seine Schritte auf den Boden. Die Federspitzen seiner Schreiber-Staffel rannten hinter seinen Gedanken her, Tinte füllte Seite um Seite, seine Thesen tranken die Fässchen auf den Tischen leer. Er schloss die Lider und bewegte die Lippen noch schneller.

Die Türangeln knarzten, ein Luftzug brachte Papier zum Rascheln. Der Aquinate verweigerte seine Beachtung, er diktierte weiter, schneller, seine Finger fuhren an die Nasenwurzel, drückten. Er seufzte. *Geht wieder, wer immer Ihr seid.* Er fluchte in Gedanken und biss sich auf die Lippen. Er hörte und roch und ahnte, wer ihm einen Besuch abstattete, ihm Zeit abrang. *Nichts kann wichtig genug sein, einen Damm in diesen Fluss zu treiben.* Er trabte weiter durch den Raum, bekreuzigte sich. *Herr, schütze meine Gedanken. Lass deine Weisheit weiter zu mir strömen.*

»Euch zu sehen, ließe Aristoteles' Herz schneller schlagen. Ihr seid der beste Beweis für die Thesen Eures verehrten Vorbildes.« Die Stimme des Papstes rollte von der Tür zum Ende des Raumes, zu den Vorhängen, hinter denen der Garten lauerte und der Frühling in Viterbo blühte. Papst Clemens tippte sich an die Nase. »Vielleicht war er doch einer der Gesegneten, obgleich er den einzigen Gott leugnete.«

»Nicht von ihm wusste«, korrigierte Thomas. »Meint Ihr nicht?«

Der Heilige Vater winkte ab. »Vielleicht auch nur Glück. Wir werden sehen, Thomas. Obgleich ich anerkennen muss: Ihr vermögt Weisheit und Klarheit zu finden in den Werken dieses Heiden und unseren wahren Glauben zu bereichern.« Die weiße Soutane blendete Thomas ein wenig, er kniff die Augen zusammen und die Lippen und starrte den Hohen Vater an. Der durchwanderte den Raum, sein zustimmendes Gemurmel kippte auf die Tischplatten. Jedem der Schreiber – jeder der Schriften – schenkte der Papst Aufmerksamkeit und einen Ausdruck des Entzückens.

Thomas räusperte sich. »Heiliger Vater, was stört Euer Gebet und führt Euch in unsere Stube?«

Die Soutane schleifte über den Steinboden, Clemens schob den Türvorhang zur Seite. Kiesel knirschten bei jedem der Schritte von der Terrasse in die Residenzgärten. Die Geste des Papstes fasste das grüne Meer ein. »Herrlich, nicht wahr, Thomas? Seht Ihr das neben Euren ganzen Schriften und Erkenntnissen?« Er pflückte eine der orangenen Sonnen. Die Schale fiel ins dörrende Gras, Saft rann über Kinn und Finger.

»Unsere Sinne gestatten aufzunehmen, was der Herr uns schenkt: Schönheit und Vollkommenheit«, sagte Thomas und räusperte sich. »Hoher Vater, Ihr unterbrecht Euer Gebet nicht, um mit mir über Aristoteles und über das Wesen der Dinge zu parlieren.«

Die Reste der Orange fielen auf die Kiesel. »Meine Legaten berichten aus Rom. Rom hat sich verneigt vor Konradin, Blumenkränze und Jubellieder wirft es ihm vor. Begrüßt haben sie ihn wie Jesus bei seinem Einzug in Jerusalem.« Der Papst wischte die Hände an seinen Ärmeln ab.

»Jesus stand für einen Neubeginn«, überlegte Thomas.

Clemens wischte die Worte davon. In seiner Miene stand Missbilligung. »Wie könnt Ihr diesen Vergleich wagen? Ihr als Kirchenmann. Von Charles haben sie sich losgesagt. Dabei ist er römischer Senator.«

»Darüber wundert Ihr Euch?«

Clemens schnaubte und warf die Hände hoch. »Er ist Franzose, und er herrscht hart, doch …«

»Hart?« Thomas warf einen Blick zur Seite. »Die Erhöhung der Steuern ist die eine Sache, alle Menschen murren, wenn es ihnen an den Säckel geht. In Sizilien ist es nicht das, was sie aufbringt. Charles d'Anjou und seine Gefolgsleute greifen sich, was sie sehen. Sie schlagen ihre Zähne in die zartesten Lämmer und Kälber, leiten den Wein fässerweise in ihre Becher, schleifen die Jungfrauen in die Schlaf-, die Burschen in die Folterkammern. Sizilien stöhnt unter der Willkür und Zügellosigkeit. Und Rom?« Er musterte die Miene des Papstes. Die Bäume im Garten zeigten mehr Ausdruck. Er seufzte. »Die Römer sind noch dabei, Mörtel zu finden und Steine zu schichten, um die Wunden ihrer Stadt zu heilen. Den Angriff im Frühjahr haben sie nicht vergessen, Eure Drohung mit dem Kirchenbann ebenso wenig. Weshalb sollten sie sich abwenden von einem Senator, der einen guten Herrscher zu den Toren der Stadt hereinführt, und hinwenden zu einem Herrscher, der in Eselsmilch badet und sich an ihrem Leid ergötzt?«

Falten gruben sich in die Züge des Papstes. »Was soll ich tun, Thomas? Er ist ein Königssohn, er war erfolgreich in allem bisher, er ist Franzose. Er hat auch die Mittel und den Willen, unseren Weg in Byzanz durch das Meer der Ungläubigen zu schlagen. Er ist nun mal …«

»… grausam, lustgetrieben und er giert nach Macht.« Der Aquinate beendete den Satz. Die folgende Stille bestätigte ihn. Er schüttelte den Kopf. »Ihr bindet das Heil der Mutter Kirche an das Schwert eines Tyrannen.«

»Ich kann nicht zurück, Thomas. Versteht Ihr das denn nicht? Der Leib der Kirche krankt.« Der hohe Vater ballte die Hand. »Seht Euch um: Der blonde Staufer verseucht das Land – und wie sein Großvater wird er die Türen öffnen für noch mehr Fremde. Aus seinem Frankenreich ziehen sie ihm nach, und hier kämpfen die Sarazenen aus Lucera schon für ihn und gegen d'Anjou. Der Staufer hat selbst Charles' Vetter auf seine Seite gezogen. Und wenn all die Fremden hier sind … Zweifel wird in den Köpfen der Menschen wachsen.«

»Zweifel an den Lehren der Kirche«, murmelte Thomas.

»Zweifel an der Kirche selbst. Wenn Konradin siegt – der Erzfeind der Kirche, welche Macht besitzt die Kirche dann noch und Gott?«

Thomas fuhr sich übers Gesicht. Er blickte zurück zu dem Raum mit seinen Schreibern und Schriften. »Wir lernen ebenso von den anderen. Aristoteles …«

»Hört Ihr mir nicht zu?« Der Papst stampfte in den Kies, Steinchen splitterten davon. »Wir müssen festhalten, was ist. Der Sieger bestimmt über die Quellen des Wissens, über die Verteilung des Geldes. Herrgott, Thomas. Seid Ihr so trunken von der Tinte Eurer Schriften, dass Ihr vergesst, was die Welt antreibt?«

»Münzen.« Der Aquinate stülpte die Hände in die Ärmel der Albe. »Und Ihr greift lieber zu Charles' Gift.«

»Uns bleibt keine Wahl.« Er legte den Kopf in den Nacken, seine Lippen bewegten sich in Zwiesprache mit den Wolken. »Richtig dosiert ist Gift die Heilung. Er mag grausam sein, doch er hat der Kirche einen heiligen Eid geschworen.«

Thomas rieb sich an der Schläfe. Seine Erinnerung meldete sich. »Mir kam zu Ohren, d'Anjou habe den Eid gebrochen gegen seinen Vetter. Aus diesem Grund folgt Enrique di Castiglia nun Konradin. Und was ist mit Charles' einstigem Marschall?«

Clemens schob das Kinn vor. »Er ist der Einzige, der uns helfen kann, Thomas.«

»Weshalb sucht Ihr mich auf, Hoher Vater? Ihr habt Eure Medizin gewählt, Ihr wisst um die Folgen. Sucht Ihr Absolution dafür, was das Gift vernichten wird? Oder sucht Euer Gewissen Rechtfertigung?« Er zuckte mit den Schultern. »Ein Werkzeug gibt dem Ergebnis seine Form. Was Ihr erreichen wollt, wisst Ihr. Ihr solltet gewahr sein, ob Euch die Beschaffenheit dessen auch weiter zusagt.«

»Die Mittel dienen dem Zweck. Und die Kirche steht über allem.« Der Papst bekreuzigte sich. »Gott wird meine Tat verstehen.«

»Es sei, wie Ihr sagt.«

†

†Kapitel 11 – Albrecht

Nage und Sauge

August 1268,
Herzogtum Bayern, Friedberg

Albrecht forschte in der Innentasche des Mantels. War hier nicht noch …?

Dann pulten seine Finger in der Ruine der Mundhöhle nach den Fleischresten zwischen den Zahnklumpen – die Erinnerung an die Bratenscheibe. Er zuckte – noch immer – und riss die Finger zurück und schüttelte sich. Immer noch graute es ihn, wenn er den Stummel ertastete, der bis zum achten Lebensjahr seine Zunge gewesen war. Er fischte die Scheibe Brot aus der Tasche und schluzte am Anschnitt.

Er war außer Atem, dafür war er nun sicher. Der Vorbesitzer des Mantels würde ihn hier am Köpfhäusl nicht suchen. An eine Richtstätte begab man sich nicht ohne Grund, vor allem nicht nachts. Und über diesen Ort erzählten die Leut von Mund zu Mund: Geister gingen um.

Er rieb sich die Stirn und grummelte mit einer Hand gegen die Brust gedrückt. Ein Gebet. Der liebe Gott würde schon auf seinen Roten aufgepasst haben. Das Tier konnte ja nichts dafür. Und er war noch nicht fertig hier. Sein Magen knurrte seltener, doch dies war nicht der einzige Grund für ihn zu bleiben.

Albrecht plumpste neben dem Setzling auf den Boden und gähnte. Und wand sich gleich wieder auf. Durch den Halsgraben raschelte etwas, Schritte huschten, tapsten auf den Stufen. Er rutschte an der Mauer vorbei und trollte sich in die Büsche. Er sperrte die Augen auf.

Und er hörte sie. Tritte polterten, Steine rumpelten, ein Fluch vertrieb die Ruhe von der Anhöhe. Dann schüttelte das Mädchen seine Röcke aus, und sein Kleid warf das Mondlicht zurück. Sie löste den Gurt um ihre Mitte und von dort nahm sie den Wasserschlauch ab.

Die Wassertropfen glitzerten silbern. Sie verschwanden im

Dunkel und plätscherten auf die Erde und auf den Baumsetzling. Sie warf den Schlauch auf den Boden. Das Gras auf dem Hügel dämpfte den Laut, als sie sich nach hinten fallen ließ. Sie murmelte, Albrecht tastete sich näher, um ihre Worte zu verstehen.

»… du bist der Beweis.« Sie rieb sich an der Nase und neigte sich zu dem jungen Baum. »Liebe ist sehr wohl mehr als ein Geschäft.«

Sie zerrte einen Lappen aus ihrem Rock und rotzte hinein. »Ach.« Sie zog ihre Knie heran und barg ihr Gesicht in den Händen. »Und ich bin allein. Hier fällt nicht einmal auf, wenn ich verschwunden wäre.« Ihr Fuß kickte Kiesel davon. »Dem Eiskönig sicher nicht.«

Seine Stirn runzelte sich, die Augen wurden schmal. Einen Eiskönig kannte er nicht, und es war ihm gleich. Sie musste einfältig sein, so wie er sie reden hörte – einfältig und leicht zu fangen. Hitze breitete sich aus über die Innenseite der Oberschenkel, zog hinauf in seinen Schritt. Eine Hand wanderte nach unten, fuhr über den Stoff der Brouche hinab, fuhr hinauf und erneut hinab. Der Druck wuchs. Über die Zahnstummel rollte er die Lippen, befeuchtete sie. Er rieb ein-, zweimal, schob den Stoff. Dann suchte er entlang des Gürtels, lockerte die Schnur. Am Leinen zerrte er, bis mehr Platz war, und er tatschte mit der anderen Hand nach dem Messer. Er fand das Heft. Die Klinge lag gut in seiner Hand, bereit für seine Zwecke. Er drängte gegen das Gemäuer und rutschte in Richtung Plateau.

Die Haut des Mädchens schimmerte im Mondlicht. Durch das Unterkleid erriet er sie wie ein junges Füllen. Für ihn war sie Frau genug – für seinen Geschmack und seine Zwecke. Und wie sie sprach, würde sie keinem fehlen. In seinem Gesicht wuchs das Grinsen.

»Und dann noch diese Cäcilia.« Sie seufzte.

Albrecht merkte auf. Er kannte den Namen. Dieses Weibsstück war also noch an diesem Hofe. Sie war das Verderbnis seines Herrn. *C–ä–c–i–l–i–a.* Der Name hallte in ihm wider.

»Mit ihren dummen Ratschlägen. Ich bin die Tochter eines Grafen. Was bleibt mir denn für eine Wahl?« Ihre Finger strichen über die Ästchen des Jungbaums.

Albrecht zuckte. Er schluckte, seine Hand weiter am Schritt. Mit der Tochter eines Grafen wurde die Sache schwieriger. Aber

Cäcilia … Sie ging eigene Wege, und allein, die Damen mochten sie nicht. Sein Herr hatte das erzählt. Hans. Bevor alles fehlging.

»Und ich muss mit dem Hof Ludwigs ziehen, ob ich will oder nicht.«

Zweige knackten. Das Mädchen zuckte zusammen, sie riss den Kopf zur Seite. »Wer ist da?« Sie spähte durch die Baumreihen und über ihren Rücken rollte ein Schauer. Sie fischte nach dem Wasserbeutel und schnallte ihn um. Mit einem Satz sprang sie auf und entfernte sich von dem Sprössling der Föhre. Ein Dolch war in ihrer Hand. Albrecht stieß Luft aus und fluchte still. Ein Dolch, von dem man nichts wusste, konnte gefährlich sein. Das Messer vorgestreckt, den Rock gerafft, tappte sie vor.

»Zeigt euch«, zischte sie, drehte den Kopf nach rechts und links. Ein Schritt nach vorn, ein weiterer folgte. Sie wandte sich zur Seite.

Dort in den Büschen neben dem Köpfhäusl musste sie wohl etwas vermuten. Albrecht zuckte zusammen, atmete flacher, kroch am Mauerwerk entlang. Zurück in die Schatten drängte er und die Sträucher neben dem Gemäuer. Sie durfte ihn nicht sehen.

Krachend brach ein Ast unter ihrem Fuß, stolpernd ruderte sie um ihr Gleichgewicht. Ein Quieken störte die Nacht, und ein Fauchen war die Antwort. Ein Pelzknäuel schoss aus dem Gestrüpp. Das Dirndl holte aus. Der Stein verfehlte das Biest.

»Mistvieh. Schleich dich. Und schleich nicht hinter mir her. Heute waren's genug, die mir aufgelauert haben. Schlimmer als ein Räuber bist du.« Kreischen antwortete ihr, der zweite Wurf saß. Kieselsteine rieselten zu Boden. »Verzieh dich!« Sie drehte sich zur Föhre, rieb den Unterarm. »Mach, dass du wegkommst, Blödvieh!«

Die Katze stob davon, jaulte noch einmal, noch lauter. Albrechts Tritt zeigte dem Vieh, wie sehr er es in seiner Nähe wollte. Er wusste, das Mädchen war noch da, er hörte das Rascheln auf dem Plateau. Er lehnte sich gegen die Wand des Köpfhäusls, ballte die Hand, fluchte ein weiteres Mal. Die andere Hand wanderte, suchte am Schritt, fuhr über Stoff.

Er schrak zusammen und riss den Kopf zur Seite, duckte sich. *Cäcilia.* Der Name tauchte wieder auf.

»Hier seid Ihr also.« Der Mann war verdammt nah. Albrecht

hörte die Tritte, sah nichts. Er beugte sich vor, verwünschte die Nacht. Er band den Gürtel und den Stoff wieder fest. Er hörte Zweige gegeneinanderreiben, brechen, im nächsten Moment stand ein Schatten zwischen ihm und ihr.

»Was denkt Ihr Euch, Grafentochter?« Der Schemen stützte die Arme in die Hüften.

»Geht weg!«

Der Mann legte den Kopf schief. »Ihr kommt mit mir.«

»Seid Ihr nicht dieser Georg? Ihr seid ständig in der Nähe des Herzogs.« Das Mädchen zielte Richtung des Mannes. »Lasst mich.«

»Allein bleibt Ihr nicht hier draußen.«

»Ich gebe auf mich Acht«, bellte sie. »Seht her, Herr. Ich führe mein Messer mit mir. Und ehe es Euch einfällt: Keine Sorge, ich weiß, wie man es benutzt. Und wenn ich will, lerne ich, mit dem Schwert umzugehen. Dafür können die anderen mich noch ein wenig mehr hassen.«

Albrecht fletschte die Zähne und fuhr sich über den Mund.

Der Schatten wischte mit dem Arm durch die Luft. »Steckt es weg, Grafentochter.« Erneut brachen Zweige. »Wer sollte Euch hassen?«

»Was kümmert es Euch?« Sie schnaubte.

»Mathilde von Habsburg. Ihr kommt mit mir.« Er mahnte in seinem Flüstern.

»Hier am Hof tuscheln sie. Sie schweigen, wenn ich den Raum betrete. Und sie sehen mich seltsam an, wenn ich von meinem Unterricht zurückkehre.« Albrecht hörte das Mädchen rascheln, der Umriss dieses Georg verhinderte jeden Blick auf sie. »Und dann diese Cäcilia.«

Georg sog die Luft ein. »Was ist mit ihr?« Wieder knackte etwas. Nochmals schob Albrecht sich ein Stück nach vorne.

»Ich mag sie nicht. Niemand mag sie.« Die Arme vor der Brust verschränkt wandte sie ihren Kopf ab. »Sie weiß Dinge, die sie nichts angehen. Sie sagt, Ludwig hat seine erste Frau umgebracht.«

Das Mathilden mochte die andere also auch nicht. Albrechts Finger und Daumen rieben sein Kinn entlang. *Cäcilia.*

»Mh«, brummte der Schatten. Er nickte, trat vor, reichte der Grafentochter den Arm. »Es war eine Intrige, er ist in die Falle getappt und hat Buße getan. Kommt jetzt. Ihr habt an diesem Ort nichts zu suchen.«

Albrecht erkannte den Ritter. Älter sah er aus mit dem Bart. Aber das Gesicht würde er nie vergessen, und der Name war auch der richtige. Georg war einer, einer der Verfluchten. Er trug Schuld am Tod von seinem Herrn. Albrechts Kiefer mahlten, die Zähne knirschten. Seine Hand quetschte den Griff der Klinge. Sollte diese Dirn doch endlich zurück in die Burg.

Georg räusperte sich. »Cäcilia ist nicht wie die anderen.« Er fuhr sich über die Augen. Eine Pause füllte den Rund. Georg zeigte auf die Föhre. »Ihr treibt Euch herum an diesem Ort, doch: Kennt Ihr denn die Geschichte der Blutföhre?«

»Ein Edelmann wurde gemordet und seiner Frau brach das Herz. So ist sie ihm ins nächste Leben gefolgt. Der Baum steht für ihre große Liebe.«

Der Ritter bellte etwas wie ein Lachen. »Habt Ihr Euch das zusammengereimt?«

Mathilde senkte den Blick, verneinte. »Das ist das Einzige, was Sinn ergibt aus all den Gerüchten darüber.«

»Und du hast nicht gefragt?«, zischte er.

»Niemand antwortet.«

»Hör zu, Mathilde.« Er räusperte sich. »Die Frau, die starb, war meine Schwester. Agnes' Schicksal und das des letzten Nachkommen aus dem Hause der Meringer haben sich hier in Friedberg miteinander verwoben. Agnes sollte Ulrich heiraten. Sie kannte ihn nicht, sie wollte ihn nicht.«

»Und Ulrich von Mering? Er brauchte doch eine Frau?«, fuhr sie dazwischen.

»Ulrich war mit uns im letzten Winter vom Feldzug heimgekehrt, seine Frau starb, in der Gegend trieb ein Raubritter sein Unwesen. Ulrich stand nicht der Sinn nach einer Hochzeit. Er sah seine Leute leiden. Er erfuhr, wie bald der Herzog erneut ein Heer für den Krieg in Italien ausheben wollte, und es kam zum Streit.«

»Er stellte sich gegen Herzog Ludwig.«

Georg nickte. »Und dann hatte der Raubritter es abgesehen auf Agnes – umso mehr, weil er Hass und Neid hegte gegen Ulrich. Und beinah hätte sein stummer Kumpan ihr etwas angetan. Ulrich verhinderte dies. Der Raubritter dagegen mordete den Burgvogt aus Wut, und jeder wusste, wer der wahre Mörder war. Doch der Hund ließ etwas zurück bei dem Toten, und der Richter konnte glauben, Ulrich sei der Schuldige. Vielleicht wollte er es auch glauben. Der Richter war Ludwig. Und der Streit der beiden stand zu dem Zeitpunkt zwischen ihnen.«

Die Grafentochter schrak auf. »Großer Gott! Ulrich wurde verurteilt.« Sie schüttelte den Kopf. »Herzog Ludwig hat das Urteil gesprochen und jeder wusste von der Unschuld?« Ihre Hand fuhr vor den Mund. »Wie kann das sein?«, nuschelte sie.

»Eine alte Fehde, Stolz, Eitelkeit.«

»Angst, die Gefolgschaft und Treue der Vasallen zu verlieren«, murmelte sie, nickte. »Macht zu verlieren.«

»Es ergibt keinen Sinn. Nur einen Kreis aus Tod und Leid.« Georg drehte sich zur Burg. »Fehler sind nicht da, um sie zu …« Er stockte, richtete sich auf.

»Was?«, hakte sie nach. »Was sind Fehler nicht?«

Der Ritter brummte etwas, Albrecht verstand nicht. Dann wurde die Stimme lauter. »… nicht zu wiederholen.«

Eine Wolke machte den Mond dunkel, der Augustwind eilte sich nicht, sie wegzuschieben. Albrecht lehnte sich zurück. Mücken surrten – eine neben seinem Ohr. Er spürte das Hetzen der Flügel, schlug sie weg. Er fluchte stumm – wie immer. Seine Beine begannen zu schmerzen. Er rollte mit den Augen und sandte den Sternen ein Gebet.

»Kommt jetzt.«

Das Kleid des Mädchens schleifte ein wenig auf dem Boden, eine Weile nur. Dann herrschte Stille. Albrecht rieb Knie und Oberschenkel, verzerrte das Gesicht. Jede Bewegung ein Stich. Er humpelte zum Weg, zu seinem Pferd.

Der Hof würde also aufbrechen und Friedberg verlassen. Er rieb sich den Bauch und grinste und saß auf. In München würde er noch weniger auffallen als hier. Wenn es ihm gelang, sich unters Gesinde zu mischen, würde sein Magen weniger oft knurren und vielleicht ergab sich noch Gelegenheit, das ein oder andere Bedürfnis ebenso zu stillen. Cäcilia. Er würde sie finden. Er grinste noch etwas breiter und rieb sich den Schritt.

†

†Kapitel 12 – Georg

Morgen

August 1268, Friedberg

Die Nacht stahl sich zum Morgen. Die ersten Lieder der Vögel begleitete die Schritte über den Wehrgang. Sein Herz polterte. Die Finger strichen über die Efeuranken, er verschwand hinter der Ecke.

Dann stand Georg vor ihrer Tür, den Arm erhoben, die Lider geschlossen. Er zählte Atemzüge, rollte die Fingerknöchel über Eichenholz. Rauschen füllte sein Ohr.

Er trat zurück, vier Schritte brachten ihn an die Brüstung, zwischen zwei Pfeilern bargen ihn Efeuranken. Die Maserung des Geländers prägte Muster in die Handballen. Er schloss die Augen und atmete die Dämmerung. *Sie hasst mich.* Selbst hier, selbst jetzt war ihr Duft in seinen Sinnen. Die Hitze ihrer Haut hatte jede Kälte geschmolzen. Und von jedem Hauch ihrer Lippen hatte sie ein Feuer gesetzt an der Stelle, an der sie ihn berührte. Schauer prickelte vom Ansatz seiner Stirn zu den Spitzen seiner Zehen.

Ich werfe ihr den Tod meiner Schwester vor und will nichts anderes als sie. Statt zu kämpfen, habe ich sie dem anderen überlassen. Die ganze Burg wusste davon. Und ich hab nichts getan. Seine Hand wurde Faust. *Weil ich nicht genug war.* Er schloss die Augen. *Ich habe meine Verlobung für sie gelöst, und sie lässt den anderen in ihr Bett.*

Sie hatte ihren Stolz gegen die Mauer um sein Herz geworfen. Und – er wusste, es lag nicht in ihrer Absicht – dennoch, oder gerade deswegen hängten sich die Widerhaken ihres Wesens daran fest und rissen Lücken in den Wall. Und jedes Mal, wenn sie ihn abwies, blieb ein kleines Stück von ihr bei ihm.

Sie wird an meiner Seite sein – eines Tages. Dem Wort des Herzogs muss sie sich fügen. Die Hochzeit rückte näher.

Er seufzte und grub sich in die Erinnerungen der letzten Tage. Eine Dornenhecke verwuchs um ihre Schutzmauer. *Sie meidet meinen Blick so sehr, wie sie ihn früher gesucht hat.* Oder war nur er früher der Suchende gewesen? Er, der ihre Augen finden wollte – vom ersten Tag, bis zu dem, an dem er sie aufgefordert hatte, ihm zu folgen auf die Gehöfte Hardenbergs. All die Schliche schien sie zu kennen, die sie von ihm fortführten. Bis kurz vor Ulrichs Tod war dieses Katzenwesen seinen Händen entschlüpft. Und kreuzte sie in den letzten Monden seinen Weg, so war sie Längen fern. *Meine Worte verdorren auf dem Weg zu ihr.*

Ihr Blick war leer seither, ihre Miene Stein. *Nie bin ich genug.*

Seine Faust lag auf dem Geländer. Er öffnete die Lider. Mit dem nächsten Mond würde er sie fortführen vom Hofe des Herzogs als seine Braut. Als seine Frau. Keinem anderen gebührte jemals mehr das Recht auf ihre Gnade. Ludwig hatte entschieden. *Wenn sie nicht mehr am Hofe ist, wird sich alles ändern.*

Bis dahin …

Er wandte sich um. Seine Finger berührten seine Lippen, er fuhr sich übers Gesicht. Auch diese Nacht stieß er ein Gebet zum Himmel.

Kein Licht drang unter den Spalt ihrer Tür. Heute nicht, wie den vergangenen Nächten. Vier Schritte. Seine Hand fühlte das Holz. Er klappte das Gelenk nach hinten. Und vor. Noch einmal.

»Cäcilia.« Er atmete die Buchstaben ihres Namens aus. »Cäcilia.«

Seine Knöchel trafen das Blatt. Georg legte das Ohr an die Tür. Er lauschte. Ein weiteres Mal verließ der Klang ihres Namens seine Lippen. Die Handfläche tastete das Holz.

†

†Kapitel 13 – Ludwig

Bote

August 1268, Friedberg

Im Innern der Stallung gähnten die Boxen, Metall dröhnte auf Metall. Am anderen Ende des Ovals gab Gerhart Anweisungen, der Ritter folgte. Stroh stob aus dem Holzkrieger, Schnitte kerbten das Holz. Aufgezäumt und mit der Panzerung für eine Schlacht harrte das Streitross zwischen dem Krieger und dem Umlauf, schob sich von einem Lauf auf den anderen, der Schwanz schwang im Takt der Hiebe.

»Hoch mit der Deckung«, brüllte der Glatzkopf hinter der Brüstung, er beobachtete jede Veränderung der Position. Der Reitstock schlug auf den Umlaufholm.

Schweiß zog sich in einem Dreieck über den Hemdrücken des dunkelhaarigen Ritters. Ein Schritt, ein Stoß schmetterte die Puppe zu Boden. Im Profil erkannte er Georg von Hardenberg.

Ludwig umrundete die Außenbahn des Ovals. Seine Hand fuhr vom Sattel zum Hals, er schob sich vorbei an dem Tier und postierte sich an der Seite neben Gerhart.

»Hauptmann, Ritter.«

Hauptmann Gerhart drehte sich nickend. Georgs Klinge schwang zurück und sank. Georg spannte die Schultern und verneigte sich. »Herzog, Gott zum Gruße!«

»Verzeiht, ich habe Euch nicht früher bemerkt«, sagte der Hauptmann.

Ludwig wischte die Worte beiseite. Er stützte sich auf den Rundlauf des Ovals. »Beendet die Übung.« Er hörte die Klinge in die Scheide gleiten.

»Herr?« Gerhart trat zurück und senkte das Haupt.

»Der Franzose belagert Lucera.« Er nickte zu Georg. »Weiß er bereits Bescheid?«

»Ich kenne meine Pflicht.« Georg nickte.

Ludwig brummte. »Ihr brecht morgen früh auf – vor der Laudes.«

»Ja, Herr.« Georg musterte ihn und unterbrach sich. Er griff die

Zügel, klopfte die Plattenpanzer seines Braunen ab. »Wer noch?«

»Allein.«

»Ein Knappe reist mit mir. Kein Ritter auf Pilgerfahrt reist allein.«

»Ihr seid …« Ludwig grunzte lächelnd. »Meinetwegen. Ein Pilger auf dem Weg nach Rom. Zur Vergebung der Sünden.«

»Der Papst wird ihn lieben und ihm mit Freuden die Sünden verzeihen«, versetzte Gerhart.

Georg blickte vom Hauptmann zum Herzog. »Dann sollte ich ihm in Viterbo einen Besuch abstatten. Man hört, in Rom sind die Kohlen unter seinen Füßen zu heiß geworden.«

Das Ross zuckte selbst unter dem Gelächter der drei nicht.

»Der Senat hat sich gegen ihn gestellt – und damit hinter Konradin und uns.« Der Herzog klopfte dem Hauptmann auf die Schulter. »Ihr habt die Boten zu unseren Vasallen geschickt. Das Wissen um die Unterstützung aus dem Süden wird sie beflügeln. Bald schon werden sie bei uns eintreffen.«

»Sie werden Ritter senden und Waffenträger. Wir richten bereits die Zelte für die Ankunft der Truppen auf dem Lechfeld.« Gerhart nickte, der Reitstock pochte gegen seinen Oberschenkel. »Die Übungen für die Einheiten in der Burg sind verdreifacht, im Hof die Schwerter, die Bögen vor den Mauern der Stadt. Die Offiziere planen die Aufteilung für den Marsch.«

»Gut.« Im Gehen wandte er sich noch einmal um. Er winkte den Ritter heran und verließ die Scheune. Ludwigs Augen brauchten einen Moment, er blinzelte gegen die Mittagssonne. Eine Brise erfrischte ihn, der Kittel eines Bürschleins flatterte darin. Erst auf einem, dann auf beiden Beinen hüpfte er neben ihm.

»Verschwinde, Kleiner.« Ludwig knurrte. Die Worte drangen nicht ein in die Welt der Kinderspiele. Der Bengel sprang weiter reimend von Feld zu Feld. Der Herzog rollte mit den Augen und schüttelte den Kopf. »Taugenichts.«

Der Tanz von Schwertern und Schilden rasselte und schepperte über den Hof. Schweiß tränkte die Erde des Burghofs. Er spannte den Oberarm und rollte die Finger. »Hardenberg, Ihr wisst, wie dringend meine Worte zu Konradin gelangen müssen.« Er blickte zum Hardenberger und gewahrte das Nicken. »Ihr beherrscht das Schwert, Georg. Und Ihr sprecht mehrere Sprachen. Mit Euren Fertigkeiten könntet Ihr mehr erringen, als einem Zweitgeborenen zusteht. Nach Eurer Hochzeit …« Er räusperte sich. »Wo führen Eure Wege hin?«

Der Hardenberger runzelte die Stirn. »Was hat die Hochzeit …«

»Antwortet«, raunzte der Herzog.

»Ich will nach Hardenberg, zum Sitz meines Hauses. Cäcilia …« Georg biss sich auf die Lippen, sein Blick glitt zu Boden. Er schluckte weitere Worte hinunter, nestelte am Schwertgurt. »Sie ist schon lange genug an Eurem Hof, nun soll sie Teil meiner Familie werden. Mein Bruder Conrad wird dann weiterhin als einer Eurer Hauptleute an Eurem Hof weilen.«

»Ihr seid der zweite Sohn. Conrad erbt den Hof, und Ihr braucht nicht viel zu erhoffen.« Ludwig kämmte seinen Bart. »Ihr bringt meine Botschaft nach Italien. Dann kehrt Ihr zurück, und wir sehen ….« Schürzen und Hauben und Holzpantoletten wuselten vor ihm, ein Knecht mit einem Sack Mehl wich im letzten Moment aus.

Georg blieb stehen. »Was?«

Der Duft von Frischgebackenem verströmte sich und kletterte seine Sinne empor. Mägde lachten, beugten sich unter Brettern mit Broten, Körben mit Holz, das Gesinde huschte durch die Arkadengänge, wich um ihn und den Ritter zur Seite und rauschte davon. Ludwigs Magen knurrte eine Meldung. Die Brotkruste krachte und weckte ihn.

Georg hielt ihm ein Stück dampfendes Backwerk entgegen.

»Was?«, wiederholte der Ritter.Ludwigs Augen wurden schmal. »Ihr kehrt zurück, und dann sehen wir, wohin Euer Weg führt.« Ludwig hob die Hand und kam Georg zuvor. »Ihr brecht auf vor der Morgensonne. Sprecht mit Gebhard von Hirschberg. Seine Familie hat Besitz in Tirol. Es wird wohl helfen auf dem Weg gen Süden und zurück. Reitet, so schnell Ihr könnt. Ihr wisst, was auf dem Spiel steht.« Er blinzelte. Das hüpfende Kind war verschwunden.

†

†KAPITEL 14 – MATHILDE

SPINDEL

MITTE AUGUST 1268, FRIEDBERG

Unter Mathildes Haut fuhr einmal mehr das Knarzen. Schritte dröhnten auf den Holzbohlen des Flurs bis in die Werkstatt der Frauenzimmer. Die Spindel in ihrer Hand sank. Sie rollte die Schultern, fischte ein weiteres Faserknäuel aus dem Korb und beobachtete den Eingang der Spinnstube. Herzogin Annas Lächeln erlosch, sie drehte sich zum Eingang, zog den kleinen Louis von seinem Schaffell am Boden. Die Hand in den Rücken gedrückt erhob sie sich.

Die Tür knarzte. Mathildes Blick verfing sich kurz am Ankömmling, ihr gelang ein Grußwort, dann stierte sie auf die Spindel und die leeren Plätze neben sich. Sie kaute die Unterlippe. *Ich hätte die Damen in den Garten begleiten sollen.* Afras und Brigittas Mienen fielen ihr ein, und sie verwarf den Gedanken. In ihre Wange knallte Hitze, in ihrem Bauch brummte die Stimme des Herzogs. Im selben Raum mit Ludwig und der Herzogin war sie noch nie gewesen.

»Der Hof zieht los, Weib. Sorgt dafür, Euren Haufen in den nächsten fünf Tagen zum Aufbruch zu richten.« Ludwig tat zwei Schritte. Die Wand in ihrem Rücken drängte sich kalt und hart. Zwischen Mathildes Fingern biss der Faserstrang. Sie schluckte, sie hörte Ludwigs Fluch und den Schrei des Kleinen.

Anna räusperte sich, trat fort von ihm, den Säugling als Schild, die Blicke als Messer. Kurz ruckte ihre Miene zur Seite und wieder zurück. Mathilde drängte sich gegen die Wand, wünschte sich fort. Sie schluckte, beobachtete durch halbgesenkte Lider. Ludwigs Hand suchte ein unsichtbares Schwert, der Arm kreuzte die Brust.

»Gott zum Gruße, Gemahl.« Die Augen der Herzogin verengten sich, den Kleinen zog sie näher. »Lasst uns hier, Ludwig. Zieht alleine in den Süden. Wir hindern nur Euren Zug. Wir werden hier für Euch beten. Für Euren Sieg und die sichere Rückkehr.«

»Beten.« Er schüttelte den Kopf, schnaubte. Seine Hand wanderte zu Louis, ein Lächeln stahl sich auf sein Gesicht. Er griff das Kind und wiegte es eng an sich gedrückt. Das brabbelnde, sabbernde, glucksende Wesen machte ihn grinsen und beanspruchte seine Aufmerksamkeit. »Ihr vertändelt Zeit mit der Buckelei vor den Altaren und Priestern.«

»Es geht um das Heil unserer Seelen, Ludwig. Unser aller Seelen.«

»Ihr seid meine Gemahlin und Herzogin. Die Anliegen des Hofes gehen vor jenen einer Kirche und eines alten Mannes in Rom, der sein Gift verspritzt und meinen Neffen bekriegt.«

»Mein Hof, meine Damen, das Kind«, zischte Anna. »Was glaubt Ihr eigentlich?« Sie drehte sich zum Fenster. »Eure erste Frau – Ihr habt sie zurückgelassen. Ein Unglück ist geschehen. Aber: Ich bin nicht wie Maria. Und Ihr seid nicht mehr wie damals.«

Mathildes Körper spannte, ihre Stirn runzelte sich. *Wovon spricht Anna?* Sie hörte Schritte, sie hörte erneut einen Fluch. *Ich muss es in Erfahrung bringen.*

Louis wand sich in Ludwigs Armen. »Frau, lasst es. Der gesamte Hof zieht mit.«

»Gebt mir mein Kind zurück.«

»Nein.«

Louis schrie, Tränchen zogen Spuren über die Kinderwangen. Anna legte die Hand auf Ludwigs Arm. »Glaubt Ihr nicht, ich weiß, weshalb sie sich umdrehen, weshalb sie Euch *den Strengen* nennen? Hinter Eurem Rücken gibt es keinen Namen als diesen. Und was glaubt Ihr wohl, wie sie mich ansehen? Die Augen der Fürsten und Grafen, ihrer Familien und des Gesindes lauern auf mir, ihr Mitleid, das selbstgefällige Lächeln. In den Gesichtern steht nichts als die Frage, wann Euch das nächste Mal die Wut zum Schwert treibt. Euer einstiger Hofmarschall hat Euch mit seinen Lügen vor zwölf Jahren dazu verleitet. Und das vorschnelle Urteil über Euren Ratgeber Ulrich von Mering hat ihren Appetit angeregt. Sie lechzen nach …«

»Sie warten, mich fallen zu sehen, Weib. Das ist es – und ich werde ihnen nicht den Gefallen tun. Sie warten immerzu auf einen Fehler, bis ich strauchele und untergehe. Eure Pflicht ist, an meiner Seite zu stehen.«

Mathildes Kinn drückte sich in ihr Brustbein. Louis' Schreie schmerzten in Mathildes Ohren. Anna nahm ihn aus des Herzogs Händen und barg ihn an ihrer Brust. Ihr Rock brandete gegen seine Beine. »Herrgott, Ludwig! Seid dankbar um mich, und dass ich den Fortbestand Eurer Linie sichere. Der Mord aus Eifersucht hat Euch genug gezeichnet – mit ergrautem Haar und einem Ruf, von dem Ihr Euch nicht mehr reinwaschen könnt.«

»Ihr seid mein Weib, und, gottlob, wir haben unseren ersten Sohn. Doch Kinder kann mir jede Magd gebären.« Ludwigs Hand grub sich in den Stoff am Arm der Herzogin. »Aus Eurem Mund hörte ich keine Fürsprache, das Leben meines Ratgebers zu schützen und dieses Unglück zu verhindern. Eure Kleider zählten wichtiger für Euch, und dieses Fest im März, auf dem Ihr Euch zeigen konntet, während ich meinem Neffen in Italien zur Hilfe kommen muss.«

»Die Frau ist der Glanz eines Hauses. Wer glaubt an Eure Macht, wenn Ihr nicht in der Lage seid, in diesen Zeiten zu glänzen«, setzte sie dagegen. »Vergangenen November habt Ihr einen Sieg errungen an Konradins Seite. Die Feier dieses Triumphes war die beste Gelegenheit, neuen Mut in Euren Vasallen zu säen und Verstärkung zu finden. Wir waren uns einig, Ludwig.« Sie schnaubte. »Und es war an der Zeit, Louis zu zeigen.« Sie hob den Zeigefinger, dann überlegte sie kurz und neigte ihr Haupt. Sie zeichnete das Kreuz wie in der Kirche auf Stirn, Mund, Brust. »Kennt Ihr denn nicht die neuen Schriften aus Rom? Der Gelehrte und Mönch Thomas sagt: *Die Frau wurde, wie die Schrift sagt, als Hilfe des Mannes; freilich nicht als Hilfe irgendeines anderen Werkes, wie einige sagten, weil ja zu jedem anderen Werk der Mann durch einen anderen Mann entsprechendere Unterstützung fände als durch eine Frau; sondern als Hilfe zur Fortpflanzung.*[11]« Sie nickte. »Das sind seine Worte. Hab ich Euch nicht treu gedient im Sinne der Heiligen Kirche? Ich erfülle meine Christenpflicht.«

»Haltet den Mund! Die Kirche dreht sich die Worte, wie sie die Worte eben braucht. Gewäsch. Und Ihr folgt diesem Beispiel.« Anna schrumpfte, Ludwig schien den Raum allein zu füllen. »Auf meinen Ratgeber hätte ich hören sollen.« Ludwig fuhr sich übers Gesicht. »Das Fest absagen und die Mittel für Konradins Krieg einsetzen.«

»Ulrich von Mering war gegen den Feldzug.«

Sein Gesicht glühte, am Hals pulsierte die Ader, die Knöchel seiner Fäuste wurden weiß. »Mischt Euch nicht in Dinge ein, von denen Ihr nicht das Geringste wisst.«

»Ihr wollt mich an Eurer Seite und zugleich verbietet Ihr mir, mich einzumischen? Was wollt Ihr, Ludwig?«

Hinter Mathilde gab es nicht das kleinste bisschen Wand mehr, das sich auftun könnte. Mathilde hörte sein Schlucken, und die Stille danach dehnte sich, nahm die Ewigkeit ein, bis zu seinem Knurren.

»Ihr kennt keine Gnade, Ludwig. Gebt nicht mir die Schuld«, blaffte die Herzogin. »Euer Zorn und Eure Ungeduld haben Euch zweimal in die Knie gezwungen. Ich werde nicht mein Kind mit einem Heer nach Italien zerren und es weiß Gott welcher Gefahr aussetzen, nur um Euer Gewissen zu erleichtern und Eurer Eitelkeit zu huldigen.«

Der Herzog stemmte die Hände in die Hüften, seine Stimme stieg aus den Tiefen seiner Kehle, sein Blick stach auf Anna ein. »Ihr habt fünf Tage, Weib!«

»Was glaubt Ihr …?«

Die Fäden in Mathildes Händen begannen, ihre Finger aufzuscheuern, ihr Blick fräste Splitter aus dem Boden, sie wagte kaum zu atmen.

Die Tür krachte ins Schloss. Beinah – nur beinah dröhnten die Planken hinweg über das Schluchzen, und Mathildes Zehen bohrten sich ins Leder der Schuhe, und im letzten Moment fing Mathildes Hand die Spindel, die zu Boden gleiten wollte.

†

†Kapitel 15 – Cäcilia

Die Nacht

Mitte August 1268, Friedberg

Der Schein der Fackeln zitterte auf seinem Profil. Ohr und Wange an ihre Tür gelehnt, die Lider geschlossen, flüsterte sein Mund. Sie hörte ihren Namen, als sie sich näherte. An ihrem Platz im Arkadenbogen schob sie einen Efeuzweig zur Seite und beugte sich vor. Sie hielt den Atem an und versuchte, jedes Geräusch zu vermeiden. Er klopfte erneut. Seine Mund-winkel sanken, dann sein Haupt, seine Schultern. Georg ging in die Knie und schob ein Stück Papier unter die Tür. Den Kuss, den er auf die Kuppen seiner Finger hauchte, drückte er auf das Holz, wandte sich ab.

Er stieß mit ihr zusammen – beinah. »Was …? Wo …?«

»Du gibst mir die Schuld am Tod deiner Schwester. Dennoch: Du folgst mir – schon seit all den Nächten.« Cäcilia suchte seinen Blick und ließ ihn nicht mehr los. »So vielen. Und doch weißt du nicht, wo du mich findest.« Sie hob ihr Kinn, ihre Augenlider zuckten. »Oder fürchtest du, was geschieht, wenn du es wüsstest?« Er bräuchte nur den Arm um sie legen, den Finger unter ihr Kinn. Er tat es nicht, er trat zurück. Das Seufzen klemmte sie fest in ihrer Brust.

»Ich …« Er blickte zur Seite, straffte die Schultern. »Die Nachricht liegt in deiner Kammer. Lies, und du verstehst.«

»Ich habe dich seit dem Nachmittag in der gesamten Burg nicht gesehen.« Sie wagte einen Schritt – und noch einen. »Was ist mit dir? All die Tage erinnerst du mich an die Hochzeit, die bevorsteht. Nacht um Nacht klopfst du an meine Tür. Macht es einen Unterschied für dich, sie verschlossen zu entdecken oder offen?«

Er stutzte. »Wie …? Ich verstehe nicht.« Er räusperte sich.

»Ja. Ich weiß.«

»Du bist mir zur Frau bestimmt.«

Sie zuckte die Schultern. »Du hast nicht einmal die Riegel

überprüft.« Sie suchte seine Augen. »Was schreckt dich mehr? Gehen zu müssen, oder das, was hinter der Tür wartet?«

Er starrte sie an, griff nach der Klinke, sie war schneller.

»Weshalb gehst du, ohne zu fordern, was du willst?« Sie schob ihren Kiefer vor. »Oder es dir zu holen.« Sie seufzte. »Oder ist es, dass du … nicht willst?« Sein Blick flackerte, zu spät senkte er die Lider. Ihre Lippen fanden seine, ihre Hand seine Wange. Sie stahl den ersten Kuss, errang den zweiten. Der Dritte glühte im Feuer. Sie schmeckte seine Lippen, schmeckte all das Mehr, das darin lag, fand, was er wollte.

Oder ist es, was ich darin finden will? Ein Runzeln huschte über ihre Stirn. Er war hier – letztlich. *So sehr ich versuche, ihn wegzustoßen. Er ist da.*

Erneut suchte sie ihn, seine Zunge. Und er forderte ihre, wie er in einem Tanz den nächsten Schritt verlangte. Sein Arm fasste sie, und Cäcilia war bei ihm, seine Hand lenkte ihren Kopf, wie ihre Hände seine Hüften lenkten. Er raubte ihren Atem, und gab zurück, was die Gier ihm Pulsschlag war. Ihr Körper, ihr Mund antwortete auf seinen Hunger.

Seine Zunge fand zwischen ihre Lippen, suchte, rieb sich an ihrer. Funken zündeten, die sie erloschen glaubte, erloschen hoffte. Alles antwortete auf das Glimmen tief in ihr.

Jede Fingerkuppe fand jeden Feuerpunkt, setzte ihn in Flammen. Sie krallte und klammerte sich an ihr Denken. Und jede seiner Berührungen riss dagegen, jeder Kuss. Ihr Herzschlag peitschte Funken unter ihre Haut. In ihrem Nacken wanderten seine Finger, hielten, holten ihren Kopf an ihn heran. Er suchte ihre Lippen, sein Griff wurde fest.

Cäcilia schloss die Lider.

Sie fand den Saum seines Hemds, schob den Stoff nach oben. Ihre Hände folgten der Landkarte und der Hitze. Über die Ebenen seiner Seiten glitt sie aufwärts, touchierte Bogen für Bogen und rollte ihre Finger darüber. Seine Muskeln spannten sich unter der rauen Seide seiner Haut, die Federn feiner Härchen kitzelten ihre Finger.

Der Rhythmus seines Atems, seine Stimme schmiegte sich ohne Worte an sie, bebte bis in ihre Mitte. Sie atmete seine Wärme, die Ahnung seiner Würze, atmete ein, wo er seinen Atem freigab, schauderte, und der Schauer rollte hinab in ihre glühende

Mitte.

Georg löste die Bänder ihres Gewands, zerrte das Hemd von seinem Körper. Ihre Lippen fanden einen –

jenen –

ewigen Kuss.

Das Laken klebte an ihrem Rücken, Perlen von Nass und Schweiß schimmerten im Schein der Kerzen. Seine Hitze strahlte über, ihr Körper ersehnte seinen, erinnerte sich der Konturen, der Wärme seines Wesens auf ihren Gliedern, erinnerte sich an jenen ewigen Tanz. Sie zog ihn näher.

Sein Kuss berührte ihre Schultern, seine Finger ihre Seiten und sandten Feuerfunken unter ihre Haut. Auf ihre Wangen hauchte er Wärme, eine Berührung. Die Lippen schwebten entlang ihres Jochbeins zum Mundwinkel. Sie atmete seinen Herzschlag, füllte ihre Sinne mit seinem Duft und schob Fühlen gegen Denken. Sein Hunger berauschte ihren Appetit.

Sie bog sich ihm entgegen, stillte Gier und Durst von seinen Lippen. Feuer brannte – an, durch ihre Mitte. Sie ahnte seine Erregung, spürte sie vor dem Blitzschlag der Berührung. Flammen sprangen über auf ihre Haut, jeder Nerv prickelte. Seine Glut setzte mehr und mehr Flammen in ihrer eigenen. Der Tau ihrer Haut verschmolz. Sein Becken drängte gegen sie. Blicke erforschten die Pfade in die Tiefe der Seelen, Hände fanden die Wege zum Schmelzkern.

Sie streckte sich. Das Delta zwischen ihren Beinen war verwandelt in reißende Hitze. Dem Ziehen und Sehnen suchte sie Linderung, bog sich gegen ihn, öffnete sich seinen Fingern. Ihrer Kehle entstahl sich dunkles Stöhnen und Fühlen ersetzte die Gedankenwerkstatt in ihrem Kopf. Ein Hauch glitt entlang von Hügel ihrer Lust, brachte sie zum Zittern, fachte ihren Hunger an. Linderung bot er ihr nicht. Sie bog sich erneut, schob sich und tauchte in den süßen Schmerz, in dem er sich entzog. Die Hand in seinem Nacken holte ihn zu ihr. Sie nahm von seinen Lippen, lenkte den Schlag seiner Zunge und drang dagegen, wie er gegen sie. Er saugte ihre Lippen, küsste, ließ sie und schob nicht länger sanft in sie, was Sein war. Der Takt rauschte durch ihre Glieder, pochte mit jedem Kuss durch sie.

Sie packte seine Hand, führte seine Lust und Hitze und spürte, wie seine Erregtheit stieg. Tief drangen seine Finger ein, spürten ihre Nässe und sie widerspürte die eigene Lust, spiegelte sich im Gipfel seiner. Sie wollte mehr. Ihre Beine umschlangen seine Mitte und zogen ihn zu sich hinab. Er schob ihre Hand zur Seite, fühlte ihre Nässe erneut, sanft zuerst, dann fester, suchte den Punkt, der sie die Welt vergessen ließ. Seine Hitze verbrannte sie beinah, sie gewahrte den sachten Druck an ihrer Pforte, Drängen, Schieben, die Nähe und Schwere und Wärme seines Körpers. Und den Verlust. Sie riss die Augen auf und starrte in sein Lächeln, raubte es ihm mit Küssen von den Lippen und hielt ihn fest an sich. Durch die Muskeln seines Rückens lief ein Schauer, sein Blick verschmolz mit ihrem, sein Kuss. Wie ihre Körper fanden sie den Takt. Ihre Hand auf seinen Kurven führte und folgte sie seinen Bewegungen, floss, tanzte, hielt den einen Moment still.

Ihre Weiblichkeit füllte er, ersetzte das Sehnen durch kribbelnde Lust. Er drängte, er stieß seine Hitze in sie. Und jedem Stoß bäumte sie sich entgegen, rieb sich an ihm und seiner Erregung. Ihre Hände drückten ihn an sich, ihre Beine öffneten sich mehr. Salzig schmeckte sie den Schweiß seiner Haut. Sein Atem an ihrem Ohr, über ihren Lippen teilten sie denselben Hauch, denselben Takt, verloren sich in den Seelen des anderen, speisten dieselben Flammen. Hitze erweckten sie zum Inferno und setzten frei –

ein Feuer des Lebens und ihrer Begierde.

Das erste Licht der Dämmerung weckte sie – und seine Würze. Sie lächelte über das Lächeln seines Schlafs und ihr Herz sandte Funkenregen bis in ihren Bauch. Ihr Blick koste die Konturen seines Schlafs. Ihre Hand zuckte zu der Strähne in seiner Stirn.

Und erstarrte. Sie zog ihren Oberkörper zurück, verflachte ihren Atem. Cäcilia blinzelte ins Dämmerlicht, und ihr Blick schälte aus den Schatten die Konturen ihres Gewandes. Sie schlüpfte aus dem Bett, wand sich in die Stoffe, aus dem Zimmer in das Morgengrau. Ihr Herzschlag stolperte, stach. Ihre Brust schnürte sich zusammen, als schnitten Eisenbänder ihr den Atem ab.

Ich. Sie strauchelte und fing sich noch am Pfeiler der Arkade, huschte die Stufen hinab, hinaus zur Pforte. *Wieder war ich es.* Ihre Hand fuhr übers Gesicht, die Füße fanden den Weg zum

Pfad in den Halsgraben. *Ich habe den ersten Schritt getan. Nicht er.*

Meiner Frage gab er keine Antwort. Meinen Schritten kam er nicht zuvor durch eigene. Wieder blieb sie stehen, warf den Kopf in den Nacken. Der Dämmerhimmel blieb stumm. Sie schüttelte den Kopf.

Und ich? Ich konnte nicht einfach nur warten, hören, was er sagt. Ich nahm mir für die Nacht, was ich mir nehmen wollte. Und er? Hat sich gefügt. Für eine Nacht. Weshalb auch nicht. Oh Göttin, weshalb auch nicht? Ihre Hände gruben sich in ihre Seiten. *Oh gottverdammte Lust.* Sie richtete sich auf. *Und für mein Leben?*

Der Holunder an der Richtstätte trug längst keine Blüten mehr. Saftige Blätter entfalteten ihr Grün und sättigten die Äste, die Zweige bogen sich unter den schwarzknöpfigen Dolden. Sie zupfte ein paar der helleren, rötlichen Knöpfe. Cäcilia suchte ihren Platz zwischen den Wurzeln, lehnte sich an den Stamm. Die Knöpflein rollten in ihrer Hand. *Wie kann ein Mann genügen, der sich nur fügt, statt selbst zu handeln?*

Das Morgenlicht fiel auf das Laken. In einer Kaskade aus Stoff ging die Decke zu Boden. Sie stand im Raum, sie roch seinen Duft, der sich verflüchtigte. Das Schreiben auf ihrem Bett lag dort, wo er gelegen, sein Körper sie geliebt hatte.

Fort.

Sie wischte über ihre Wange. Den Druck im Hals, den Schmerz in ihrer Brust biss und würgte sie hinab und zurück in die Dunkelhöhle ihres Herzens.

†

Bande & Bunde & Blut

Ende August 1268

†Kapitel 16 – Charles d' Anjou

Wetzstein

23. August 1268, Italien
Tagliacozzo, Tal des Salto

Am Firmament glühte die Augustsonne. Auf der Passstraße gleißten Rüstungen und die Spitzen der Waffen. Ein Schlag schepperte in den Marschrhythmus. Metall knallte auf Fels, von Geröll zu Stein sprang ein Helm. Die Felskanten und Berge warfen die Flüche des Soldaten zwischen die Truppen. Schritte stoppten. Charles beobachtete die Männer, und einzelne standen still. Der Zug stolperte.

Durch dreitausend Kämpen ging im nächsten Moment ein Ruck. Schwert pochte auf Schild, wieder und wieder und im Takt. Guillaume von Villehourdouin befreite sich vom Helm und der Hitze und stieß seine Blicke durch die Reihen. Die Männer zuckten. Er setzte den Rhythmus und errang den Sieg über die Füße des Trupps. In der Mitte des ersten Haufens überragte er die meisten um einen halben Kopf und mehr. Das geflochtene, silberne Haar blendete in der Sonne beinah wie die Metallhelme. Er führte sie weiter, bis sie den Platz erreichten. Ihr Lager wuchs durch die Stecken, die knarzten, Schläge, die hämmerten, die Stimmen, die ächzten.

Guy de Montfort stand mit dem Rücken zum Heer, er starrte ins Tal und bewegte den Mund. Charles wandte sich dem Grafen zu. Er wischte Schweiß von seiner Stirn, leckte sich die Lippen und hatte Mühe, den Trockenschwamm seiner Zunge zurück in die Wüste seiner Mundhöhle zu ziehen. Er stockte. Er berührte Guys Schulter nicht, er blickte hoch und nickte Érard de Valéry zu, ballte die Hand, doch sein Gähnen drückte er damit nicht fort.

Das weiße Band einer Narbe teilte das Gesicht Érards von quer über der Stirn, durch Augenbraue und Nasenwurzel, schnitt über das Jochbein hinab zum Kinn. De Valéry polierte sein Haupt. Er spannte die Kiefer, der schmale Kamm seines Nasenrückens stach noch mehr heraus im zerfurchten Gesicht des Kreuzfahrers. Mit der Pranke schirmte er die Sonne vor den Knopfaugen ab. »König.«

Weitere Worte wischte Charles davon. »De Valéry. Gut, Euch wieder an meiner Seite zu haben, alter Streiter.«

»Charles.« De Valéry striff die Hand über die Konturen seines Gesichts, er schrubbte sein Gähnen weg. »Die Männer haben seit Tagen und Nächten keinen Schlaf.« Der Recke stützte sich auf sein Schwert.

Sand stob unter den Füßen, Guy trat zu den beiden. »Unser Heer ist in Unterzahl. Wenigstens um ein halb.« Er drehte sich zu de Valéry. »Ein halb. Mindestens. Und sie sind müde.«

Die Lider halb gesenkt antwortete er in Richtung des jungen Berglöwen. »Mindestens. Wohl wahr. Der Marsch zwischen den Pässen hat die Soldaten Kraft gekostet.« Der Finger zielte auf Charles.

Er nickte. »Das Stauferlein hat einen anderen Weg gewählt, als ich erwartet hatte. Es ist, wie es ist.« Sein Schwert ritzte die Standorte der Armeen in den Grund. Er winkte Érard näher. »Konradin ist über das Grenzland bei Riofreddo. Das Heer hat sich dort vorbei an uns durch die Kämme gefräst. De Valéry, seht hinab! Das Staufergeschmeiß säuft den Salto leer, als wäre der Fluss sein Besitz.« Charles deutete auf das Zeltmosaik des Staufers. »Es müssen bald mehr sein denn viertausend Mann. Im Tal unter uns.«

Guys Lachen zersprang an dem Felsgestein, in der Unterlippe zeigte sich ein Riss. »Unsere Männer kriegen die Augen kaum auf. Ihre Mägen knurren, ihre Stiefel sind gefüllt mit Blasen.« Der Schwarzhaarige holte aus mit einer Geste des Arms. »Dort am Hügel kriecht ein Haufen Halbverhungerter und -verdursteter herauf. Sagt mir, was Ihr seht?«

»Montfort?« Charles rechte Braue wanderte hoch, er senkte das Kinn und der junge Truppenführer schob das seine vor.

Érard drängte Guy zur Seite und postierte sich, einen der Gesteinsbrocken benutzte er als Schemel für den Fuß. »Das Stauferbürschchen spielt Krieg mit seiner Armee. Die Fürsten pudern ihm den Arsch und schmeicheln dem Balg in seiner Eitelkeit. Und: Was glaubt Ihr, was er denkt, dieser Rotzlöffel?« Die Mundwinkel des Ritters zog es in die Tiefe, er schnippte mit seinen Finger gegen eine der Stechmücken, die Augen lagen auf dem Heer des Gegners. »Er hat Euch ein paar Siege abgeknöpft, und nun tritt er in Überzahl gegen Euer Heer.«

»Er hat Euch in der November-Schlacht geschlagen«, erinnerte sich Montfort. »Obwohl er erst sechzehn ist.«

Charles trat an den Rand des Hügels, sog Bergluft in seine Lungen und rümpfte die Nase. »Dieses Jüngelchen ist kaum der Brust seiner Amme entwöhnt. Oui, er wäre der Krone der Staufer würdig, sagen sie. Doch ihr wisst so gut wie ich: Letztes Jahr war sein Onkel bei ihm. Dieses Mal wird Ludwig nicht rechtzeitig zurück sein für die Schlacht.« Er spuckte aus und schüttelte den Kopf. »Der Übermut der Jugend! Ich kann mir das selbstgefällige Grinsen gut vorstellen in dem Milchgesicht. Seine Männer sind frisch und in der Überzahl, aus Rom und der Toskana sind ihm die Anhänger in die Arme gelaufen.«

»Die Söhnchen der Anhänger, meint Ihr?«, hakte Érard nach.

»Nun, die Söhnchen, Ihr habt Recht, Érard.« Guy leckte die Lippen, dann hob er die Hand. »Vergesst nur nicht: Er hat auch andere in den Reihen. Das Haupt der toskanischen Ghibellinen und der Senator von Pisa stehen ihm bei.«

»Ein Senator? Im Krieg?« De Valéry winkte ab. »Was will er? Die Angreifer zu Tode argumentieren?«

»Érard, Ihr wisst: Auch El Senador hat sich dem Jüngling angeschlossen.« Charles wies den Kämpen zurecht. »Ihr besitzt genug Erfahrung, die Männer nicht zu beurteilen nach den Titeln, die sie führen.«

»Blutsverräter.« Der Glatzkopf spuckte aus. »Enrique di Castiglia ist Euer Cousin. Er wird in der Hölle schmoren für seinen Verrat. Ihr schuldet ihm Geld …«

»Viel Geld.« Guy räusperte sich.

»… doch hier wird in Ehre gezahlt«, beendete De Valéry seinen Satz und schoss einen Blick gegen den Jüngeren.

»Enrique hat gewählt. Was ich ihm schulde, werde ich zurückzahlen.« Charles Finger glitten über die Klinge. »Metall. Auf diese oder jene Art.« Er lachte.

»Nun, in einem Ehering war ihm offensichtlich nicht genug Metall. Ein Schwert mag mehr seinem Verlangen entsprechen.« De Montfort strich sich von links nach rechts über die Kehle. »Ihr habt den Onkel Konradins vernichtet in der Schlacht von Benevento. Sizilien habt Ihr Euch geschnappt, statt das Land dem

Staufer-Bürschlein zurückzugeben. Da könnt Ihr auch mit Manfreds Witwe tun, was Ihr wollt. Ihr habt sie Enrique angeboten. Weshalb ist Euer Cousin so wählerisch? Helena ist auch nach zwei Jahren in Eurer Gefangenschaft ein Weib, das gebären kann. Ihr hättet sie zu Eurer Mätresse machen können. Und nun, da der schwarze Schnitter Euch Euer Weib raubte ...«

»Es ist, wie es ist.« Charles warf einen Seitenblick auf den Schwarzhaarigen. »Die Tochter des Königs von Epirus ins Bett zu führen ist so reizvoll wie gefährlich. Euren Hof würde sie in diesem Fall als Gemahlin weitaus besser zieren – und ihren Vater fernhalten.« Guys Miene spiegelte, was dieser davon hielt.

»Ihr könnt nicht ewig davonlaufen vor einer Ehe. Euer Haus braucht Erben.«

Der Jüngere verdrehte die Augen, er wandte das Gesicht in Richtung des Heeres. »Am Abend vor einer Schlacht denk ich nicht an Bälger.«

Charles hustete Gelächter, schüttelte den Kopf. Er deutete auf die Truppen. »Auf dem Hügel ducken sich Graubärte in den Schatten, deren Glatzen glänzen selbst schon wie Sonnen. Ein Flickenteppich aus Waffen und Pferden und alten Männern.« Sein Wolfslächeln entblößte zwei Reihen Zähne. »Das ist alles, was wir ihm zeigen.«

»Wo die jungen Kämpfer sind, sieht er nicht.« Montfort grinste. »Aber ich weiß, wo ich sie finde.«

»Du solltest Schlaf finden heute Nacht«, raunzte Érard.

»Von deinen vierhundert Rittern ahnt das Bürschlein nichts«, erwiderte er. »Kein Grund für so viel Sorgen.«

»Kein Grund für so viel Übermut.« De Valéry tippte sich an die Stirn mit der einen und fasste den Schwertgriff mit der anderen Hand. »Mein König, Eure Männer sind erschöpft, doch es sind erfahrene Kämpfer. Wir stehen mit Euch, doch wir sind in Unterzahl.«

Charles rieb sich das Kinn. Er ging in die Knie und winkte. Die Befehlshaber folgten. »Der Knappe legt gerade meine Rüstung bereit und passt sie an. Am Morgen schicke ich ihn damit zu Henri.« Seine Finger flogen über die Zeichnung. »Hier stoßt Ihr vor, Guy. Nehmt Courances an Eure Seite, er wird den Haufen führen, er reitet vorneweg mit der Standarte, und Ihr sichert ihn.«

»Aber ...« Guys Augen wurden riesig. »Ihr habt Courances von diesem Plan überzeugt?«

»Henri hat die Notwendigkeit eingesehen.«

»Zwei Täuschungen in einer Schlacht ...« Guys Wangen röteten sich, er sog Luft zwischen den Zähnen ein und pfiff. »Mit dem Segen des Papstes rechnet besser nicht.«

Charles zuckte mit den Schultern. »Soll Gott mich strafen nach meinem Tod. Wenn der Plan gelingt, wird dieser noch eine Weile auf sich warten lassen.« Er spuckte auf den Boden. »Ins Irdische langt Gottes Arm nicht.«

Érard de Valéry legte den Kopf schief. »Seid Euch nicht zu sicher, Charles. Stolz fällt die Übermütigen schneller als Strafe.«

Charles Geste fegte die Worte des älteren Kriegers davon.

Guy blickte von einem zum anderen. »Wie dem auch sei: Schlaf scheint mir für diese Nacht eine gute Wahl«, meinte er nach einer Weile. »Wir werden jedes Jota an Kraft brauchen.«

Charles nickte. Weitere Linien ritzte er mit dem Dolch in den Sand, die Spitze deutete einen Atemzug später auf de Valéry. »Dies ist Euer Haufen. Ihr wisst, was zu tun ist.« Der alte Kämpfer knurrte.

Guy de Montfort wies auf ein Gebilde der Zeichnung. »Und hier? Wird Konradin ...«

»Darauf könnt Ihr Gift nehmen. Der edle Jüngling wird bei seinem Heer sein.« Rechts formte sich ein Bogen, und einer flankte links das Feld. *Ein Anführer voller Ehre – und ehrenvoll führt er sein Heer in meine Klinge.* Der König legte den Kopf schief und rieb in der Handfläche die Faust. »Und er wird glauben, er umzingelt uns.«

Guy wandte sich zum Heer und zeichnete das Kreuz auf die Stirn. »Weiß Courances auch darüber Bescheid?« Er schloss die Augen, als er des Königs Reaktion sah. »Ja, also.« Er fuhr sich über die Lippen. »Konradin soll seine blonden Locken hübsch richten. Und er sollte seinen Beichtvater im Heer haben«, flüsterte der Jüngere. »Andernfalls helfe ich ihm beim Sündenbekenntnis.« Etwas wie ein Lächeln schob die Mundwinkel nach oben.

»Montfort.« Charles maskierte sein Lachen mit Tadel. »Das Bürschlein gehört mir, vergesst Euch nicht.« Er wischte über den Mund und presste die Kiefer gegeneinander. »Érard und Ihr – Ihr beide habt den Oberbefehl. Betet zu Gott – oder wem auch immer – kostet die Ruhe der Nacht bis zur Neige. Und morgen: Reitet wie Teufel.«

Wieder knurrte der Alte, hievte sich hoch und drückte die Pranke auf die Schulter des Schwarzhaarigen. De Valérys Blick glitt ins Tal, glitt weiter. »Für Übermut zahlt die Jugend den Preis, Guy. Bringt morgen die Erinnerung daran aufs Schlachtfeld.«

†

†Kapitel 17 – Ludwig

Sand

23. August 1268, Hl. Röm. Reich,
Herzogtum Bayern, München

»Er sollte nicht hier sein.« Ludwig flüsterte.

Die schmale Kammer im Zwingerstock war mit dem Krankenlager, Tisch und Stuhl, mit ihm und dem Spital-Bruder beinah überfüllt. Die anderen beiden Brüder warteten mit der Trage draußen im Gang. Der Stoff vor dem Fenster warf Schatten auf den Bewusstlosen; sie malten die Blutergüsse schwarz, den Riss an der Unterlippe, die blutigen Verbände ebenso. Georg riss die Augen auf. Er japste, wälzte sich auf der Pritsche, ertrank im Fieber. Die Holzschiene an seinem Bein klapperte gegen das Bettgestell. Er stöhnte.

In Ludwigs Kopf drehte sich ein Wort: der Name einer Stadt. Lucca. Er sackte nach vorn, der Papierfetzen landete auf dem Boden.

»Wann habt ihr ihn gefunden?« Den Fluch behielt er für sich.

Die Kutte am Ende der Pritsche wies auf die Tür. »Er hat seine Pflicht erfüllt. Er braucht Ruhe.«

Er fasste das Handgelenk des Bruders. »Wann?«

»Vor acht Tagen.«

»Acht Tage«, murmelte er und fuhr sich übers Gesicht. Ludwig bückte sich nach dem Papier und knüllte es in sein Wams. In der Kammer drückte die Augusthitze noch mehr Schweiß aus Georgs Körper, den Herzog schauderte.

Vor dem Osttor, dem Talburgtor Münchens, fing das Spital Kranke, Siechende, Sterbende und auch Pilger auf. In Heilig-Geist hatte Georg nur ein paar Ellen entfernt vom Hof im Fieber gelegen – nicht in Italien, nicht in Rom an der Seite Konradins, wohin Ludwig ihn entsandt hatte. Sein Blick glitt ins Leere.

»Ein Lumpensammler lud dieses halbtote Stück vor unseren Pforten von seinem Karren. Anständig genug war er zu klopfen – oder hungrig genug. Der Reisende verschlang das Abendmahl und zog seiner Wege. Dieser da …«, er schob sein Kinn in Richtung des Fiebernden, »… trug nur die Kleider an seinem Leib – kein Siegel, kein Zeichen, nur ein seltsames Stück Papier, an das er sich klammerte. Halb verdurstet und mehr Eiter als Fleisch. Vier von uns mussten ihn halten.« Er schüttelte den Kopf. »Einem Bruder hat er die Nase gebrochenen im Fieberwahn.« Der Spitteler holte einen Tiegel unter der Kutte hervor. »Damit werden die Narben nicht so schlimm, die Wunden heilen schneller.«

»Was ist mit seinem Bein?«

Der Spitaler zuckte mit den Schultern. Er stellte den Tiegel auf den Tisch und leitete Ludwig nach draußen. »Wir haben die Wunden gereinigt, und manche …«

»Ja, ja …« Er fuhr ihm ins Wort. »Ich bin sein Herzog, nicht sein Heiler. Wird er es wieder gebrauchen können?«

Der Bruder hob die Handflächen nach oben. »Die Knochen haben das Fleisch durchbohrt, wer weiß, wie lang er damit unterwegs war. Andere wären daran verreckt.«

Ludwig warf einen Blick auf die Tür und nickte.

»Heute rief er Euren Namen. Und Augustinus, der die Krankenstation unter sich hat, erinnerte sich. Er hat ihn schon mal gesehen. Hat er gesagt. An Eurem Hof.«

Für den Spitalbruder hatte er eine Münze. »Ihr bleibt. Ihr wechselt Euch mit den beiden Pflegern dort draußen und wacht. Und Gnade Euch Gott, wenn es ihm schlechter geht.«

Das Murmeln der Brüder verschwand, Dienerstimmen raunten in den Gängen, die er durchhastete und Soldatengebell drang herein. Die Dielen im Zwingertrakt knarzten unter seinen Schritten. Er knurrte. Er prüfte den Flur hinter sich und vor sich und fand ihn wie erhofft leer. An der Stiege nahm er zwei Stufen auf einmal.

Die Flucht endete im Dachstuhl der Lorenzkirche. Er wünschte sich die Weite der Landschaft seiner Friedberger Burg; das Gewusel in Münchens Gassen lenkte ihn heute nicht ab. Er lehnte sich gegen die Laibung.

»Lucca« Er zerrte den Fetzen noch einmal aus dem Wams und fuhr mit dem Daumen über das Siegel. Eine Lilie und ein seltsames Schild. Vielleicht kannte Cäcilia das Wappen.

»Verfluchtes Verräterpack.«

Georg ist in eine Falle geraten. Was hat er preisgegeben? Ludwig wusste: Nur Gott konnte Konradin jetzt noch helfen. Gott und Glück und Geduld. Er ballte die Hand. »Lass den Jungen nicht für meine Fehler büßen!« Er richtete den Blick zum Himmel und zeichnete das Kreuz.

†

†KAPITEL 18 – ALBRECHT

ZUCKER UND BRÜHE

23. AUGUST 1268,
MÜNCHEN

Er wachte auf und grunzte. Albrecht zog die Löcher der Decke enger, doch da war kein Stoff. Er zitterte. Er presste die Beine zusammen und drehte sich zur Seite und gnatzte einen Fluch. Dann wälzte er sich auf. Kurz vor der kleinen Pforte zum Abtritt bemerkte er Licht. Er brabbelte, spannte den Kiefer. Seine Blase drückte bei jedem Schritt. Er schluckte. Bis zum Abtritt war es nicht mehr weit.

Der Schein taumelte aus dem Guckfenster der Küchentür in den Hof. Der Stumme spuckte aus und kehrte um.

Nicht sofort entdeckte er den Nachtgeist. Seine Augen wollten sich nicht gleich an die Dunkelheit gewöhnen. Zuerst war nur Schatten. Unter einem dunklen Mantel spitzte hellerer Stoff hervor, ein Nachthemd zwischen dem Brotofen und der Vorratskammer. Die Haube verbarg das Gesicht, die Bewegung verriet die Person. *Cäcilia.* Sie biss ein zweites Mal ins Zuckergebäck und huschte zur Innentür, zog den Mantel enger.

Albrecht drehte sich um, rannte zum Abtritt und grinste. Dies bliebe nicht die letzte Gelegenheit. Jetzt war sie allein, und die Küche war sein Reich – nachts. *Cäcilia. Irgendwann* … Er lächelte. Die Vorfreude wärmte seinen Bauch, zog in seinen Lenden.

Der Suppenkessel kullerte davon, die Brühe kroch über den Boden und verzweigte sich über die Ritzen. Albrechts Hand schoss hoch. Hitze barst an seiner Wange, dann Schmerz. Er jaulte und japste. Die Töpfe beeindruckte das so viel wie das Feuer im Ofen und das Gewusel der Knechte und Mägde in der Küche. Nur die neue Magd drückte sich in die Wand. Sie verschmolz damit, presste den Kopf nach unten und blieb still.

»Halt's sein Maul«, brüllte der Koch. »Ohne Zunge braucht es nicht schreien.« Der Fette deutete auf die offene Tür zur Vorratskammer. »Das ist dafür.«

Albrecht schüttelte den Kopf und hob die Schultern und verneinte erneut. Die Augen riss er weit auf.

»Ist mir geschissengleich. 'S weiß, was heißt mit der Tür offen: Rattengeschmeiß kommt rein und Mäuse und kacken auf das Essen und drin hinein. Das ist nicht das erste Mal. Seit einer Woche ist die Tür immer wieder so am Morgen.« Der Koch musterte jedes Mägdelein und Knechtlein und Albrecht und wie sie sich duckten unter seinem Blick. Er nickte. Keiner würde sich zu den Vorräten schleichen.

Nur Cäcilia. Allein Albrecht wusste das.

Keiner hatte Grund dazu. Dafür sorgte der Koch mit ausreichend Essen. Das sagte er immer wieder. Jeder fürchtete sich – dafür sorgte er auf andere Weise.

Albrechts Kopf und Körper schüttelte unendliches Nein.

Der Koch riss ihn am Ohr, schleuderte ihn gegen die Kante des Türstocks zur Vorratskammer und spuckte Speichel und Worte. »'S passt darauf auf. Ist das klar? Sonst hat's bald einen Finger weg.«

Die Kante des Türstocks schrammte sich in seine Wange, Albrecht grunzte. Die Pranke gab ihn frei. Die neue Magd rutschte an der Wand weg von ihm und dem Fetten. Der nächste Haken landete in seiner Seite, er krümmte sich. Der Koch rammte ihm das Knie in den Magen und stieß es beinah durch ihn hindurch.

»Das ist dafür.« Der Koch deutete auf die Lache am Boden.

Albrecht sah das Mägdlein an der Wand erstarren. Er ächzte, er rang um Luft. Druck füllte seinen Kopf, wölbte die Augäpfel, er hustete. Die Hand im Nacken schickte ihn zu Boden. Warme Brühe sog sich mit dem nächsten Atemzug in seine Nasenlöcher und brannte sich hoch zum Hirn und in seine Kehle Er röchelte. Die Knochen in Albrechts Hand knackten, ächzten Pein in seinen Arm, doch sie trugen das Gewicht des Kochs. Der Fette schrie etwas, Albrecht verstand nicht. Er schüttelte den Kopf. Er musste an den Holzstab denken. Im Stall hatte er ihn unter dem Stroh versteckt. Kerbe fügte er für Kerbe zu, für alles, was er litt. Und wenn er sie traf, würde sie für die Kerben zahlen. *Fürs dich, Cäcilia.*

»Es macht das weg«, wiederholte er. »Und ES passt besser auf, Trottel.« Albrecht hörte ihn davonstapfen, hörte die Magd schluchzen und stammeln, sah, als er wagte, den Blick zu heben, den Fleischfinger des Kochs an ihrem Kinn, die Schweinsäuglein beinah in ihren Ausschnitt fallen.

»'S ist gut fürs Grobe, dieses Viech von einem Deppen. Fässer schleppen und die Säcke aus den Vorratsräumen und von den Karren der Händler und Bauern. Heben und Schlichten. ES wird dir nicht mehr im Weg sein. Nicht wahr.« Der Fette verschluckte sich am Lachen und drosch einmal mehr in Albrecht. »Sieh ihn dir an, den Hund; schläft beim Viech. Bei den Schweinen war kein Platz mehr. Aber der Hof wird bald fort sein mit dem Herzog fort, und ES da ist der Esel in den Pferdeställen.«

Albrecht beeilte sich mit seinem Nicken, dann beeilte er sich mit dem Saubermachen.

Er wrang den Lappen in den Eimer, watschelte aus der Küche. Über den Burghof wetzten seine Füße, er schlüpfte in den Stall. In seiner Box unter der Decke, unter seiner Handvoll Habe fischte er den Holzstab heraus und sein Messer. Er ritzte eine weitere Kerbe zu jenen, die schon mehr waren, als er Finger hatte. Er rieb seine Seite. *Schmerz fürs Schmerz, Cäcilia.*

Er polterte zurück.

Im Wind, im Durchgang flatterte die Schürze der Magd. »Es war meine Schuld.« Sie griff nach seiner Hand, er zuckte zurück, schüttelte den Kopf, seine Zähne klapperten. In den Blick an sie warf er all sein Flehen. »Aber ...«

Er schüttelte weiter und lugte um sich. Der Koch rührte im Brühtopf das Tempo der Küche. Albrecht legte den Zeigefinger auf seine Lippen. Zu spät.

»Ich hab dich gerempelt.« Ihre Stimme zitterte, sie wirkte so traurig.

Albrecht schubste sie weg. Er schüttelte den Kopf. Ihre Freundlichkeit entging dem Koch nicht. Der Fette blinzelte, und aus dem Blinzeln wurde Rumpeln.

»A ...« Inmitten des Wortes verschlossen ihre Hände den Mund. Zu spät. Sie quiekte, Albrecht winselte. Der Schlag hämmerte in seinen Rücken und fraß sich satt an jedem Atemzug. Er stemm-te sich gegen den Boden und den Griff und stöhnte unter einem wieteren Tritt. Im Hof, im Herbstregen auf dem Pflaster floss der Schmerz nicht einfach davon. Die Tür hinter ihm schlug zu, und im nächsten Moment trampelten die Füße um ihn weiter, als wäre nichts, einer erwischte seine Hand. Der Burghof verschwamm im Regen, etwas traf seinen Kopf. *S' ist fürs dich, Cäcilia.*

†

†Kapitel 19 – Charles d' Anjou

Klingen

Ende August 1268, Italien
Lago Fucino & Tagliacozzo

Fußspeere und Schilder und Lanzen wuchsen aus der Ebene zu den Füßen des Hügels. Das Grau der Schwerter, Kettenpanzer und Helme sammelte sich im Tal des Salto. Ein Nebel aus klirrendem Stampfen und Unrast wälzte sich über der Stille am Morgen des 23. August im Jahre des Herrn.

Der Fluss hauchte eine Trennlinie vor die Wimpel und Fahnen des Staufer-Heeres. Blätter und Bäume wurden stumm. Die drei schwarzen Löwen Konradins wankten auf gelbem Grund, das Königskreuz Jerusalems wehte über den Reihen.

Charles linste über das Feld. »Enrique.« Der Name verglühte auf seinen Lippen. »Verräter!« Er fand das Banner seines Cousins an der Seite der zweiten Feindesreihe »Die Krähen sollen deine Augen holen! Reiß dir der Teufel die Gedärme auf!« Er lächelte. »Und falls nicht, so werd ich dir Finger für Finger, Stück für Stück das Leben aus dem Leibe holen.« Mit den Farben von Pisa und dem Wappen des Grafen Galvano spielte eine Bö am anderen Ende irgendwo hinter der dritten oder vierten Reihe. Charles sog seine Unterlippe ein und runzelte die Stirn.

»Ein zusammengewürfelter Haufen. Mehr hat das Bürschlein nicht.« Murmelnd richtete er das Panzerhemd. »Ich hoffe, Courances hat Glück mit der Rüstung.«

Nahe dem Hügel wickelte Érard de Valéry die Zügel um die Hände. Er harrte mit den Rittern des zweiten Haufens im Dämmerrot. Weiter vorne erspähte er Henri de Courances. Inmitten der zweiten Reihe der Infanterie flankierte eine Handvoll Reiter den Marschall Frankreichs. Das Zwielicht funkelte auf dem Goldreifen am Silberhelm. Guy, mit dem schwarzen Haarschopf, beugte sich zu dem Behelmten.

Der Befehlshaber der Ersten drehte sich im Sattel noch einmal.

Charles nickte und hob den Arm. Dann verschwand dort unten am Fuße des Hügels das Schwarz ebenso unter dem Schutz. Und Charles' Blick glitt weiter.

Seinem Cousin widmete er einen inständigen Fluch. Der Senator Roms stand an der Spitze von Konradins erstem Haufen. Wie gern würde er ihm zurückzahlen, was er Enrique di Castiglia schuldete – Fingerglied für Fingerglied. Der Knappe neben diesem Verräter fand das Mundstück des Horns. Die Speere der vorderen beiden Reihen stießen gen Morgenrot, die Männer hoben die Schilde. Äxte erstanden in den Linien dahinter. Der Salto verschwand, die Heereswelle begrub den Fluss. Bogenschützen rückten nach. Waffenknechte strömten die Ebene.

Unter dem Windstoß blähten sich die goldenen Lilien auf dem Blau des Umhangs von Henri de Courances und trieben den Stoff in die Höhe. Er packte eines der Enden und stopfte es in den Gurt. Courances richtete den Helm, er hob die Waffe. Montfort schlug Schwert gegen Schild. Und er gab das Zeichen.

Ein Hornsignal brachte die Staufer in Stellung, die Kämpfer verschwanden beinah hinter riesigen Schilden, die Speere zielten über die Kanten. Der nächste Ton rollte heran. Charles beobachtete und schauderte. Die vierte Reihe von Konradins Heer gefror. Hunderte Hände spannten hunderte Bögen. Pfeile surrten. Tod schnitt die Luft. Die zweite Salve schnarrte hinterher, die dritte, mit der vierten wuchs der Schwarm, die fünfte wucherte zum Brummen. Pfeile prallten auf Schilde, trafen Fleisch, Fontänen schossen rot aus Körpern. Holz rumste auf Holz auf Eisen. Schild um Schild stieß hoch, donnerte an des Nebenmanns Schutz. Die Wand schloss sich. Speerstangen krachten auf die Kanten der eigenen Schilde, metallene Schritte brannten den Abstand zwischen den Heeren fort.

Im Schildwall von Konradins Heer riss der nächste Hornstoß die Lücke auf. Äxte wirbelten aus den Reihen der Staufer und über ihnen. Die Einschläge steigerten sich zum absurden Beifall, die Mauer klappte zu. Doppeläxte ragten dahinter empor.

Guy gab das Zeichen und eine Welle rollte durch das Heer. Charles presste die Finger gegen die Schläfe.

Klingen durchbrachen Schilde, brachen Stimmen, brachen Knochen. Charles' erste Reihe wich zurück. Beile spalteten den Franzosenwald. Speere spickten sich von den Fußkämpfern durch zu den Reitern. Die Waffenknechte pflügten die Reihen der Lilien, sie drückten die Formation auseinander. Äxte und Ritter mit Schwertern zerstückelten Viertel um Viertel.

Der Anführer der Kavallerie richtete sich auf im Sattel. Die Morgensonne gleißte im goldenen Reifen. Der goldumwundene Silberhelm war Teil der List. Er sollte die Feinde in Sicherheit darüber wiegen, wer im Schlachtfeld auf sie wartete. Charles' Grinsen tropfte hinab von seiner Anhöhe auf das Feindesheer im Tal des Salto. Der falsche König riss seine Waffe hoch, und Jubel und Rufe wehten bis zu Charles.

Die Reiterei rauschte hinter dem Mann mit dem Lilienbanner ins Feld, ihr Rufen schallte durch das Tal. Der zweite Haufen der Franzosen rückte hinterher. De Valérys Berittene stärkten die Seiten. Die Räume dazwischen füllten sich mit den Kämpfern unter Guys Befehl, sie pikten hinab – zwischen und auf die Schilde der Stauferknechte.

Wieder dröhnte das Horn, durch die Linie der Gegner lief ein Ruck, die Schilde krachten aneinander. Die Speere der Staufer rammten und trafen die Reihen von Charles' Infanterie. Die Klinge des Silberhelms klirrte in der vordersten Reihe gegen die Kämpfer und glitt ab. Wieder und wieder scheiterten die Hiebe. Dutzend und noch ein Dutzend von Konradins Berittenen rollten heran, jagten die ersten Heeressplitter und rieben sie auf. Ein Soldatenmeer umwogte das Ross des Silberhelms, sein Schwert stieß hinab in die Wellen, Hieb schmolz in Stich, Stich zerfloss in Staken. Die Klinge stippte in die Tiefe, versank. Das Klingenmeer verschlang den Krieger.

Charles hob den Kopf zum Himmel. Er hörte, was er nicht zu sehen brauchte: Die Staufersoldaten fluteten ins Feld. Metall teilte Holz, Menschen schrien wie Tiere, Körperteile splitterten. Eine Welle begrub sein Heer, sprengte die Linie der ersten Reihe. Die Kriegerwand brach. Wind blies Schmerz über das Tal zum Hügel. Charles sah das Lilienbanner, und eine Klinge schlitzte sich hinein.

Er neigte den Kopf. Seine Augen wanderten über die, die noch standen, sein Hirn schätzte ab. Er seufzte und für die Dauer eines halben Angelus-Gebetes raste das Herz in seiner Brust. Charles ballte die Faust. Ein Blick brachte mehr als sein Wolfslächeln zurück: Er sah auf und wusste, was auf dem Feld hinter ihm, hinter dem Hügel wartete. Diese Seite lag verborgen vom Schlachtfeld. Er reinigte mit einem Fingernagel seine Zähne, dann wischte er das Kreuzzeichen in die Luft. »Auf dass dir unser Opfer wohlgefällt.« Das Dröhnen vom Schlachtfeld verschlang das eine Gebet – beinah. Er verbreiterte seinen Stand und verfolgte die Bemühungen des Gegners.

Die Zweite brach ein. Schwerter und Äxte hackten sich durch. Die ersten von Konradins Männern hieben sich durch die Rücken der fliehenden zum französischen Lager, ihre Klingen schlitzten Zelte auf.

Ein Knäuel Ritter spülte den Toten mit dem Silberhelm auf den Rücken eines der Reittiere. Charles gönnte dem Toten ein Kreuzzeichen. *Hab Dank, Henri, alter Gefährte für deinen Dienst.* Er sog Luft in seine Lungen und sein Wolfsgrinsen zurück auf sein Gesicht. *Glaubt nur, ihr hättet den König gefällt, ihr dummes Staufergeschmeiß; glaubt nur, Euch gehört der Sieg und die tote Hülle wäre meine. Ich werde mich satttrinken an Eurem Irrtum – und an Eurem süßen Blut.*

Die Staufer schnitten sich durch das Blau und die Lilien, sie fällten die Fahnenstange – oder den Arm des Knappen. Jubel verschmutzte das Feld. Die Fetzen der Flagge banden sie an Arme und Beine der Rüstung. Charles kniff die Augen zusammen. Daumen und Zeigefinger rieben die Nasenwurzel.

Schilder und Speere gingen zu Boden – und die Knie seiner Franzosen. Wer nicht kniete, sprang davon. Ein Reiter riss seinen Helm vom Kopf. Er stellte sich im Sattel auf, das Haar klebte ihm in hellen Strähnen am Kopf. Er stieß sein Schwert in die Luft und die Deutschen fielen in den Jubel ein. Das Löwenbanner flatterte in den Himmel. Wer nicht jubelte, eröffnete die Jagd und ergötzte sich an der Flucht des Wildes. Handvoll um Handvoll an Staufer-kriegern trieb fliehende Franzosen aus dem Schlachtfeld heraus, versprengte sie in alle Richtungen.

Charles ballte die Faust. Den Blick schickte er gen Himmel, sein Wolfsgrinsen hinterher, und er knurrte sein Lachen. Er schlug sich gegen die Brust.

Die Pranke zwängte seine Schulter nieder und schreckte ihn auf. »Anjou, verflucht!« Der Helm schepperte zu Boden, Érard de Valéry keuchte. Schweiß glänzte auf seinem Kopf. Das Ross schnaubte ein paar Längen entfernt. Charles blickte sich um, plötzlich war er wieder hellwach. Er fasste sich an die Stirn.

Érards Miene sagte genug, dann rüttelte er Charles Schulter. »Die Ritter! Jetzt! Jetzt ist unsere Zeit gekommen!« Keine Spanne später donnerten Frankreichs Ritter den Hügel hinab. Achthundert Streitrösser galoppierten zum ersten Mal an diesem 23. August. Achthundert Hände umschlossen zum ersten Mal gegen Mittag einen Schwertgriff. Muskeln spannten sich voller Kraft. Charles schnitt sich an der Seite seiner Krieger den Pfad in die Ebene, er jagte die Jäger.

Die Sensen der Reiter mähten die Versprengten nieder, trieben einzelne vor ihren Klingen her. Die Löwen bäumten sich auf – einmal und noch ein weiteres Mal hoben die verbliebenen Stauferkrieger ihre Tatzen. Schreie füllten die Stunde. Das Banner fiel, die Ritter brachten die Ernte ein. Das Feld trank Rot. Charles riss den Kelch des Siegers an sich und nahm einen tiefen Zug – und spickte und spickte und spickte seine Klinge in Metall und Fleisch und Knochen.

Gliedmaß um Gliedmaß hackte er sich durchs Feld. Charles hielt Ausschau, Konradin entdeckte er nicht. Seine Wut lenkte er ins Schwert und ritt Soldaten nieder wie Gras. Das Wasser des Salto kühlte seine Füße und sein Ross. Die Sonne trocknete das Nass, bis ihn die Welle der französischen Reiterei an den Rand des Stauferlagers trug. Ein Zeichen seiner Hand lud die Streiter zum Erntefest. Mit einer Handvoll Ritter blieb er zurück und genoss. Klingen pflügten durch die Zeltreihen bis zu der Anhöhe.

Er entdeckte eine Gestalt in der Ferne, und nach der Erinnerung blitzte Wut durch seinen Kopf. Charles knallte die Fersen in den Bauch des Reittiers. Keinen Moment löste er den Blick. Das Schwert in seiner Hand fand die Ziele und senste ihm einen Weg.

Seine Augen weiteten sich und er brüllte seinen Fluch über die Köpfe hinweg.

†

†Kapitel 20 – Georg

Verletzt

29. August 1268
Herzogtum Bayern, München

Der Lufthauch streifte seine Haut. Jedes Mal, wenn sie kam, wenn sie ging. Ein Schatten in den Schatten vor der Dämmerung. Sie hatte seine Sinne vor zwei Tagen geweckt, wie in seinen Gliedern den mäandernden Schmerz. Nur der Schlaf und seine Besinnungslosigkeit hatten ihn gedämpft.

Sie hatte das Laken aufgehoben und über seinen Körper gelegt. Den Schweiß tupfte sie von seiner Stirn. *Noch vorgestern bist du zurückgeschreckt vor mir, bei der ersten Bewegung. Weshalb, Cäcilia?* Gestern Morgen hatte sie sich über ihn gebeugt und ihre Wärme hatte wie die Sommersonne auf seine Haut gestrahlt. Berührt hatte sie ihn nicht.

Georg hielt die Lider geschlossen, abgesehen von einem schmalen Spalt. So beobachtete er sie.

Kein Geräusch wagte es, sie zu verraten – nur ihr Duft. Die Wärme ihrer Hand glomm über seiner Stirn, hinab über die linke Gesichtshälfte zum Verband an seiner Schulter. Sie schnaubte und für einen Atemzug drückte der Stoff nach unten. Luft bitzelte an den Wundrändern. Georg strengte jedes Härchen seines Körpers an, still zu liegen. *Jeden Tag prüfst du meine Wunden. Bringt dich die Sorge zu mir oder das Wissen um deine Überlegenheit? Weder kann ich dir entkommen, noch dir standhalten.*

Ihre Hand fuhr zurück, wartete. Georg zwang sich, gleichmäßig zu atmen. Er ahnte ihren Arm über seiner Brust, an der Stelle seines Herzens. Selbst durch die Leinenbinden brannte sich ihre Wärme. Er hörte ihre Lippen sich öffnen, ein Zittern durchlief den Arm. An seiner Seite, seinem Arm, seiner Hand kribbelte die Nähe.

Georg stieß ein Gebet aus. Er schnappte ihre Hand, erwischte ihr Gelenk, sein Körper schrie, noch mehr, als er sich aufrichtete, als er kämpfte, damit ihre Hand ihm nicht entglitt.

»Hör auf.« Die Stimme kratzte in seinem Hals.

»Nein«, zischte sie. »Gib mich frei.«

»Hör auf. Willst du mir noch mehr Schmerz zufügen?« Er hustete und krümmte sich. Sie zerrte noch stärker, drängte ihn mit der zweiten Hand fort. Er hielt sie. »Cäcilia, hör auf.« Georg drückte sich nach oben, und sie drückte ihn zurück. Die Wunden an Schulter, Brust und Oberschenkeln brannten durch seinen Körper.

»Ich …«

»Bleib.«

Sie starrte zum Fenster.

»Weshalb bist du hier?«

»Ich …« Sie kaute auf ihrer Lippe. Er zog Cäcilia hinab auf die Kante seines Lagers. Die Erschütterung setzte ein Beben durch seine Glieder. Er atmete ihren Duft. Noch immer sah sie ihn nicht an. Ihr Profil zeichnete sich ab in der Dunkelheit vor dem Morgen, das Kinn schob sie vor, kein Blinzeln brach das Starren, der Hals glatt wie der Marmor einer Statue. Ihr Feuerhaar fiel geflochten herab. Er rollte die Finger seiner anderen Hand und streckte sich nach ihrem Ellbogen. Und stöhnte.

»Sieh mich an.« Er hustete und zweifelte. Hatte sie ihn gehört?

Cäcilia blinzelte. Sie neigte den Kopf und ihre Miene ließ sein Herz gefrieren. Er erinnerte sich an diesen Ausdruck. Mitleid. Er gab ihre Hand frei. »Jeden Tag verlässt du mich, ehe der Morgen anbricht«, keuchte er. »Damit niemand dich bemerkt.« Schmerz rollte durch seine Brust. Er presste die Lider zusammen und krümmte sich. *Sie wird mich verlassen.*

Ihre Finger waren in seinen. »So ist es nicht.« Ihr Flüstern kroch unter die Decke. »Ludwig hat mir befohlen, dich aufzusuchen. Jeden Tag.«

Georg runzelte die Stirn. »Am Tage sind die Wundärzte in dieser Kammer und die Brüder vom Spital. Sie wechseln Verbände, sie …«

»Ja«, unterbrach sie ihn. »Was glaubst du wohl. Ich bin weder Betschwester noch Heilerin. Der Herzog schickt mich nicht deswegen.« Ihre Stimme schnitt ihm bis in die Knochen.

Er presste die Finger ihrer Hand, ihr Murren war ein kleiner Triumph. »Seine Art, dich zu strafen? Oder glaubt er, ich verberge etwas vor ihm.«

Sie kaute auf ihrer Unterlippe, ihr Blick wanderte über die Wand. »Was weiß denn ich.«

Er warf ihre Hand davon, drehte sein Haupt in der Andeutung eines Kopfschüttelns. »Wer würde es wagen, Cäcilia seinem Willen zu unterwerfen oder gar sie zu strafen?«, mockte er sie. »Dein elender Stolz drückt dich tiefer in die Knie, als der Herzog könnte.« Zu gut kannte er sie. Selten trug sie anderes auf ihrer Miene in den Gängen und Räumen, gegenüber fast allen Menschen am Hofe. Ihr Gesicht wurde zu jener Maske. Und im nächsten Wimpernschlag wieder anders.

»Was verstehst du schon davon? Du weißt nichts.«

»Nichts.« Georg schloss die Augen. *Verdammtes Weib, starrsinniges.* Das Rot ihrer Lippen schimmerte im Halbdunkel, zwischen den Federn seiner Wimpern hindurch erahnte er die Konturen. »Wie könnte ich? Du weißt alles, und du entscheidest, und deine Sonne glänzt am hellsten im Hofstaat. Und Ludwig weiß dies zu nutzen.«

Das Bett knarzte, ihre Schritte führten fort, Licht und Luft fiel herein, folgte den klappernden Vorhangringen. »Morgen wird er das Heer entsenden. Er wird Konradin zur Hilfe eilen.«

Georg nickte. »Gut. Vielleicht ist es noch nicht zu spät.«

Sie wandte sich um. »Was weißt du?« Sie schnappte das Tuch, tunkte es in den Becher. Tropfen fielen auf seine Lippen. »Hast du in Lucca etwas gehört, bevor …« Cäcilia schluckte, musterte seine Verbände.

Er schüttelte den Kopf. »Ich …« Stöhnte bei dem Versuch, die Schultern zu zucken. »Nicht viel. Ich war in dieser Stadt.« Er schloss die Lider. »Und etwas hat mich verraten. Meine Sprache vielleicht, mein Akzent. Im Stall haben sie mich erwischt.« Die Erinnerung löste die nächste Welle Schmerz. »Ich habe Ihr Gespräch belauscht: Wir binden den Nordmännern einen Strick um; dich binden wir damit ans Pferd, bevor wir euch alle zur Schlachtbank führen. Dann haben sie gelacht und zugeschlagen.« Georg öffnete die Augen. »Daran erinnere ich mich. Irgendwann später bin ich wieder aufgewacht. Ich …« Er drückte ihre Hand. »Ich musste zurück. Ich …« Georg suchte ihren Blick, sie sah durch ihn hindurch.

»Hast du ihr Wappen erkannt?«, unterbrach sie ihn.

»Jedes Wappen auf dem Weg habe ich erkannt. Diese führten keines.«

»Weiß Ludwig davon?«

Er bestätigte.

»Deshalb …«, murmelte sie, räusperte sich. »Kein Bote, keine Nachricht haben wir von Konradin seit Juli. Die Tauben kamen nicht zurück. Und Ludwig wollte nicht noch mehr Zeit verlieren, deshalb.«

»Wir?« Er spuckte das Wort aus.

Sie stutzte, entzog ihm ihre Hand und fasste an seine Stirn. »Was soll das, Georg? Wir sind im Krieg. Nenn mir einen Grund, meine Verbindungen nicht zu nutzen.«

»Du bist ein Weib, du magst deine Verbindungen haben. Der Krieg ist die Sache der Männer. Wir kämpfen gegen die Feinde und für unser Heim und zu Eurem Schutz. Was hast du noch damit zu schaffen?«

»Die Frauen sind die, die Euch zusammenflicken, begraben und deren Herzen Krater des Kummers durchsieben. Ist dir das schon einmal aufgegangen?« Sie schüttelte den Kopf. In ihrer Miene stand Unverständnis. »Ihr seid vielleicht tot, aber das Leben frisst uns das Essen aus den Schüsseln. Das was kommt – mit dem Krieg oder danach – zerreißt unser Kleid, es wirft uns in die Hände von Schlägern und Schlächtern und treibt uns aus den Häusern. Krieg ist eine Sache der Männer, sagst du? Krieg verstümmelt und tötet, und in uns sticht er sein Gift. Die, die wir lieben, reißt diese Männersache fort.« Sie wischte sich übers Gesicht.

Er war unsicher, ob da ein Schimmern war auf ihren Wangen. »Ich …«

»Sei still«, fuhr sie ihn an. »Du kannst mir nichts verbieten. Du kannst mich nicht beschützen.« Sie starrte zum Fenster, sog Luft durch die Mundwinkel. Ihr Blick versengte ihn im nächsten Moment.

»Cäcilia, ich …« Er schüttelte den Kopf. *So nicht, Cäcilia.* »Vielleicht sind wir es, die zu schützen sind vor dir.«

»Ist es immer noch der Tod deiner Schwester?« Sie sprang vom Bett, riss den Vorhang zur Seite. »Du weißt gar nichts, Georg.

Noch nicht einmal, dass du mich willst.«

»Die Hochzeit ist bestimmt«, erinnerte er.

»Bestimmt.« Das Wort verglühte. »Ja, das ist es wohl. Du folgst einem Befehl.«

»Und du tust das nicht?«

»Ich beuge mich nicht. Ich will selbst entscheiden – über mein Leben. Und ich will mehr als eine Hochzeit auf den Befehl eines anderen hin.«

»Selbst, wenn etwas Gutes dabei entsteht?« Er runzelte die Stirn.

»Weshalb kannst du das nicht sehen? Die Verbindung einzugehen, erfordert mehr als den Befehl eines Herzogs. Du allein triffst die Entscheidung. Dafür. Dagegen. Deine – unsere – Zukunft kannst du nicht der Entscheidung eines Dritten überantworten.« Ihre Arme zitterten vor ihrer Brust. »Du verstehst nicht.«

»Erklär es mir!« Er schüttelte den Kopf. »Du bist eine Frau am Hofe eines Herzogs. Du hast dich unterzuordnen, wie ich als Ritter.«

»Es liegt so deutlich vor dir, Georg. Mach die Augen auf oder die Ohren.« Sie zerrte an ihrem Zopf. »Ist das alles, was unsere Hochzeit für dich ist, Georg, die Folge eines Befehls?« Sie seufzte.

»Sprich deutlich, was du meinst.« Die Schmerzen in seinem Bein pochten.

»Ludwig vertraut dir und schätzt deine Dienste. Die Anweisung des Herzogs legt mich dir als Braut vor die Füße, meinen Namen, meine Erbtitel. Und dabei belässt du es. Willst du warten, bis der Herzog mich in dein Bett schiebt und Güter vor dem Tor deiner Familie ablädt? Es könnte so viel mehr sein. Doch du verschläfst die Möglichkeiten.« Ihre Augenlider sanken, wie die Stimme. »Die Hochzeit sollte nicht stattfinden aufgrund eines Befehls.« Ihre Hand fuhr über ihr Gesicht. Ihr Murmeln war kaum ein Flüsschen am Ende des Sommers. »Ich will, dass du dich entscheidest. Für mich.«

»Welche Güter? Weil meine Familie nicht dem alten Adel entstammt. Ich bin dir nicht genug?« Er starrte sie an, ihre Augen wurden riesig, ihr Mund klappte auf. Schmerz stach in seiner Brust, wie eine Lanze. »Du willst die Hochzeit nicht mit mir?«, schnaubte er. »So soll es sein.«

»Du hörst nur, was du willst.« Cäcilia fasste sich an die Brust. »Herrgottnocheins. Du begreifst es wirklich nicht.«

»Ich habe deine Worte deutlich gehört. Geh!« Er drehte sich zur Wand. »Ich will dich nicht mehr sehen.«

Die Tür knallte ins Schloss. Ihre Schritte erschütterten vom Flur bis in sein Herz. Nicht einmal der Mohnblumensaft der Priester konnte diesen Schmerz betäuben oder das Gefühl. *Ich bin nicht genug für sie.*

Vor dem Morgengrauen schreckte er auf. Er hörte die Tür knarzen. Einen Moment setzte sein Herzschlag aus, dann raste er. Georg atmete ein, doch etwas fehlte. *Sie ist nicht zurück. Sie …* Er schluckte, schlug die Augen auf und sein Lächeln welkte.

Der Herzog trat an sein Bett, zwischen Daumen und Zeigefinger hielt er ein Papierröllchen. »Nachricht aus Italien«, murmelte er.

»Konradin?«

Georg fuhr sich übers Gesicht und starrte den Herzog an. *Was habe ich getan?*

†

†Kapitel 21 – Konradin

Blut

Anfang September 1268, Italien,
auf dem Weg zur Küste

Konradin würgte. Krater gruben sich durch das Tal, hatten das Grasgrün verschlungen, gewandelt zu Schlamm. Blut und anderes tränkte die Senke. Er umging die Kämpfenden und torkelte vorbei an den Sterbenden, trat auf Gliedmaßen und Gedärme, glitschte weg. Knochen stakten in die Luft und verlassene Speere und Schilde. Geschlagene und Geschlachtete wanden sich im Schlamm, krochen auf der Suche nach Rettung, bis die nächste Klinge sie erlöste. Ihre Todesschreie flohen gen Himmel.

Ein versprengter französischer Reiter preschte von links heran, holte ihn ein. Vor dem Staufer bäumte sich das Kriegsross auf, die Hufe wühlten sich ins Feld. Im Gegenlicht blitzte die Klinge des Soldaten über ihm, ein Kriegsschrei füllte die Luft. Konradin erstarrte, spürte den Windzug, das Schwert sauste herab, er roch das Blut, das die Klinge im Kampf getrunken hatte. Seinen Schwertarm riss er hoch und hörte das Krachen. Feuer tobte durch seinen Arm und im nächsten Moment an seiner Seite, die Feindesklinge hatte sich unter seine Rippen gebissen, er schlug sie davon, erwartete den nächsten Hieb. Sein Kurzschwert hielt dagegen. Dann traf ihn ein Stoß und Konradin knallte zu Boden. Er hörte das Ross wiehern und schreien, hörte ein Ächzen. Vor ihm wirbelten Gliedmaßen und Metall, das Tier schlitterte, die Beine klappten weg. Der Reiter verschwand unter braunem Fell und Körpermasse.

Ein Schlag ins Kreuz drückte Konradin tiefer in den Schlamm, Kälte und Angst zuckten durch ihn, seine Seite brannte umso stärker. *Verdammt knapp.* Konradin zitterte.

Ein blonder Krieger schoss an ihm vorbei zu dem Gliederknäuel. Sein Schwert zum nächsten Stoß bereit verschwand er hinter dem Pferdeleib. Friedrich tauchte im nächsten Augenblick wieder auf. Vom Dolch in der einen Hand tropfte Blut, das Schwert schob er zurück in den Waffengurt. Er riss den Staufer hoch.

Hitze barst, wo die Handfläche Konradins Wange traf. Schmerz erglühte. »Was ...«

»Bist du des Wahnsinns? Benutz deinen Kopf! Du bist Kriegsherr dieser Truppen, der rechtmäßige König, die wertvollste Beute – und du bist allein unter den Kriegern. Wenn die Franzosen dich erwischen ...« Friedrich schüttelte den Kopf, dann rüttelte er seine Schultern.

Konradin starrte ihn an. Seinem Denken waren die Gedanken und Worte entflohen, sein Mund öffnete und schloss tonlos. Friedrich riss an seiner Hand, riss ihn weiter. Der Staufer stolperte. Sein Knie schlug auf Fels, Schmerz knallte in die Knochen. Und für einen Moment betäubte die neue Pein das Stechen an seiner Seite, an seinem Kopf – und darin. Der Freund zerrte ihn hoch und weiter. Und er stolperte hinter dem Badener über das Schlachtfeld und weiter über dessen Rand hinaus. Er ergab sich in das Ziehen und Zerren, seine Beine leisteten Gehorsam, seine Lungen brannten. Erst im Schutz einer Baumgruppe auf der anderen Seite des Tals gab er Konradins Arm frei – und die Sicht auf das Heerlager.

»Du kannst nichts tun für Jehan – oder für irgendeinen der Männer. Nur sinnlos sterben. Ist es das, was du willst?«

»Nein!«, entfuhr es ihm. »Nein!« Und Friedrichs Hand presste sich auf seinen Kiefer.

»Still, Kon.« Friedrich zischte, er stieß ihm den Ellbogen in die Seite und Konradin krümmte sich, doch im nächsten Moment richtete er sich wieder auf.

Konradins Blick fand die Anhöhe. Seine Sicht verfing, wo sein Heerlager war. Er schauderte. Einem Wimpernschlag zuvor waren sie dem Ort entflohen. Was er sah, frostete sein Blut, eiste sein Denken. »Tut das nicht.«

Die Flut der Feinde erzwang sich den Weg über den unteren Ring der Anhöhe. Die französischen Krieger drängten zum Lager. Oben bei Königszelt der Staufer reckte einer seiner Streiter einen Speer in die Höhe und trieb einen Mann vor sich her. Jehan.

»Komm weiter!« Friedrich zog Konradin weiter zwischen die Bäume. »Sieh nicht hin!«

Konradin schüttelte den Kopf. »Jehan war längst nicht mehr

mein Gefangener. Er war frei.«

»Kon«, der Gefährte schnaubte, »es ist gleich, wer ihn tötet. Sei froh um die Gnade der Unsrigen. Charles wird den Marschall nicht am Leben lassen. Am Körper Jehans finden sich keine Wunden mehr, keine Spuren von Schlägen oder Brüchen. D'Anjou kann sich zusammenreimen, was geschehen ist, und wie lange sein einstiger Hauptmann schon nicht mehr gefoltert wurde. Er hat keine Verwendung für jemanden, den du für dich gewonnen hast.«

»Stattdessen morden meine Männer und werden zu den Handlangern des Franzosen?« Konradin schüttelte die Hand Friedrichs ab und sein Blick klebte sich an den Strick, der sich dort um Hals und Hände des Marschalls spannte, an Schemen hinter dem Marschall und andere, die Jehan umstellten, fahl wie ausgebleichte Knochen, Gesten, deren Hass noch mehr Hass pflanzte.

Am Plateau bog einer der Soldaten Jehan de Braiselves Arme nach hinten. Der Schrei gellte über das Tal. Mittagslicht zersplitterte auf der Schneide am Hals, das gleiche Licht tanzte auf einem Franzosenschwert. Ein Reiter stob voran aus der Reihe der Feinde. Die Rufe, die Drohungen der Staufer prallten ab am Schild, er trieb das Ross die Anhöhe hinauf und seine Einheit folgte. Die Soldaten wichen mit Jehan zurück. De Braiselve stolperte und fiel, das Tau um seinen Hals straffte sich. Wieder zerrten sie ihn hoch, stachen die Klinge in Richtung des ersten Reiters. Zehn, vielleicht fünfzehn Pferdelängen trennten sie. Ein Schnitt. Sie rannten. Zwei Hiebe. Das Messer schlitzte Haut und Sehnen und Bänder. Blut quoll aus Jehans Kehle, die Hemdfetzen ertranken im Rot, er sackte zu Boden, schlug auf, rollte davon.

Der Franzose war der erste. Sein Schwert spaltete Knochen. Ein Kopf zerplatzte auf Stein. Das Schild des Reiters räumte drei Angreifer von den Beinen. Ein Morgenstern krallte sich in einen Krieger und öffnete Fleisch. Hufe zertrampelten Knochen, Haut, Erde, Metall.

Die Linie am Fuß des Hügels brach.

»Jehan«, flüsterte er. Konradin würgte. Galle brannte die Kehle hinauf und schoss aus dem Mund. Er fiel. Hände packten ihn, etwas Kaltes war an seinem Hals, etwas Scharfes, Blut rann in seine Augen. Er schnappte nach Luft …

… schnappte nach Luft und schrak hoch. Dunkelheit umhüllte ihn und Stille und der Geruch von Stroh. Konradin blinzelte. Er leckte seine Lippen.

»Es ist nur ein Traum.« Friedrich kniete neben ihm. »Wieder nur ein Traum, Kon.« Er tupfte den Schweiß von seiner Stirn. »Wir sind sicher hier. Auf der Tenne finden sie uns so schnell nicht.« Er drückte seine Hand. »Versuch, ein paar Stunden zu schlafen. Der Morgen ist noch fern«, flüsterte er. »Und versuch, die Besitzer des Hofes nicht zu wecken.« Der Freund hielt ihn fest in seinem Arm und schob Stroh um ihn zusammen. »Wir schaffen es zur Küste. Alles wird gut.« Mit dem Mantel deckte er ihn wieder zu.

Konradin stöhnte, er japste nach Atem. Er blinzelte, stemmte die Lider auf, spießte sich selbst den Finger in die Seite. Er wollte nicht zurück, nicht in den Traum. Friedrich wiegte ihn und barg ihn in der Wärme. Die Welt schrumpfte auf einen Schlitz, Qual tropfte von seinen Wimpern. Der Schlaf lachte ihn aus, grapschte ihn und sog ihn hinab. Vergessen und Nacht schlossen sich um ihn.

Der Schmerz pulsierte in seinen Gliedern, er stemmte die Lider auf. Friedrich beugte sich über ihn und verschmolz in der Dunkelheit mit den Dachbalken. Mondlicht fiel überall neben ihm durchs Flickendach und Tropfen um Tropfen Regen. Stroh pikste und scheuerte an Konradins Haut. Seine Erinnerung verriet nichts über diesen Ort oder den Weg hierher.

»Auf, Freund! Los, bevor sie aufholen.« Der Gefährte flüsterte; in Konradins Ohren dröhnte jede Silbe. Friedrich zerrte ihn auf die Beine, schob ihn in die Mitte des Heubodens zum Auslass in der Decke. Seine Hände fassten die Sprossen, seine Füße traten ins Leere, die Knöchel knallten gegen Holz. Die Holme entglitten ihm. Seine Beine schlugen auf den Boden, er knickte ein, kippte um. Feuerqual und Dunkelheit wucherten erneut in Konradins Kopf. An seiner Seite glühte die Wunde wie Kohlen unter der Haut. Hämmer polterten hinter seiner Stirn gegen die Schädeldecke und immer wieder liefen dunkle Tropfen in seine Sicht.

Hände krallten sich in ihn und zogen ihn hoch und schoben ihn durch den Stall. Unter seinen Fingern schwamm das Fell einer Ziege hinweg. Er hielt inne, und seine Mundwinkel wanderten hoch. Härchen piksten in seine Haut, Nass scheuerte und schleckte etwas seine Handfläche. Er fiel auf die Knie, drückte sie, und ihre Wärme strömte bis in seine Knochen. Er schnupperte. Die Wände des Stalles kreiselten um ihn. Konradin blinzelte. Der Esel neben dem Ausgang hievte sich auf die Vorderbeine, und Konradins Hand fasste in warmes, weiches Fell. »Wir müssen ihn hierlassen«, flüsterte die Stimme. »Er gehört uns nicht.« Konradin stolperte weiter. Jemand schob und zwängte ihn durch eine Lücke in der Seitenwand. Er fiel erneut.

Tau perlte am Gras, zerrann. Kühl schmeckten die Tropfen auf seiner Zunge, und heiß die Wunden an seiner Lippe. Die Nacht blutete in den Morgen, das Sternenlicht in die Nebel des Herbstes. Hinter der Ansammlung von Schuppen und Verschlägen, in der sie Unterschlupf gefunden hatten, nahm sich der Wald die Schritte der Gefährten. Für eine Weile schenkte er ihnen einen Mantel aus Schatten. Zu bald fraß die Sonne daran, die Bäume lichteten sich.

Der Gefährte zerrte ihn vom Weg ins Unterholz, hinter einen schlafenden Riesen von einem Baum. Äste ragten in die Höhe, die Blätter leuchteten in Gelb und Orange, manche noch in Grün. Der Stamm war gefallen und geborsten, die Wurzeln ließ er nicht los. Konradin sank dagegen. Seine Zunge klebte am Gaumen, und jeder Atemzug schoss Glut in seine Brust. Er keuchte, sein Kopf fiel zur Seite.

Äste knackten, weckten ihn. Er blinzelte. Der Freund näherte sich aus dem Unterholz. Kaltes Wasser rieselte an seine Lippen und er sog gierig das Wasser aus dem Stofffetzen. Ein Stück Fell wärmte seine Hand. Unter dem rotbraunen Pelz spürte er noch ein wenig Wärme, Blut tropfte auf den Weg. Er starrte das Eichhörnchen an und suchte sein Messer.

Der Gefährte riss einen weiteren Fetzen aus dem Stofffetzen des Hemds, verband seine Seite, drückte etwas in die Wunde am Kopf. Schwindel schüttelte Konradin.

Friedrich zeigte auf das Fell in seinem Gürtel und reichte ihm ein Messer. »Hier: Nimm meines. Damit kommst du leichter darunter. Zum Aufbrechen ist dein Dolch gut.« Der Gefährte schlitzte die Haut am Bauch und schob seine Finger hinein, mit einem Ruck öffnete er den Brustkorb. »Du wirst dich erinnern.« Er scharrte eine Vertiefung in den Boden und schabte die Organe aus dem Kadaver nach unten. Herz, Leber, Nieren fischte er ab.

»Du musst essen, Konradin.« Am Kinn troff Rot hinab, die Finger glänzten so glitschig wie das Fleisch.

Konradin wog das Fellbündel, schluckte, sein Magen knurrte. Die Augenlider brannten wie jedes Gelenk und jede Bewegung. Er packte den Griff, seine Hände erinnerten sich. Der Pelz glitt ab, die Zweiglein der Knochen brachen unter ein wenig Druck. Wärme berührte seine Lippen, ihn schauderte. Er roch das Blut, schloss die Augen und biss zu, würgte und sah die Flecken auf seinen Unterarmen, sein Gewand verschmierte Tierblut. Er schluckte.

»Friedrich«, murmelte er nach einer Weile. Seine Hände waren wieder sauber, er spürte Kraft in seinen Gliedern bei jedem Schritt. Der Wald war verschwunden, wie das Tageslicht.

»Ja, mein Bruder?« Der Freund legte ihm den Arm um die Schultern.

»Wir müssen an die Küste und eine Barke finden, die uns nach Pisa bringt.«

»Wir werden in dieser Nacht so weit marschieren, bis wir Deckung finden.« Der Badener deutete mit dem Arm zum Horizont, dann auf seinen Kopf. »In dieser Richtung ist das Meer. Die Karten, die wir in deinem Zelt ausgebreitet haben, sind immer in meinem Kopf. Wenn die Sonne aufgeht, sind wir näher.« Er klopfte sich an die Seite über dem Gürtel. »Weit kann es nicht mehr sein. Und wir haben Äpfel zum Morgenmahl.«

Konradin berührte die Stirn und die Kruste an der Wunde. »Seit wann ziehst du mich von Versteck zu Versteck?«

»Acht Tage, neun vielleicht.«

Er biss sich auf die Lippen und schüttelte den Kopf. »Wie konnten unsere Streiter …«

»Denk nicht darüber nach«, unterbrach Friedrich ihn. »Charles hat Ritterlichkeit und Ehre verraten.«

Er hustete. »Wir brachen die Reihen der Franzosen und zwangen sie in die Knie – wie ein Sturm einen Grashalm – schnell und in Übermacht. Charles schenkte uns den vermeintlichen Sieg – und dann lockte der Franzose unsere Mannen mit mehr: versprengte Einzelkämpfer. Unsere vermeintliche Überzahl würde sie aufreiben können, mehr Kriegsbeute, mehr Soldaten, in die sie ihre Schwerter stoßen, mehr Blut, an dem die Krieger ihre Gier ertränken konnten. Und sie betranken sich an dem Übermut und sogen das Trugbild gierig auf. Die Linie – die gesamte Formation – zerfiel. Charles sah zu und holte im rechten Augenblick aus. Seine Reiterei ging wie ein Hammerschlag aus dem Hinterhalt auf uns nieder.« Konradin musterte seinen Gefährten. »Sag mir, Frieder: Liegt Ehre in der Jagd auf die Schwächeren und die Verlierer? Unserer Männer haben wehrlose Gefangene gemordet.«

»Charles' Soldaten sahen die unsrigen; sie wussten wie viele Klingen darauf warteten, ihnen in die Brust zu stoßen.« Der Badener schüttelte den Kopf. »Ein Hinterhalt ist wider christliches Recht und jegliche Ehre.«

Konradin seufzte. »Ehre und Recht? Wir haben den Krieg verloren. Wer fragt nach Ehre und Recht, wenn er dem Sieger in die Augen blickt? Die Kirche, die Geschichte, die Besiegten an deren Kehle das Messer wartet?« Er lachte auf. »Leere Worte, falsche Hoffnung, stumpfe Klingen. Am Ende nutzen Ehre und Recht soviel wie Holzschwerter.«

»Die Hoffnung klammert sich um den Griff einer Waffe, doch die Klinge ist nutzlos und stumpf.« Friedrich blieb stehen. »Ist es das, was du meinst?«

»Himmel! Das Blut Tausender wogt bis an meine Knie. Sie sind tot. Weder Ehre, noch Hoffnung, noch Recht bringt einen Sieg oder die Toten zurück.« Der Staufer legte den Kopf in den Nacken, zerstarrte die Baumwipfel und Wolken.

Der Gefährte ballte die Hand. »Deine Männer sind im Kampf gefallen – Soldaten, die dafür ausgebildet sind«, begann er. »Charles schert einen Dreck in wieviel Blut er watet.« Fragen zeichneten Konradins Miene, seine Geste forderte eine Erklärung und Friedrich holte Luft. »Auf unserem Weg habe ich meine Ohren offen gehalten, selbst wenn wir nur im Geheimen einen Platz ergattern konnten. In einem der Gehöfte waren andere Reisende. Sie hatten Geld und der Bauer bat sie in seine Stube. Nachts drangen ihre Worte bis in unser Versteck – und die Gerüchte über das Morden an Charles' Gefangenen.« Der Freund fasste sich an die Brust. »Unter den Kriegsgefangenen waren Senatoren aus Rom.«

»Die mir die Tore der Stadt geöffnet haben …« Konradin schnappte nach Luft.

»Dir, ja. Kurz zuvor hatten sie ihm die Stadt verweigert. Und die Senatoren sind gegen ihn in die Schlacht gezogen. Ihren Verrat hat er ihnen nicht verziehen. Besonders gilt dies für seinen eigenen Cousin Enrique di Castiglia.«

Konradin murmelte. »Don Arrigo.« Er riss den Kopf hoch. »Hat er ihn …«

Friedrich seufzte. »Charles sandte seine Soldaten mit Äxten und mit Feuer zu den Zelten der gefangenen Senatoren. Die Männer hackten jedem der Senatoren den rechten Fuß ab. Die Nacht hallte von Schmerz und stank nach dem verbranntem Fleisch verstümmelter Gliedmaßen.«

Konradin würgte, sein Magen drehte sich, und er presste die Hand vor die Lippen. Ein Blick genügte, er las in Friedrichs Gesicht die Abscheu und Fassungslosigkeit, die er empfand. Ein Schaudern schüttelte den Freund.

Friedrich seufzte. »Danach ließ er die Senatsmitglieder in Ketten legen und zusammengepfercht in einem kleinen Zelt vor sich hinrotten. Wunden entzündeten sich, manche schrien nachts in Fieberkrämpfen. Sie mussten essen, wo sie sich erleichterten. Selbst seinen Soldaten graute, einige verließen das Heer – jeden Tag mehr. Charles' Heerführer schlossen sich zusammen. Sie forderten ihn auf zur Mäßigung und Milde. Sie fürchteten den Zorn der Bürger Roms, wenn die Senatoren in diesem Zustand zurückkehren würden.«

»Charles' Hass und sein Hochmut gingen auf die Senatoren nieder wie Feuerregen. Und Hass gebiert nichts als noch mehr Hass.« Konradins Stimme verklang. »Die Römer würden sich an ihm rächen; so sicher wie die Sonne im Westen verglüht.«

Friedrich senkte die Lider und die Stimme, er knetete seine Hände. »Charles ließ die Verstümmelten holen und in eine riesige Scheune bringen. Betten und Lager waren dort für die Senatoren gerichtet. Er erließ den Befehl.« Der Badener schluckte. »In der Dämmerung verrammelte ein Trupp seiner Männer die Tore, und dann legten sie ihre Fackeln an den Stall.«

Konradin presste die Faust vor die Brust, sank auf den Weg, die Arme auf die Knie gestemmt, vergrub er den Kopf in den Händen. Kälte fraß sich durch seine Adern. »Wie kann ein Mensch so gegen andere Menschen sein?«

»Konradin, niemand weiß, wonach er noch die Hand ausstreckt.« Friedrich kniete neben ihm und legte den Arm um ihn. »Du bist der Einzige, der sich gegen ihn stellen kann. Du weißt was geschieht, wenn du aufgibst. Er schlachtet sich weiter seinen Weg durch dein Reich.«

Er lachte auf, löste sich von seinem Gefährten und mühte sich in den Stand. »Der Einzige – ohne Krieger, ohne Rösser, ohne Waffen …«, knurrte er, »… ohne zu wissen, woher das Essen für die nächste Mahlzeit kommt.«

»Bruder: Wir haben überlebt, und wir werden es an die Küste schaffen. In Pisa setzen wir fort, was wir begonnen haben. Deine Anhänger werden dich finden. Selbst dein Oheim wird an deiner Seite stehen, Ludwig.« Er stand auf, löste den zweiten Schwertgurt von der Hüfte und drückte ihn in die Hände des Staufers. »Nicht mit all der Erfahrung und all der List eines Hinterhalts konnte Charles d'Anjou dich fassen. Du kannst fliehen für den Rest deines Lebens – oder du nimmst das Schwert und benutzt es!«

Konradin packte es. Er zog den Freund hoch, fasste Friedrichs Ellbogen, dann dessen Nacken. Stirn an Stirn flochten sich ihre Blicke ineinander. Er schloss die Augen und wusste, der Mann, mit dem er aufgewachsen war, der ihn bis hierher begleitet hatte, tat es ihm gleich. Konradins Stimme füllte die Baumreihen. »Ich bin bestimmt, die Krone zu tragen und mein Volk zu schützen. Ich werde regieren und dieses Leid beenden. Das Opfer der Männer ist der Wegzoll für den Sieg, der Frieden bringen wird.«

†

†KAPITEL 22 – CÄCILIA

ROCKEN

ANFANG SEPTEMBER 1268
HERZOGTUM BAYERN, MÜNCHEN

Als jagte er sie, stob der Herbstwind durch den Bretterverschlag und die Ziegel und heulte zwischen den Dachbalken. Im Innenhof der Burg flatterten die Blätter zwischen den Röcken der Mägde. Kastanien regneten herab und platzten auf dem Boden aus ihrer Schale. Cäcilia schmunzelte und musste an Friggerl denken und ihre Geschichte über Konradin. Das Schmunzeln erlosch und ihr Blick verlor sich über den Dächern der Burg und den Baumspitzen der Lohe Richtung Isar.

Sie schreckte auf. *Bin ich doch nicht allein?*

Cäcilia trat zurück vom Guckfenster und gewöhnte sich an die Schatten im Dachgeschoss. Wieder hörte sie ein Schluchzen. Hinter den Fässern spitzten Schühchen hervor. Der Boden verriet jeden von Cäcilias Schritten und das Jammern verstummte. In das körnige Gold im Fass grub Cäcilia ihre Finger, ihre Hand; Korn für Korn rieselte zurück und das Mädchen guckte aus ihrem Versteck zu Cäcilia hoch. Das Ärmelchen verschmierte die Tränenspur auf den Wangen und schob die braunen Haare aus dem Gesicht. *Eine Tochter einer von Annas Damen.* Sie kaute auf ihrer Lippe. *Sie hat einen Namen.* Cäcilia runzelte die Stirn und zuckte die Schultern.

»Kind, was tust du hier?« Cäcilia nickte dem Lockenschopf zu. »Weshalb bist du nicht in der Werkstatt bei den Hofdamen und bei deiner Mutter?«

Die Kleine hielt den Spinnrocken hoch – oder das, was davon übrig war. Splitter standen ab von der Bruchstelle in der Mitte, an einer Holzfaser pendelte die obere Hälfte. »Es is' Unglück«, schniefte sie. »Sie haben g'sagt, die Muttergottes hat ein' nicht mehr lieb, wenn man sein Rocken bricht. Faul ist man dann und keine fleißige Jungfrau. Und die Muttergottes hat bloß die Fleißigen lieb.« Tränen kullerten über die Bäcklein, die Augen schimmerten.

Holz knarzte wie unter einem Tritt. Cäcilias Blick schweifte durch den Raum. Über ihren Rücken lief ein kaltes Prickeln. *Nichts als Schatten.* Sie bückte sich und strich über die Locken. Sie tupfte dem Mädchen mit einem Leinentüchlein die Wangen und drückte es ihr in die Hand. »Keine Sorge! Die Große Mutter hat uns alle lieb, und wenn sie als Frau Holle über alle Mädelein und Frauen und alle Spinnerinnen wacht, verstößt sie uns nicht, nur weil der Rocken entzweigeht.« Sie ging in die Hocke und nahm den Spinnrocken. »Frau Holle lässt uns die Wahl: Wir können fleißig sein oder die Hände ruhen lassen. Was auch immer wir tun, das kommt zurück – als Strafe oder Segen.«

Die Kleine schüttelte den Kopf, sie kicherte. »Aber Frau Holle doch nicht, die heißt doch die weiße Hex, die alte. Das weiß doch jeder.« Ihr Däumchen drückte ein Kreuzzeichen auf die Stirn und auf die Lippen. »Der Pfarrer sagt, die Hollerfrau ist ein Teufelsweib.«

»Das erzählt der Priester?« Cäcilia beugte sich hinab zu der Kleinen, sie tupfte ihr die Tränenspur mit einem Tüchlein von den Wangen. »Glaubst du, der Priester hat immer recht?«

Das Mädchen nickte, dann kniff sie die Augen zusammen und legte den Kopf schief. »Mutter sagt, was der Pfarrer uns predigt, stimmt.«

»Mh.« Cäcilia musterte die Kleine vom Rocksaum zu den Kupferspangen im Haar. Sie seufzte. Der Gedanke an ihre eigene Kinderzeit glomm auf, doch so leicht wurde sie ihn nicht los. Der Funke in ihrem Kopf erinnerte sie an die Geschichten ihrer Nanna, an die Wärme ihrer Großmutter und die Hand, die Tränen von ihrer Wange wischte, an die Stimme, die ihr Herz mit Hoffnung und Trost ummantelte. Für einen Wimpernschlag zwängte sich Trauer ihre Kehle hinauf, in ihr Herz stach das Gefühl des Vermissens.

Sie schluckte, als wenn sie das Gefühl des Vermissens einfach in ihren Magen verbannen könnte, blinzelte. Der feuchte Schleier in ihren Augen verschwand, und sie nahm den Blick des Mädchens wahr mit all den Fragen, die sich darin bargen. *Sieben Lenze zählt sie, vielleicht acht. Und nur den Gott des neuen Glaubens kennt sie, wie viele andere südlich der Fulda nur diesen kennen. Die Göttin wird vergessen – selbst bei den Frauen und Mädchen, die besonders unter ihrer Gnade stehen und unter ihrem Schutz. Die neuen Priester tun alles, sie zu schmähen.*

Cäcilia räusperte sich. »Kennst du den Hollerbusch?« Die braunen Locken wippten, die Kleine nickte. »Wenn er blüht, ist er hell und weiß, und seine Blüten kann man in Butterteig backen. Hast du das schonmal genascht?« Das Grinsen der Kleinen steckte Cäcilia an. »Und im Herbst werden seine Früchte ganz dunkel, lila. Weißt du das?« Wieder stimmte das Mädchen zu. »Die Früchte heilen, und sogar die Rinde selbst hilft den Kranken. Der Holler ist der Baum der Guden Frau, der Frau Holle. Glaubst du, so etwas Gutes kommt vom Teufel? Frau Holle passt schon lange auf ihre Jungfrauen auf und bringt den Fleißigen den rechten Lohn.«

Das Mündchen schob sich zusammen. »Aber der Pfarrer hat's aber doch gesagt. Er hat erzählt, dass die Maria aufpasst. Er hat uns sogar ihr Bild gezeigt. Sie sieht vom Himmel herab auf uns und wacht. Deswegen heiße ich auch wie die Himmelskönigin.«

Cäcilia runzelte die Stirn und musterte das kleine Mädchen. »Frea ist dein Name?«

»Hah, Ihr seid dumm!« Die Kleine lachte utnd hob das Zeigefingerchen in Richtung Decke. »Maria ist doch die Gottesmutter. Maria schaut auf die Mädchen.«

»Und trägt sie das blaue Kleid und den weißen Schleier?« Sie wartete nicht lange auf das Nicken. »Das ist das Kleid, das die Frau Holle trägt. Hat deine Mutter dir nicht davon erzählt?« Cäcilia setzte sich auf den Boden und zog die Knie an. »Meine Mutter hat mir davon erzählt und meine Großmutter auch. Mit ihren Feen und Elfen – ihren Hollen – lebt Frau Holle in den Seen und Brunnen, und sie sorgt dafür, dass alles wächst, und sie beschützt das Land und die Kindlein, die jungen Frauen und vor allem auch die Spinnerinnen. Und zum Manne wählt sie sich keinen Geringeren als den Himmelsgott.«

»Aber ...« Der Lockenschopf geriet in Schieflage. »Aber wie geht das denn? Wie wählt sie denn den Himmelsgott? Sie darf das doch gar nicht, sie ist eine Frau. Das erzählen die Priester nicht in ihren Geschichten.« Sie kratzte sich am Näschen. »Was erzählt Ihr da für seltsames Zeug?«

Cäcilia verschenkte ein Lächeln und strich mit dem Fingerrücken über die Apfelbäckchen der Kleinen. »Frea, so heißt die

Gottesmutter; die Lichte, die Holde – diese Namen trägt sie; oder Frau Holle manchmal. Eines Tages beobachtete sie den höchsten Gott bei der Jagd, und er gefiel ihr. Von all den Männern schien er ihrer würdig zu sein. Sie lockte ihn mit einer List in ihr Reich. Die beiden aßen, sie tranken, sie redeten und redeten und redeten eine ganze Nacht lang. Als die Sonne wieder aufging, erkannten sie, sie gehörten zueinander. Und beide wollten gemeinsam eine Zukunft schaffen.«

Runzeln gruben sich in Marias Stirn. Nach einer Weile rubbelte sie ihr Näschen. »Der Pfarrer sagt, es gibt nur einen Gott, und der ist allein. Gott regiert im Himmel mit seinem Sohn, Jesus, und mit dem Heiligen Geist. Aber die Muttergottes, die Maria, die sitzt nicht neben ihm. Sie ist keine Göttin. Der Pfarrer hat davon nichts gesagt.«

»Aber sie ist die Mutter des Gottessohnes«, hakte Cäcilia nach. »Weshalb soll sie keine Göttin sein?«

Maria schob ihr Kinn vor. »Ihr seid eine Fremde und Ihr kommt nicht von hier.« Sie überkreuzte die Ärmchen vor der Brust, Trotz funkelte in den Augen. »Mutter sagt, der Pfarrer hat recht, und alles andere ist Lüge. Und wer Lügen erzählt, der kommt in die Hölle und muss brennen.« Die Augen im Kindergesicht wurden riesig. »Aber wenn wir glauben, was er sagt, dann kommen wir in den Himmel, und jeden Tag gibt es dort soviel Honig, wie ich essen will, und Erdbeeren gibt es das ganze Jahr.« Sie fuhr sich über die Lippen.

Cäcilia seufzte und erhob sich. *Die Priester fangen die Kinder.* Sie reichte Maria die Hand. »Komm, wir holen einen neuen Rocken für dich. In meiner Kammer habe ich noch einen, und dann kannst du wieder fleißig sein.« Sie streifte mit dem Daumen über die Wange der Kleinen. »Nicht alles ist Lüge, kleine Maria. Manchmal sind es nur Dinge, die die Menschen nicht hören wollen.« Trappelnde Füßchen folgten ihr durch die Gänge der Burg.

Sie blickte dem Lockenschopf hinterher. Die Kleine hielt den neuen Spinnrocken fest in der Hand und winkte kurz, ehe sie um die nächste Ecke bog und in Richtung der Frauengemächer verschwand. Cäcilia band den zerbrochenen Rocken an ihren Gürtel. Sie steckte das Schultertuch fester, verriegelte die Tür ihrer Kammer hinter sich und huschte die Treppen hinab zum Tor.

Mit den ersten Schritten im Burghof wischte sie sich den Tröpfelregen von Stirn und Nasenspitze. Sie warf den Blick auf die Kapelle und schüttelte den Kopf. Vorbei an den Wachen erntete sie deren Gruß und durchschritt das Südtor in die Marktstadt. In ihren Weg stellten die Soldaten schon lange keine Fragen mehr, Sperren ebenso nicht.

Durch die Gässchen zum Markt begleitete sie der Hammertakt der Schuster und das Klirrklappern von Eisen. Sie wandte sich um. *Folgt jemand meinem Weg?* Die Bottichmacher schlugen und formten Ringe ihrer Fässer, zu zweien oder dreien zwangen die Schäffler das Holz in die Bögen. Sie blickte sich um, niemand hing an ihren Fersen. Leder und Öl, Feuer und Fäulnis drängten ihren Duft zwischen die Kaufwilligen und die Pilger auf dem Weg zur ältesten Kirche Münchens. Die Glocken wiesen ihnen zu Sankt Peter den Weg.

In der Gasse hinten schepperte Eisen zu Boden, Holz dotzte auf das Pflaster wie zu schwerer Regen. Männer polterten Schimpftiraden los, Frauen zeterten.

»Tölpel!«

»Dummtropf!«

Cäcilia sah einen Pulk hinter sich.

»Helft ihm doch«, krächzte eine Stimme.

»Hängt ihn doch für solche Tölpelei«, dröhnte die Antwort.

Sie schüttelte den Kopf und eilte fort. Dies war kein Ort, um zu verweilen. Es würde sein, wie es immer war. Ein armer Narr war in eins der Fässer gekracht, die Schäffler würden jammern, ihm aufhelfen, vermutlich eine einschenken, und dann schickten sie ihn davon. War er ein Kerl, gab es eine Prügelei, war er schwach, prügelten sie ihn halbtot.

Cäcilia bog auf den Schrannenplatz. Sie sah und im nächsten Moment schmeckte sie die goldenen Ähren, zupfte einen der Halme von der Auslage, ohne die Körner zu verschütten. Dem Zetern des Bauern stellte sie ihr Lächeln entgegen. Sie streifte vorbei an leuchtendem Orange der Karotten, an staubigem Lila, Zwiebeln und Rüben und Knollen, deren Namen sie nicht kennen musste. Gerste und Roggen und Säcke mit Mehl beugten sich aneinander. Angebote keiften an ihr Ohr und Gegengebote schlugen zurück, Speichel landete vor ihrem Fuß, Feuchte berührte ihren Arm und Warmes, Schweiß und Moschus drängte sich in ihre Nasenflügel. Sie schauderte, zog die Schultern ein und zwängte sich schneller bis zum Talburgtor und hindurch.

Erst die Flussfrische der Isar schwemmte die Gerüche aus ihrer Nase und die Geräusche aus ihren Ohren, ihrem Kopf, hüllte sie ein mit ihrem Rauschen und barg sie zwischen dem Grün der Sträucher vor Blicken. Durch die Bergkette im Süden fraß der Fluss sich hoch nach Nord, bis er in die Donau verging. Beinah glaubte Cäcilia, die Felskanten und den ersten Schnee zu schmecken in der Gischt des eisigen Stroms. Den Spinnrocken in Händen holte sie aus und warf, und die Gischt verschlang das Holz. Die Wellen wüteten durchs Flussbett und Cäcilia lauschte ihnen. Sie glitt ins Gras, schloss die Augen und nur für einen Moment war sie zurück in den Tagen ihrer Kindheit, rannte wieder durchs Tal und die Fulda entlang.

»Du hast den Rocken fortgeworfen?« Friggerls Stimme brach die Bilder.

Cäcilia setzte sich auf und legte das Kinn auf die Knie. »Ihr taucht wieder auf aus dem Nichts, Friggerl, und ebenso verschwindet Ihr. Seid Ihr selbst eine von Frau Holles Feen – ausgestattet mit Zauberkraft?«

Die Alte lachte und die losen Strähnen ihres Weißhaares tanzten. »Lass das die Kirche nicht wissen«, schmunzelte sie. »Wer weiß, ob sie mich nicht verbrennen oder in einen ihrer Beichtstühle sperren, bis ich wie der Teufel direkt in die Hölle fahre.« Die knorrigen Finger tauchten in den Beutel vor ihrem Bauch und zupften an einem Stil eine Wolke dunkler Kügelchen hervor. »Erntezeit.« Sie warf Cäcilia den Fruchtzweig zu und deutete auf die Sträucher um sich. Die Äste bogen sich unter den dunklen Früchten. »Hier am Fluss wächst der Holler am besten und in der Küche gebrauchen sie ihn gut – nur: von alleine läuft er dem Koch nicht zu.« Sie wackelte zu einem Korb, öffnete die Schlaufen und schüttelte den Inhalt ihres Schürzenbeutels hinein. Friggerls Hand wedelte in Richtung des Stroms. »Weshalb …«

»Das Mädchen hat den Stab zerbrochen. Der Rocken war nicht mehr zu gebrauchen. Besser soll er im Fluss treiben als im Feuer brennen.« Sie musterte die Weißhaarige und hielt deren Mustern stand. »Ihr kennt die alten Geschichten, Friggerl, nicht wahr? Ich bin aufgewachsen mit dem Wissen um die Gude Frau, die Holde. Frau Holle nannte meine Großmutter sie.« Cäcilia nickte zur Isar. »Das Mädchen weiß nichts mehr davon …«

»… Und was sie hört, glaubt sie nicht«, beendete Friggerl den Satz. »Wie die Mägde am Hof.« Die Alte senkte den Kopf. Sie knotete die untere Hälfte ihrer Schürze wieder hoch. »Die Priester streuen den Menschen die alten Geschichten im neuen Kleid in den Kopf, gefärbt mit Angst und Schrecken. Sie kriechen sich in den Alltag der Menschen und verdrängen, was vorher war. Sie versprechen Heil und Erlösung dem, der ihnen folgt und glaubt. Was kann die Holle dagegensetzen?«

Cäcilia zuckte die Schultern, Schatten fielen auf ihr Gesicht.

Friggerl schnaubte. »Der Hände Arbeit, die Taten, die dem Herzen folgen …«, begann sie. »Sie fordert die Menschen, etwas zu tun. Glauben und Beten und den Geldsäckel vor die Priester schmeißen ist nicht ihr Weg. Doch wer geht den Weg, wenn es doch viel einfacher ist, in ihren Kirchen zu sitzen, die Hände zu falten und zu einem Gott zu beten, der alles richten wird und alles rettet?«

Cäcilia nagte an ihrer Unterlippe. »Es ist einfacher.« Vom Gesicht rieben ihre Hände nach oben und kämmten und kneteten durchs Feuerhaar. Ihr Kopf schnellte hoch. »Friggerl, was redet Ihr da? Ihr seid eine alte Frau, prüft Ihr mich? Und verurteilt Ihr meine Art zu leben?«

Die Alte schüttelte den Kopf. »Nein, Kind. Du gehst einen Weg, und er ist steinig. Ich bedauere, dir keine Hilfe zu sein.«

»Ihr könnt mir nicht helfen. Wie solltet Ihr? Wollt Ihr mir einen Hollertee kochen? Oder sollen wir dem Franzosen ein paar Fässer mit Holunder senden, damit er Gnade walten lässt gegenüber Konradin.« Sie schlug die Hand vor den Mund.

»Wenn Konradin den Auserwählten der Kirche besiegt hätte – was wäre geschehen?« Friggerl erntete die Dolden von den Zweigen. Sie wackelte mit dem Kopf. »Wenn er dem Franzosen in die Hände fällt oder der Kirche: Gnade ihm Gott, welcher auch immer.«

†

†Kapitel 23 – Albrecht

Wurzel und Baum

Anfang September 1268, München

Er wischte das Blut ab von seinem Schienbein, verschmierte es noch mehr. Seine Lippe hatte aufgehört zu nässen. In seiner Hand pochte der Splitter, seine Zähne erwischten ihn nicht. Wieder knickte Albrecht ein, und wieder knallte seine Schulter an einen Baumstamm im kleinen Auwäldchen.

Doch er fiel nicht hin. Nicht diesmal. Nicht wie in der Gasse der Schäffler und unter ihren Prügeln. Am Talburgtor hatten die Wachen ihm aufhelfen müssen; seit der Brücke hielt er sich auf den Beinen – oder immer wieder fest an einem der Stämme in der Lohe zwischen Stadtmauer und Isar.

Der Strom rauschte Wut und Zorn durch das Flussbett wie das Blut in seinen Adern. Er hörte es. Die nächsten Schritte stolperten ihn an den nächsten Baum. Er fasste an seinen Gürtel. Das Messer war noch da, der Fluss wurde lauter. Die Böschung fiel ab, zwischen den Büschen schimmerte Rot vor der Gischt, vor dem Grün des Wassers – und Feuer. Ihr Kleid, ihr Haar.

Gefunden. Ich habe dichs, Cäcilia. Er war beim nächsten Stamm, näher bei ihr. Ihre Gestalt verschwamm vor seinen Augen. Schwindel rollte zwischen den Ohren und hieb ihm in die Stirn. Der Wald um ihn kreiselte.

Gleich. Gleich bin beis dir und ...

Die weiße Gestalt tauchte vor ihm auf. Ihr Haar blendete. Sie grub ihre blauen Augen tief hinab in seinen Bauch und löschte die Sonne. Albrecht stürzte. Donner barst in seinem Kopf. Er mungelte sich zusammen, fühlte Blätter, Wurzeln und feuchten Boden. Kalt wurde er und müde.

Die Klinge weckte ihn, Kälte biss in seinen Hals. Albrecht drückte seinen Rücken gegen den Baumstamm und die Kehle gegen das Metall. Er roch sie. Ihre Hand war nah. Und noch mehr drängte er sich an das Messer. *Mach schnells und gut. Du weißt mich.* Seine Lider flackerten, seine Augen fanden sie, und sie blinzelte nicht. *Cäcilia. Nicht, wie ich nicht an dir tun würde.* Er fletschte die Mundwinkel zu einem Grinsen. Sie blinzelte nicht. Nicht eine Falte zuckte in ihrer Miene. *W'rum schreck ich dichs nicht, w'rum nicht Angst, nicht Zorn?* Das Grinsen erlosch, Albrecht schluckte. Er spürte einen Ruck durch ihren Körper, ein wenig schob die Klinge über seine Haut. Ihre andere Hand fuhr über seine Wange wie bei einem Kind, der Blick weichte auf, und sie löste die Tasseln des Mantels. Sie wandte das Gesicht.

»Warum sagt Ihr nichts?«

Er hörte Lachen. Leise. Eine andere Stimme. *Wem sprichst du zus, Weib, w'rum bists du nicht allein?* Stoff war auf ihm, ein Schauer Wärme und ihr Duft befielen seinen Körper. Ihre Hände lehnten ihn gegen den Baum. Sein Kopf fand Halt am Stamm, das Messer entfernte sich von seinem Hals.

»Das muss ich nicht.« Eine Alte mit weißem Haar sprach. »Du tötest nicht.« Sie sah herab auf ihn. »Nicht diesen.«

Albrecht spürte die Hand auf seiner Stirn, Wärme. Er blinzelte, sein Körper zog sein Denken hinab in eine Schwere.

»Er hat den Tod ver …« Cäcilias Augen wurden schmal.

Das Weiblein stand ihr gegenüber und horchte und sah die Feuerhaarige an. »Er ist vom Schicksal gezeichnet.«

»Er war der Helfer eines …« Sie unterbrach sich.

Keine Sätze kannst du nicht, keine ganzen, Weib. Was bist du? Er lachte auf.

»… eines Mörders, den ich in mein Bett gelassen habe. Er war …«

Hans hat deine Türs gefunden – und sein Vaters die Geißel für mich.

Cäcilias Blick schweifte zu ihm. »Er war ein Junge. Und der Priester in seinem Dorf bestrafte ihn.« Ihre Hand fuhr über den Mund. »Ein Junge. Der Priester drängte sich ihm auf, und weil er sich wehrte, verlor er die Zunge, seine Familie stieß ihn verwundet und halbverhungert fort.« Die Schöne mit dem Feuerhaar schloss die Augen. Die Härte schwand aus ihren Züge.

Woher kennst dus meine Geschichte? Woher kommts das in dein Gesicht? Fühlst du mein Schmerz? Neben ihr sah Albrecht die Alte nicken.

»Und sein Leben lang haben sie einen Krüppel gesehen und über ihn gerichtet, ihn geschlagen und getreten. Dabei hat er nur versucht, sich zu schützen vor diesem Monster mit Tonsur und Kreuz. Er hat versucht zu überleben.« Die Weißhaarige raunte ihre Worte, und zwischen den Bäumen hallten sie nach. Albrecht sah hin und her zwischen den beiden, zog den Mantel hoch ans Kinn, die Beine an die Brust. »In seinem Leben gab es immer zuwenig von allem – Wärme, Licht, Essen, oder auch nur ein Lachen. Nur der Mörder hat ihm ein Heim gegeben«, murmelte sie.

»Und dann mit ihm geraubt und getötet.«

Die Alte zuckte mit den Schultern. »Er hat die Befehle seines Herrn befolgt. Willst du ihn dafür ins schwarze Nichts schicken?«

»Ich …«

»Du hast dich in einem Menschen getäuscht, ihm die Türen zur Burg geöffnet und den Weg zu seinen Opfern leichter gemacht. Das verletzt deinen Stolz, und das Gefühl von Schuld und Zorn kämpfen gleichermaßen in dir und reiben dich wund.« Die knotigen Finger zielten auf ihn. »Was änderst du durch seinen Tod?«

Die Rothaarige zuckte zusammen. Ihr Blick fand ihn. Sie musterte jeden Dreckklumpen seiner Kleider und an seinem Körper, jedes Mal, jede Narbe und Schürfung, jede Falte und jedes Zittern. Sie seufzte. »Nicht die Vergangenheit.« Cäcilia schloss die Augen, ihre Miene bebte, Zorn und Wut zerbrachen die Maske, Schmerz zuckte darüber. Am Ende blieb etwas Weiches zurück. Cäcilia beugte sich über ihn. Die Haarsträhnen strich sie ihm aus der Stirn, strich über seine Wangen. Ihre Wärme berührte sein Gesicht, verweilte. »Es ist genug«, sagte sie. »Genug Leid und Tod und Hass.«

Genug. Er musterte sie. Sie wich seinem Blick nicht aus, schickte ihren bis in sein Inneres, bis er die Augen zur Seite wandte und die Alte neben sich knien sah. *Die Weißfrau lächelts.* Sein Herz polterte weniger schnell. *Sie lächelt mich an.*

Die Rothaarige blickte zum Weiblein. »Habt Ihr Kräuter bei Euch?«

Albrechts Augenlider sanken, er schmeckte Bitteres an seiner Lippe. Die Wunde brannte.

»Iss«, befahl sie ihm. Sie wischte etwas Nasses von seiner Wange fort. »Albrecht, iss das.«

Er kaute. *Cäcilia*. Und seine Lider wurden schwer. *Kennt meinen Namen. Kennt meinen Namen.* Noch einmal blinzelte er und spürte ihre Hand an seiner Wange. Dann umschloss ihn Dunkelheit.

†

†Kapitel 24 – Thomas

Mauern und Heilige

Anfang September 1268, Rom

Die beiden Kinder rannten an ihm vorbei und verschwanden in der Dunkelheit. Thomas konnte den Blick nicht lösen – nicht von ihnen, nicht von dem Portal, das in die Rotunde führte. Das Pantheon erhob sich vor ihm, tauchte alles in Schatten – ihn, die Händler auf dem Vorplatz, die Bettler. Kein Lachen überwand die Mauern, kein Gezeter. Die Welt, das Leben, Lärm und Gedränge blieben außen vor. Thomas atmete den Gestank der Stadt aus und betrachtete das Bauwerk. *Der Wagenlenker kann warten. Ob er mich eine Stunde eher oder später nach Viterbo bringt … Was hat ihn das zu kümmern?*

Er hielt die Luft an und schritt durch die Flügeltür wie in eine andere Sphäre, vergaß die Stadt. Über die Haut striff ein vertrauter Schauer, seine Augen brauchten einen Moment, dann wagte er den ersten Schritt über den Marmorboden in die Mitte. Thomas atmete vergangene Jahrhunderte und las die Geschichte des Pantheons in Steinen und Säulen. *Allgötter-Haus. Am Ende wurden aus Heiden Christenmenschen, aus vielen Göttern einer. Sie sind das Fundament. Darauf bauen wir unsere Stätten und übertreffen sie.* Er trat in das Licht. Heller Schein fiel durch die Kuppel und flutete um ihn, und er sprach seinen Dank an Gott, den Vater, den Allmächtigen.

In den Fluss Deines Lichtes und Deines Wissens hast du mich gestellt, Herr. Sieh hier Deinen treuen Diener. Unwürdig, doch willig, der Welt Deine Herrlichkeit zu künden und Deine Wahrheit zu verteidigen gegen die Ungläubigen. Vergib mir, Herr, dort, wo ich Dir nicht genügen kann. Seine Finger huschten zum Kreuzzeichen über Stirn, Lippen, Brust, er blinzelte.

Die Altäre der christlichen Märtyrer mit den aufgebahrten Gebeinen reihten sich an die Außenmauer, Blumen welkten davor. Nirgends entdeckte er die Kinder. Er lauschte seinem Atem, verließ den Lichtkreis Schritt um Schritt so leise wie möglich ab.

Was für eine Dummheit! Weshalb gehe ich nicht einfach meines Weges? Was kümmern mich diese Bälger? Er schüttelte den Kopf und richtete sich auf. Die Hände in die Hüften gestemmt marschierte er in Richtung des Ausgangs. *Ich habe Wichtigeres zu tun, als verirrten Kindlein zu weisen, dass sie an diesem Ort nichts zu suchen haben.*

Das Schluchzen kam von links und lockte ihn in Richtung des Marienaltars. Zwei Bündelchen Kleider und Haare und betende Hände kauerten vor dem Säulenwerk mit der Statue der Muttergottes.

Thomas bückte sich und rüttelte die Schulter des Mädchens. Ein Zucken schüttelte ihn ab, das Kind rutschte zur Seite. »Geh weg!«, zischte es.

»Lasst uns«, fauchte der Junge.

»Verschwindet! Hier habt ihr nichts verloren. Dies ist ein heiliger Ort.«

Durch das Mädchen ging ein Ruck, im nächsten Moment starrte er in Seen aus Tränen und Wut, der Kummer in den Augen schnappte nach ihm. »Seid Ihr ein Papst?«

Thomas schüttelte den Kopf, verkniff sich ein Schmunzeln. »Ich bin nur ein Mönch.«

»Gut.« Rotz lief von der Nase hinab, bis ihr Ärmel darüber wischte. Die Kette um ihren Hals klimperte dabei. »Der Papst ist böse.« Sie richtete sich auf, und ihre kleinen Händchen strichen die Lockengespinnste aus dem Gesicht. »Kirchenmann, wann kommt unser Vater zurück?«

»Wenn wir genug beten?« Der Junge biss sich auf die Lippen und wagte den Blick zu heben. »Zur Muttergottes. Sie weiß doch, dass man seinen Vater braucht.«

»Wo ist euer Vater, Kind?« Thomas räusperte sich. »Wo ist euer Zuhause?«

Sie legte den Kopf schief. »Unser Palas ist am Palatin. Aber hier ist die Madonna und alle Heiligen. Sie sind doch stark genug. Wenn wir nur genug beten und horchen, was die Kirche sagt, wird alles gut, sagt unser Pater. Wieviel muss ich beten? Wann bringen sie unseren Vater nach Hause?«

In Thomas keimte eine Ahnung. »Euer Vater ist Senator. Ist er dem blonden König gefolgt mit den vielen Soldaten?«

Der Knabe nickte und kaute weiter auf der Unterlippe, ohne ihn aus den Augen zu lassen. »Dem guten König.« Seine Hände drehten einen Ledergürtel. Die Fibel an den Umhängen zeigte das Wappen eines der römischen Adelshäuser, der Stoff schimmerte dunkelblau.

»Habt ihr euch heimlich weggestohlen von zu Hause?«

Der Fuß des Mädchens kratzte eine Kurve über den Boden, beide senkten den Kopf. »Vor zwei Tagen hat ein Mann eine Nachricht gebracht. Mama geht jetzt abends in der Dunkelheit aus unserem Heim. Erst am Morgen kommt sie zurück, ihre Kette hat das letzte Mal gefehlt, und die Haare waren gelöst und struppig.«

»Immerzu weint sie jetzt, wenn sie glaubt, wir schlafen schon«, murmelte der Junge, »oder wir sind nicht da.«

Die Miene des Mädchens flackerte, sie schob ihr Kinn vor. »Baba wollte dem guten König helfen und uns befreien von dem bösen Franzosen. Der haut schon die Menschen in Neapel mit seiner Knute und der Papst hilft ihm dabei.«

Der braunhaarige Junge nahm die Hand seiner Schwester. »Unser Pater sagt, man muss Gutes tun und das Böse bekämpfen. Gott bringt dann die Guten wieder zurück. Das muss er! Er bestraft die Bösen und belohnt die Guten. Deswegen müssen wir gut sein, damit wir die Belohnung kriegen. Das wissen die Heiligen doch.«

Sie nickte zur Statue der Muttergottes, schwenkte ihren Blick auf ihn und wischte Tränen von ihren Wangen. »Weshalb sind die Figuren heilig?« Ihr Zeigefinger wackelte in Richtung der Steinskulpturen an den Altären. »Und warum hört der Gott uns nicht gleich, wenn wir sprechen?«

Thomas beugte sich ein wenig hinab. »Die Figuren sind Bilder von Menschen. Früher einmal waren sie so einfach wie wir. Aber in ihrem Leben«, er deutete nach oben, »kam ein Tag. Und an diesem Tag wurden sie auf die Probe gestellt und mussten eine schwere Wahl treffen.«

»Aber warum?« Der Kleine bohrte in der Nase.

Der Aquinat verzog die Miene. Er deutete auf die Statue der Maria. »Sie ist die Mutter Jesu, das weißt du, und Jesus hat uns alle gerettet von der Sünde, die Adam und Eva in die Welt gebracht haben.« Ihre Locken sprangen auf und ab, als sie nickte, die Augen des Jungen waren riesig. »Maria«, er räusperte sich, »sie war nicht verheiratet. Der Engel Gabriel kam also zu ihr und verkündete, sie wird die Mutter von Gottes Sohn.«

Das Mädchen lächelte andächtig, sie kannte die Geschichte, wie jeder Christ sie kannte und viele Male gehört hatte.

»Aber: Es ist eine große Schande, als unverheiratete Frau Mutter zu werden. Sie würde dafür in den Fegefeuern der Hölle für immer brennen müssen. Und auf Erden, solange sie lebte, würde sie den Hass und das Gespött der Leute ertragen müssen für ihre Unzucht.«

Sie schlug die Hand vor den Mund, ihre Augen weiteten sich.

Thomas hob den Zeigefinger. »Gott wollte Maria prüfen, ob sie ihm vertraute. Er wollte sehen, ob sie bereit war, sich selbst zu opfern, um einem größeren Ziel zu dienen. Schließlich war es eine besondere Ehre, die Mutter zu sein von Gottes Sohn. Und das ist größer als das eigene Leben oder die eigene Ehre.«

»Maria hat die Prüfung bestanden«, flüsterte der Junge.

Thomas richtete sich auf. »So ist es. Sie hat die Größe Gottes erkannt und war demütig. Also hat Gott sie auch belohnt. Andere …«, er zeigte auf die Statuen ringsum, »… haben sogar ihr Leben geopfert. Sie wurden gefoltert und sind gestorben, als Kaiser und Könige ihnen den Glauben an den wahren Gott austreiben wollten. Aber ihr Glaube war größer. Und deswegen liebt Gott die Heiligen und die Märtyrer besonders und hört auf ihre Bitten.«

»Und sie bringen unseren Vater zurück?«

»Ich …« Er erstarrte in ihrem Blick, wischte sich über den Mund. Stille drückte von der Kuppel des Pantheons auf seine Schultern nieder. In den Augen des Mädchens erkannte er feuchten Schimmer. Erneut wischte der Ärmel über das Näschen. Ein Lufthauch raschelte in den verdörrten Blumen am Altar der Muttergottes. Frösteln schüttelte ihn – nicht, weil ihm kalt wäre.

Herr, wie kannst Du mich an diesen Ort stellen vor diese armseligen Geschöpfe? Wie kannst Du meiner Zunge keine Antwort geben? Hat Dein Diener nicht anderen Aufgaben zu folgen und Deine Weisheit ans Licht zu bringen? Thomas richtete sich auf, er trat weg von den beiden. »Gott richtet mit anderen Maßstäben, Kind. Er unterwirft sich nicht dem, was wir als Recht empfinden oder als Unrecht. Er ist so viel größer als wir.«

»Aber was heißt das?« Der Junge krauste die Stirn. »Wann kommt Vater zurück?«

Thomas wandte sich um. Er erahnte die Tür zur Außenwelt, und hielt darauf zu. Die Kleine rannte neben ihn, ihr Blick wurde härter. Er räusperte sich, knetete die Hände. »Ich …« Ein Schauer rollte über seinen Rücken. *Wie ich das hasse. Herr, wie nur kannst du mich so schutzlos in diese Prüfung senden.* Er eilte weiter. »Bete, Kind! Der Herr schenkt Erkenntnis in den Stunden mit dem wenigsten Licht«, warf er über die Schulter, rauschte in das Mittagslicht der Stadt hinaus.

Sein Herzschlag trommelte, er rang nach Luft. Im Menschenfluss verschwand er zwischen den Bauern und Pilgern. Bei den Engeln der Brücke ließ er sich ausspucken von der Masse, seine Gedanken klebten noch im Pantheon fest.

†

†KAPITEL 25 – KONRADIN

FISCHERNETZ

08./09. SEPTEMBER, ITALIEN
TORRE ASTURA SÜDLICH VON ROM

Friedrich zog ihn zurück zwischen die Bäume. Er warf den Stab mit dem zugespitzten Ende zu Boden. »Sieh uns an, Konradin!« Er ließ den Stoff in der Hand los. Die graubraune Kruste auf dem schwarzen Mantel brach, Staubwölkchen stiegen auf. »Wir sind gekleidet wie Reitknechte, doch einen Herrn haben wir nicht.« Er lehnte sich an den Stamm und barg das Gesicht in den Händen. »Wir stinken nach Wald und Blut und …« Er hob die Arme. »Und vor allem: Wir haben kein Geld.«

Konradins Magen krampfte, seine Schultern sackten herab. Er beobachtete das passierende Fuhrwerk und entdeckte Frauen auf den Angerwiesen beim Dorf ihre Wäsche bleichen, Teigklumpen auf langen Stangen in den Ofen schieben. Er schnappte den Speer vom Boden, stampfte zurück ins Wäldchen. Sein Magen knurrte bei jedem Schritt. »Komm!«

Er bückte sich nach ein paar Beeren auf dem Weg. Friedrich schnitt das riesige Blatt einer Pflanze ab und formte ein Körbchen. Die Haselnüsse aus seiner Tasche warf er dazu. Sie fanden flussabwärts im Unterholz die Pflanze mit den samtigen Blättern, die ein wenig wie Weihrauch roch.

An der Seite des Astura wagten sie sich aus dem Schutz des Gehölzes. Das Meer warf seine Gischt ans Ufer, das Kastell lag genausoweit entfernt wie das Dorf – zu weit, um mehr zu erkennen als Mauern, Zinnen und den Steg, der seine Steinbögen ins Meer spannte. Fischerboote schaukelten am Horizont, die Sonne kletterte über sie. Konradin ließ seine Stiefel fallen und grub seine Zehen in den Sand. Die Wärme rollte von den Fußsohlen bis zu den Fingerspitzen.

Ein Blick in jede Richtung und einer zu Friedrich genügte. Sie grinsten und rannten. Die Mäntel flatterten hinter ihnen her, bis sie sich vollsogen mit Meerwasser wie der Rest der Gewänder und die Arme schwer wurden von der Wasserschlacht. Sie strampelten zurück an den Strand und gönnten sich Flusswasser. Er holte die Kleider, Friedrich lief mit dem Speer zurück und kümmerte sich um das Essen.

Die Spätsommersonne trocknete Konradin, Sandkörner rieselten durch seine Finger. Friedrich grinste über den Fang in seiner Hand, die Wassertropfen auf dem Körper funkelten bei jeder Bewegung. Konradin schluckte. Sein Blick glitt hinab über seinen Rumpf, die Schenkel, dann über den Freund. Die Rippenbogen leuchteten in der Sonne, die Hüftknochen stachen beinah durch die Haut. Die Freude über den Fisch vertrieb das Dunkel um die Augen nicht.

Konradin richtete sich auf, er schirmte das Zuviel an Helligkeit ab. Hinter dem Gefährten schunkelte ein Fischerboot. Die übrigen Boote hielten auf die Mole zu beim Kastell oder auf das Dorf. Dieses steuerte an ihren Strandabschnitt. Er winkte Friedrich zur Eile. Im Unterholz breitete er die noch feuchten Gewänder auf Sträucher aus. Hinter einen Busch geduckt beäugten sie den Fischer. Konradins Zähne klapperten, Friedrich legte den Arm um ihn.

Die Haut am Rücken des Fischers glühte rot über den Muskeln, das kurze schwarze Haar klebte ihm im Nacken und an den Wangen mit dem Bart, die abgerissene Hose pappte an den Beinen. Er raufte sich durchs Haar, donnerte die Faust auf die Reling und kippte das Boot zu sich. Im nächsten Moment trat er gegen den Rand und das kleine Segel zitterte und schleuderte ein paar Tropfen mehr auf ihn. Die Hände geballt schrie der Mann einen Fluch in den Himmel. Das Netz aus dem Schiffbauch landete im Sand vor seinen Füßen. Er plumpste auf den Hintern und lehnte sich an den Rumpf. Der Blick aus den Wieselaugen huschte hin und her zwischen dem Fang und den Booten, die am Kastell einliefen, und dem Dorf und wieder zurück.

Was macht er da nur?

Der Fischer schüttelte den Kopf, zwirbelte an den Haarsträhnen, stützte sich auf die angewinkelten Knie und lamentierte vor sich hin. Nach einer Weile warf er alle Fische, abgesehen von zwei in einen Eimer. Er nahm sie aus und briet sie kurz darauf über einem Feuerchen. Die Innereien schmiss er vor den Bug und wusch die Hände im Sand. Das Netz hing mit mehr Löchern als Maschen über die Seite des Kahns. Und erneut schrie der Fischer einen Fluch nach oben und verfluchte jedes Sandkorn am Strand. Das Boot erntete weitere Tritte.

Konradins Magen knurrte, ein Schauer lief über seine Gänsehaut. Friedrichs Ellbogen stach ihn in die Seite, Konradin lehnte sich zu ihm. »Eingenickt, Boot gekippt, Netz gerissen, Fang verloren. Und vermutlich nicht sonderlich beliebt bei den anderen Fischern«, flüsterte er. »Vielleicht ist er doppelt so alt wie wir.«

»Vielleicht ist er ein wenig verrückt.« Der Badener grunzte. »Er hasst, was er tut, doch um es zu ändern, fehlt ihm …« Er biss sich auf die Lippen.

Konradin erkannte aus dem Augenwinkel, was in der Miene des Freundes stand. »… das Rückgrat.« Er seufzte und griff nach den Gewändern und hielt sie Friedrich vor die Brust. »Komm! Eine Familie wird wohl nicht auf ihn warten.«

Der Blondschopf tauchte durch das Hemd und starrte auf den Zeternden. »Er ist unsere Möglichkeit.«

Konradin nickte und presste die Lippen aufeinander. Er wusste, er musste nichts ergänzen. Beide zogen die Kapuzen der Mäntel über das blonde Haar.

»Guter Mann!«

Der Dunkelhaarige drehte sich ihnen zu, die Augen zu Schlitzen verengt. Er verschränkte die Arme vor seiner Brust und das Gesicht war, als hätte es nie ein Lächeln gekannt.

Konradins Magen grummelte, er straffte die Schultern und räusperte sich. »Euer Netz …« Er deutete darauf. »Ihr werdet die nächsten Tage mit Flicken verbringen.«

Die Handrücken flatterten wie gegen Brotkrumen, die man vom Tisch kehrt. »Spottet nur, Lumpengesindel. Eure Fetzen sind nicht besser als mein Netz. Was ich damit tue, geht Euch so viel an, wie wenn der Strahl einen Hai beim Furzen trifft«, keifte er. Er kreiste mit Daumen und Zeigefinger auf der Linie seines Bartes. Plötzlich rannte er zum Boot und hängte sich kopfüber in den Rumpf. Er angelte einen Fischspeer heraus und zielte in ihre Richtung.

Friedrich hob die Hand. »Guter Mann: Der Herrgott war Eurem Tagwerk nicht wohlgesonnen. Wir fanden heut ebenso wenig Gnade vor den Augen des Höchsten. Spott steht nicht in unserem

Sinne.«

Der Dunkelhaarige hob die Augenbraue. »Was wollt ihr zwei Lumpensammler von mir?« Die Spitze tanzte von rechts nach links. »Wollt Ihr meine Habe? Holt sie Euch ruhig. Ihr werdet schon sehen, ob Fabio sie Euch lässt.«

Konradin trat auf ihn zu und versuchte das Gedankenkreiseln in seinem Kopf zur Ruhe zu bringen. Er musterte sein Gegenüber. Dessen Kastanienaugen und die Fältchen um den Mund flackerten, der Blick hetzte zwischen ihnen hin und her. Er quetschte die Harpune fest in den Fäusten. Der Staufer streifte die Kapuze ab und bedeutete dem Gefährten dasselbe. »Seht, Fischer.« Er deutete auf sich und Friedrich. »Wir sind jung, und gestern in der Herberge …« Er hob die Schultern und sah zu Boden. »Nun, es war ein Becher zuviel.«

»Ein paar«, ergänzte Friedrich murmelnd. Kleinlaut. »Nun …« Der Freund näherte sich dem Fischer und zeigte auf die Wellen. »Wir haben Lieder gesungen, wisst Ihr? Lieder vom Meer. Daran erinnern wir uns.«

Konradin nickte. »Von den Sternen. Kennt Ihr diese Lieder, Fischer?«

Die Harpune senkte sich ein wenig. Die Miene änderte sich nicht.

»Der Spielmann hat uns geweckt, am nächsten Morgen.«

»Heute.«

»Heute«, wiederholte Konradin. »Doch wir sind …« Er riss die Arme in die Luft und drehte sich zur Seite, spürte im nächsten Moment Friedrichs Hand auf der Schulter.

»Guter Mann, mein Freund hier schämt sich. Es ist so: Wir sind jung, wir haben gesoffen und konnten heute Morgen nicht raus. Wir sind wieder eingeschlafen. Unsere Dummheit hat uns von unserer Reisegruppe getrennt.«

Der Fischer legte sich ins Kreuz und zwang etwas wie ein Lachen durch seine Nase. Und schwieg im nächsten Moment. »Habt Ihr Euch die Schädel gestoßen?«, bellte er. »Ihr seid doch seit Tagen nicht in einer Herberge gewesen. Seht doch nur die Fetzen an!«

Konradin fasste sich an die Schläfen und wandte sich wieder zum Fischer. »Wir sind schon eine Weile unterwegs, Fischer.

Und die Reise steckt uns in den Knochen. Da seht Ihr ganz recht. Wir sind nicht hier, um Euch mit Geschichten zu becircen. Wir wollen nach Pisa. Dort wartet man auf uns.« Er hörte Friedrich grummeln. »Und der schnellste Weg ist übers Wasser.« Konradin schritt zu dem Boot und hob das Netz an. »Die nächsten Tage fangt Ihr nichts, und wenn Ihr nichts fangt, ...«

Die Oberarme des Fischers spannten sich. Er schob den Kiefer vor, blickte von einem zum anderen. Er holte Luft – und stieß zu. »Zwei Habenichtse nach Pisa zu schiffen, bringt dasselbe in meinen Beutel: nichts.« Die Harpune zitterte zwischen ihnen im Sand. »Die Suche nach meiner Mütze bringt mir mehr.«

»Euer Lohn wird größer sein, wenn wir ankommen.«

»Leere Versprechen. Wie stellt Ihr beiden Knaben Euch das vor? Von hier nach Pisa sind es ein paar Tage Fahrt – und ein paar Tage zurück.« Er stützte die Arme in die Hüften und kickte Sand auf das Feuerchen. »Ich hab keine Zeit dafür. Ich muss meine Mütze finden.«

»Wartet Euer Weib auf Euch?«

»Das tut nichts zur Sache.« Der Fischer fauchte ihn an. »Da kommt keine Herberge angeschwommen und kein Becher mit Wein, Ihr Einfaltspinsel. Und ein Feuer, um Fischlein zu grillen, gibt es auch nicht.« Er raufte sich wieder durchs Haar und linste zum Boot. »Sie ist mir davongelaufen, dieses Stück.«

Friedrich legte ihm die Hand auf den Unterarm. »Guter Mann, ...«

Der schlug die Hand davon. Das Gesicht leuchtete noch roter als der Rücken. »Schiebt Euch den Guten Mann in den Arsch.« Er zog seine Harpune aus dem Sand und stapfte zum Heck des Bootes und starrte hinein, als suche er etwas. »Lauft Euch doch die Hacken wund, wenn Ihr glaubt, ich bin ein Dummian, und Ihr wisst es besser.«

Konradin warf Friedrich einen Blick zu und erntete ein Nein. *Er ist verrückt, Friedrich! Gleichgültig, ob er die einzige Möglichkeit ist. Lieber in der Unmöglichkeit auf Land unterwegs als mit einem Verrückten auf See. Wir sollten zurück in den Wald.*

Fabio wieselte wieder auf sie zu und dann zum Boot. Der Sand staubte, als der Fischspeer darin landete. Wieder suchte er, stieß mit der Hand Gegenstände an, die klappernd in den Schiffsrumpf fielen. Er kratzte sich den Kopf, stellte sich vor ihnen auf, doch den Blick ließ er nicht vom Boot. »Wie bildet Ihr Euch das ein? Hmm?« Er legte den Kopf schief und fuhr sich weiter durchs Haar. »Hmm?«

Friedrich fasste die Reling und brauchte nur einen Anlauf. Er verschwand hinter den Seitenwänden. Konradins Mund klappte auf. *Friedrich, was tust du?*

»Geht da raus! Raus da aus meinem Boot!« Die Stimme überschlug sich. Der Fischer hüpfte im Sand und traktierte Konradins Oberarme und Rücken.

Konradin schätzte fünf Schritte bis zur Harpune. An seinen Fäusten traten die Knöchel weiß hervor. Er versuchte, seine Atmung zu beruhigen und das Klopfen an seiner Schläfe. Das Schiff könnte weder sein Freund steuern, noch er. Seine Hand wanderte unter dem Mantel an den Gürtel. Was er suchte, war da. Er befühlte den Griff und lockerte die Klinge. »Fischer!«

Die Flüche waren lauter. Der Mann glotzte aufs Boot.

»Fischer«, versuchte er es einmal mehr. »Fabio! Verfluchtnocheins, sieh mich an!« Der Blick des Fischers flackerte.

Friedrich federte neben ihnen in den Sand. Der Fischer zischte, er holte aus mit dem Arm und stoppte mitten in der Bewegung. Der Badener hielt ihm die Mütze hin. Er lächelte ihn an.

»Ich …« Er schnappte die Kappe und zog sie aufs Haupt. »Ich …« Ein eigenartiger Blick folgte, dann senkte Fabio das Haupt. »Sie ist neu«, faselte er. »Es ist der erste Tag.«

Ein Schauer rollte über Konradins Rücken. »Lass uns gehen«, zischte er. Er stieß Friedrich an mit dem Arm und nickte in Richtung des Wäldchens. *Warum hört er mich nicht?*

Der Gefährte räusperte sich. »Fabio, du bist ein eifriger Fischer. Hilf uns, und du wirst mehr erreichen, als das Netz Nacht und Tag durch die Gewässer zu ziehen.« Er streckte ihm die Hand entgegen. »Und du bist ein kluger Mann. Freilich braucht man Proviant für die Reise, und freilich ist es mehr, als auf einem Karren über Land zu schunkeln. Nur wenige meistern diese Aufgabe.« Er packte die Hand des anderen und fasste seinen Blick. »Du bist der Richtige dafür.« Und nickte ihm zu. »Hilf uns, und ein gerissenes Netz ist nicht mehr deine Sorge.« Er lächelte.Fabio hob den Kopf und lächelte zurück. Er nickte.

Konradin fröstelte. Er biss sich auf die Zunge.

»Ja.« Der Fischer legte die zweite Hand auf Friedrichs. »Ich werde Euch jungen Männern helfen.« Er tippte an die Mütze. »Ihr habt mir Gutes getan. Meine Mütze.« Er richtete sich auf, strahlte. »Meine Mütze.« Er klatschte in die Hände, dann deutete er auf den Kahn. »Sie ist bereit, in See zu stechen.« Fabios Hand rieb den Bauch, mit der anderen schnappte er die Fische. »Wir teilen die. Nach dem Essen schaffe ich Proviant ran. Oder wir, meine Freunde«, lachte er ihnen zu und löste das Fleisch von den Gräten.

Konradin linste ins Boot, löste die Fibel des Reitknechtmantels und setzte sich auf den gefalteten Stoff. »Was haltet ihr davon: Wir grillen die Fische, füllen die Schläuche mit Wasser aus dem Astura und Ihr holt, was uns fehlt. Ihr kennt die Leute im Dorf und seid schneller ohne uns.«

Die Braue des Fischers wanderte hoch. Er spuckte ein Stück Fleisch und Gräten aus. Die Augen wurden zu Schlitzen. »Und wer wird das bezahlen?«

Hitze schoss in Konradins Wangen. Friedrich räusperte sich, sie tauschten Blicke.

»Wer bezahlt das?« Er sprang auf. »Wer bezahlt das.« Er marschierte vor ihnen auf und ab. »Ich wusste, es war ein Fehler, ja, ein Fehler, Euch an mein Feuer zu lassen. Verjagen hätte ich Euch sollen, wie man es macht mit Streunern.« Er hielt inne. »Ihr wollt nur mein Geld.« Seine Augen waren riesig, sein Blick starrte in ein Nichts weit hinten am Horizont.

Konradin sah Friedrich an. Die Augen des Freundes waren riesig. Sie wussten beide, es war zu spät. *Fabio weiß zu viel. Wir können nicht gehen, ohne Verrat zu fürchten.*

»Verjagen. Abstand hätte ich halten sollen.« Er schüttelte den Kopf und wanderte weiter. »Ich war schwach. Schwach.« Er riss die Mütze vor den Mund und schlug die Zähne hinein. »Immer, immer schwach. Und zu gut. Und sie versuchen, mein Geld zu holen. Sie treten auf mich.«

Konradin trat an zu dem Fischer. »Fabio«, er räusperte sich. »Guter Mann, sieh her!« Er drehte den Siegelring vor den Augen des Fischers von seinem Zeigefinger. »Hier hast du unser Pfand. Der Ring bedeutet mir mein Leben, und ich vertraue dir. Ich lege ihn in deine Hand. Du wirst nicht enttäuscht. Was du uns Gutes tut, vergelt ich dir zehnfach.« Der Staufer führte den Fischer zum Feuerchen und setzte ihn. »Vertrau du auch uns.«

Fabio nickte. Das Lächeln kehrte zurück, bis zu den Augen gelangte es nicht. »Wie gut, dass Ihr meinen Weg gekreuzt habt«, lachte er. Mit einer Geste holte er aus. »Oder meinen Strand.« Er schnappte sich die halbabgefieselte Brasse und pulte weiter im Fleisch. »Ich hasse Fische, wisst Ihr? Ich hasse sie. Alles was da schmeckt nach ihrem Salz und ihrem Gestank.« Er zuckte die Schultern.

Friedrich sah ihm hinterher. Konradin lehnte sich an die Stirn des Freundes, schloss die Augen und atmete dessen Duft. Er zog ihn zum Boot und hievte den Eimer mit den Fischen heraus. »Wir sollten ohne ihn aufbrechen. Hol die Schwerter aus dem Wald, Frieder, und die Stangen. Er wird uns verraten.« Der Dolch rutschte ab beim ersten Schnitt, mit dem zweiten öffnete er den Bauch ersten Brasse, die Haut, die Schuppen glitschten in seiner Hand. »Er wird irgendetwas Törichtes tun, und dann ist es vorbei.« Seine Finger fuhren in die Brasse, seine Augen folgten Friedrich, Friedrichs hingen am Fischer.

Der legte den Kopf schief. »Mh. Vielleicht will er nur ein Mädchen beeindrucken. Ein geheimnisvoller Siegelring eignet sich hervorragend.«

»Dann hoffen wir für uns, sein Mädchen ist stumm.« Konradin zog die Augenbrauen hoch.

»Das stimmt – und auch für ihn selbst. Er sieht wohl gut aus – selbst für sein Alter. Doch eine, die Widerworte gibt, ist nichts für einen ohne Rückgrat.« Der Freund beugte sich zu ihm und schlitzte einen der Fische auf. »Vielleicht ist es besser, er verrät uns. Mit ihm im selben Boot? Ich denke, da wird es schwer, ein Ziel zu erreichen.« Er grinste. »Man muss schon verrückt sein, so jemanden ans Steuer zu lassen.«

Konradins Kiefer klappte nach unten, Friedrichs Finger klappte ihn hoch. Er grinste und der Staufer grinste zurück. »Verrückt oder verzweifelt.« Er hob den Fischkadaver hoch. »Sieh uns an: Die Hoffnung des Königreichs schlitzt Fischbäuche auf und verspricht, dass die Zukunft einen besseren Lohn abwirft als die Gegenwart. In einer Schaluppe schaukeln wir uns über die unberechenbaren Wellen der See zu ungewissen Verbündeten.« Der Spieß bohrte sich durch das Maul bis zum Schwanz. Das Feuer verbrutzelte ein paar Tropfen Fett, salziger Bratenduft stieg ihm in die Nase. »Noch verrückter wäre nur, selbst den Kahn zu steuern.«

»Wir sind nicht verzweifelt genug.« Friedrich streckte ihm die Zunge heraus. Mit einem Stoß warf er ihn in den Sand. Ihr Lachen kullerte bis zum Ufer, die Freunde balgten sich, bis ihnen die Körner aus ihren Gewändern in die Augen rieselten.

Friedrich zog ihn hoch und fasste seine Hüfte. »Den Kahn steuert keiner von uns, Konradin. Und er hat deinen Siegelring. Über Land oder über See, wenn er plaudert, finden sie uns. Und über Meer sind wir schneller.«

Der Staufer fand seinen Spiegel in den blauen Augen. »Wenn er uns verrät, verrät er seine Zukunft ebenso.«

Friedrichs Wimpern kitzelten ihn. »Anjou schert sich um die Einfachen weniger als um die Innereien der Fische. Wenn Fabio Glück hat, erinnert der Franzose sich nicht an ihn.« Friedrich lenkte seinen Kopf zum Kastell. »Der Sitz der Frangipani.« Sein Finger zielt darauf. »Sie haben die Kontrolle über den Hafen und das Meer. Und sie haben den Ghibellinen geschworen, oder nicht? Den italienischen Staufern. Somit sind sie dir verpflichtet.«

Er nickte.

»Einem Haufen halten sie nicht stand.« Er schüttelte den Kopf. »Eine Belagerung würde sie zermalmen. Doch ihren Mund werden sie wohl halten. Sie können den Welfen nichts verraten, was sie nicht wissen.«

Konradin verschränkte seine Finger in der Hand des Freundes. »Die Nachricht muss erst zu Charles, dann muss der Franzose hierher.«

»Bis wir in Pisa sind, kann er kein Schiff aufs Wasser bringen. Setzt er uns nach, empfängt ihn die Flotte der Lancia und der anderen Verbündeten.« Friedrich umschlang ihn. »Die Zeit ist auf unserer Seite.«

Konradin verschluckte seine nächsten Worte.

†

†Kapitel 26 – Ludwig

Türen

September 1268, München

Hinter dem Runzelweiblein glitt die Tür ins Schloss und versperrte ihm den Zugang zu der Kammer. »Ruhe«, knurrte sie Ludwig entgegen, stopfte ein Kräuterbündel in die Schürzentaschen und wischte sich die Hände ab. Selbst im Zwielicht des Flurs schimmerten die Adern blau durch die weiße Faltenhaut.

Ludwig kreuzte die Hände über dem Ledergürtel. »Geh fort, Hutzelweib.«

Ihr Blick schoss Klingen, der knotige Ast ihres Finger stach in die Höhe. »An dieser Türschwelle regiert Ihr kein Land. Das Krankenreich und die Welt der Siechen ist meins. Lasst dem Mädel sein' Schlaf, und schert Euch, wohin es Euch drückt. Betet, meinethalben, mit den Langkutten, wenn Ihr glaubt, es hilft mehr als der Kräutersud und das Jahrhundertwissen.«

»Sie ist die Tochter meines Verbündeten. Ich bin verantwortlich für Ihr Wohl.«

»Sie geht nicht tot, keine Sorge.« Die Alte wiegte ihren Zauselschopf hin und her. »Sie hat sich im Spätsommerwind eine Entzündung eingeholt, so wie es vielen ergeht um diese Jahreszeit.« Sie klopfte fest gegen ihre Brust. »Beim Schnaufen rattert sie wie ein Sack Steine. Aber sorgt Euch nicht. Das Madl ist jung und kräftig. Sie kommt wieder auf die Beine.« Ihr Blick versengte seinen. »Wenn sie Ruhe hat.«

Seine Hand zuckte nach der Klinge und zurück. Der Holzstab der Alten traf die Knöchel. Er riss die Augen auf. »Alte, macht den Weg frei, bevor …«

»… Euer Zorn durchbricht?« Sie zuckte die Schultern. »Schaut: Was glaubt Ihr, schreckt mich noch?« Sie trat einen Schritt auf ihn zu und stieß ihn mit dem Stock in den Gang. »Trollt Euch, Herzog. Ihr Husten wird schon weniger, ihr Fieber kühler. Jetzt braucht sie Schlaf. Ohnehin ist sie schwer genug im Bett zu halten. Ablenkung macht es ihr nicht leichter.« Sie deutete den Flur hinauf. »Da! Dort habt Ihr Eure Betstuben. Die Kapelle habt Ihr doch gebaut, gewidmet ist sie dem Lorenz. Geht und betet zu dem heiligen Lorenzi[12]. Er ist genau der richtige, der Euch helfen kann.«

»Der Fürsprecher beim Christengott gegen Feuer und Brände?«

»Für sein Bekenntnis zum Christentum haben ihn die Römer geröstet. Jetzt kann das Christenvolk zu ihm beten, wenn es darum geht, Fieber zu senken und zu lösen – und auch vor Brand zu bewahren.« Ihr Knorpelfinger stach ihm beinah ins Auge. »Und vor dem Fegefeuer, in das all jene mit ihren sündigen Gedanken und Taten kommen.«

Ludwig tastete sich ein paar Schritte zurück. Dann schnellte die Alte um die eigene Achse und watschelte davon, begleitet von einem Kopfschütteln. Er streckte die Hand nach vorn.

»Lasst es!« Die Stimme schallte durch den Gang.

»Hol Euch der Teufel!« Ludwig richtete sich auf, fuhr sich durchs Haar. Ihn erstaunte, wie viele Flüche er kannte. Von Mathildes Kammer bis die Kapellentür hinter ihm zufiel, wünschte er der Alten jeden einzelnen an den Hals.

Aus Gewohnheit tauchten seine Finger in den Weihwasserkessel, und im nächsten Moment sprenkelte das Nass seine Cotte. Die Mauern warfen den Hall seiner Schritte zurück, Kutten raschelten und die fünf über die Kirchenbänke verstreuten Mönche lugten kurz von ihrem Gebet auf.

Ludwig stapfte vorbei am Jüngsten der Franziskanermönche und lauschte den leiernden Stimmen und den gemurmelten Gebeten. Der Altar fing seinen Blick. Er kniete in einer der vorderen Kirchenbänke nieder und betete um Mathildes Gesundheit, dann sank sein Kopf gegen die Hände. Und hob sich wieder. Er blinzelte und knetete die Finger. *Herrgott.* Er schnaubte. *Konradin.* Sein Gesicht vergrub sich in den Händen. *Er ist doch noch ein Bursche. Mit seinem Blondschopf und seinem Glauben an Gerechtigkeit.* Ludwigs Blick wanderte zur Kapellendecke. *Ein Bursche, der nie einen Vater kannte.* Er schloss die Augen. *Gott, schütze auch meinen Sohn.*

Neben ihm knarzte die Kirchenbank. Der Duft von Weihrauch und von getrocknetem Stroh schlich sich an ihn heran, der Gruß einer vertrauten Stimme folgte. Ludwig nickte zur Antwort, ohne den Kopf zu senken.

»Der Herr vergibt die Schuld. Seine Gnade gilt uns allen, wenn wir nur Reue zeigen. Vor allem für all den Stolz und Hochmut, der in Euch ist.« Der Mönch stellte sich neben die Kirchenbank. »Bittet unseren Herrn und Gott um Vergebung oder um seinen Beistand?«

»Pater Augustinus.« Ludwig verdrehte die Augen und wandte sich zur Seite. »Kommt mir nicht mit Reue. Reue ändert nichts.« Er trat auf sein Gegenüber zu, grollte. Der Kiesel unter seiner Ferse quietschte über dein Steinboden. »Ich habe Buße getan: Ich habe ein Kloster errichtet, und nun preisen die Mönche in Fürstenfeldbruck den Ruhm des Herrn. Ich habe geleistet, was der Papst forderte. Mehr als das.«

»Der Bau eines Klosters bringt niemanden zurück aus dem Totenreich. Auch nicht Eure erste Gemahlin, die Ihr voreilig des Ehebruchs beschuldigt und aus Eifersucht hingerichtet habt«, fuhr der Gottesmann dazwischen.« Pater Augustinus' Augenbraue wanderte nach oben, er legte den Zeigefinger an die Schläfe. »Reue beginnt im Herzen, dann folgen Taten, mit denen wir unsere Nächsten und Gott im Himmel ehren. Gesten, die Ruhm einbringen, dienen nur der Eitelkeit der Menschen.« Er schüttelte den Kopf. »Zwölf Jahre sind vergangen, doch was Euch antreibt, ist Eitelkeit und Zorn. Sie haben Macht über Euch. Ihr habt vergessen, von welchem Übel die Tat an Eurer geliebten Maria war.«

Der Herzog ballte die Fäuste. »Das ist nicht wahr, Pater, und das wisst Ihr!« Er spürte Wut, die in seiner Mitte glühte, der Puls an seinem Hals, seinen Schläfen raste. Im letzten Moment zügelte er sich. Er faltete die Hände im Hause Gottes und krampfte die Finger ineinander.

Augustinus' Augen wurden schmal. »Zu gut weiß ich, was war, mein Herzog. Wenige Monde nur sind vergangen, seit Ihr Euch wieder habt hinreißen lassen von Eurem Stolz. Euer treuester Berater hat Euch Eure Fehler vorgeführt, er hat Euch gewarnt vor übereiltem Vorgehen. Die Wahrheit aus seinem Mund konntet Ihr nicht ertragen. Der Mordverdacht, der zu Unrecht auf ihn fiel, bot eine günstige Gelegenheit, leichter konntet Ihr einen unbequemen Berater nicht loswerden. Längst hatte Euer Zorn die Vernunft verdrängt, und im Zorn habt Ihr ihn zum Tode verurteilt. Möge seine Seele Frieden finden.« Er musterte sein Gegenüber vom Scheitel zur Schuhspitze, seufzte.

Ludwig wandte den Blick ab. »Ich …« Er fuhr sich über den Mund, schluckte. »Ich … Hergott … Ein Fehler. Ich …« Seine Augen suchten das Kreuz am Altar.

Die Arme des Priesters sanken. »Durch das Urteil an ihm habt Ihr Euch selbst geschadet. Sein Rat wäre in diesen Zeiten eine große Hilfe. Ich sehe durchaus: Ihr bereut, doch es ist zu spät. Jetzt wächst die Blutföhre und beweist die Unschuld dieses edlen Mannes, wie er prophezeit hat.« Eine Rosenkranzkette glitt aus dem Ärmel seiner Kutte, die Holzperlen durch seine Finger. »Ist Euch dies nun endlich Mahnung genug, mein Herzog? Oder muss noch mehr Leid geschehen, ehe Ihr lernt Eure Eitelkeit zu zügeln?«

Ludwig schlug die rechte Hand an die Brust. »Soviel Leid durch Zorn.« Er neigte das Haupt, barg es in seinen Händen. »Und auch gegen meinen Neffen habe ich mich im Zorn gewandt. Mich sollte Gottes Strafe treffen, nicht Konradin.«

»Die Wege des Herrn …« Pater Augustinus bekreuzigte sich.

Ludwig richtete sich auf, beobachtete den Kirchenmann. »Was soll das heißen?«

Pater Augustinus hatte die Augen geschlossen. Nur seine Lippen bewegten sich, er zählte Perle um Perle ab, wiederholte die Gebetsformel, bis seine Finger das Ende der zehn Kugeln tasteten. Dann erst erübrigte er einen Blick. »Vielleicht schenkt Euch der Herr im Himmel noch eine Gelegenheit, Eure Schuld zu tilgen. Denkt daran, solange Ihr atmet: Ihr seid das Werkzeug des Herrn. Die Höhe Eurer Schuld begleicht Ihr an Eurem Todestag, vielleicht auch mit Euren Kindern und Kindeskindern. Er reinigt Euch, oder er verbrennt Euch in den Fegefeuern. Gott wiegt und misst die Taten und Eure Treue.« Die faltige Hand legte sich auf Ludwigs Unterarm. »Wir beten für Euch, Ludwig.«

»Betet für Konradin.«

†

†Kapitel 27 – Thomas

Schlüssel und Ketten

September 1268, Italien, Viterbo bei Rom,
Ausweichresidenz des Papstes

Seine Füße tappten durch die Gänge der päpstlichen Residenz in Viterbo hinter dem Wachmann her. Thomas schabte sich den Schweiß und den Staub von der Stirn. Er verfluchte seine Rückenschmerzen und den Wagenlenker und die verdammte Straße.

Im nächsten Moment zuckte er zusammen. *Vergib mir, Herr, meine Eitelkeit. Ich danke dir für die Ehre, auf Rädern von Rom hierher zu deinem obersten Diener reisen zu dürfen.* Er blinzelte. Im Zwischenhof knallte ihm die Helligkeit ins Gesicht, der Schatten der Sonnenuhr schob sich auf die Non zu.

Thomas' Schritte stoppten, er schnippte mit den Fingern. »Heh da, Mann! Wisst Ihr denn gar nichts! Nicht in den Saal – zu dieser Stund' ist der Vater beim Gebet.«

Der Papst verehrte die Jungfrau und Gottesmutter Maria. Sein Vorleben im Kloster hatte ihm die Horen eingeprägt, sein Amt ließ ihm für die Stundengebete von Dämmerung bis Mitternacht nicht die Zeit. Einzig die neunte Stunde nach Tagesanbruch hielt er sich für die Gebete frei.

Der Wachmann drehte den Kopf, spuckte aus. Er nickte über die Schulter und bog ab, das letzte Stück des Weges deutete er mit der Spitze seines Speers.

In der Kapelle suchte Thomas einen Platz in der letzten der Bankreihen. Vorne am Altar fiel das Licht auf die Säulen des Altars. Engel, Stier, Löwe und Adler symbolisierten die vier Verkünder der Frohbotschaft. Aus hunderten von Texten hatten vor hunderten von Jahren die Vertreter der Kirche diese Schriften ausgewählt. Die Erzählungen von Johannes, Markus, Lukas, Matthäus waren als einziges Evangelium bestimmt und im Neuen Testament der Bibel zusammengefasst worden. Ihre Worte waren das Schwert, das die alten Religionen zerschmetterte, die Medizin, die verlorene Seelen heilte und Zweifel besiegte.

Neben dem Altar kniete der Heilige Vater; den Kopf an die Hände gesenkt, die Gedanken in die Ferne gerichtet. Auf die Steinquader des Bodens tippte die Sonne Lichtfinger, Staub tanzte darin.

Ein Blick genügte Thomas, er erfasste das Zeichen. Nach dem Gebet folgte er als einer der Letzten den Brüdern, dippte die Finger in die Schale. Weihwasser sprenkelte die gewohnten Stellen, kühlte im Zeichen des Kreuzes Stirn und Lippen und benetzte den Habit in Brusthöhe.

Clemens schlurfte auf ihn zu, nickte vor sich hin, bis er an der Säule mit der Schale angelangt war. »Die Muttergottes hat unserem Krieger mit dem Lilienbanner den Sieg geschenkt, Thomas.« Das Lächeln klebte in seinen Zügen. »Erkennt Ihr nicht auch die Größe Gottes darin? Muss nicht jeder dies gewahren?«

»Er bedient sich der Methoden der Ungläubigen.« Thomas' Worte löschten den Triumph. Die Lippen, die Augenbrauen des Papstes zitterten. »Er konnte nur siegen durch den Hinterhalt, den er legte. Dies ist nicht die Art der Christenmänner zu kämpfen. Darin liegt keine Ehre«, bekräftigte er.

»Geht mit mir ein paar Schritte, Thomas.«

Fackeln füllten die Gangtunnel mit Rauch und streuten ihr Flackern dazwischen. Qualm brannte sich in die Nase des Aquinaten. Er hustete, spürte den Druck in den tränenden Augen, und der Ruß an den Steinwänden verschwamm.

Knorrige Finger wedelten gegen Worte und Dampf, die Hand krallte sich ins Geländer. Stufe für Stufe für Stufe zog der Alte sich nach oben, stöhnte Atem aus und in seinen Körper. Clemens zitterte am Treppenabsatz, Schweiß perlte auf seiner Stirn. Der Aquinat stieß die Tür zum Plateau auf, nieste in die Sonnenstrahlen. Er folgte dem Papst an die Mauerkrone der Residenz.

»Hat Euer Geist in Rom gefunden, wonach Euer Herz sich gesehnt hat, Thomas?« Clemens stützte sich auf die Brüstung. »All die Bücher und Pergamente in der Bibliothek der Päpste und in der Engelsburg.« Er schloss die Lider. »Hadrians Festung überdauert seit über tausend Jahren gebaut, seine Brücke verbindet Burg und Stadt. Macht, Wissen und Geschichte – darauf gründet Rom. Und unser Krieger hat geschworen, diese Werte zu verteidigen.« Der Papst wandte sich ihm zu. »Wem traut ihr mehr,

Thomas: einem sechzehnjährigen Burschen, dessen Ahnen die Fremden ins Land brachten und die Ungläubigen – oder dem Nachkommen jenes Königs, den sie »den Frommen« nannten? Wer wird die Regale unserer Glaubensschriften erhalten und verteidigen, und wer wird sie verbrennen, Thomas? All das Wissen.«

Ein Schauer rollte vom Nacken des Aquinaten bis hinab zum Steiß. »Ihr glaubt, der Franzose würde das Wissen retten? Für ihn zählt nur die Macht.« Er schüttelte den Kopf. »Konradin ist besiegt. Weshalb fürchtet Ihr ihn?«

»Das bedeutet nicht, dass er in den Köpfen der Menschen verschwunden ist.«

»Ihr denkt …«

Clemens' Doppelkinn wackelte. »Ich denke, es ist am besten, wenn das Volk ihn vergisst. Der Franzose wird sich sicher darum kümmern.«

Thomas' Augen weiteten sich. »Charles …« Er verschluckte sich hustend. »Ihr wisst, was d'Anjou jenen angetan hat, die Konradin folgten und in Gefangenschaft gerieten? Und dennoch: Ihr wollt diesen Franzosen zum gerechten, gottgewollten Sieger der Schlacht küren.«

Der Papst legte den Kopf in den Nacken. »Der gerechte Sieg, der gerechte Krieg.« Der Papst sog Speichel zusammen. »Wie sonst hätte er siegen können, wenn nicht mit Gottes Hilfe? Gottgewollt ist er, und er ist der Streiter, den die Kirche erwählt hat. Wir.«

Thomas starrte ihn an. »Im Pantheon beteten Kinder. Ein Junge und ein Mädchen. Ihr Vater könnte einer der Senatoren gewesen sein, von denen nichts übrig ist als Asche. Ihre Familie war wohlhabend, doch nun …«

»Und, Aquin? Was scheren mich Kinder.«

»Stück für Stück wird diese Familie ihr Hab und Gut verkaufen, dann die Sklaven, dann sich selbst.« Thomas furchte die Stirn.

Der Papst zuckte mit den Schultern, ein Mundwinkel stieg zu so etwas wie einem Lächeln. »Die Mutter hat immer noch ihren Körper und das Mädchen wächst heran. Sie werden tun, was ihrer Natur entspricht. Unter der Strafe Gottes tritt ihr wahres Wesen zutage.«

Ekel grub sich durch sein Inneres und sprang über auf seine

Miene. »Geschöpfe der Sünde. Sie folgen ihren Trieben, um sich zu erhalten.« Er bekreuzigte sich und nickte. »Ihr habt recht, Heiliger Vater. Die Schwäche des Weibes führt sie immer wieder zurück in das Übel, aus dem sie sind. Wir müssen sie dulden, zuwenigst in der Geburt eines Mannes können sie einen Teil ihrer Unreinheit abwaschen.«

Der Papst zuckte erneut mit den Schultern. »Wir alle müssen Opfer bringen, Thomas. Wer weiß dies besser als wir Männer der Kirche. Wir richten unser Streben allein auf das Erhabene und entsagen dem Irdischen. Unseren Geist durchdringt göttliches Feuer. Dieses Feuer – das Feuer der Kirche – wird alle erfassen.« Die Hand des Papstes drückte Thomas' Arm.

Feuer. Ein Bild drängte sich in den Kopf des Kirchengelehrten. »Charles hat seinen Gefangenen die Füße abgehackt.« Sein Mund war Sand und Dornenzweige. »Die Senatoren hatten sich ergeben. Der Franzose hat ihre Kapitulation missachtet. Stattdessen hat er sie verstümmelt und dann verbrannt.«

»Nun …« Clemens legte den Kopf schief.

»Nun? Was soll das heißen?«

»Stellt Euch vor, er wäre mit ihnen zurückgekehrt nach Rom. Besser, er hat sie verbrannt.«

Thomas trat einen Schritt zur Seite, jegliche Farbe wich aus seiner Miene. *Zurück mit den verstümmelten Gefangenen.* Vor seinen Augen erstand ein Heer, Kettenpanzer klirrten, Holzspeere rammten den Takt der Füße über die Via Appia. *Durch die Tore, über die Brücken. Soldaten und Krüppel. Wen würde das Volk mehr hassen – ihn, oder jene, die die Macht in seine Hände gelegt haben? Uns? Ihn?* Die Sonnen brach sich im Rubin am Finger des Papstes, ihre Strahlen Licht flackerten Rot auf dem Gesicht. *Wie Blut.*

Aus den Augenwinkeln musterte Thomas den alten Mann. Die Miene war glatt, die Hände auf den Stein gestützt quollen die Rosenkranzperlen zwischen den Fingern hervor. Thomas streifte den Stoff über seinem Wanst, nickte. Einmal noch flog ein Blick zurück – dorthin, wo er die Bibliothek und die Schreibkammer der Residenz wusste, ein Seufzen entfuhr seiner Kehle. »Worte lenken die Gedanken, und der Glaube lenkt das Volk.«

»Wir halten das Steuer in Händen – wohin immer wir den Kurs richten«, ergänzte Clemens IV.. Er seufzte. »Selbst wenn es bedeutet, Ihr müsst zurückkehren nach Neapel in dieses Sündenloch mit seiner sündigen Universität.«

Der Aquinat senkte das Haupt. »Ihr wisst, Heiliger Vater, mein Verstand wurde durch das Studium in Neapel geformt. Nicht alles, was der Ahnherr Konradins gebaut und veranlasst hat, trägt verdorbene Früchte.«

»Friedrich II. ist der schlimmste der Stauferbrut. Er ist der Antichrist.«

»War«, korrigierte der Aquinat.

Der Papst winkte ab. »Thomas: Beginnt zu schreiben, forscht weiter. Kehrt zurück nach Rom, wenn Ihr wollt, und fühlt Euch frei in allen Räumen.« Er hob den Finger und deutete auf die Festung. »Allen. Der gesamten Bibliothek – dort und im Vatikan.« Er öffnete die Hand, und die Kette sauste hinab, hüpfte, pendelte. »Das Volk mag sich grämen, die Familien mögen ihre Toten beweinen. Doch auch Tränen tränken eine Blume, und diese Blume wächst für einen Zweck, der höher ist. Der Schmerz vergeht, doch die Blüte besteht.«

Thomas öffnete die Hand, Metall kühlte die Haut. Der Heilige Vater drückte ihm den Schlüssel in die Handfläche und einen Siegelring dazu. Die Kettenglieder im Nacken, verneigte der Gelehrte sich. Und er ging.

†

†KAPITEL 28 – CHARLES D' ANJOU

DISPUT

ANFANG SEPTEMBER 1268, ITALIEN, VITERBO BEI ROM
AUSWEICHRESIDENZ DES PAPSTES

Die Stimmen der Senatoren und deren Diener dröhnten noch nach Verlassen des Kapitols in Charles Ohren. Die Gassen hinab zum Fluss dämpfte gefallenes Laub die klappernden Hufe.

Am Kopf der Aelius-Brücke glomm ein Wolfslächeln in seinem Gesicht. Hier hatte Konradin nur wenige Wochen zuvor den Tiber überquert. Blumen und Jubel waren verwelkt und verklungen. Blätter in Gelb und Rot und Blassgrün vergingen in den Fluten – rostbraune Schlieren blieben im Wasser zurück. Die Engelsburg erhob sich darüber. Er sandte dem Bauwerk einen Fluch. *Dieser knierutschende Feigling von einem Papst verkriecht sich weiter in Viterbo. Nicht einmal dem Bollwerk von Hadrians Festung vertraut er. Stattdessen muss ich den Weg in seine erbärmliche Ausweichresidenz auf mich nehmen.*

»Los, Männer!« Charles drehte sich zu seinen Kriegern. »Wer unser Vorankommen bremst und meine Zeit verschwendet, erhält zehn Peitschenhiebe!« An der Spitze der Reiter preschte er aus den Toren Roms. *Wenigstens noch einmal wird der Alte auf seinem Kirchenstuhl von Nutzen sein. Mit seiner Zustimmung und seinem Segen vollende ich meinen Plan und vernichte Konradin endgültig.*

Erst an der Stadtgrenze zu Viterbo verlangsamte Charles das Tempo. Seine Soldaten formierten sich hinter ihm, Grimm lag auf ihren Mienen. Kein Bürger wagte sich auf den letzten Ellen in den Weg der Truppe.

Hinter dem Tor warf d'Anjou einem der Niederen seine Zügel zu und marschierte voraus in die Gänge. Im Saal runzelte er die Stirn. Ihn grüßte die Leere – und das Adlerwappen des Papstes über dem Thron.

Stimmen näherten sich vom Gang. An der Seite Thomas von Aquins watschelte Papst Clemens in den Saal. Das letzte Glimmen päpstlichen Elans erlosch vor dem Podest. Er röchelte sich die Stufen hinauf, nahm den Papstthron ein. »Gesegnet sei der Herr, Gott Vater, Gott Sohn, Gott Heiliger Geist. Amen.« Der alte Mann zeichnete das Kreuz in die Luft. Er hustete und beugte sich nach vorn. »Charles, treuer Diener. Ihr habt auf die Kirche gehört, und Euer Lohn wird Euch zuteil.«

D'Anjou nickte, seine Geste zeichnete den Bogen vom Portal zum Thron. »Die Kinder Roms haben uns die Tore wieder aufgetan.«

Der Papst seufzte. »Sie haben zurückgefunden zu den Beschützern des wahren Glaubens und ihre Irrwege verlassen.« Er kratzte sich am Kinn. »`Der Herr hat die Feinde zum Schemel unserer Füße gelegt[13]´ – wenn auch noch nicht alle.«

»Die Klinge eines Schwertes überzeugt am besten.«

Thomas von Aquin zog die Augenbraue hoch, trat vor, räusperte sich. »Heiliger Vater, Gott im Himmel hat Jesus, seinem Sohn, versprochen, die Feinde zu unterwerfen. Die Psalmen und das Evangelium des Mattheus lehren uns dies. Jesus aber sagt: `Liebet eure Feinde; segnet, die euch fluchen; tut wohl denen, die euch hassen; bittet für die, die euch beleidigen und verfolgen´.[14]«

Der Aquinate senkte die Stimme, sein Blick bohrte sich in die Augen des Franzosen. »Ihr habt Gottes Gesetze missachtet: Die Schlacht am Salto war ohne Ehre. Euer Sieg kam nur durch den Hinterhalt. Das verstößt gegen die Ehre der Ritterlichkeit und der Christen.« Die Hände striffen, was sich unter der Kutte an Wölbung abzeichnete. Der Blick des Papstes klebte an den Gesichtszügen des Aquinaten. »Das ist nicht Gottes Weg. Der Herr der Herrlichkeit bedient sich nicht solcher Mittel. Wer wahrlich glaubt, muss nicht auf diese Weise kämpfen.«

»Konradins Ahn hat sich den Ungläubigen und ihren Lehren zugewandt.« Der Papst räusperte sich. Er lehnte sich nach vorne und hob den Finger. »Das wisst Ihr, Thomas! Und noch zuvor hat Friedrich, der Rotbart, die Lügen und Märchen wuchern lassen über die Erdfrau und ihre Hollen, über Weibergötter und diesen falschen Glauben von vor unserer Christenzeit. Friedenskaiser ...« Seine Stimme überschlug sich. »Friedenskaiser nennen sie Barbarossa gar in einer ihrer Heidensagen – und jetzt reden sie von Konradin so. Es gibt nur einen, der Frieden bringt in unsere Welt. Und das ist unser Herr Jesus Christus, und wir sind seine

Kirche, die sein Wort verbreitet.«

Er packte sich an die Brust und hechelte nach Luft. Sein Atem pfiff, als er das Wort erneut ergriff. »Wieder und wieder haben die Staufer Gott verraten. Die Sünde hat das Blut dieses Hauses verdorben.« Er streckte die Hand in die Höhe. »Charles d'Anjou ist der Krieger, den Wir erwählt haben. Er streitet im Namen der Kirche und somit in Gottes Namen.«

Charles runzelte die Stirn, das Lächeln im Gesicht des Dominikaners schürte Wutflammen in seinem Bauch. »Ich habe Euch den Sieg gebracht.« Er gönnte sich einen Atemzug, zwei, kreuzte die Arme vor der Brust. »Magister Thomas, Ihr glaubt, dieser Sieg kommt nicht von Gott?«

Die Lippen des Mönchs wurden schmal. Der Gelehrte musterte Charles, dann den Papst. Er trat weiter vor. Entlang des Gürtels zupften die schlanken Finger des Mannes. »Ihr habt den Sieg errungen. Wer anders als der höchste Herr im Himmel kann diesen Sieg verleihen?« Er nickte und breitete die Arme aus.

»Gott erlaubt, die Ungläubigen mit ihren eigenen Waffen zu schlagen. Glaubt Ihr das nicht auch, Thomas?« Der Papst zeichnete das Kreuz in die Luft.

Der Mönch nestelte am Habit. »Gott wird am Ende darüber entscheiden.«

Charles' Zunge fuhr über die Vorderzähne. »Sind wir nicht alle Werkzeuge in Gottes Händen, Magister?« Er bemerkte, die Wangen des Mannes röteten sich, und die Miene versteinerte. Der Franzose schluckte die Genugtuung hinunter. »Werdet Ihr wieder mit uns zurückkehren nach Rom, Magister? Ich hörte, auch in Paris hungern die Schüler nach Euren Worten.«

»Thomas ist an sein Versprechen gebunden, er erhellt Rom mit dem Licht seiner Weisheit.« Clemens Finger tippte auf die Armlehne. »Und die Stadt selbst hat unseren Gelehrten inspiriert. Ein großes Werk entsteht und wird den nächsten Generationen Stab sein und Stütze.«

»Gott ist Sein und Wesen in Unendlichkeit.« Thomas Stimme schien aus der Ferne zu erklingen. »All die Schriften, das Buch der Bücher, selbst die Lehrer der Antike sind Fäden in einem Netz, das nur einen einzigen Ausgangspunkt kennt.« Das Gesicht des Dominikaners leuchtete, der Blick schweifte ab.

Der Kopf des Papstes hüpfte auf und ab. »Anjou, stellt Euch

dieses Wunder vor! Letztlich beweisen selbst die Schriften der griechischen Philosophen die Herrlichkeit unseres Gottes – selbst im Krieg.«

D'Anjou verneigte sich. »Meine Dankbarkeit kennt keine Grenzen. Als Auserwählter darf ich Zeuge sein ...« er räusperte sich, »... und Werkzeug, um die Unbill der Welt fernzuhalten von Eurem reinen Geiste.« Er sah den Dominikaner blinzeln, dessen Gesicht überlief ein Ausdruck, den Charles nicht zu deuten vermochte. »Ihr habt mich zu Eurem Schild berufen.«

Thomas rückte neben den Papst. »Der Wert eines Schildes misst sich an der Zahl der Menschen, die es schützt. Konradin ist entkommen und mit ihm sein Gefährte, der Badener. Zwei junge Männer, allein, ohne Heer. Verdienen sie nicht auch Schutz?«

Charles' Finger kribbelten, in seinem Hinterkopf zappelte ein Flimmern. »Zwei Fischlein sind durch ein Netz geschlüpft.« Er zuckte mit den Schultern. »Es ist eine Frage der Zeit, meint Ihr nicht, Magister Thomas? Zwei junge Männer schlagen sich durch fremdes Land, ohne Geld, ohne Freunde. Irgendwo sehen immer ein paar Augen, hören ein paar Ohren, tragen Lippen Kunde weiter.« Er entließ das Schmunzeln auf seine Lippen und trat vor. »Und wenn es soweit ist, hoher Vater, dann gilt es, eine Entscheidung zu treffen – eine endgültige.« Er presste seine Faust an die Brust. »Die Staufer müssen ausgelöscht werden zum Schutz von Mutter Kirche und des wahren Glaubens.«

»Habt Ihr Angst vor ihm?« Thomas legte den Zeigefinger ans Kinn. »Konradins Überleben bedroht Euren Anspruch auf den Thron.«

Charles straffte sich. Er sandte ein Lächeln zu dem Gelehrten. »Der Tod des Staufers stärkt die Kirche und mich, ihren Krieger. Wir dürfen nicht zulassen, dass diese Otternbrut das Fundament des Glaubens untergräbt.«

»Seid Ihr deswegen hier: Ihr wollt Konradin morden und dafür den Segen unseres Papstes?«

Papst Clemens blickte von ihm zu Thomas.

Charles trat vor. »Konradin hat sich gegen den von der Kirche eingesetzten König erhoben. Das ist Hochverrat – nicht erst durch den Segen des Papstes. Ein Gerichtsverfahren wird dies aller Welt verkünden.«

Der Papst senkte die Augenlider. »Das Urteil des Gerichts gilt vor der Welt. Kirche und Staat besiegeln, dass diese Sünde ein für allemal von der Welt getilgt wird.«

»Hochverrat ist, dem rechtmäßigen Erben seinen Thron zu stehlen.« Thomas von Aquin hob die Hand. »Seid umsichtig mit den Begriffen, die Ihr verwendet. Hochverrat kann man Euch ebenso vorwerfen.« Der Saal hallte von den Worten dieses elenden Gelehrten, Thomas von Aquin. Papst Clemens atmete zischend aus, schüttelte den Kopf in Richtung des Mönchs. Thomas überging ihn, er reckte sein Kinn hoch. »Belasst es bei Eurem Sieg, achtet seine Rechte als Kriegsgefangenen, so Ihr ihn denn erwischt. Lasst ihn in einem Kerker verrotten, meinetwegen. Charles d'Anjou, ich mahne Euch: Eine Verurteilung Konradins verübeln Euch die Fürsten im Norden und die christlichen Königshäuser. Gedenkt der Worte des Evangelisten Mattheus: Jeder, der das Schwert ergreift, wird durch das Schwert umkommen.[15]«

Die Augen des Papstes weiteten sich. »Thomas, ist es Gott, der Euch in das Morgen blicken lässt und die Schleier der Zukunft enthüllt?«

D'Anjou stach seinen Finger in Richtung der Schwarzkutte. »Sagt mir, Mönch, habt Ihr je einer Schlacht beigewohnt? Wollt Ihr weiteres Kämpfen heraufbeschwören?«

»Eine Schlacht mag eine Schlacht sein.« Der Dominikaner faltete die Hände vor der Brust. »Das Schwert zu erheben ohne diese Not, heißt, Gottes Zorn zu fordern.«

Charles lachte auf. »Wenn der Herrgott selbst vom Himmel steigt, um mich zu strafen, weiß ich, was ich entgegenhalte: Dem Ruf seiner Kirche bin ich gefolgt.« Er winkte ab. »Behaltet Euer Gift für Euch, Priester, und seht zu, welche Früchte Ihr damit einfordert.«

†

†KAPITEL 29 – MATHILDE

FLUSS

29. AUGUST 1268
HERZOGTUM OBERBAYERN, MÜNCHEN

Die Leinenbinden schnürten sie, sie atmete flach. *Verflucht.* Mathilde schlüpfte aus Schuhen und Strümpfen, stülpte den Rock hoch bis über die Knie und knotete ihn zusammen. Die Sträucher an der Böschung kratzten ihre Haut. Sie hustete, ihr ganzer Oberkörper schmerzte – bei dem Blick über die Schulter noch mehr. *Keine von den Weibern zu sehen, selbst von den Wachen nicht.* Ein Lächeln stahl sich über ihre Mundwinkel. *Eine Stunde länger im Krankenlager oder mit diesen Gänsen in der Hitze der Burg, und ich wäre geschmolzen.* Sie rieb sich an der Nase. *Letztlich ... Ich bin entkommen – zumindest für eine Weile. Kein Gegacker, keine Spindelrocken, kein Geschwätz über den Herzog ...* Sie verdrehte die Augen und verfluchte sich für die errötenden Wangen. ... *und die Herzogin.*

Zwischen der Gischt und den Wellen entdeckte sie den Grund, Zweiglein zwischen ovalen und runden und kantigen Steinen. Die Sommersonnenstrahlen gleißten auf der Isar. Sie bückte sich zum Fluss, schöpfte Wasser und genoss die Kälte auf ihrem Gesicht. *Ein Wunder, dass es nicht sogleich verglüht.*

Gegenüber am Ostufer zerrte ein Junge eine Kleine mit dunklen Zöpfen am Arm. Ein kleiner Priester mit seinem erhobenen Finger. Das Mädchen drehte und reckte sich nach einem Fellknäuel aus braunen und weißen Flecken. Der Mischling schnupperte am Wellenschaum und wischte mit den Pfoten gegen die Tropfen.

Mathilde hörte den Schrei bis ans Westufer, ebenso das Jaulen. Ihre Augen weiteten sich, sie hustete. Die Isar verschlang das Wesen. Ein Stück flussabwärts tauchte das Fellknäuel wieder auf und wieder unter, Braunweiß verwirbelte zappelnd mit den Wellen. Das Köpfchen tanzte auf dem Schaum für einen Moment, das Tier strampelte. Der Fluss schwemmte es weiter, bis es verschwand. Und Mathilde zeichnete ein Kreuz. Den Blick hielt sie fest auf dem Fluss.

»Deinen Namen hast du verdient. Ysura«, murmelte Mathilde. *Reißendes Wasser – zumindest für den Hund. Aber ich bin stärker – und für diese kleine Abkühlung wirst du wohl gnädig sein mit mir. Isar.* Noch einmal wandte sie den Kopf flussabwärts. Ihre Wangen und Knöchel brannten, ihre Brust, ihr Rücken schmerzte, selbst noch im Wasser. Der Strom rauschte zwischen ihren Fingern hindurch und drängte die Hand nach hinten. Sie hustete, wischte den Schweiß von ihrer Stirn. Sie ließ den Zweig des Strauches los und schnappte sich den nächsten.

Die Steine glitschten unter ihren Fußsohlen und kippelten und rollten weg. Ihr fiel immer schwerer, sich gegen die Strömung zu stemmen. Der Husten zwang sie innezuhalten. Der Schmerz scheuerte sich von ihrer Brust in die Schultern, über die Kehle und hinaus. Eine Kante bohrte sich in die Fußmitte. Sie stieß den Arm hoch, ruderte, packte den Ast noch fester. Die Blätter schnitten ihre Handfläche auf. Ihr Bein schlitterte weg. Sie klatschte auf dem Wasser auf, hörte mehr, als zu spüren. In ihren Ohren, vor ihren Augen toste die Flut, in ihrem Kopf: Angst. Wasser verwandelte ihre Gewänder in dumpfe Kälte, spülte in ihren Mund. Sie schnappte nach Luft und atmete Wasser. Ihre Füße, ihre Hände glitschten wieder und wieder auf den Kieseln weg, die Wellen rollten mit ihr weiter. Ihre Hände brachen durch die Oberfläche, die Strömung drückte ihren Kopf nach unten. Sie umkrallte etwas Festes, hielt, zwang ihre zweite Hand darum, fand Halt und Stand und ließ nicht mehr los.

Sie zog die Beine an, keuchte, hustete, schnappte nach Luft, drehte das Gesicht in die Sonne. Die Stimme, den Fluch, vernahm sie durch das Gewitter der Wellen.

»Zur Hölle!«

Hände pressten ihre Gelenke zusammen, zerrten ihren Körper aus dem Fluss. Das Ufer knallte gegen ihren Rücken. »Lasst mich!«, hustete sie. »Lasst mich allein! Ich will Euch nicht.«

Die Frau riss sie an den Schultern hoch. Die Backpfeife knallte bis in ihren Kopf. Mathildes linke Gesichtshälfte glühte. Und ihr Bauch, und die Tränen auf ihren Wangen. Durch den Schleier erkannte sie die rötlichen Haare.

Cäcilia musterte sie, erhob sich. Der Umhang glitt zu Boden, sie verschwand zwischen den Hollerbüschen. Blätter und Äste raschelten, und Stoff. Die Hofdame löste die Nesteln und streifte die Kniestrümpfe ab, dann die Gewänder. Mathilde entdeckte einen weißen Striemen von Cäcilias Schulter zum Steiß. Im nächsten Moment bedeckte das Oberkleid die Blöße erneut.

»Zieh dich aus. Sofort!« Sie hielt ihr die Kleider entgegen und eine Miene, die keinen Widerspruch duldete. »Das nasse Zeug bringt dir den Tod.«

»Meine Strümpfe sind trocken«, maulte Mathilde. »Sie sind weiter oben am Fluss.«

»Alles andere nicht.« Cäcilia warf Unterhemd und -kleid auf den Mantel. Sie zerrte Mathilde auf die Beine. Von den Knöcheln über den Kopf schälte sie die nassklebenden Schichten. »Herrgottnocheins. Du bist eiskalt.« Sie drückte sie gegen sich und versuchte ihre Haut zu trocknen.

Mathilde schlotterte.

Cäcilia legte ihr den Mantel über das Unterkleid. »Den brauchst du. Schlüpf in meine Schuhe, bis wir deine finden. Und versuch, nicht hinzufallen.« Sie packte ihre Hand und schleppte sie flussaufwärts.

Die Hofdame schwieg, sie starrte nach vorne. In die Lohe warf die Herbstsonne Lichtflecken. Das Funkeln fiel durch die Baumstämme selbst auf die wenigen Holzverschläge der Ärmeren, die im Lehel von der Isar bis zur Stadtmauer standen.

Mathilde erahnte Tränenspuren auf Cäcilias Wangen, die Augen waren gerötet. Frösteln schüttelte sie, sie holte Luft und öffnete den Mund.

»Ich wollte meine Ruhe«, knurrte die andere.

»Aber …«

»Glaubst du, ich habe nichts Besseres zu tun?«

Mathilde hustete. »Ihr …«

»Ich war am Fluss.« Sie biss sich auf die Lippen. »Ich laufe nicht kleinen Mädchen hinterher.«

»Ihr solltet ebenso wenig allein dort sein wie ich.« Mathilde beobachtete Cäcilia aus dem Augenwinkel. »Selbst der Krüppel ist nicht um Euch.«

Die Ältere tat die Bemerkung mit einem Schulterzucken ab. *Zu schnell. Nie spricht sie über den stummen Kauz.*

»Ziehst du Vergleiche?« Die Mundwinkel der Hofdame wanderten ein wenig nach oben – für einen Moment. Sie drehte sich zu ihr. »Mathilde: Ich habe die Regeln gebrochen, ich habe dich am Fluss gefunden. Du hast die Regeln gebrochen und bist beinahe ertrunken. Wenn du Glück hast, wird keine Lungenentzündung aus deiner Erkältung.«

»Ich wollte nur eine Abkühlung. Luft. Die Zimmerwände fallen bald auf mich.« Mathilde krallte den Umhang enger um ihre Schultern. »Wollt Ihr mir sagen, Ihr dürft das, ich aber nicht? Was habt Ihr getan?«

»Weißt du, wofür du die Regeln brichst?« Cäcilia zuckte die Schultern. »Heute Morgen habe ich aufbegehrt, wogegen eine Frau nicht aufzubegehren hat – in dieser Zeit.« Sie seufzte. »Nun bin ich frei – oder werde es bald sein. Der Mann, mit dem mir die Hochzeit befohlen war, wird den Herzog aufsuchen und die Verbindung lösen. Der Mann, der mir die Schuld gibt am Tod seiner Schwester.« Die Miene der Rothaarigen war leer. Schatten lagen über dem Blick, selbst die Strahlen der Herbstsonne drangen nicht hindurch.

»Georg.« Mathilde runzelte die Stirn. »Was heißt das? Wolltet Ihr das nicht: frei sein?« Sie musterte die Ältere. »Seid Ihr schuld an ihrem Tod?«

Cäcilia zuckte die Schultern, ihr Blick flog davon.

Mathilde räusperte sich. »Das bedeutet …?«

»Du kennst die Geschichte. Urteile selbst, wenn du denkst, es steht dir zu. Oder lass es.« Das Grün der Augen wurde stechend, die Hofdame straffte die Schultern. »Überleg dir, welche Regeln du brichst. Bist du bereit, mit dem zu leben, was folgt?« Cäcilia wandte sich zum Gehen. »Du kannst vieles tun. Wenn du Abkühlung im Fluss willst, kannst du ertrinken. Wenn du frei sein willst, verlierst du den Anker, der dich sichern kann, und den Platz, an dem du geborgen bist.« Sie schluckte. »Manchmal tut es weh, den Preis zu zahlen.«

»Und manchmal ist der Preis es wert.« Mathilde beobachtete jedes Zucken der Rothaarigen. »Was wollt Ihr, Cäcilia? Euch steht mehr Freiheit zu als den meisten Weibern. Ihr sagt, Ihr wollt einen Gemahl, doch Ihr stoßt ihn fort, so weit Ihr könnt. Ihr seid nicht einverstanden mit dem, was der Herzog tut, doch Ihr bleibt an seinem Hofe. Ich verstehe das nicht.«

Den Rand der Lohe erreichten sie schweigend.

Mathilde entdeckte Gänsehaut an Cäcilias Unterarmen. »Wenn

Schmerz der Preis ist für Eure Freiheit und Euren Willen, weshalb zahlt ihr ihn? Ihr müsst das nicht.« Sie kaute auf ihrer Unterlippe. »Ein Weib muss sich fügen, sagt die Kirche. Wir sind dem Manne unterlegen. Gott hat uns nur aus Adams Rippe geschaffen.«

»Die Kirche und Gott?« Cäcilia zog die Augenbraue hoch. »Er hat Adam geschaffen aus Lehm. Meinst du diese Stelle des Alten Testaments?« Sie nickte, den Mundwinkel eingezogen. »Es gibt einen anderen Weg, und es gibt Wissen und Worte, die älter sind.« Ihre Lider senkten sich, dann stieß erneut ihr Blick zu. »Ordnen sich die Männer also einem Batzen Lehm unter, weil Lehm zuerst war?« Sie gab erneut ein Lachen frei. »Vielleicht sind sie deswegen schwach«, murmelte sie.

»Wie?« Mathilde legte den Kopf schief.

Die Hofdame legte ihr die Hände auf die Schultern und beugte sich zu ihr. »Am sechsten Tag schuf Gott den Menschen. Nach seinem Bilde schuf er ihn. Er schuf sie als Mann und Frau«, zitierte sie. »Von der Rippe und Evas Erschaffung erzählt die Bibel erst eine ganze Weile später.«

»Aber …«

»Die Geschichte klingt, als würde etwas fehlen, nicht wahr? Als gäbe es mehr als einen Erzähler in diesem Buch der Bücher.« Sie straffte sich. »Die Kirche sagt viel. Die Männer in der Kirche sagen viel. Sie sagen: Ludwigs Neffe ist ein Sohn des Teufels. Sie sagen sein Gegner, Charles d'Anjou, sei der Beschützer der heiligen Mutter Kirche. Die Anhänger der Staufer sagen, er bringt endlich den Frieden als Friedenskaiser. Wer kennt die Wahrheit? Ich habe Konradin an Ludwigs Hof erlebt.« Das Lächeln auf Cäcilias Gesicht erlosch im nächsten Atemzug. »Ich habe von Anjous Taten gelesen und gehört: Der Franzose hat seinen Gefangenen die Füße abgehackt. Ein paar Tage später hat er sie bei lebendigem Leibe verbrannt.«

Mathilde schlug die Hand vor den Mund.

»Wenn Konradin in seine Gewalt fällt, wenn Charles seine Hände weiter nach Norden ausstreckt, wenn der Papst seinen Segen erteilt: Wer kann sagen, was geschieht?« Die Hofdame erfasste Mathilde mit ihrem Blick. »Du fragst, was ich will?« Der Blick der Älteren glitt zu den Hollerbüschen, dann in die Ferne. »Ich habe meine Aufgabe. Konradins Mutter, Ludwigs Schwester hat mich einst gebeten, Konradin hierher zu begleiten und auf ihn achtzugeben. Noch ist er am Leben.« Nach einer Weile räusperte sie sich. »Was wolltest du am Fluss?«

Mathilde zuckte mit den Schultern. »Seit Tagen bin ich nur im Krankenlager, und um mich ist nur das Gewäsch der anderen. Keine Lehrstunden, keine Ruhe. Mir war heiß.« Sie nieste. »Und Euer Ritter?«

Cäcilia schüttelte den Kopf und senkte die Lider, sie legte die Handrücken an ihre Stirn. Sie krauste die Nase. »Wir werden sehen.«

Die Soldaten am Nordtor der Burg nickten der Hofdame zu. Dem Linken flüsterte sie ins Ohr. Er lief in den Hof. Mathilde kniff die Augen zusammen, ihr Knöchel knickte um. Frost und Schatten schüttelten sie, sie humpelte durchs Tor. Ein anderer Waffenträger winkte sie weiter. Auf der gegenüberliegenden Seite des Zwingers stahl sich Cäcilias stummer Diener an der Wand entlang zur Stalltür hinein und verschwand.

Bis zum Krankentrakt war es nicht mehr weit. Mathilde holte auf, bis sie an Cäcilias Seite war. Sie biss sich auf die Unterlippe. *Jetzt. Für die Frage gibt es kein später*. »Warum habt Ihr den stummen Krüppel nicht dem Koch überlassen – oder irgendwo verrotten lassen?«

Die Rothaarige hielt an mitten im Schritt. Cäcilia verschränkte die Arme vor der Brust und begegnete ihrem Blick. »Ich dachte, ich würde das tun. Denkst du, es wäre die bessere Entscheidung gewesen?«

Mathilde starrte zurück, sie blinzelte. »Ich …« Sie hob die Arme und zuckte die Schultern. »Ähm … Ich, ich weiß es nicht.« Sie nickte, sie schüttelte den Kopf, Cäcilia nickte auch. Mathilde fuhr fort.»Was zählt das Leben dieses Krüppels? Die Zunge fehlt, und keiner mag ihn am Hof.« Der Boden fing ihren Blick. »Er ist unheimlich. Der Stumme geht nicht in die Kirche, sagen sie. Und jedem Priester verweigert er den Gruß.« Sie hörte die andere seufzen.

»Er hat seine Unschuld und seine Zunge an einen Priester verloren. Prügel waren sein täglich Brot – mehr Prügel als Essen. Ein Köter lebt besser als er.«

»Ich wusste das nicht.«

»Aber du hast ihn verurteilt. Wer gibt dir das Recht dazu?«

Mathilde hob den Kopf. »Und nun?« Cäcilia sah ihr ins Gesicht und hindurch, antwortete nicht. »Nun habt Ihr Euren eigenen Schatten – meistens jedenfalls. Er folgt Euch beinahe überallhin.«

»Er hat seine Arbeit im Stall. Er kann nicht überall hin.«

Die Grafentochter ging weiter. »Bestimmt war es richtig.«

»Richtig, falsch?« Die Stimme der Rothaarige kroch heran aus weiter Ferne. »Vielleicht.«

Im Krankentrakt wartete eine der Seelschwestern. Sie brachte Mathilde ins Zimmer mit frischem Stroh und einem warmen Laken. Die Ältere hielt an der Bettkante ihre Hand. »Was richtig ist, und was genug?« Cäcilia seufzte. »Ich weiß es nicht. Ich weiß nur: Du findest es – für dich –, wenn du bereit bist zu suchen. Du zahlst den Preis. Oder du begnügst dich mit den Resten der anderen. Und auch dann zahlst einen anderen Preis. Die Abfälle vergiften dich, bis du taub bist und blind, bis dein Lächeln erlischt und dein Herz schweigt. Oder du siehst weg, und gehst einer Entscheidung aus dem Weg. Der einfache Weg ist: Die Macht in die Hand anderer zu legen.«

»Aber müssen wir immer entscheiden? Hat es kein Ende?«

»Den Tod ist das Ende – und der Punkt, an dem du deine Verletzungen und die der anderen nicht mehr heilen kannst.«

†

†KAPITEL 30 – KONRADIN

SEGEL

09. SEPTEMBER 1268, ITALIEN
KÜSTE VOR ASTURA/ROM

Funkeln brach sich auf den Kanten der Wellen, verflammte das Rot der Morgenglut bis zum Horizont. Das Holz der beiden Bänke in der Mitte des Schiffleins knarzte, der Wind blähte das Segel am Mast, Seeluft küsste seine Lippen. Seine Zunge schmeckte Salz, Fingerkuppen dippten ins Meer.

Konradin lächelte Friedrich zu und japste im nächsten Moment. Der Lappen klatschte auf seine Wunde und das Salzwasser brannte in seine Seite.

»Damit es heilt«, flüsterte der Gefährte in sein Ohr. Das Klopfen vom Heck über die Reling trieb Friedrich zu seinem Platz am Bug der Schaluppe. Der Gefährte griff nach dem Hemd und bedeckte die Schultern.

Konradins Blick glitt zu Fabio. Die Lider verengte der Fischer zu Schlitzen, den Mund zu einem Strich. Und – wie auch immer – gelang ihm, beständig zu murmeln.Das Gebrabbel frieselte Konradin, und es begleitete die Fahrt, seit sie den Kiel ins Wasser gelassen hatten. Der Staufer beugte sich zur Seite und schob die Plane über dem Apfelkistchen weg. Über die rotbackigen Rundungen glitt seine Hand und packte die schönste. Er rief, er warf, und Friedrich fing.

»Morgenmahl!« Konradin langte einen Apfel in Richtung des Fischers. Fabio schnappte ihn, seine Zähne zerrissen das Fruchtfleisch, und Konradin beobachtete ihn. Er stützte die Arme auf die Knie und nickte gen Horizont. »Die Laudes bricht an. Bestimmt sind es nun fünf, vielleicht sechs Stunden, die du uns übers Wasser schiffst. Ihr braucht Ruhe, Fischer!« Konradin deutete auf das Steuer. »Zeig es mir. Wenigstens für eine Stunde oder zwei wechseln wir uns ab. Auch dir tut die Erholung wohl.«

Fabio wedelte mit der Hand und starrte zum Segel. »Zu langsam.« Er schüttelte den Kopf. »Wenn ich Euch das Segel gebe, stehen wir. Oder wir kentern. Nichts wisst Ihr! Nichts von Untiefen, nichts von der Küste und vom wilden Meeresweib. Glaubt Ihr, 'n Hora[16] langt Euch, für was, was ich in ein' Leben lang gelern' hab? Glaubt Ihr, das ist die Zeit genug?« Der Fischer wieherte ein Lachen, fummelte in einer Seitentasche und der Ring glitzerte im nächsten Moment in der Sonne. »Ihr habt mir die Auslöse versprochen, sobald Pisas Hafen erreicht ist. Glaubt mir: Ihr werdet sehen, wie schnell Ihr Eure Versprechen halten müsst.«

Konradin legte den Kopf schief. Der Ton – das Zittern in der Stimme des Fischers ließ ihn einen Blick über Heck und Reling werfen. Gischt sprühte ihm in den Nacken, die Küste zog vorbei. Er schnappte sich einen Wasserschlauch. »Ihr müsst ruhen. Erschöpft und sonnenverbrannt könnt ihr die Segel nicht die ganze Zeit halten. Lehrt uns, was zu tun ist, und wir wechseln uns ab. Wir schaffen es nur gemeinsam.«

Fabio knurrte. Ans Ruder gelehnt brütete er; er starrte auf die Wellen. Der Staufer drehte sich auf der Bank und warf Friedrich einen Blick zu. Konradin stieg über die Bank in die Mitte des Bootes, im nächsten Moment platschte sein Fuß in Nässe.

Friedrich schrak auf und krümmte sich nach hinten. »Fabio: Im Rumpf ist Wasser – und nicht wenig.«

»Landratten.« Der Fischer gackerte. »Die Gute ist immer etwas feucht.« Er wischte die Worte mit der Hand davon. »Räumt das Essen weiter nach vorne in den Bug.« Er schmiss einen Lappen. »Wischt damit auf, dann werden Eure Füßchen nicht zu nass.«

Konradins Kiefer klappte nach unten. Das Tuch plumpste in die Pfütze, sog sich voll, sank. »Eine Kelle wäre angemessen.«

Fabios Miene verdüsterte sich, er spuckte über den Bootsrand. Ans Ruder klemmte er ein Holz und fixierte es mit einem Strick. »Verzogene Bengel.«

Der Fischer rutschte heran, quetschte Konradins Schulter und drückte ihn auf die Bank. Die Berührung schauderte Konradin, wie der Atem, wie der Gestank des Mannes. Er spürte den Ruck, der durch Fabios Körper lief.

Der Fischer überstieg die ersten beiden Sitzbänke. Er krabbelte, klopfte die Planken ab, bis das Holz unter seinen Knöcheln schmatzte. Den Lappen riss er Konradin aus der Hand, wischte die Pfütze auf, klatschte ihn gegen Konradins Brust. »Auswinden.«

Das nächste Klopfen verschluckten die Planken beinah. »Du schon wieder.« Fabio richtete sich auf. Er zog das Hemd vom Leib, riss Streifen ab, und er begann, sie in den Boden zu stopfen.

»Was meinst du?« Friedrich beugte sich tiefer. »Wer schon wieder? Sein Blick klebte an Fabios Tun.

Konradin erfasste schneller, was drohte. »Du bist mit einem Leck in See gestochen?« Konradin starrte auf den Rücken des Mannes. »Was für ein Fischer bist du?« Er tauschte einen Blick mit seinem Freund.

»Ein wenig Nass schadet keinem.« Der nächste Streifen wanderte in den Rumpf. Unter den Knien des Fischers schimmerte es. Er verlagerte sein Gewicht und grapschte den nächsten Fetzen. »Langt mir den Lappen.« Er riss ihn Konradin aus der Hand.

»Bis Pisa wird …«

»Was wisst Ihr schon? Landratten!« Fabio sprang auf und trat mit dem Fuß gegen die Stoffknäuel. Er prüfte die See und den Abstand zur Küste und sprang zurück zum Ruder. »Das verdammte Meer, das Salz …«, murmelte er. »Es frisst das Holz. Fischpisse!« Er schlug auf die Bordwand. »Fischpisse!« Er stammelte vor sich hin. »Aber zu spät. Ich war zu spät. Immer diese Hetze.«

»Mann! Halt die Klappe!« Die Schaluppe schaukelte auf den Wellen. Konradin baute sich im hinteren Drittel auf. Sein Blick glitt über die Schulter. »Hat dir die Sonne das Leck aus der Erinnerung gebrannt?« Sein Schatten fiel auf den Fischer. »Du kanntest das Ziel, und mit einem lecken Boot erreichen wir Pisa nicht eben leichter.«

Der Fischer sprang auf und über die Bank, donnerte den Kopf gegen die Brust des Staufers.

Konradin stolperte. Die Wangen glühten, am Hals spürte er pochende Hitze. Er hörte vom Bug Friedrichs Räuspern. Eine Welle brach sich am Boot und erschütterte Konradins Gleichgewicht. Er schwankte, knickte zur Seite, ruderte mit den Armen. Sein Herzschlag raste, und die Kante der Bank grub sich in seinen Unterschenkel. Das Gewicht des Fischers knallte auf ihn. Der Druck auf seiner Brust, am Hals schnürte ihm die Luft ab. Er packte Fabios Handgelenke und wehrte sich gegen die Klammer an seiner Kehle.

Friedrich polterte heran, stürzte neben ihn auf die Planken. Wasser platschte und spritzte hoch. Konradin japste. Er hörte erst den Hieb, dann einen Aufprall und kam frei. Luft füllte seine Lungen, er richtete sich auf und stemmte seinen Fuß auf Fabios Schulter. Die Augen des Mannes sprühten Funken.

Friedrich zog den Fischer hoch und in Richtung Bootsmitte. Er drückte ihn kopfüber auf die Sitzbank. »Sieh genau hin!« Die Worte zerschnitten das Meeresrauschen, Friedrichs Rechte zwang den Nacken des Mannes tiefer.

Die Hand des Gefährten verschwand bis zum Gelenk im Wasser. Er biss sich auf die Lippen und schüttelte den Kopf.

»Fischpisse!« Fabio japste nach Luft und erstarrte. Die Finger des Fischers zuckten vom Rumpf zum Meer zu den Passagieren. »Zu schnell, zu schnell. Das Wasser.« Er schüttelte den Kopf. »Ihr – habt Ihr etwas fallen lassen aufs Holz? Beim Laden?« Die wachsende Pfütze. Er entwand sich Friedrichs Griff, kletterte in den Pfuhl. Mit Händen versuchte er, das Wasser aus dem Boot zu schaufeln. »Ihr … Ihr habt die Planken aufgerissen.« Die Augenlider flackerten. »Ihr …?«

In Konradins Ohren rauschte das Blut lauter als die Wellen. Sein Blick huschte von Gegenstand zu Gegenstand, und er sah, Friedrich dasselbe tun. Neben dem Ruder entdeckte er einen Krug, der Freund hatte eine Schale gefunden. »Verdammt!« Er riss den Fischer an der Schulter hoch. »Steuer das Schiff. Nichts hilft uns, wenn wir auf einen Felsen laufen oder die Richtung verlieren.«

Fabio schluchzte. »Nein, nein. Sie ist mein Leben … was geblieben ist.« Er klappte auf die Fersen, die Finger dippten ins Wasser, der Kopf fiel in den Nacken. Der Blick klärte sich einen Moment. »Wir müssen …«

Friedrich schüttete Wasser auf ihn. »Scher dich ans Ruder, Idiot!«

Der Fischer blickte zwischen den beiden hin und her. »Bastarde.« Er hievte sich hoch und wankte in Richtung des Ruders. Schweiß und Wasser überzog seine Haut, die Beinlinge klebten an seinen Körper.

Friedrich schöpfte und biss sich auf die Lippen. Der Oberkörper des Freundes glänzte, Haarsträhnen hinten ihm übers Gesicht. Konradin drehte sich um und kniff die Augen zusammen, er sah vorbei am Fischer. Ekel schüttelte ihn, in seinem Magen knarzten Steine. Er lenkte den Blick über den Bootsrand. Die Küste glitt an der Seite des Schiffchens vorbei. Die Sonne drehte ihre Wärme hoch, Salz klebte sich auf seine Haut und brannte die Feuchtigkeit davon. Er spürte den Stich, als seine Lippe platzte.

Er blinzelte stärker. Am Horizont schaukelte ein dunkler Fleck. Konradin berührte Friedrichs Schulter. »Ist da nicht …« Der Freund richtete sich auf. »Was siehst du dort?« Er streckte den Arm.

Der Fischer wandte sich ebenfalls um, sprang auf, stützte sich auf den Rand, schirmte mit der Hand die Augen. »Ein Segler«, knurrte er.

Der Punkt wuchs zu einem Ball, wucherte zu einem Knäuel.

»Ein Schnellsegler.« Fabio drehte sich wieder um. »Er fährt unter der Flagge der Frangipani.«

Der Eimer platschte in die Pfütze. Konradins rollte die Schultern, als wäre eine Last gefallen. Die Mundwinkel wanderten hoch. Friedrich drückte seine Schulter. »Giovanni ist den Staufern verbunden.«

Konradin nickte. »Er hat meinem Großvater viel zu verdanken. Er steht treu zu uns.« Er griff einen der Wasserschläuche und nahm einen tiefen Schluck. »Fischer: Wie schnell hat uns der Segler erreicht.«

Fabio zuckte die Schultern. »Wenn wir das Segel einholen, verlieren wir an Fahrt. Sie dürften bald bei uns sein.«

Friedrich drückte seine Hand. Konradin spürte die Hitze des Gefährten in seinem Rücken, die Stimme war an seinem Ohr. »Dann sind wir sicher. Wir schaffen es nach Pisa.«

†

†Kapitel 31 – Charles d' Anjou

Der Fang

10. September 1268, Italien
Genezzano, bei Rom

Er lächelte den beiden in der Ecke zu. »Erzählt es mir, Frangipani.« Charles' Zunge glitt über die obere Reihe seiner Zähne. Er schob sich im Stuhl nach hinten, legte die Beine über die Tischkante und verschränkte die Arme im Nacken.

Giovanni nestelte an der Augenklappe. Die andere Hand hielt sich am Säbel fest.

»Capitano?«

Der Blick des Glatzkopfs huschte zu den Beiden in der Ecke und zurück. »Warum lasst Ihr sie hier?« Er trat von einem Bein aufs andere.

Der Franzose wirbelte seinen Arm in die Richtung und schmunzelte. »Ich finde sie hübsch. Findet Ihr nicht? Sie sind eine Zierde für diesen Raum.« Seine Hand fuhr an den Schritt und weiter zum Oberschenkel. »So jung. Seht sie euch an. Die Reise hat ihre Haut golden gefärbt und ihr blondes Haar noch mehr gebleicht.« Er formte einen Kelch. »Die Lippen von beiden sind prall und saftig.« Er lehnte sich ein wenig hinüber und schraubte die Finger hin und her. »Mh, der Blick wirkt düster, voller Wehmut vielleicht. Glaubt Ihr, ihr Wille ist schon gebrochen oder muss der Reiter das selbst besorgen, wie bei guten Pferden?« Er tippte sich an den Mund und fuhr über die Unterlippe. »Was, glaubt Ihr, tun sie, zu zweit allein in einem Kämmerchen?« Die Hand wanderte vom Schenkel zurück zum Schritt und verweilte. »Würdet Ihr das nicht auch zu gern wissen, Giovanni? Was haben sie unter Deck Eures Schiffchens getan?«

Frangipani gaffte ihn an, dann die beiden. Die Lippen verzogen sich zu einem Haifischlächeln. »Ahhh.« Er kratzte sich am Kinn. »Wir hätten sie in eine Kajüte bringen sollen, um es herauszufinden.«

»Ihr wart wohl zu sehr beschäftigt, die Pfeile gegen meinen

Admiral zu schießen.« Charles nahm die Beine herunter. Er wischte das Schreiben vom Tisch.

Frangipani riss die Arme hoch. »Eine Flotte vor der Haustür meiner Burg, das Heer der Kirche von der Landseite – und dazwischen ich in meinem Kastell mit den wertvollsten Gefangenen.« Der Herr von Torre Astura wanderte auf und ab. »Was hättet Ihr getan an meiner Stelle, d'Anjou?«

Charles legte seinen Dolch auf den Tisch mit der Spitze zum Saal. Er versetzte der Klinge einen Schubs und musterte jede Falte des Mannes.

Der blieb stehen. »Euren Admiral kenne ich nicht.« Er beugte sich ein wenig vor und kniff das eine Auge zusammen. »Ich weiß, die Flotte der Ghibellinen beherrscht die See. Vor wenigen Wochen haben sie Ischia in ihre Gewalt gebracht. Woher sollte ich wissen, er steht noch in Euren Diensten und hat nicht längst die Seiten gewechselt?«

»Wie Ihr.« Er umrundete den Tisch. Die Klinge torkelte weiter im Kreis.

Der Zeigefinger wehrte die Worte ab, dann beklopfte der Mann den Gürtel. »Ihr habt hier den besten Beweis für meine Treue, Anjou: Die beiden wären längst in Pisa. Sie sind Eure Gefangenen, dank mir.«

Charles nickte. »Ihr ehrt mich, Frangipani. Nach Jahren der Verblendung im Dienst der Staufer habt Ihr nun ins Licht meiner Herrschaft gefunden. Und bringt Geschenke.«

Der Italiener linste durch den Schlitz seines Haiauges. »Ihr glaubt mir nicht?«

»Mit zwei Guelfen-Heeren um die Burg …« Der Franzose legte den Kopf schief. »Oder habt Ihr Euren Hass auf die Staufer ganz ohne die Hilfe anderer entdeckt?«

»Glaubt Ihr denn, ich bin nicht mehr als der Oberste der Fischer irgendwo an der Küste vor Rom? Das Meer versorgt das Dorf, und es versorgt meine Burg vor Astura. Eine Burg, deren Kammern überquellen. Meine Männer atmen Pfeile und Klingen aus. Wir haben keine Not, wenn wir uns verteidigen müssen. Das Kastell ist noch nie gefallen.« Der Dolch auf dem Tisch kam zum Erliegen, die Spitze zeigte ins Leere. Frangipanis Lächeln tropfte aus seinen Mundwinkeln auf die Tischplatte und kroch auf Charles zu. Die Stimme des Italieners wurde lauter. »Welfen,

Staufer, Franzosen, Deutsche, Kirche, König. Ich entscheide, und ich brauche keinen, der mir sagt, an wessen Seite ich stehen will.« Seine Hand streute die Worte in den Raum und verwirbelte sie. »Der Führer des Kirchenheeres machte nicht den Eindruck, als stünden die Heere der Kirche ebenso unter Eurem Befehl.« Frangipani hustete. »Nach Kardinal Jordans Worten hat die Kirche eigene Ansprüche auf den Staufer. Sie schert sich Fischpisse um Eure Interessen.« Er verschränkte die Arme und tippte mit dem Schuh auf den Stein.

Charles winkte und griff nach dem Wein. Frangipanis Blick folgte dem Burschen bis zur Schwelle. Der Glatzkopf leckte sich die Lippen, wieder spähte er zu den beiden in der Ecke. D'Anjou prostete ihm zu.

»Und zwischen der Ungewissheit was meinen Admiral betrifft und Euren …« Er holte Luft. » ... Euren Sympathien für die Pläne der Kirche, habt Ihr beschlossen, mich aufzusuchen.«

Frangipani stapfte zu ihm und stützte sich auf den Tisch. »Kriege auf See und an Land machen die Taschen leer und bringen nichts auf den Tisch. Ich will Frieden für das Dorf und mich. Wenn das nicht ist, was Ihr hören wollt …« Seine Schultern zuckten. »Die Kirche stopft die fetten Bäuche ihrer fetten Priester. Sie hält die Hand auf und schwafelt von Gottesrecht. Wenn ein Heer vor meiner Tür steht, schickt sie keine Engel. Und Ihr: Habt Ihr je einen Priester ein Schwert halten sehen?«

Charles pochte dreimal auf den Tisch. Er setzte sich zurück auf seinen Stuhl. »Ihr habt die Seiten gewechselt, bringt mir ein Unterpfand für eure Treue, und wollt auf Eurer Meeresburg die Ruhe haben, um Fischweiber zu vögeln.« Einer der Mundwinkel wanderte nach oben. Er hob den Kelch.

»Der Staufer bot mir: Er heiratet eine meiner Töchter.«

»Hat er das?« Die Worte tropften zu Boden wie schmelzendes Gift.

Der Mundschenk drückte dem Italiener den Becher in die Hand.

»Dabei ist Konradin längst verheiratet, Giovanni. Wusstet Ihr das nicht?« Charles' Augen wurden schmal. Er genoss das Stirnrunzeln seines Gegenübers. D'Anjous Geste schmiss die Worte gleich Würfeln in den Raum. »Sophie von Meißen ist seine Braut. Wusstet Ihr das nicht. Begegnet ist er ihr noch nie, doch die Ehe ist geschlossen durch seinen Stellvertreter, die Bande der Familien sind besiegelt.« Charles zog die Lefzen hoch. »Wie gut, dass Ihr nicht jedes Angebot annehmt.«

Über die Miene des Herrn von Astura flackerte Zorn. Er presste die Kiefer aufeinander.

»Trinkt, Giovanni! Auf den Frieden meiner Herrschaft.«

»Die Urkunden über meinen neuen Besitz und über die Zahlungen von Euch an mein Haus sind bereits auf dem Weg nach Astura.« Den Wein an den Lippen sprach der Glatzkopf. »Vielleicht sind sie schon auf meiner Burg. Der Ritt von Genezzano nach Astura ist fünf Stunden.«

»Habt keine Sorge, Vasall! Ich drohe Euch nicht. Ich weiß, wem Eure Treue gilt, und Ihr wisst, was Verrat bedeutet.« Er drehte den Kopf wieder zu den beiden im Eck und rollte die Finger winkend. Seine Fersen landeten auf der Tischplatte, den Becher in seiner Hand leerte er mit einem Schluck. Der Knappe rannte heran und füllte nach. »Die Dinge sind einfach. Einfache Dinge sind mir die liebsten.« Wein schwappte über den Rand, rote Tropfen landeten auf seinem Surcot und liefen über seine Finger. »Trinken, Essen …« Er griff sich in den Schritt. »Darin sind wir alle gleich. Meint Ihr nicht?« Er leckte den Wein von Handrücken und Daumen, dann runzelte er die Stirn. »Ah, die Priester vielleicht nicht. Diese Kuttenträger sind wider die Natur.« Sein Blick suchte den des Herren von Astura. »Und nun: Verratet mir, wie Euch Konradin und Friedrich ins Netz geraten sind. Und: Trinkt!«

Frangipanis Kopf bebte vom Nicken. Er nippte am roten Traubensaft und räusperte sich. »Einer der Knappen kam zu meinem Ältesten, und mein Felicio kam zu mir. Er ist ein heller Bursche, mein Felicio. Er kennt jedes Buch in meiner Burg – auch das der Wappen. Ein wenig still ist er vielleicht, doch voller Neugier. Stets will er wissen, was hinter den Dingen steckt. Ihr wisst als Vater, wie das ist.« Der Italiener gönnte sich einen Zug und schnappte eines der Brote vom Brett, das der Diener herantrug. »So bin ich mit ihm und dem Knappen am nächsten Morgen ins Dorf geritten.«

»Und dort hat man Euch den Stauferererben und seinen Kameraden auf dem Markt feilgeboten? Als Lustknaben womöglich?« Charles riss ein Stück Käse ab und kaute mit offenem Mund. »Und Ihr habt Sie gerettet und zur Rettung ihrer Seelen an meinen Hof gebracht.« Er verlangte nach mehr Wein und grinste Frangipani an. »Ah nein, so ist es natürlich nicht. Weiter! Erzählt weiter!«

»Der Knappe hat uns zu Alfredo geführt. Der beschlägt auch unsere Pferde, er schmiedet Schwerter ebenso wie Angelhaken und für die Fischer die …« Er kratzte sich am Kopf. »… die, die … Ihr wisst schon: wo sie ihre Ruder einlegen. Er kennt sie gut, die Fischer von Astura. Wappen kennt er nicht. Danach hat ihn aber einer der Fischer gefragt: Nach dem Wappen auf einem Ring. Er wusste nichts darüber, aber das Metall kannte er: Silber. Der Knappe, der die Pferde abholen sollte, erinnerte sich nur vage an die Bedeutung des Wappens. Doch es ließ ihm keine Ruh. Felicio fand mit der Beschreibung des Schmiedes heraus, wessen Siegelring der Fischer gezeigt hatte.«

»Und der Fischer?«

»War umtriebig gewesen auf dem Markt. Fabio gilt als Kauz, arbeitet mehr und bringt weniger nach Haus. Eingekauft hat er an dem Tag für drei. Und gelacht. Und geprahlt: Wenn seine Fracht nichts einbrächte, so würde er den Siegelring in Pisa einlösen. Er würde heimkehren und eine bessere Frau finden.« Frangipanis Lachen dröhnte durch den Saal. Er klopfte auf den Beutel an seiner Hüfte. Die anderen Hand hielt er hoch und schraubte zwei Finger und Daumen in die Luft. »Das soll er nun einmal versuchen.«

Charles runzelte die Stirn, dann wischte er über den Mund. »Ihr habt sie noch auf dem Markt erwischt?«

Der Italiener schüttelte den Kopf. »Ich bin mit einem Schnellsegler hinterher. Nach einem halben Tag nahmen wir die Schaluppe in Schlepp.«

D'Anjou wiegte den Kopf hin und her. »Das geschieht, wenn man das Maul nicht halten kann zur rechten Zeit.«

»Ich hätte mir beinahe einen neuen Schwiegersohn geangelt. Das Anrecht auf Krone und Titel haben mich nicht genug abgelenkt von der Schwertspitze an seiner Kehle.«

»Einen Schwiegersohn, sagt ihr? Sieh einer an.« Charles schüttelte den Kopf. »Und seine Verbindung mit Sophie von Meißen unserem blonden Staufer-Jüngling wohl entfallen. Wie gut, dass wir nicht alle vergessen, was wir früher einmal versprochen haben. Ich halte mein Wort, anders als die Jugend …« Er warf den

Beutel Münzen auf den Tisch. Das Band löste sich. Klimpernd kullerten drei Taler auf das Holz.

»Mehr als dreißig, nehme ich an.« Frangipanis Mundwinkel schoben sich zu den Ohren. Der Blick streifte die Ecke. Er wog den Beutel in der Hand.

»Ein König zahlt mehr als die Priester. Vor allem für einen guten Fang.« Charles rieb seinen Schritt. »Capitano?« Er knickte seinen Zeigefinger. Frangipani trat an die Tischkante. »Der Fischer – was habt Ihr mit ihm gemacht?«

»Der Fischer.« Giovanni nickte. Der rechte Mundwinkel wanderte nach oben. »Der Italiener, der Konradin verraten hat an die Franzosen.« Er kraulte sich am Kinnbart. »Wir haben ihn hochgeschickt mit drei meiner Männer, in den Norden. Konradins Onkel kann ein wenig Spaß gebrauchen. Vielleicht erfahren wir, was er anstellt mit Verrätern.«

»Sind Eure Soldaten denn den Staufern treu?« Charles grinste. »Oder besteht Gefahr, dass Ludwig Euch für den Verräter hält.«

Frangipani schnappte die übrigen Münzen vom Tisch, rollte einen Goldtaler durch die Finger seiner Hand und ließ ihn zu den anderen fallen. »Vor den Staufern buckeln wir – seit Generationen. Und vor allem ernähre ich ihre Weiber und Kinder.« Er legte zwei Finger an die Stirn und grüßte. In Richtung der Ecke verbeugte er sich. Dann schlug er sich auf die Stirn. »Beinahe hätt' ich es vergessen.« Er kramte an seinem Gürtel und löste ein Säcklein. »Der Siegelring.« Giovanni räusperte sich.

»Der Ring.« Charles schaute auf. »Ihr habt ihn dabei?«

»Alles findet zu seinem rechtmäßigen Besitzer.« Frangipani öffnete den Beutel. Ein Teil des Inhalts kippte heraus und kullerte über die Tafel. Am Rand kam der Fingerstumpf zum Erliegen. Das Siegel zeigte nach oben. Der Nagel fehlte, und die Ränder hingen rissig um den Stumpf. Das Rot war fast schwarz auf der käsigen Haut.

»Ich denke, er hat nicht so richtig zu ihm gepasst.« Der Capitano zuckte mit den Schultern. Er rollte die Finger seiner Hand zum Abschiedsgruß, verbeugte sich erneut und schlenderte zur Tür.

»Ein Fischer und ein Ring.« D'Anjou leckte sich das Lächeln von den Lippen. »Der Anfang ist gemacht. Der Norden, Byzanz – sehen wir, was folgt«, sinnierte er. Er winkte den Waffenträgern an der Tür. »Seht zu, dass die Zellen in San Pietro bereit sind, bis ich hier fertig bin. Das Stauferlein ist ein Feldlager gewohnt, nun gewöhnen wir es an den Kerker eines Kastells.« Dann deutete er auf das Eck. »Bringt sie in mein Zimmer. Die Lumpen zieht ihnen aus.« Seine Hand lag am Schritt. »Legt ihnen Fesseln an. Und bringt mir Guy! Und mehr Wein!«

†

†KAPITEL 32 – LUDWIG

VERHANDLUNGEN

25. SEPTEMBER 1268, HL. RÖM. REICH
HERZOGTUM BAYERN, MÜNCHEN

»Raus.«

Der Bursche erbleichte, stolperte in eine Verbeugung vor dem Herzog, floh aus dem Zimmer. Die Tür ließ er auf.

»Was ...« Ludwig würgte, hielt sich die Hand vor die Nase und drückte das Würgen weg. »Was hab ich getan?« Er schloss die Augen. Das Schreiben aus Italien fiel ihm aus der Hand, dann der halbgeöffneten Beutel. Ludwig griff nach dem Krug im Wandregal. Über Schleim und Fleisch, über faulende Haut schwemmte ein Schwall Wasser. Der Gestank blieb, der Ring hing weiterhin an dem Restfinger. Eine Lache sammelte sich darum.

Er schauderte. Immer wieder linste er auf den Ring am Boden. Dann glitt sein Blick zum Bücherregal und auf die vorletzte Reihe. »Zur Hölle mit ihr.« *Seit Tagen war sie nicht zu finden.* Er zog den einen Folianten heraus – und fand den Papierfetzen mit Cäcilias Schrift. Der Umstand sollte ihn freuen, stattdessen wuchs die Unruhe in seiner Mitte, als er den Namen darauf las. *Eine Bestätigung. Als ob es das besser macht.*

Die Tür fiel ins Schloss. Ludwig brummte, füllte seinen Becher und einen zweiten mit Wein. Schritte humpelten über die Mitte des Raums, hielten inne.

»Gott zum Gruße, Herzog.«

»Ritter.« Er reichte Georg von Hardenberg den Trank. Der spähte auf den Boden, stutzte, dann schüttete er den Inhalt des Kruges in seinen Rachen ohne abzusetzen. Die Haut des Hardenbergers leuchtete heller als die Wände im Raum, die Augen starrten aus Gebirgsschluchten.

»Steht Ihr im Wettstreit mit Gevatter Tod? Ihr siecht dahin – oder seht zumindest aus, als würdet Ihr den Schnitter ersetzen wollen, so blass und grimmig, wie Ihr seid.« Sein Blick schwenkte kurz zum Regal.

Georg presste die Lippen zusammen, knurrte. »Weshalb bin ich hier?«

»Ihr solltet mich bitten, meinen Befehl wieder in Kraft zu setzen«, spottete Ludwig. Sein Gegenüber zuckte, und der Herzog ahnte, dahinter verbarg sich mehr als nur der Schmerz der Wunden an Bein und Brust. »Die Auflösung der Verlobung bekommt Euch schlechter, als eine anbefohlene Ehe.«

»Ich ...«, murmelte Georg. Sein Blick verlor sich, seine Miene verdüsterte sich, seine Stimme verebbte. »Es ist besser so.«

Er maß den Ritter, und wog ab, wie viel mehr dessen Haltung verriet als dessen Worte. Dann polterte Ludwigs Stimme durch den Raum. »Besser, glaubt Ihr? Ihr seid der zweite Sohn eines meiner Vasallen, Ihr seid ein verwundeter Krüppel.«

»Nicht mehr lange«, fuhr Georg dazwischen. »Die Wunden heilen.«

»Was glaubt Ihr, erwartet Euch für eine Zukunft, was für eine Braut?«

»Ein Weib aus Fleisch und Blut. Mit einem Herzen vielleicht. Wenigstens kein Raubtier, das mich zerfleischt, sobald ich mich nähere.«

»Wir werden sehen.« Ludwig wanderte zum Tisch und griff nach dem Brief. »Unsere Verbündeten wissen, wo Konradin ist.«

»Also lebt er.« Georg von Hardenberg schlug sich gegen die Brust.

»Noch ist das Lamm nicht geschlachtet«, grollte Ludwig. »Falls Ihr das meint.«

»Das Schreiben des Papstes ...« Der Hardenberger zuckte die Schultern. »Das ist das Einzige, worüber Ihr mich unterrichtet habt, als Ihr mich vor einem Mond im Krankenlager aufgesucht habt. Habt Ihr nun ein neues Schreiben?« Er fasste nach dem Pergament. »Freund oder Feind? Wessen Siegel?« Die Finger fuhren über die schwarzen Zeichen und das Wachs, er hob sie an seine Augen und entfernte sie wieder und hielt sie in einem anderen Winkel ins Licht. Er schluckte.

Ludwig entriss ihm das Papier.

»Es ist Konradins Siegel – und das der Orsini.« Der Hardenberger verschränkte die Arme vor der Brust. »Die Siegel sind wohl echt, und selbst in aller Treue für Euren Neffen, allein werden die Orsini sich nicht gegen Charles wenden.«

Der Herzog nickte. »Das sagen auch meine Quellen.« Er seufzte. »Ein Bote traf zur Laudes ein.« Ludwig krampfte die Faust in den Stoff seiner Cotte. »Von Palestrina nach München hat er sein Ross nicht eben zu Tode geschunden, um mir dieses Schreiben hier zu bringen und Konradins Ring an einem halbverfaulten Finger. Ich sollte dem Reiter seine Dienste bei Wasser und Brot im Kerker vergüten.«

»Konradins Finger?«, fragte Georg. »Hat der Franzose selbst das Schreiben geschickt?«

Ludwig schnaubte, verengte die Augen. »Ich ...«« Seine Hand fuhr übers Gesicht.

Der Zweitgeborene des Hauses Hardenberg rieb sich die Schulter. »Hauptmann Gerhart wartet mit vierhundert Mann in Verona. Binnen einer Woche kann er Rom erreichen.«

»Denkt nicht einmal daran! Genausogut könnte ich mich mit meinem Schwert gegen die reißende Isar werfen. Der Franzose hat die Truppen meines Neffen ausgelöscht und halb Rom gemetzelt.« Er spürte das Pochen an seinem Hals. Der Gedanke an Charles' Taten entfesselte seine Wut. »Und der Papst? Nennt den Franzosen erneut Verteidiger des Glaubens.« Er riss ein Fenster auf und schickte einen Fluch in den Burghof.

»Aber ...«

»Mit Waffen bringen wir Konradin nicht frei.« Ludwig schwieg, er schloss die Augen. »Ich hätte die Truppen im März ausheben müssen. Und entsenden, als er mich darum bat.« Er zeichnete das Kreuz auf Stirn, Mund, Brust. »Ich ... Verflucht!« Er fuhr herum, schleuderte ein Papierknäuel in den Raum.

Georg knetete sein Bein und beobachtete ihn.

Ludwigs krampfte sich zur Faust. »Mein Herold ...« Er versuchte, sich zu beruhigen, räusperte sich. »... wird noch heute aufbrechen. Ich brauche einen Trupp, der Damian, meinen Herold, sichert.«

Georg rieb sich das Kinn und zuckte die Schultern. »Einige von Gerharts Männern kennen die Pfade dort, wie sie ihre linke Hand kennnen. Sie sind der richtige Schutz für Euren Handelsführer.«

»Ihr begleitet den Herold nach Verona.« Ludwig stützte die Arme auf.

»Seht mich an. Ich kann kaum laufen. Der Wundarzt ...«

»Erzählt mir nichts. Die Wunden heilen.« Ludwigs Fuß tippte

auf den Boden. »Eure Worte. Ihr müsst nicht laufen. Ihr werdet reiten. Ihr habt aus Euren Fehlern in Lucca gelernt – nehme ich an«, sagte Ludwig. »Und schließt den Mund. Ich füttere Euch durch an meinem Hof. In einem Krieg seid Ihr ein Ritter ohne Taug. Beweist hier Euren Wert.« Er löste den Schwertgurt und platzierte ihn in der Mitte des Tisches. »Von Verona reist Ihr mit einem Trupp nach Rom zu Charles. Ihr begleitet meinen Herold und lernt. Er hat das Wissen der Sarazenen gelernt, er spricht die Sprachen des Südens und des Orients.«

Der Herzog starrte auf die Waffe, als könnte sein Blick sie neu schmieden und stärker.

»Herr?«

»Wir brauchen Konradin, wenn dieses Reich zu Größe gelangen soll.«

»Weshalb sollte der Franzose ihn freigeben? Der letzte legitime Erbe der Staufer ist die einzig verbliebene Bedrohung seines Thronanspruchs.« Der Ritter verschränkte die Arme vor der Brust. »Er hat keinen Grund, Konradin leben zu lassen.«

»Ihr bringt ihm einen.« Ludwig tippte auf das Wappen an seiner Cotta. »Ich will Charles' Interesse. Ich will ihn bei seiner Gier. Eine Heirat bringt Länder und Titel.«

»Dessen Söhne sind anderen Töchtern versprochen«, erinnerte der Hardenberger.

»Die Jüngste des Franzosen noch nicht.«

Georg senkte das Haupt und studierte den Boden. »Euer Sohn?«, murmelte er und blickte auf. »Er ist noch kein Jahr alt.«

»Herrgott.« Ludwig fluchte. Er wünschte, Cäcilia stünde ihm gegenüber. »Ja, mein jüngster Sohn. Wer sonst?«

Ludwig kämmte seinen Bart. Sein Blick wanderte zum Regal. »Ihr bringt meinen Vorschlag nach Italien. Und haltet Euch zurück, Georg. Ihr werdet lernen, Ihr werdet beobachten. Versteht Ihr mich? Dann kehrt Ihr zurück, und …«

»Ich habe diese Worte schon einmal gehört.«

»Die Tochter des Franzosen angelt damit einen ganzen Batzen Land nördlich der Alpen und östlich des Rheins. Der Franzose wird wohl anbeißen bei diesem Brocken.« Ludwig lehnte sich an den Tisch. »Diesmal kehrt Ihr heil zurück, und dann …«

»Ich habe diese Worte schon einmal gehört. Was ist der Lohn für meine Dienste? Eine neue Braut?«, schnappte Georg. Er richtete sich auf. »Ich will ein Lehen, Herzog. Eure Feinde können mir die Treue nicht aus dem Leib prügeln, und als Euer Lehnsmann werde ich Euch mit mehr Macht unterstützen. Und dann gebt mir meine Braut zurück, damit ich sie heimführen kann in ein angemessenes Haus.«

»Ihr wollt Eure Braut also doch zurück.« Ludwigs Augenbraue wanderte nach oben. »Oder wisst Ihr selbst nicht, was Ihr wollt, Ritter.« Er hob die Hand. »Mir ist es gleich. Ihr werdet Euren Lohn erhalten, und wir werden sehen, was die Zeit bringt.«

†

†Kapitel 33 – Albrecht

Schutz und Spiele

Anfang Oktober 1268
München

Der Luftstoß stob durchs Stroh und verriet ihn. Albrecht nieste, er hörte die Schritte. Hinter der Stute drängte er sich an die Wand der Box, kauerte sich zu Boden. Seine Hände bargen den Kopf. *Wo bist dus, Weißfrau? Bitte lass genugs sein. Mach, dass ers mich nicht findet.* Er duckte sich. Die Tür der Kammer schlug auf, die Stute neben ihm hob den Kopf und schnaubte den Störenfried an.

»Zeig dich! Rumtreiber haben in den Ställen des Herzogs nichts verloren.«

Albrecht kannte den Sprecher. *Nicht der Koch. Dank seis nicht der Koch.* Nachts hatte er die Stimme schon oft gehört. Er kauerte sich an die Wand und presste die Lider aufeinander. Dann spannte der Stoff sich um seinen Hals, er würgte. Das Hemd schnitt in seinem Hals, der Eindringling zerrte ihn am Kragen aus dem Verschlag an der Stute vorbei.

Ein Arm über seiner Kehle drückte ihn an die Wand. Die Mittagssonne zwang sich durch die Oberlichter. Er rang nach Luft und blinzelte vorbei am Ritter.

»Was tust du hier?«

Albrecht deutete auf Rechen und Schaufel, die Schubkarre daneben war auf den Stallboden gekippt.

»Ein Stallbursche? Weshalb versteckst du dich?«

Albrecht starrte in die goldenen Augen mit den grünen Sprenkeln. Der Ritter wischte sich das braune Haar aus dem Gesicht. Er runzelte die Stirn. »Sprich!«

Gleich. Gleich kennt ers mich. Georg. Er öffnete sein Maul und wedelte mit dem Stumpen seiner Zunge. Im nächsten Moment war er frei.

Georg sprang zurück, zog sein Schwert. Er keuchte. »Erschlagen sollt ich dich!« Die Klinge drückte in den Hals. »Wie bist du an den Hof gelangt, wie kommt es, dass du noch lebst?«

Albrechts Hände formten eine Silhouette, Kurven, zeichneten langes Haar. *Cäcilia.*

»Cäcilia? Du bist unter ihrem Schutz?«

Der Stumme nickte. Georgs Gesicht wurde blass, seine Augen riesig. Er stieß das Schwert zurück in seinen Gurt. »Du bist der Diener des Raubritters, Hans von Eurasburg. Du hast meine Schwester bedroht und hättest dich beinah vergangen an ihr, wäre ihr Verlobter nicht dazwischen. Dein Herr hat ihr und ihrem Verlobten den Tod gebracht.« Er fluchte. »Cäcilia schützt dich, Lumpenhund. Und ich will diese Schlange auch noch zurück!« Ein Lachen irrlichterte durch den Stall, zersplitterte an Albrechts Ohren, die Miene des Ritters zuckte wild. Georg fuhr sich durchs Haar und brannte seinen Blick vom Stroh zwischen Albrechts nackten Zehen bis in seine Augen. Kiefer, Arme spannten sich. »Gnade dir Gott,« flüsterte er. Der Haken saß und Donner füllte Albrechts Kopf. Er strauchelte, und der Boden löschte alles Licht.

Eisenbeschlagene Hufe trommelten in seinem Schädel, und ein Etwas riss ihm Büschel um Büschel Haare aus. Albrecht blinzelte, Licht gleißte in seine Augen und stach in den Hinterkopf.

»Da.«

Aus dem Mündchen gegenüber sabberte Speichel, blaue Kulleräuglein über einer Stupsnase musterten ihn. Albrecht fühlte Nass an seiner Nase, das Händchen drückte zu. Lachen gluckste über ihn hinweg. Dann gab es ein Zerren, Ruckeln und Ziehen, und er war frei. Etwas plumpste auf den Boden.

»Da.«

Er schob den kleinen Mensch zur Seite und war ihn los. Glaubte er.

» Luis, nein! Luis, komm weg da.« Die Frauenstimme schnitt in seine Ohren. »Lass den Knecht in Ruhe. Mach dich nicht schmutzig.«

Ärmchen waren zuerst in seinem Sichtfeld, dann wieder der Kullerkopf und die Augen. Albrecht schloss die Lider, schlug sie wieder auf. Der Tritt gegen sein Schienbein zündete einen Feuerlauf an Schmerz bis unter seine Kopfhaut. Das Fiepsen des Weibes brannte noch schlimmer. »Mach dich weg, Hundsfott. Was liegst du hier herum vor deiner Herzogin? Der Stallmeister wird einem Faulenz auf die Beine helfen.«

Albrecht sortierte seine Glieder, hob Körper, Kopf, atmete Staub und Halme ein. Die Angeln quietschten, der Boden bebte. *Noch einer im Stall. Was sind das alle hier?*

»Anna!«

Albrecht robbte sich in eine Ecke, duckte sich, die Stimme des Herzogs dröhnte zwischen den Abteilen.

»Was macht mein kleiner Ludwig hier?« Der Schatten des Herzogs fiel auf seine Frau und das Kind. »Was machst du mit dem Kind?«

Sie straffte die Schultern, reckte das Kinn vor. »Pferde beruhigen ihn. Luis wollte Pferde sehen.«

»Weiberschmarrn. Das Kind ist kaum ein Jahr. Wie soll er wissen, was Pferd ist oder Hund oder Holzpuppe.«

Die Herzogin zog das Kind zu sich und nahm es auf den Arm. »Er weiß, sein Vater ist immer auf einem Pferd.«

Albrecht sah Ludwigs Mundwinkel zucken. *Beinah lächeln.* Dann schüttelte der Herzog den Kopf, der Kleine reckte die Arme nach ihm. Ein Strahlen sprang vom Kindergesicht über auf den großen Mann.

»Hoppe.« Luis drängte sich im nächsten Moment in Ludwigs Arm und zupfte den Bart. In der Hand des Herzogs verschwand das Köpfchen fast.

Die Frau trat einen Schritt zurück, verschränkte die Arme. »Wie lange bleibt Rudolfs Tochter an unserem Hof?«

Ludwig antwortete seinem Sohn und überhörte das Weib. Luis probte seine Kräfte gegen den Finger des Vaters, zog, drückte und brabbelte Freude, Laute und Spucke.

»Mathilde«, zischte die Herzogin. »Wie lang bleibt sie?«

Albrecht rüttelte sich mit dem kleinen Finger im Ohr und verzog das Gesicht.

»Weib, was ist mit Mathilde? Sie soll den höfischen Schliff lernen. Fügt sie sich nicht?«

Anna warf die Arme in die Luft, sie drehte sich rechts, links, wanderte zwischen den Verschlägen auf und ab. »Sie …« Schritte trippelten in der Gasse. »Mathilde erledigt ihre Stickarbeiten, und an der Spindel ist sie nicht ungeschickt. Doch immerzu stellt sie Fragen und erkundigt sich, was mit Eurem Neffen geschieht. Dabei soll das Weib die Zierde eines Hofes sein und die Politik den Männern überlassen. Davon will sie nichts wissen.«

Das Lächeln erlosch. »Was antwortet Ihr auf ihre Fragen, Anna?«

»Cäcilia kümmert sich darum.«

Cäcilia. Albrechts Mundwinkel zuckten.

Die Herzogin seufzte.

Cäcilia rettet mich.

»Besser macht es das nicht. Sie sollte sich mehr um die Haushaltsbücher sorgen und die Vorräte, Feste und ordentliche Gewänder bei Hofe. Was sich eben gehört für ein Weib. Was für eine Gemahlin soll sie abgeben, wenn sie sich mehr um das Zeug der Mannsbilder schert, um Krieg und Politik? Gottgefällig ist dies nicht. Sie kennt doch die Lehre aus Rom und von diesem Thomas von Aquin. Der wesentliche Wert der Frau liegt in ihrer Gebärfreudigkeit und in ihrem hauswirtschaftlichen Nutzen.[17]«

Der Herzog fuhr sich mit der Hand übers Gesicht. »Anna, der Papst hat meinen Neffen zum Erzfeind der Kirche erklärt. Einen sechzehnjährigen Burschen. Du kennst Konradin doch selbst und weißt, wieviel Gutes in ihm steckt. Und nun hörst du auf die Schriften der Kirche?« Er schüttelte den Kopf.

»Soll ich denn nicht gottgefällig sein und für unsere Seelen beten, mein Herr? Bedenkt doch: Euch erwartet das Himmelreich – oder das Fegefeuer und die Hölle, wenn Ihr die Worte der Kirche nicht befolgt.« Sie zupfte an ihrem blonden Haar. »All das Unglück, das Ihr über unser Haus bringt mit diesem ketzerischen Aufbegehren. Mathilde muss lernen, dass dies der falsche Weg ist.« Ihr Blick flackerte und schoss in den Boden, das Wangenrot leuchtete stärker als zuvor.

»Ihr sorgt Euch um sie?« Und Ludwigs Augen wurden schmal, seine Stimme leise.

Albrecht kratzte sich am Kopf und wischte einen Tropfen von der Nase am Ärmel ab. *Verzieht Euchs doch und lassts mein Ruhe. Das Geschwätz von Teufel und Kirche packt weg. Is Hölle hier genug.* Er zuckte zusammen. *Schläge und Tritte und Trommeln im Kopf.*

Ein zweites Mal knurrte der Herzog. Sein Schatten fiel auf seine Frau. »Seid still! Mathilde wird schon einen Gemahl finden und eine Stütze sein an seiner Seite – nicht nur dabei das nächste Fest zu planen.«

»Mathilde, Mathilde«, keifte die Herzogin. »Was Ihr nur immer mit ihr habt. Sie ist nichts, nichts als die Tochter eines Grafen mit viel Land und wenig Adel. Einem besseren Bauern sollte sie die Frau werden. Und Ihr seid gerade so, als wäre sie bedeutend.« Sie riss ihm das Kind aus den Armen. Schreie kreischten durch den Stall, bis die Tür zuschlug. Erneut hämmerten Albrechts Schmerzen vom Kopf bis in die Zehen.

†

†Kapitel 34 – Mathilde

Verstecke

30. September 1268
Grafschaft Habsburg

Nicht einmal meine Brüder kennen diesen Ort. Mathilde schmunzelte, ihr Blick fand den Spalt in der Holzverkleidung des Treppenturmes. Sie huschte die drei Stufen bis zur verborgenen Tür.

Der Herbstwind trieb Wortfetzen und Metallklirren durch die Fenster der Habsburg herein, Stimmen und Schritte drangen vom Fuß des Westturms zu ihr. Sie runzelte die Stirn, blickte sich um. *Keiner, der mir folgt.* Ihre Finger streckten sich zu einem bestimmten Astloch.

Seit ein paar Tagen war sie zurück mitsamt dem Gefolge Ludwigs. *Auf Durchreise. Nach Süden.* Früher waren die Gäste ihres Vaters Eindringlinge für sie, sie sollten weiterziehen – so schnell wie möglich. Heute … seit ein paar Tagen …seit ihrer Ankunft in Habsburg fühlte sie sich fremd in ihrem Zuhause. *Wie ein Eindringling.*

Sie schob den Gedanken fort und zog an der Tür – und erschrak. Der Lauschplatz in der Nische hinter dem Treppenturm gehörte nicht länger ihr allein. *Sie. Schon wieder. Kreuzkruzifix!*

Ihr Gegenüber fuhr hoch. Beinahe stieß sich die Hofdame am niedrigen Gebälk. Herbstlicht stahl sich an Mathilde vorbei in den Verschlag neben dem Beraterzimmer ihres Vaters. Sie schluckte die Mischung aus Ärger und Enttäuschung, atmete den Duft von Herbst und Korn ein. Im Halbdunkel des Verstecks schimmerte das Haar der anderen wie die Abendsonne. »Was, zur Hölle, habt Ihr hier zu suchen?«, wisperte die Grafentochter. »Und woher kennt Ihr diesen…«

»Du solltest nicht fluchen in deinem Alter!«

Mathilde hob die Augenbraue – und blinzelte. Ein Schmunzeln sprang sie an.

»Und an einem Ort wie diesem solltest du ebenso wenig sein.« Cäcilia rückte tiefer ins Versteck und winkte. »Die Tochter des

Grafen lauscht also.«

»Und Ihr? Ihr seid Gast hier, im Gefolge Herzog Ludwigs.« Mathilde grinste zurück, schloss den Verschlag. Licht drang nur noch durch die Astlöcher herein – und auch nur dann, wenn es im kleinen Saal nebenan hell genug war.

Die Lider der Älteren senkten sich ein wenig. Strähne um Strähne des Feuerhaares flocht sie in einen Zopf. »Ich will Antworten – auf Fragen, die ich nicht stellen darf.«

»Vater sagt: Selbst ein Weib kann lernen durch Zuhören. Es muss kundig sein in vielen Dingen.« Sie schnaubte und blinzelte. »Wo ist Euer stummer Schatten?«

Die andere legte den Zeigefinger auf die Lippen. »Schritte!« Sie deutete in Richtung der Wand. »Still jetzt.«

Mathilde musste lächeln. Stiefel dröhnten über die Dielen, Stoff raschelte, Grußworte verteilten sich im Raum auf der anderen Seite. Cäcilia lehnte ihr Ohr an die Wand, sie presste Wange und Nase daran.

Mathilde erspähte ihren Vater und seinen Gast auf der anderen Seite der Wand durch ein Astloch. Holzsplitter kratzten die Haut um ihr Auge.

Herzog Ludwig griff nach dem Weinkelch. »Eure Älteste zeigt sich gelehrig an meinem Hofe, nur die Stickarbeiten und die Gesellschaft der Damen liegen ihr nicht. In jedem Fall bleibt sie wenigstens fern von den Zinnen«, knurrte er grinsend. »Ihr solltet einen Gemahl für sie finden.«

Hitze schoss in ihre Wangen, sie schluckte.

»Das hat noch Zeit.« Ihr Vater winkte ab. »Mathilde ist klug und hat einen starken Willen.«

»Hat keiner der Kandidaten genug Land und Einfluss?« Das Lachen des Herzogs setzte sich bis in die Holzwand fort und bis in Mathildes Bauch.

»Glück liegt nicht nur in der Politik«, hörte sie ihren Vater, »wenn der Ehebund recht geschmiedet ist.«

Ihre Fingernägel gruben sich in die Handballen. Sie spürte den Blick, die Erinnerung an das erste Gespräch mit der Hofdame blitzte auf. In der Frühlingsnacht hatte Cäcilia in ihrem Weg gestanden, und das Mondlicht hatte Schicht für Schicht abgeblättert. Das Gespinst aus Gerüchten löste sich, und hinter Bettgefährten, Intrigen und der Sage um die Blutföhre schimmerte ein Wesen, das Mathildes Neugier fing.

Die Grafentochter wandte sich ab. Ihr Vater legte eine Karte auf den Tisch, zog sie glatt, pflanzte wie immer die schwarzen Steinklumpen in jede Ecke und beugte sich darüber.

Der Eiskönig warf den Mantel mit dem Schwanenfell zurück über die Schulter. »Mein Heer trifft übermorgen in Rheinfelden ein«, brummte der Gast. »Ist Eures bereit, Rudolf?«

»Ist das Euer Ernst?« Mehr sagte Ihr Vater nicht.

»Wie lang braucht Ihr? Eine Woche?«

»Weshalb sendet Ihr d'Anjou keine Botschaft? Wenn Ihr die Verhandlungen eröffnet, darf er Konradin nichts tun.«

Mathilde nickte und ruckte zurück. Ein Splitter hatte sie ins Lid gepikst. Sie presste ihr Ohr ans Holz und schloss die Augen.

»Ein einfacher Bote kann leicht verloren gehen, und dann wird es nicht lang dauern, bis wir von Konradins Tod hören«, hörte sie den Herzog nur und biss sich auf die Unterlippe.

Ludwigs Faust donnerte auf den Tisch. »Unsere Heere sind zu weit im Norden. So schüchtern wir ihn weder ein, noch können wir eingreifen. Wir müssen schneller weiter in den Süden.« Etwas schabte auf Papier, dann tippte ein Finger auf den Tisch. »Bis hier ist mein Herold – so Gott will – unterwegs, ohne Aufmerksamkeit im Guelfen-Gebiet zu erregen. In Verona erreicht er unsere Verbündeten, die Ghibelinnen. Dort wartet eine Vorhut meines Heeres, erfahrene Krieger und Männer, die sich auskennen im Süden. Ein paar davon werden sich ihm anschließen und ihn sicher geleiten.«

»Dann könnt Ihr Euren Wunsch nach Verhandlungen kundtun.«

Ludwig nickte. »Von dort sind es sechs Tage bis Rom zu Konradin.«

»Wenn der Trupp gut vorankommt.« Rudolf räusperte sich. »Und mindestens das doppelte für Euch und das restliche Heer ab hier. Wenn Ihr gut vorankommt.«

»Mein Herold soll Charles zu einem Bündnis bewegen – oder ihn lang genug beschäftigen. Wenn wir mit vereinten Kräften nah genug an Rom sind, wird der Franzose nicht wagen, Dummheiten mit meinem Neffen zu machen.«

Stoff raschelte, über den Holzboden marschierten Schritte. Sie hielt es nicht länger aus und linste erneut. Ihr Vater rieb sich die Stirn. Ludwig stemmte die Arme auf die Tafel, nuschelte in den

Bart. »Ich weiß: Vieles hängt dabei am Glück, und schon ein Tag – zu spät oder zu früh – kann über Niederlage und Tod entscheiden.« Er seufzte.

Ihr Vater wanderte weiter kopfschüttelnd im Zimmer, hielt von Zeit zu Zeit an der Karte, runzelte die Stirn. »Ihr glaubt, ihn beeindruckt das?« Der Burgherr zeichnete eine Linie in die Luft. »Das ist, als wolltet Ihr blind in der Nacht einen Zweikampf gewinnen.«

Mathilde hob ihren Kopf und lehnte sich zu der Hofdame. »Stimmt das?«, raunte sie. Schatten und Licht flackerten in ihrem Blick. Für einen Moment schloss sie beide Augen.

»Nein«, raunte Cäcilia.

Die Grafentochter atmete aus und erlaubte sich zu lächeln.

»Schlimmer.«

Und Mathildes Lächeln gefror, ihr Mund klappte auf.

Cäcilias Zeigefinger versiegelte ihr die Lippen, die Wange war wieder an der Wand.

Ihr Vater drückte die Schulter des anderen. »Ich weiß, es ist die einzige Möglichkeit, die wir haben.« Beinah sah es aus, als stützte er ihn. »Ihr handelt recht, Herzog. Ich stehe Euch bei. Wir sind als Waffenbrüder verschworen – Eurem Neffen und einander.« Er packte ihn am Ellbogen. »Steht auch Ihr zu mir, wenn die Zeit kommt?«

Ludwig richtete sich auf und erwiderte den Griff. »Waffenbrüder. Blutsbrüder.« Seine Stimme bebte bis ins Holz der Vertäfelung und an ihrer Wange. »Den Eid haben wir vor Gott gegeben, Habsburger. Hol mich der Teufel, wenn ich mein Wort breche.«

»Ihr wisst, in welcher Gesellschaft Ihr in der Hölle seid.« Die Miene Rudolfs erhellte sich. »Das sollte Euch abhalten vom Eidbruch.«

In den Falten rundum verschwanden beinah Ludwigs Augen. »Mit dem Papst als höchstem Eidbrecher und Charles d'Anjou seinem obersten Handlanger.« Ihr Vater zwinkerte und im nächsten Moment legte Ludwig den Kopf in den Nacken. »Wohl wahr: Abschreckung ist dies mehr als genug!« Er hustete ein Lachen. »Verrecken soll d'Anjou im Feuer.« Er zog sein Schwert. Ein Streich zerschmetterte den Tisch, Papierfetzen stoben auf. »Aber erst, wenn ich fertig bin mit ihm.«

Der Tonfall, der Ausdruck auf seinem Gesicht, die Haltung

Ludwigs machte Mathilde frösteln.

»Ich unterstütze Euch für die Sache Eures Neffen, Ludwig.« Rudolfs Finger zielte nach Italien. »Ich weiß, Ihr werdet das nicht vergessen und mir Eure Treue zurückzahlen, wenn der Tag kommt.«

Ludwig nickte. »Das ist unser Eid. Und nun: Lasst uns in die Vorburg gehen. Dort finden wir meinen Hauptmann. Unsere Heere müssen handeln wie eines.« Die Tür des kleinen Saals schepperte ins Schloss.

Mathilde räusperte sich und rollte die Schultern. Sie fand das Handgelenk der Hofdame. »Ihr kommt mit mir.« Sie drückte den Verschlag auf und zog sie hinter sich die Treppe hinab. Am Gitter am Ende des Ganges stolperte sie in Mathildes Rücken. Sie blieb hinter ihr, bis die Riegel wieder verschlossen waren, und folgte ihr zwischen die Rebstöcke am Fuße der Burg.

»Weshalb verrätst du mir diesen Geheimgang.«

Mathilde musterte sie. Zwischen den vollen Trauben des Weinbergs leuchtete Cäcilias Haar selbst wie die Herbstabendsonne, die Augen wie Waldseen. »Ihr habt mein Versteck gefunden, Ihr hättet diesen Weg ebenso gefunden.« Sie lehnte sich nach hinten, berührte beinah die Stangen zwischen dem Wein. »Hier draußen ist nur der Himmel und die Erde und die Pflanzen und das, was wir mit den Augen sehen, mit den Ohren hören. Hier sind nur die Geheimnisse, die wir in uns tragen. Dort …« Sie zeigte auf die Steinquader der Wälle, »… dort saugen sich Heimlichkeiten in die Wände. Man sieht Blendwerk, man hört Lüge.«

»Es ist deine Welt, Mathilde.«

»Meine Welt?«

»Dort ist auch deine Familie, deine Schwestern, Brüder. Oder ziehst du die Gesellschaft …«

Mathilde schnellte um die eigene Achse, dann hielt sie inne. »Die Hofdamen anstelle meiner Geschwister?« Ihr Lachen prallte gegen die Reben. »So wie Ihr die Gesellschaft jener Eurer Einsamkeit vorzieht, meint Ihr?« Die Arme auf die Hüften gestützt schob sie das Kinn vor. Mathildes Blick verlor sich im Weinberg und weiter hinten am Horizont. Sie räusperte sich. »Mit der Hilfe von Herzog Ludwig wird Konradin die Krone retten.« Sie dachte an den Blick seiner Raubvogelaugen, spürte ihre Wangen glühen. Sie schlug die Hände ins Gesicht.

»Ja.« Cäcilias Stimme fehlte der Ton. Rebenzweige streiften ihre Arme, federten zurück. Sie drehte sich um. »Lass uns zurück in die Burg, Mathilde.«

Der Stoff in ihrer Hand spannte, dann entriss ihr der Rock. »Weshalb zieht Ludwig nach Rom?«

Die Hofdame raffte das Gewand mit der einen, das Feuerhaar wand sie über die Schulter mit der anderen Hand im selben Schwung, in dem sie sich zu ihr drehte. Die Abendsonne vergoldete die eine Hälfte des Gesichts. »Weil er es versuchen muss.« Cäcilia seufzte. »Mathilde, sieh her!« Sie tippte auf die Blätter der Rebstöcke. »Der Weinberg gehört zur Habsburg, richtig?« Eine der unreifen Trauben platzte zwischen den Fingern. »Was geschieht, wenn Frost ist, oder Lausbefall, und jeder weiß, ein Großteil der Ernte steht auf dem Spiel?«

»Jeder packt an; jeder, der da ist.«

»Selbst wenn keiner sicher sein kann, ob die Ernte zu retten ist«, fuhr sie fort. »Aber was, wenn einer der Winzer sich fortstiehlt – still, heimlich in der Nacht – überlässt du diesem im Folgejahr deinen Berg? Oder würde Euer Nachbar dies tun, oder eine der umliegenden Burgen?«

Mathilde schüttelte den Kopf, dann nickte sie. »Ich verstehe.«

†

†Kapitel 35 – Charles d' Anjou

Gerächt

01. Oktober 1268
Italien, Rom

Er rollte sich zur Seite und lauschte dem Schluchzen. Seine Hand wanderte über die Rundung ihres Hinterns. Rote Striemen auf goldenen Dünen. Das Nachmittagslicht tanzte darauf. Er erreichte die Vertiefung und spürte ihr Zittern. Charles' Mundwinkel schoben sich nach oben, und erneut flammte Hitze in seiner Mitte. Er verstärkte den Druck. Das Wimmern wurde lauter, ein Beben schauderte den Körper, seine Finger wanderten tiefer. Er drehte sich nach dem Reitstock, und zwischen den Vorhängen des Bettes warf er ein Wolfsgrinsen zu den beiden in der Ecke des Schlafgemachs.

Der Stock polterte auf den Boden und trudelte auf den Fliesen davon. Das Mädchen zuckte zusammen, die rehbraunen Augen riss sie auf. Angst schimmerte darin.

Charles fluchte. Seine Handfläche knallte auf die Haut, er packte ihr dunkles Haar und riss sie hoch. »Verschwinde!« Er drehte sich auf dem Weg zum Fenster und dem Tisch mit den Getränken noch einmal um und warf ihr die Fetzen ihres Kleides vor die Füße. »Heute Abend werden wir sehen, was du gelernt hast, Römerin.«

Er trat aus der Tür. Die Morgensonne trocknete den Schweiß, die Brise kühlte die Haut und seinen Körper. Er atmete den Duft der Zypressen und trank die Ruhe – oder das, was der Tag noch nicht mit Geschäftigkeit und Geplärr zerriss. Die Kühe muhten ihren Morgengruß zum Kapitol empor. Charles' Blick glitt zu den Ruinen. »Verfall und Viecher. Das ist das Einzige, was bleibt von den bedeutenden Märkten, von dem großen Forum der Kaiser Roms und ihren Bauten.« Er schüttelte den Kopf.

Zurück im Zimmer baute er sich vor seinen beiden Gefangenen auf. »Gerüchte laufen sich die Füße wund in den Straßen.« Er musterte die blonden Jünglinge. In den Schatten um ihre Augen flackerten die Lider – blau, grün – ihre Blicke suchten die Wasserkrüge. »Wer hätte das gedacht? Der Nachfahre aus der Linie des großen Barbarossa und Enkel Friedrichs II. gefesselt in meiner Hand.« Beider Lippen waren rissig und rau. Ihr Atem hetzte, die Muskeln der Oberschenkel zitterten, Schweiß perlte vom einen auf den anderen. Seit dem vergangenen Abend standen sie, die Seile wanden sich um Knöchel und Waden, zurrten die beiden um ihre Mitte fest, band Haut an Haut, eng an eng.

Charles legte seine Hand an die Wunde an Konradins Seite und drückte. Schmerz verzerrte das Gesicht, der Jüngling zuckte und riss seinen Gefährten mit, doch er fiel nicht.

»Eine Armee sei unterwegs, sagen sie. Und der Herold Eures Onkels Ludwig nähere sich gleichfalls.« Er stemmte die Arme in die Hüften. »Ihr wisst, wozu mich das zwingt?« Der Franzose legte die Hand auf seinen Dolch, leckte sich die Lippen und schwieg.

Konradin starrte ihn an. Der Junge hustete und blinzelte.

»Ich kann nicht länger warten.« Er streichelte Konradins Wangen und fuhr entlang der Kieferknochen hinab zum Hals. »Und Ihr müsst auch nicht länger warten. Freut Ihr Euch?« Sein Blick fiel auf Friedrich.

»Gebt uns zu trinken, d'Anjou!« Der Begleiter des Staufers fletschte die Zähne und beugte sich vor, wie um den Gefährten zu schützen. »Ihr streicht Lösegeld für uns ein – doch nur, wenn wir nicht verdörrt sind.«

»Wenn ich das wollte, so könnte ich.« Charles winkte ab und schlenderte zum Tisch. Einen der Krüge hob er an. Wasser erfrischte ihn, rann hinab über seine Glieder. Er streifte die Feuchtigkeit ab und lächelte den beiden zu. »Ich werde meinem Kammerdiener auftragen, er soll Euch dafür sorgen, dass ihr bereit seid, und Euch in Gewänder stecken.« Seine Hand wischte in Richtung der Ecke. »In diesem Zustand könnt Ihr nicht einmal vor meinem Gericht auftreten. Der Prozess beginnt in ein paar Stunden, und meine Senatoren versammeln sich bereits. Sie werden ein Urteil finden und ein für alle Mal entscheiden.«

»Einen Prozess?« Konradins Zunge fuhr über die Lippen. »Ihr habt mein Heer besiegt. Wir sind Eure Gefangenen. Ihr habt das Recht, uns festzusetzen oder uns freizugeben. Was wollt Ihr mit einem Prozess?«

»Ihr werdet sehen – Ihr und die anderen Verräter.« Charles fischte das Gewand vom Boden und klammerte den Stoff an der Seite nach Art der Römer. Die Muskeln seiner Oberarme spannten sich auf dem Weg vom Beistelltisch zu Friedrich und Konradin vom Gewicht des Wasserkruges. Mit einem Schwung leerte er das Nass über die beiden. Sie japsten nach Luft und zuckten. Glitzernde Tropfen liefen hinab über die goldene Haut.

Er ging.

Durch die Flure und die Treppen hinab glitten seine Schritte. In der Stube neben dem großen Saal fand er den Kämmerer. Mit dem Hauptmann schickte er ihn in sein Gemach. »Kümmert Euch um den Staufer und den anderen.« Beim Verlassen des Raums wandte er sich nochmal zurück. »Und bringt auch die übrigen Gefangenen.« Er schritt voraus zur Versammlung des Senats.

Worte brandeten durch die Pforten. Die Wachen hoben die Hand zum Gruß, der Flur hallte wider vom Donner der Lanzenstiele. Charles ließ seinen Mantel zu Boden gleiten. Er betrat das Plenum. Die Blicke der Senatoren wandten sich ihm zu, murmelnd, Diskurse verebbten. Stoffe raschelten.

Er stellte sich vor die Versammlung. »Senatoren Roms: Ich fordere Gerechtigkeit. Ich, Charles d'Anjou. Sizilien ist mir gegeben als Königreich durch die Hand Gottes und der Kirche. Reichsvikar Tusziens, Senator Roms, Beschützer der heiligen Mutter Kirche. Ich habe das Land verteidigt und den wahren Glauben, ich habe gekämpft und gesiegt gegen Konradin von Hohenstaufen. Der Kriegstreiber hat den Tod gebracht über das Volk und Not gleichermaßen. Wir dürfen nicht zulassen, dass dies erneut geschieht. Ich klage ihn an, und ich klage gegen seine Männer.« Sein Blick schweifte in die Runde. »Hochverrat. Ich fordere das Urteil des Senats.«

†

†KAPITEL 36 – GEORG

NARBEN

03. OKTOBER 1268
NORDITALIEN, VERONA

»Eine Nacht mehr in Verona.« Damian ächzte und hielt sich den Bauch. »Nur noch eine Nacht.«

Georg schüttelte den Kopf. Zum hundertsten Mal in dieser Stunde verfluchte er den Reisebegleiter. Tropfen platzten in die Wasseroberfläche der Schale, ein paar fielen vom Beistelltisch auf den Boden. Seine Zunge fuhr über die Wüste seiner Lippen. Er drückte das Tuch noch ein wenig, dann kühlte es seine eigene Stirn. Ein zweites Tuch lag trocken daneben.

»Sturer Hund.« Ludwigs Herold ließ sich zurückfallen in die Kissen und schloss die Augen. Die langen, schwarzen Strähnen klebten ihm im Gesicht, auf Wangen und Stirn. Bis vor drei Tagen hatte Damians Haut geschimmert wie angeröstete Gerste, die Augen wie Gold. Die Damen im Wirtshaus bei ihrem letzten Halt hatten sich beinahe vor dem Sarazenen-Mischling auf den Tisch gelegt. Seit zwei Tagen unterschieden den Perser einzig seine schwarzen Augenbrauen und der schmale Bart vom Laken.

Georg legte das Tuch an die Lippen. Er wollte nicht noch eine Nacht warten. Er konnte nicht noch eine Nacht warten.

Damian deutete auf das Stoffbündel am Ende der Bettstatt. »Hoffentlich holen sie die Gewänder bald zum Waschen.« Er hielt die Finger an den Mund und würgte. »Als ob es ohne diesen Gestank nicht schon schlimm genug wäre für mich.«

Am Fenster warf der Vorhang Wellen. Der Wind übertünchte mit dem Duft der Herbstblumen für ein paar Atemzüge die Gerüche im Zimmer. Georg schluckte und atmete durch den Mund. Er hievte sich hoch von seinem Stuhl, schleifte das Bündel vor die Tür und humpelte ans Fenster.

»Habt Ihr überlegt, wie wir das überstehen sollen? Ich schaffe es kaum aus der Stadt, ohne den Abtritt aufsuchen zu müssen.«

»Ihr kennt das Schreiben des Boten genau wie ich.« Seine Faust kerbte die Fingernägel in die Handfläche. »Charles hat eine Entscheidung getroffen.« Georg sog Wasser in seinen Mund. »Habt Ihr überlegt, wie Ihr dem Herzog gegenübertretet, wenn sich unsere Reise noch mehr verzögert und wir zu spät in Rom eintreffen?«

Der Herold riss die Decke zur Seite und stürzte aus dem Zimmer.

Georg beobachtete den Fluss am Fuß der Burg. Auf der Brücke erkannte er eine Gruppe von Soldaten. Sie marschierten vom Übungsplatz zurück und schäkerten mit der alten Blumenverkäuferin, bis sie sie davonscheuchte.

Die Tür öffnete sich, Damian schlurfte zurück.

»Habt Ihr Euch ausgeschissen?« Georg warf die Worte über die Schulter. Er lehnte sich weiter aus der Fensterleibung und touchierte die Wand mit dem Oberschenkel. Er zuckte.

Die Missbilligung des Herolds zischte durch den Raum. »Ist …«

»Nein, die Wunde hat aufgehört zu eitern«, fiel er dem anderen ins Wort.

»Seit wann?«

»Der Wundarzt hat es heute bestätigt.«

»Schwitzt Ihr deswegen so?«

»Die Soldaten machen sich bereit. Wir brechen heute Nachmittag mit auf.« Georg fuhr sich übers Gesicht. »Wir können nicht länger warten, das wisst Ihr.« Er trat an die Bettstatt des Mannes.

Damian krümmte sich auf dem Lager. »Habt Ihr den Boten gestern Abend noch auf den Weg geschickt?« Er schloss die Augen nach Georgs Nicken. »Dann gelten die Verhandlungen als eröffnet.«

»In spätestens vier Tagen müsste er Rom erreicht haben.« Seine Hand klatschte auf die Fensterbank, er presste die Kiefer aufeinander und zischte einen Fluch. »Perser, wisst Ihr, was das bedeutet?« Er schritt zurück und stellte sich neben seinen Stuhl.

»Seid Ihr Herold oder ich?«, stöhnte der Mann. »Gönnt mir wenigstens noch drei Stunden Schlaf, Hardenberg. Und sorgt dafür, dass wir ausreichend Wein als Proviant führen.« Er entließ ihn mit einer Geste. »Trollt Euch, Nordmann, und jammert andere Ohren voll über dieses Himmelfahrtskommando.«

Georg rieb den Ringfinger seiner linken Hand. »Es ist kein …«

»Ist es doch.« Damian klappte ein Lid auf. »Ihr seid ein unbedeutender Ritter. Es hängen Leben davon ab, doch nicht Eures.« Er öffnete das andere Auge und musterte ihn. »Was hat Ludwig Euch in Aussicht gestellt?«

Zu schnell riss Georg die Hände auseinander. Die Miene des Orientalen flackerte, die Veränderung darin konnte er nicht deuten. Er schob sich hoch und setzte sich auf. »Eure Verlobung wurde gelöst. Ist es nicht so? Glaubt Ihr, Ihr erhaltet eine zweite Gelegenheit, wenn Ihr Euren Auftrag zu Ludwigs Zufriedenheit abschließt?«

»Ich erfülle meine Pflicht. Nicht mehr. Und mehr hat Euch nicht zu interessieren.«

Ein Lächeln tropfte von Damians Lippen. »Ihr könnt tun, was Ihr wollt. Ludwigs Gunst sollte Eure geringste Sorge sein, wenn Ihr Eure Chance verspielt habt. Cäcilia kümmert sich nicht um Verlierer.«

An Georgs Faust traten die Knöchel hervor. »Was wisst Ihr schon?«

Der Herold schloss die Augen und drehte sich zur Seite. »Ich kenne diese Frau, sie kämpft. An ihrer Seite duldet sie nur einen würdigen Krieger.«

»Ihr kennt sie? Was meint Ihr damit?«

»Verschwindet, Ritter! In drei Stunden brechen wir auf.«

Georg schmiss die Tür ins Schloss und donnerte durch die Gänge. Den Hauptmann fand er in den Ställen. Er richtete sein Sattel- und Zaumzeug, prüfte Verschlüsse und Halter, füllte die Taschen.

»Wie weit ist die Einheit?«

Gerhart wandte sich um und griff sich den Reitstock neben der Garnitur. »Euer Trupp wird bereit sein, Georg. Mit den Wechselpferden könnt Ihr es in fünf Tagen nach Rom schaffen.« Mit dem Stab trommelte er auf einen der Holzböcke. Keine fünf Atemzüge später erschien einer der Stallburschen und trug den Sattel ab. Er verschränkte die Arme vor seiner Brust um den Stock und lehnte sich an eine Boxenwand.

Der Hardenberger wanderte unruhig hin und her, öffnete und schloss die Faust. Vor dem Abteil mit seinem Roten hielt er inne. »Und das Heer?«

»Morgen früh.«

»Ich hoffe, Ihr stoßt bald zu Ludwigs Armee, spätestens in Pisa.«

»Mit der Route seid Ihr vertraut?« Hauptmann Gerhart legte ihm die Hand auf die Schulter und lenkte ihn in die Herbstsonne des Burghofs. Er zog ihn in die Nähe des Ausgangs und weiter in Richtung Fluss.

»Ich finde den Weg. In Pisa sind die Anhänger der Staufer, dort muss ich hin.«

Gerhart zuckte mit den Schultern und humpelte weiter. »Nach dem Urteil über Konradin – wie könnt Ihr Euch sicher sein mit den Ghibelinnen?«

Georg runzelte die Stirn und musterte den Mann. »Hört Ihr es nicht auf allen Fluren? Schnattern es nicht selbst die Gänse in den Gassen von Verona? Der Prozess gegen Konradin war Hohn. Charles d'Anjou wollte seine Hände reinwaschen und hat sich den Mantel eines Richters vor Gott übergestreift.« Er trocknete seinen Schweiß mit dem Ärmel. Gerhart legte den Kopf schief und presste die Lippen aufeinander. »Was gibt es, Hauptmann?«

Der Ältere zog eine Augenbraue hoch.

Der Stock traf Georg, und in Georgs Bein explodierte der Schmerz. Er zuckte. Wasser schoss in seine Augen, er schnappte nach Luft, seine Fäuste schossen vor die Brust, bereit zum Schlag.

Ein Flackern veränderte die Züge Gerharts. Er nickte. »Ihr habt Euch verändert, Georg.« Er deutete auf den Oberschenkel. »Eure Wunde ist nicht verheilt. Ihr habt Fieber. Aber vor allem brennt noch eine andere Wunde in Euch.«

Er hustete, schüttelte den Kopf. »Seid Ihr von Sinnen, Hauptmann? Ihr prügelt mich, um festzustellen, wie wenig verheilt meine Wunde ist?«

»Euer Hirn ist endlich aufgewacht, und Euer einst so wehleidiges Gejammer hat ein Ende. Seit dem Tod Eurer Schwester – oder vielleicht ist es etwas anderes.« Er steckte den Reitstock in den Gürtel. »In den eigenen Dingen seid Ihr nach wie vor blind. Doch Ihr erfasst jetzt wenigstens, was um Euch geschieht. Hört nicht damit auf.«

Georg rieb sich die Augen und schüttelte den Kopf. »Ihr kennt mich seit meiner Knappenzeit, Gerhart. Ich weiß nicht, was Euer Gerede soll. Konradin wurde von Charles d'Anjou zum Tode verurteilt, Friedrich von Baden, Kroff von Flüglingen und zwei, drei Hauptleute mehr. Andere wurden freigesprochen.« Er fasste sich an die Brust. »Das ist gegen die Regeln und Traditionen.«

Der Hauptmann ließ ihn nicht aus den Augen. »Gegen alle Regeln bisher.« Er nickte.

Georgs Augen wurden schmal, er runzelte die Stirn. Dann schnappte er nach Luft. »Charles stellt neue Regeln auf? Er spielt mit uns.«

»Er versucht, Ludwig und die Fürsten des Nordens zu reizen.« Gerhart beugte sich zu ihm. »Ludwig kennt das Spiel. Nur: Im Zorn vergisst er, wo die Figuren und wo die Spieler stehen. Betet, dass er nicht überhastet sein Heer nach Rom jagt und aufreibt. Betet, dass es Charles nicht gelungen ist, den Herzog zu diesem Fehler zu treiben.«

Georg holte Luft. »Auch er hat sich gewandelt, Hauptmann. Der Preis dafür war hoch. Was er im Zorn angerichtet hat, sieht er klarer denn früher. Er bedauert. Der Tod Ulrichs von Mering, Konradins Niederlage … Die Geschehnisse haben ihn verändert.« Die Lippen seines Gegenübers wurden schmal, die Augenbrauen wanderten nach oben. Georg kannte den Hauptmann lange genug, um zu wissen, was das bedeutete. Er feixte. »Schaut nicht so ungläubig. Euch bietet sich noch Gelegenheit, ihn daran zu erinnern, wenn Ihr Euren Haufen mit seinem Heer vereinigt.«

Gerhart lachte kurz auf. »Betet zu Gott, der Herzog erinnerte sich allein.« Seine Hand tätschelte den Reitstock. »Genau wie Ihr.«

»Was meint Ihr?« Georg blickte zur Seite.

»Ihr seid zum Mann geworden, Georg. Lasst Euch nicht vom Ziel abbringen, gleichgültig, wie viele Hindernisse Ihr finden werdet.« Gerhart räusperte sich. »Und vergesst nicht, weswegen Ihr Euch auf den Weg gemacht habt. Ist sie wert, was Ihr aufs Spiel setzt, oder gibt sie dem Einsatz seinen Sinn?«

†

†Kapitel 37 – Cäcilia

Pflichten

03. Oktober 1268, Hl. Röm. Reich
Grafschaft Habsburg

»Warum zieht Ihr weiter mit den Wittelsbachern?« Mathilde säuberte die Klinge an einem Stück Brot, die Augen zum Kopf der Tafel gerichtet. Neben Cäcilia plätscherten die Gespräche der Tischnachbarn.

Sie wischte mit dem Unterarm über die Lippen und schob eine Strähne ihres Feuerhaares aus der Stirn. Ihr Messer kam kippelnd neben dem Brett zur Ruhe. »Mein Platz ist bei der Herzogin.«

»… dem Herzog«, wand das Mädchen ein. Das Klappern und Prosten an der Tafel übertönte die Worte beinah.

»Hofstaat und Heer reisen in drei Tagen ab.«

»Ins Ungewisse.« Die Grafentochter wandte sich ihr zu, musterte sie, ohne zu blinzeln. »In die nächste Schlacht.«

»Mathilde, was treibt dich um?«

»Der Herzog …« Die Grafentochter verschluckte sich, hustete. »Der Herzog zieht Euch heimlich zu Rate. Euer Wort wird gehört. Ihr dürft gehen, wohin Ihr wollt. Ihr dürft tun, was Ihr wollt.«

»Nicht immer und nicht überall. Ich gehöre zu Ludwigs Hof und stehe unter seinem Schutz. Dennoch: Ich kann mich nicht jedem Befehl widersetzen.«

»Herzogin Anna fragt zuerst Euch, ehe sie einen Schritt wagt. Sie zieht Euch den anderen Damen vor. Mir entgeht dies ebenso wenig, wie dem Hühnerhaufen der Damen. Bei den Wittelsbachern wartet nichts auf Euch als Langeweile, Hofklatsch, Neid.« Sie runzelte die Stirn. »Euer Verlobter ist nicht beim Heer, Herzog Ludwig hat ihn mit einem geheimen Auftrag entsandt.«

»Die Verlobung …« Sie biss sich auf die Lippen. »Das spielt keine Rolle.« Cäcilia legte ihre Hand auf den Unterarm der Anderen. »Seit Alienor von Aquitanien ist ein Hofstaat beim Heer nichts Ungewöhnliches. Auf dem Weg in den Süden wartet Ungewisses und sicher auch Gefahr.« Sie griff nach dem Kelch.

»Unser Heer ist gut gerüstet, der Herzog und dein Vater ziehen seit Jahrzehnten in den Krieg. Keine Sorge, Mathilde, wohin meine Reise geht, findet sich.«

Mathildes Augen wurden schmal, sie linste auf die Tischnachbarn und wieder zum Herzogspaar auf dem Ehrenplatz am Ende der Tafel. »Ich habe heute den kleinen Luis gesehen. Herzogin Anna war im Prunkhof mit ihm. Er liebt die Sonne und zupfte die Blätter der Anemonen und Astern und torkelte im Blütenregen die ersten Schritte zum Herzog. Er ist sehr stolz auf seinen Ersten.«

Cäcilia nickte.

Die Grafentochter blinzelte und beobachtete Anna. »Ich war mit Klementia bei den Kräutern – lernen und ernten.« Sie tippte sich auf die Nasenspitze und deutete auf ihre zappelnde kleine Schwester am Ende der Tafel. »Ludwig hat vom Wehr herabgesehen, wenig später gesellte er sich zu uns. Er hatte nur Augen für Luis. Und er hat Klementia geholfen, bei den Antworten zu schummeln.« Ihre Wangen erblühten.

Am Kopf der Tafel zeichnete Gräfin Gertrude auf die Tischplatte und belehrte Herzogin Anna, sie nickte in Richtung der Kinder. Mathildes Vater debattierte, Ludwig blickte dabei nicht nach rechts, nicht nach links und vor allem nicht hinab in den Saal, nicht wie ein Kriegsherr, der beständig die Lage bemisst. Er zügelte Miene und Gesten. Cäcilia las sein Gesicht und die der Anwesenden wie die Schriften auf Pergament. Sie lehnte sich ein wenig zurück und warf ihr Schultertuch über.

Ton zerschellte hinter ihr, die Stimme der Magd krächzte Entschuldigungen. Gesichter schnellten her, Flüche folgten und Anweisungen der Gräfin, ein Schreckseufzen Annas. Ludwig überging den Lärm, als wäre nichts. Einzig Rudolf galt seine Beachtung.

Mathilde hielt ihren Blick unter halbgesenkten Lidern auf ihm, ihre Mundwinkel sanken, sie stocherte auf dem Brett. Cäcilia hörte das Mädchen seufzen. Dann fischte es noch einmal nach einem Stück Brot. Die Kruste legte es zur Seite. »Das Beste zum Schluss«, murmelte Mathilde, drehte den Teig zu Kügelchen. Nach einer Weile beugte sie sich zu Cäcilia. »Konradin ist von adeligem Blut. Der Franzose wird ihn als Gefangenen angemessen behandeln.«

»Der Staufer ist trotz der Niederlage eine Bedrohung für Charles.«

»Vater und Herzog Ludwig sind mächtiger als der Franzose.«

»Hast du je über Schlachten gelesen?« Cäcilia biss sich auf die Lippen. »Manchmal, Mathilde, zählt nicht Stärke. Manchmal zählt, wie sehr man etwas will – und wie viel man dafür opfert.«

Die Habsburgerin winkte den Burschen heran mit der Wasserschale. Tropfen spritzten über den Rand, die übrigen Gäste speisten weiter, sprachen weiter. »Ich bin die Älteste. Mein Vater hat mich vieles gelehrt. Die Geschichte der Häuser, Strategie, Kreuzzüge, die Worte der Kirche.«

Cäcilia lehnte sich zu dem Mädchen, legte den Finger auf ihren Mund. »Konradin wird …« Sie unterbrach sich selbst, starrte auf das Messer am Tisch.

Mathilde spannte ihre Haltung, gleich einer Statue gefror ihre Miene. Finger für Finger der Faust öffnete sich. »Ihn zu töten, ist Sünde gegen Gott.«

Unter den Wellen roten Haares zuckten ihre Schultern. »Darüber weiß ich nichts. Mit der Angst vor Gottes Strafen stehlen die Priester dem Volk und den Schwachen den Mut. Ich habe erlebt, was geschieht – aus Wut, aus Zorn, aus Gier. Gott spielte dabei keine Rolle, Gott steigt nicht vom Himmel. Er verhindert das Unrecht nicht, er rächt sich nicht.« Sie hob das Kinn der Jüngeren. »Warum suchst du meine Gesellschaft, Grafentochter? Du hast Lehrer und Priester auf dieser Burg. Graf Rudolf ist ein weitsichtiger Mann. Sie alle haben Antworten und Trost und Lügen, die dich warm halten, wenn dir nicht gefällt, was ich sage.«

»Ich will verstehen.« Mathilde spreizte die Finger gegen ihren Rock. »Ihr seid eine Frau. Männer erzählen von Ehre und Tod, von Macht und Feinden. Vater hat erzählt, Ludwig hat in allen Schlachten gesiegt.« Sie seufzte. »Weshalb zieht das Heer gegen Charles, wenn der Kampf verloren ist?«

Cäcilias Blick glitt aus dem Fenster.

»Vergangenes Jahr: Hielt Konradin an Eurem Hof auf seinem Zug nach Süden?«

Mathilde schüttelte den Kopf.

Die Speisereste wurden abgetragen. Naschwerk duftete durch den Raum, verströmte beim ersten Bissen seine Süße durch ihren Körper, in ihren Bauch, in ihr Herz. Es knusperte in ihrem Mund.

Cäcilia trank. Tiefrot färbte der Wein ihre Lippen.

»Er wuchs auf an Ludwigs Hof. Ich habe ihn dorthin gebracht, ich habe ihn wachsen sehen. Konradin ist es wert, alles für ihn zu versuchen. Und die Verbündeten der Staufer sind mächtig – die Ghibellinen in Italien.«

»Konradin.« Mathilde runzelte die Stirn. »Zieht Herzog Ludwig seinetwegen ins Feld, oder gegen sein eigenes schlechtes Gewissen und für die Gunst von Verbündeten?«

Cäcilia schloss die Augen. »Ludwig hat viel Zeit verbrannt in seiner Wut. Das Heer hat noch eine weite Strecke vor sich, und an Konradins Hals schabt bereits die Klinge. Ich habe zu viele Gerüchte gehört über Charles d'Anjou. Ich wünsche mir, dass Ludwigs Tross rechtzeitig eintrifft. Letztlich geht es um mehr als den Tod oder das Leben eines Mannes.«

Mathilde nickte. »Ist er der, von dem die Sagen sprechen? Der Nachfahre von Barbarossa, der wiedergeborene Friedenskaiser. Ist er edel und gerecht?«

»Die Welt …«, Cäcilia kostete die Pause »… sie ist nicht gerecht. Konradins Vater trug die Krone des gesamten Heiligen Römischen Reiches, Konradin könnte das Reich einen und Gerechtigkeit bringen.« Sie räusperte sich. »Und die Fundamente der Kirche erschüttern.«

»Aber…« Mathilde presste die Lippen aufeinander.

Cäcilia fasste ihr Feuerhaar zusammen und warf es über die Schulter. »Dies ist nicht der Ort für ein Gespräch wie dieses.«

Die Grafentochter verdrehte die Augen. »Wo ist ein Ort für ein solches Gespräch?« Sie verzog die Mundwinkel. »Nirgends.«

Kluges Kind. Cäcilia spürte, im Kopf der Habsburgerin rumorten die Gedanken und ihre Neugier hungerte nach mehr. Ihre Fingerknöchel pochten in einer Erinnerung an Schmerz. Plötzlich stand ihr Bruder wieder vor ihr, plötzlich war sie wieder fünf, sieben, acht. Sie erinnerte sich seiner Antworten und der Tatzen, für Fragen, die sie nicht zu stellen hatte.

Sie flüsterte: »Wenn Konradin stirbt – niemand weiß, wonach Charles d'Anjou seine Hand als Nächstes ausstreckt.« Cäcilia blickte sich im Saal um. »Unser Schild und Schutzwall ist Konradin mit seinen Verbündeten. Die Allianz muss in jedem Falle halten. Wie können wir auf Treue hoffen, wenn die Krieger in der Stunde der Dunkelheit davonlaufen, wenn der Herzog seine

Pflicht gegenüber seinem Neffen aufgibt?«

»Ludwig …« Mathilde biss sich auf die Lippen. »Der Herzog hält also seine Versprechen.« Wieder maß das Mädchen den Mann neben Graf Rudolf. »Und er ist tapfer, wenn er sich der Franzosen erwehrt, obgleich die Aussichten schlecht sind.«

»Ist er tapfer?« Cäcilia teilte ein Stück Gebäck. Eine Hälfte legte sie auf Mathildes Teller. »Die beiden sind aus demselben Teig, aus demselben Stück sogar. Du wirst anderes schmecken als ich. Mehr Süße oder weniger, oder das Schmalz ist dir zuviel. Auf deiner Zunge prickelt noch Bratensalz, die Würze des Fasans. Ich schmecke noch den Nachhall von Wein, die Fruchtigkeit der Reben.« Ihr Kinn deutete in Richtung der Anwesenden. »Jeder hat zuvor etwas anderes zu sich genommen, jeder nimmt die Dinge anders wahr.«

Am Kopf der Tafel winkte Rudolf die Diener heran, er gab das Zeichen. Er und Ludwig rückten mit einem Krug Wein ab vom Tisch näher an den Kamin. Mitglieder des Habsburger Hofstaats lösten sich aus der Abendgesellschaft. Mathilde war unter den Ersten. »Kommt!«, forderte das Mädchen. »Vater löst die Tafel auf.«

Cäcilia spürte Ludwigs Blick auf sich gerichtet. Die Augen schlug er zuerst nieder, der Ausdruck darin klebte sich fest in ihren Gedanken. Sie folgte Mathilde hinauf zum Wehrgang. *Was bringt ihn auf? Seine Wut schreit aus jeder Falte, doch weshalb bleibt er still?* Sie rollte die Schultern, ihre Anspannung verlor sie dadurch nicht. *Will er mich nicht in Mathildes Gesellschaft? Welches Unwetter bringt er noch über uns?*

»Hört Ihr mir zu?« Mathilde stupste ihren Arm.

Vor ihnen lag der kleine Weinberg in der Abenddämmerung und die Wälder Habsburgs, ein Weiler irgendwo am Fuße der Festung. Auf den Dächern tanzten die letzten Sonnenstrahlen. Der Herbstwind schob eine Bö über den Wehrgang.

Cäcilia räusperte sich. »Meine Gedanken hingen noch im …«

Schritte donnerten die Treppe herauf. Kaum erschien der Schemen in der Pforte, dröhnte die Stimme übers Wehr. »Ihr bleibt nicht an diesem Hof, Cäcilia.«

Sie schoss herum. Röte zeichnete die Wangen ihrer Begleiterin. Ludwig blieb an der Tür, wandte sich Mathilde zu. Die Miene des Befehlshabers und Kriegsherrn spiegelte Widerstreit. Cäcilias

Augenbraue wanderte nach oben.

»Mathilde.« Ludwigs Stimme veränderte sich. »Du hast eine Bitte an Herzogin Anna gerichtet: Cäcilia sollte mit dir am Hof der Habsburger bleiben. Die Herzogin hat entschieden ohne meine Einwilligung. Ihre Entscheidung ist nichtig. Das Thema ist erledigt. Lass mich allein mit der Hofdame.« Er räusperte sich. »Jetzt.«

Cäcilia biss sich auf die Lippen, an ihrem Hals flatterte Hitze durch ihre Adern. Sie presste die Handflächen an ihren Rock, sie lauerte darauf, was Ludwig beabsichtigte.

Feuer flackerte in Mathildes Augen, das Rot auf ihren Wangen verblasste. Sie ballte die Fäuste. Von den Zinnen bis zu Ludwig maß sie jeden einzelnen Schritt. Wenige Ellen vor ihm hielt sie inne. »Nein.« Das Kinn stach in seine Richtung. »Dies ist meine Burg. Ich gehe nicht auf Befehl eines anderen.« Sie stemmte die Hände in die Hüften. »Ich gehe nicht, wenn Ihr mir den Grund nicht nennt für die Ablehnung.«

Ludwigs Blicke glichen Pfeilen, sein Kinn, seinen Oberkörper schob er vor. Er nickte in ihre Richtung und knurrte. »Cäcilia bleibt an meinem Hof. Dafür brauche ich keinen Grund.«

Cäcilia trat zwischen die beiden, blickte von ihr zu ihm. Sie straffte die Schultern, richtete sich auf. »Ihr schiebt mich wie Vieh von einem Hofstaat zum anderen?« Von Mathilde wanderte ihr Blick zu Ludwig. »Ich habe Euren Hof schon einmal verlassen, Ludwig, und ich bin zurückgekehrt. Jedes Mal war dies meine Entscheidung. Mathilde: Ihr habt nichts von Eurem Vorhaben erwähnt. Glaubt nicht, Ihr könntet über mich verfügen wie über eine Schachfigur.«

Der Herzog griff nach ihrem Arm, zu fassen bekam er sie nicht. Seine Raubvogelaugen schwenkten zu Mathilde und wieder zu ihr. »Eure Entscheidung«, knurrte er, und was sie entdeckte in seinen Augen, ließ sie die nächsten Worte verschlucken. »Mein gesamter Hof zieht mit mir nach Süden. Das ist meine Entscheidung.« Er räusperte sich, drehte sich und zog Mathildes Blick hinter sich her. Noch einmal wandte er sich zurück. »Mein Hof, Mathilde, zieht weiter. Ohne Euch.«

Die Grafentochter ballte die Hände und schoss einen Fluch in die Nacht. Sie stapfte davon.

†

†KAPITEL 38 – LUDWIG

ABSCHIED

03. OKTOBER 1268,
GRAFSCHAFT HABSBURG

Die Stufen bebten unter Ludwigs Füßen. *Stures Weib*. Er ballte die Fäuste, das Schmunzeln stahl sich in seine Mundwinkel, so sehr er sich auch dagegen verweigerte. Mathilde hatte versucht, ihn zu überrumpeln und seine Entscheidung vorwegzunehmen. Das war … er furchte die Stirn. … Ungewohnt.

Ulrich, sein einstiger Berater, hatte ihm Gefahren und Folgen seiner Pläne und Taten aufgezeigt. Cäcilia zielte mit ihren Worten und traf punktgenau Fehler, Schwächen seiner Strategie, Eitelkeiten. Doch er entschied. Mathilde kehrte sich darum nicht.

Mathilde setzte sich etwas in den Kopf und alles, was möglich war, daran, ihr Ziel zu erreichen. Sie war die älteste Tochter seines Verbündeten, und sie wartete nicht erst, bis andere die Anliegen für sie bewegten. Er lächelte und polterte weiter durch den Gang.

Sie ist anders. Sie ist gar nicht wie Anna, und sie weiß nicht, was es heißt, sich in den Hintergrund zu ducken. Rudolf hat ihren Sturschädel sogar noch unterstützt, statt sie zurechtzuweisen. Ich werde ein Wörtchen mit ihm reden müssen.

Der Fensterauslass lenkte seinen Blick nach draußen. An den Holunderbüschen im Burggarten stand Rudolfs Älteste. Sie starrte in den Herbsthimmel. Von dem abgerissenen Zweig in ihrer Hand riss sie ein ums andere Kügelchen und schleuderte die schwarzen Früchte zu Boden.

Sie ist zornig. Ludwig beobachtete sie noch eine Weile, dann fasste er einen Entschluss.

»Mathilde.« Das Mondlicht versilberte ihr Gesicht, sie wandte sich ihm zu, öffnete ihre Hand. Die Holunderzweige schnellten zurück. Blätter raschelten und die Nachtstille im Burghof zersplitterte.

»Seid Ihr hier, mir zu sagen, ich gehöre längst in meine

Kammer?«

»Du bist alt genug, dich selbst um deine Nachtruhe zu kümmern – und, wie du gezeigt hast, auch um anderes.«

Rudolfs Tochter legte den Kopf schief, ihre Augen verschmälerten sich. Er deutete auf die zerplatzten Früchte am Boden. »Wofür müssen sie büßen?«

»Das …« Sie verbiss die Antwort hinter ihren Lippen und deutete eine Verbeugung an. »Es ist nichts.«

Der Herzog trat näher, sein Blick fiel auf ihre Hand. Selbst im Monddunkel erkannte er an den Fingerspitzen die Verfärbungen durch den Holunder. Er zögerte, dann lag ihre Hand in seiner.

Sie lehnte ihren Oberkörper nach hinten, weg von ihm, und er erahnte ihre Wangen erröten und diesen Glanz auf ihren schmalen Lippen. Ludwig gab ihre Hand frei. »Verzeih mir, Mathilde. Ich erinnere mich an unsere Begegnung bald vor einem Jahr.«

Sie schnappte nach Luft, und in seinen Ohren klang der Laut nach. Er wünschte sich, ihre Stimme zu hören. Ihr Blick schoss in den Boden, ihre Lippen wurden eine Linie. Er prägte sich jede Kontur, jeden Schatten, jede Wimper ihres Gesichts ein.

»Mathilde«, begann er erneut. »Du hast dich verändert, und ich bin froh, das zu sehen. Ich werde deinen Vater mahnen. Er soll dir einen Gemahl suchen, der deiner würdig ist.« Ludwig betrachtete sie noch einmal, schluckte. »Ich …« Seine Hand zuckte in ihre Richtung.

Der Schimmer auf Mathildes Gesicht erlosch. *Ist sie wütend?* Ludwig betrachtete jede Regung. *…, weil ich mich einmische, oder … enttäuscht?*

»Einen Gemahl, einen …« Ihre Stimme verklang. »… Fremden.« Ein Funkeln war mit einem Mal in ihren Augen, ihre Züge wandelten sich in Stein.

Er legte den Kopf schief. »Als älteste Tochter Rudolfs ist es deine Pflicht, eine Verbindung einzugehen und dein Haus und deinen Vater zu stärken. Und Mathilde, es ist doch so: Das Kloster mag zwar reizvoll sein, um deinen wachen Verstand zu schärfen, doch es wäre Verschwendung.«

»Ich kenne meine Pflicht. Doch was kümmert es Euch, Herzog?« Mathilde warf die Arme in die Höhe. »Ihr reitet davon und wollt mich nicht länger in Eurem Hofstaat haben. Und ihr wollt, einen Gemahl für mich. Was sorgt Ihr Euch, wer meiner würdig ist?« Mit ihren Blicken schoss sie Pfeile auf ihn. Im nächsten Moment wirbelte sie herum und stapfte zwischen den Wegen davon.

Der Herzog starrte auf die Holunderbüsche. *Stures Weibsbild.* Leere blieb zurück, ihn fröstelte. *Vorlautes Weibsbild. Ich wünschte, Anna wäre mehr wie sie.* Er blickte ihr hinterher. *Rudolfs Politik hat seinen Töchtern die Mitgift vergoldet. Und bei ihr ist es mehr als Münzen und Ländereien, was ihren Zukünftigen erwartet.* Ludwig schnaubte. *Mut. Sie ist wie eine Löwin.* Unter seinen Füßen knirschten die Kieselsteine auf dem Weg. Er drückte den Türgriff nach unten und betrat das Treppenhaus in den Westflügel der Habsburg. *Ich wünschte, ihr Vater findet jemand, der sie verdient – und ihren Mut.*

†

†Kapitel 39 – Thomas

Kerker und Wege

10. Oktober 1268, Süditalien
Neapel, Kastell dell'Ovo

Die Tür war so gewöhnlich wie jede andere. *Wie jede der zwölf anderen im Verlies.* Der Wachmann rotzte ihm einen Schwall Worte entgegen. Thomas nickte, zeichnete ein Kreuz in die Luft – und winkte den Klotz davon. *Was auch immer*. Stroh raschelte.

Die zwei, drei Strahlen Abendsonne im Raum quietschten in seinen Augen, Moder und Schlimmeres blendete seinen Sinn für Geruch. Binsen und Körner klebten sich an die Sohlen. Er blinzelte. Nichts bewegte sich. Fliegen surrten um den Mauerspalt, Atemzüge kamen von der rechten Wand. Thomas trat aus dem Licht und wartete.

Unter dem Schlitz rottete Getier. Stroh hing im Haar, und Stroh schien die Fetzen zusammenzuhalten, die Konradins Blöße bedeckten. Ein Tuch lag ordentlich gefaltet am Boden neben ihm, seine Hände ruhten im Schoß im Schneidersitz. Vor ihm stand eine Schale. Leer. Ein Eimer mit Wasser stand auf der anderen Seite der Tür. Sein Mund stand leicht offen, die Augen lauerten, wanderten zum Kreuz an der Kette auf Thomas' Brust und wieder hoch zum Gesicht.

»Priester.« Der Atemzug spannte die Haut über Konradins Rippenbögen, noch mehr über den Wangen, die der Grimm eines Hohnächelns zeichnete. »Berichtet Eurem Hohen Vater, wie stark Euer Glaube ist. Ihr habt dem Sohn des Teufels in die Augen geblickt und überlebt. Er wird Euren Mut belohnen.«

»Ich bin …«

»Thomas von Aquin.« Konradin schloss die Augen. »Euer Ruf eilt Euch voraus, dafür sorgen Eure Schriften und die Weisheit darin.« Er öffnete den Mund ein wenig weiter und holte tief Luft. »Es ist besser, nicht durch die Nase zu atmen.«

»Ich dachte, der Mensch gewöhnt sich daran.«

Konradins Augenbrauen zuckten. »Ich habe Eure Schriften gelesen, Ausschnitte davon.« Ein wenig neigte er den Kopf. »In

Rom war genug Licht in unseren Kerkern, und Zeit. Ihr schreibt klar.« Thomas strengte sich an das Wispern zu verstehen. Dann suchte der Letzte der Staufer seinen Blick. »Euer Theorem zum gerechten Krieg führt die Gründe auf, die das Schlachten in den Augen der Kirche rechtfertigen. Die Stellvertreter Gottes auf Erden erteilen der Grausamkeit ihren Segen. Wisst Ihr, was Ihr damit tut?«

Die Augen des Aquinaten verengten sich, er rollte die Schultern. »Bursche, mäßigt Euch.«

Konradins Augenbrauen wanderten nach oben. »Mäßigung. Das bewundere ich an Euren Schriften. Ihr reicht Aristoteles die Hand und holt seine jahrhundertealten Schriften aus der Vergessenheit und Verbannung. Seine Ansichten, seine gelobten Tugenden erweitert Ihr. Tapferkeit, Klugheit, Gerechtigkeit. Mäßigung. Durch Eure Schriften macht ihr verständlich, wo Aristoteles für uns gilt und unser Leben bereichert. Ihr heischt nicht nach dem Ruhm für diese Leistung.« Ausatmen, einatmen. »Mäßigung.« Er hustete. »Liest der Franzose? Kennt er das Wort?«

Thomas presste die Kiefer aufeinander. »Der Franzose ist die Wahl des Papstes.«

»Der Franzose metzelt – und in Zukunft wird er sein Schwert an Eurer jüngsten Schrift wetzen, Eurer Summa. Habt Ihr für ihn den Krieg als gerecht erklärt in Eurer Abhandlung?« Konradins Hand zitterte, er fuhr sich übers Gesicht, stützte seine Stirn.

Der Aquinat umgriff seine Oberarme, lehnte sich zurück und musterte den jungen Mann. »Woher kennt Ihr die Arbeit? Sie ist ein Entwurf.«

»Sie ist beinah fertig.« Konradins Finger zielte in eine Ecke des Verlieses. Pergament krumpelte sich zu einem Haufen, die Seiten waren verdreht, angerissen. »Charles lässt Abschriften erstellen. Eine ist auf dem Weg zum Papst. Eine hat er mir überlassen. Er saß neben mir. Ich musste ihm vorlesen.«

Thomas beugte sich darüber und schnellte in Richtung des Gefangenen. »Seid Ihr von Sinnen, Staufer, oder ist Euch gar nichts heilig? Ich schätzte Euch als jemand, der Worte ehrt und Wissen – die Schriften anderer. Habe ich mich so sehr geirrt?« Seine Stimme überschlug sich. Hitze stieg in seine Wangen. Er spürte den Puls an seinem Hals. »Wie könnt Ihr Geschriebenes derart behandeln? Seid Ihr sogar zu dumm, den Wert des Pergaments zu kennen, oder ist es Euch gleich im Angesicht des Todes?« Er ging in die Knie, streckte die Hände aus.

»Halt!« Konradins Stimme klang rau.

Thomas fuhr sich über seine Tonsur und blickte über die Schulter. Der Verurteilte schob sich an der Wand empor. Die Schatten unter seinen Augen blieben schwarz, selbst im Licht. »Er hat sich darauf entleert. Nach dem letzten Satz riss er es mir aus der Hand.«

Thomas fiel nach hinten auf das klebrige Stroh, schnellte hoch, starrte auf den Blätterwust. Er schüttelte den Kopf. »Kennst du seine Taten?« Der Angesprochene nickte. »Die Italiener haben sich hinter dir versammelt. Sie folgen dem Burschen, der dem grausamen Tyrann die Klinge an die Kehle setzt. Sie hassen ihn in Sizilien.«

»Im ganzen Süden«, murmelte der Junge.

»Nach deinem Sieg im Frühjahr musste er Aufstände niederschlagen. Das Volk will ihn nicht.«

»Der Papst will ihn. Nicht mich.« Konradin hustete. »Feind der Kirche hat er mich oft genug genannt.«

»Die Gier Eurer Väter und Vorväter war zu groß. Sie wollten zu viele Früchte vom Baum der Erkenntnis.«

»Thomas, Euer Gott ist das Wissen. Ihr saugt die Schriften Aristoteles' in Euch auf, studiert Platon und andere Heiden. Worin liegt der Unterschied?« Am Kreuz an der Brust hängte sich erneut der Blick des Staufers fest, fiel am Habit hinab, die Stimme verlor ihren Ton. »Im Paradies hat Adam vom Baum des Lebens die Früchte gepflückt. Gott hat dies erlaubt.«

»Eva hat sich gegen Gottes Erlaubnis gewandt. Sie aß vom Baum der Erkenntnis.«

»… und Adam ließ sich verführen.« Konradin schnappte nach Luft.

Thomas fasste nach dem Holzkreuz an seiner Brust und nach dem Schlüssel daneben. »Gott hat beide aus dem Paradies vertrieben.«

»Das ist eine Geschichte. Aus einem Buch der Geschichten«, murmelte der Jüngling.

»Das seit Jahrtausenden überdauert.«

»Gute Geschichten überdauern Jahrtausende. Das wisst Ihr als

Student der alten Griechen.« Das Blondhaar flatterte. »All das – der Krieg, das Schlachten von Menschen wie Vieh – nichts als Irrsinn ist es. Denkt Ihr das nicht, Thomas? Erlaubtes Wissen, verbotenes? Jeder sollte selbst entscheiden, doch die Kirche entscheidet für uns.«

»Die wenigsten sind fähig, richtig zu entscheiden«, wandte er ein. Seine Hand schob die Worte in Richtung des Gefangenen. »Was, glaubt Ihr, geschieht ohne meine Schrift zum Krieg – zum gerechten Krieg?«

»Ihr betäubt die Menschen mit Euren Worten und formt die Meinung, die Euch gefällt?«

»Krieg kann gerecht sein – wenn ein Krieg mit der Autorität des Fürsten aus gerechtem Grund und mit rechter Intention geführt wird, ist er gerecht und entspricht dem Willen Gottes.« Thomas warf die Arme in die Höhe.

»Ihr habt die Logik potenziert und das Herz ausgelöscht«, entgegnete der Junge. »Damit könnt Ihr alles begründen – oder nichts. Das Herz weiß, es ist falsch.« Er fasste sich an die Brust.

»Charles hat Euch mithilfe eines Hinterhalts besiegt. Christen kämpfen nicht auf diese Weise. Er hat seine Gefangenen abscheulich behandelt. Ein Sturm bricht los und stürzt die Welt in Chaos, wenn wir nicht handeln. Das Volk wagt nicht, sich gegen den Krieger der Kirche aufzulehnen, der einen gerechten Krieg gekämpft hat. Auch wenn die Mittel fragwürdig waren. Es ist zum Schutz der Menschen.«

»Es ist zu ihrem Schutz? Und deswegen ist besser, einen Tyrannen zu erdulden?«

Welch Verstand. Thomas Wangen glühten, seine Gedanken rauschten ihm durch den Kopf. *Welch Verschwendung.* Eine Schweißperle zog eine Spur von seiner Tonsur über die Stirn. »Die Apostel verurteilen den Tyrannenmord. Wie können wir andere Schlüsse ziehen? Die Apostel, Jesu Jünger, waren beim Sohn Gottes und wurden von Jesu Weisheit erleuchtet.«

»Ein Mord am Volk, an vielen einzelnen, ist besser?«, hakte Konradin nach.

»Wenn das Volk vereint steht, kann es sich des Tyrannen entledigen.« Thomas hob den Zeigefinger. »Gemeinsam muss es den Beschluss tragen.«

Der Junge schüttelte den Kopf. »Vielleicht habt Ihr einen Sturm verhindert, Aquinat. Und jeder Tyrann stirbt einmal. Aber: Geschichten überdauern Jahrhunderte. Worte überdauern. Und neue Tyrannen werden geboren.« Er suchte seinen Blick. »Eure Arbeiten sind gemeißelte Worte, zu klar und gut, um sie verstauben zu lassen. Und sie sind Werkzeuge – in welchen Händen auch immer. Wofür werden diese Hände sie benutzen?« Die Glieder seiner Fußkette klimperten. »So wie Charles das Recht und den Senat für sich benutzt.« Konradin seufzte. »D'Anjou hat sich über die Senatoren hinweggesetzt und mich und meine Gefolgsleute willkürlich zum Tode verurteilt, als wären wir gewöhnliche Verbrecher und Verräter.«

»Es war Krieg, und ihr seid Gefangene. Sein Urteil ist falsch. Die Kirche steht nicht hinter ihm in diesem Fall.«

»Tröstet meine Mutter damit«, schnappte er. »Ihr und Eure Kirche werdet nichts tun gegen das Urteil und die Vollstreckung.«

»Wir …«

Konradin sank auf den Boden. »Selbst wenn die Kirche wollte, Ihr könntet nichts tun. Ich habe keine Soldaten mehr, mein Heer ist aufgerieben. Das Volk kann ich nicht mehr schützen.«

»Euer Onkel ist auf dem Weg.« Thomas legte ihm die Hand auf den Kopf. »Ich bete für Euch.«

Der junge Staufer schüttelte die Berührung ab. »Betet für die, die nach mir sind. Verbrennt Eure Schrift, wenn das Leben Euch etwas bedeutet. Kein Krieg ist gerecht. Kein Gott kann das Morden erlauben. Kein Gott kann die Vernichtung von Leben wollen.«

†

†KAPITEL 40 – CÄCILIA

SAMHAIN

21. OKTOBER 1268
NORDITALIEN, BEI PISA

Sie stutzte. Hinter ihr schepperten Schritte über den Steinboden und hallten von den Wänden der Ghibelinenburg. Cäcilia hielt inne und wandte sich zurück. Der Waffenträger der GhÉrardesca versteinerte – mitten im Wort erstarb seine Zote gegen sie. Er stammelte eine italienische Entschuldigung, verbeugte sich und eilte davon.

Cäcilia blickte ihm hinterher. Guelfo della GhÉrardesca führte ein strenges Regiment unter den Seinen. Ehre und Pflicht flossen mehr durch seinen Körper als Blut. Er hatte Konradin unterstützt bis zur Schlacht in Tagliacozzo – und darüber hinaus. Ludwig, und seinem ganzen Zug gen Süden zur Rettung Konradins, hatte er Tore geöffnet.

Auf dem Weg zu den Räumen der Herzogin stromerte sie weiter durch die Burg der GhÉrardesca.

Die Alte stand im Gang. Cäcilias Augenbraue wanderte nach oben, die Weißhaarige zuckte mit den Schultern. »Zum Hofstaat gehören mehr als die Ritter, Waffenträger, Knappen und die Damen der Herzogin, meinst du nicht?«

»Und das Gesinde streift einfach so durch die Gänge einer Burg, in der der Herzog samt Gefolge nichts ist als Gast?«

Die Friggerl schmunzelte, winkte Cäcilia näher. Sie stieß den Finger in Richtung der Kreuzgratdecke.

Die Tür zum Wehrgang brachte ihnen die Nacht. Wenige Sterne wagten sich an den Himmel, der Mond hatte die Wolkendecke übergezogen. Gegen die Dunkelheit wehrten sich die Körper mit noch mehr an Dunkel und Schwarz.

Die Alte tockte ihren Stab auf den Boden und lehnte sich über die Zinnen. »Der Herzog zieht gegen die Zeit. Er muss sich eilen, wenn er seinen Neffen retten will.«

»Friggerl, mit diesem Heer, mit Weibern und Kindern, ist der

Zug nicht gemacht für ein schnelles Heraneilen.«

Die Alte kehrte sich Cäcilia zu. »Ein Zug nur aus Kriegern, Rittern, Waffenträgern ...«

»... wäre eine Kriegserklärung gewesen«, versetzte Cäcilia.

»Was verliert Ludwig?«

»Konradin.« Ihre Antwort war Frage zugleich. Sie schüttelte ihr Feuerhaar. »Was, wenn Charles die Klinge an Konradins Hals setzt, weil er Ludwigs Bedrohung etwas entgegensetzen will?«

»Wenn Konradin deswegen stirbt?« Die Friggerl lehnte den Kopf an den Stab. »Der Tod wartet am Ende auf alle.« Sie deutete zum Himmelszelt, seufzte. »Die Sterne legen sich schlafen, wie die Sonne. Und auch das Leben muss schlafen gehen. Das alte Jahr neigt sich dem Ende zu.«

Ein Schauer überrollte Cäcilias Haut. »Samhain[18] naht«, murmelte sie, »das Ende des Sommers.«

»Das Leben kommt zur Ruhe.« Die Alte nickte.

Cäcilia schlang die Arme um den Körper und biss sich auf die Unterlippe. Sie senkte die Augenlider.

»Im alten Glauben gibt die Strahlende – die Göttin der Fruchtbarkeit – ihre Herrschaft ab an Morrigan[19]. Der Jahr-König stirbt. Er, den die Frühjahrsgöttin erwählt hat.« Die Stimme krächzte in die Nacht. »Du kennst die Worte, Cäcilia.«

»Und die Tore öffnen sich zur Anderswelt.« Ihr Mund war trocken. Der Schrei eines Vogels schnitt durchs Dunkel. Cäcilia fuhr hoch. »Friggerl, Geister und Tote, die in unseren Gefilden wandern – das sind nichts als die Märchen der Ammen für die Kinder.«

Die Alte legte den Kopf schief. »Tod ist die andere Seite des Lebens.«

»Er ist das Ende.«

»Leben wächst und sprüht Funken, Leben leuchtet und verbindet uns, um Gutes zu erschaffen. Tod ist der ewige Schlaf. «

Cäcilia lachte auf. »Gutes?« Sie holte mit ihrer Geste aus über die Lande unterhalb der Burgzinnen. »All die Kriege, die Schlachten? Das Gute hat kaum Macht und Morrigan ebenso nicht. Seht doch, wie die alten Männer der Kirche das Volk an sich binden.«

Die Friggerl wiegte den Kopf hin– und her. »Morrigan nimmt ihre Töchter und Söhne an die Hand. Was sie tut, ist leise. Ihr werdet kein lautes Poltern und Trommeln sehen. Und wenn sie es für richtig hält, stürzt sie ihre Kinder ins Unheil und ins Verderben. Manchmal leuchtet die Seele erst, wenn abgeschlagen ist, was stört und beschwert. Wenn all der Tand, alle Fesseln, Beiwerk und Eitelkeiten abgebrannt und vernichtet sind. Dafür stürzt sie uns in tiefste Dunkelheit. Damit wir lernen. Damit wir wieder aufstehen und an unseren Wunden wachsen.«

†

†KAPITEL 41 – KONRADIN

SCHACH

28./29. OKTOBER 1268, SÜDITALIEN
NEAPEL, CASTEL DELL'OVO

Das Quietschen drang bis ins Mark, der Stuhl kippte, die Wände warfen den Knall zurück. Konradin versetzte dem Möbelstück einen Tritt, musterte jeden der Getreuen, die mit ihm die Zelle teilten.

Friedrich trat vom Fensterauslass zum Tisch. Corrado, sein Cousin, lehnte an gegen die schmalzigen Steine und zupfte an den Strähnen, die in sein Gesicht fielen. Er schwieg seit Tagen, setzte nur den Weinbecher wieder und wieder an die Lippen.

Heinrich von Kastilien füllte nach. Don Arrigo, so nannten ihn die meisten – langte über die Tischplatte nach Konradins Arm und zog ihn heran. Die schwarzen Augen des Senators von Rom glühten grimmiger, mehr Silbersträhnen durchsetzten das Schwarzhaar, und in der Gefangenschaft band Don Arrigo seinen Zopf noch seltener zusammen. Von Stunde zu Stunde mehrten sich die Flüche gegen seinen Kerkermeister, gegen Charles d'Anjou, seinen Cousin. »Du kannst nichts tun, Konradin. Setz dich wieder. Und trink. Wir sind nunmal hier, und wir sind hier mit dir.«

Der Staufer richtete sich auf. »Ihr seid mir gefolgt. Ihr seid meinetwegen hier.«

Don Arrigo schob den Becher und die Karaffe zu Konradin. »Unsere Entscheidung.«

Friedrich winkte Heinrich fort. »Lass ihn, Arrigo.« Er richtete den Stuhl auf, füllte den Becher und leerte ihn im nächsten Atemzug.

Die Mienen seiner Gefährten spiegelten, was in Konradins Kopf kreiste. Verzweiflung. Er blinzelte und sperrte in seine Brust, band um sein Herz, was ihn in die Tiefen zog und in die Dunkelheit. Er wandte sich ab.

Die Eisenstäbe im Fensterauslass rissen die Haut in seiner

Faust auf, je weiter er sich daran hochzog. Er schickte seine Sehnsucht in die Ferne, sandte seine Hoffnung über die Wellen. Von seinen Lippen leckte er Salz, und er zerbiss die Erinnerung an den Fisch, der über dem Feuer brutzelte, dessen Fleisch garte, und dessen Geruch Wasser zusammenlaufen ließ in seinem Mund.

Den Gestank von Urin, die klebrigen Binsen und schwarzgefleckten Schimmelwände verdrängte er.

Der Staufer presste mit dem Fingernagel Schmerz in seine Hand. Und immer noch wachte er nicht auf, konnte nicht begreifen, was war – und vor allem: was folgen sollte. Er schluckte. Konradin schnellte herum. »Von Rom schob er uns nach Neapel. Ihr wisst ebenso wie ich, weswegen.«

Der Kastille neigte das Haupt. »Der Rat der Senatoren hat das Urteil abgelehnt. Zwei Stimmen gab es nur, die mit dem Franzosen waren.« Seine Faust donnerte auf den Tisch, der Tonbecher kippelte.

»Nicht, Arrigo. Beruhigt Euch!«, warnte Friedrich, Don Arrigos Bewegung gefror. »Bruch wird nicht ersetzt.«

Raschelnd füllte sich die hintere Ecke des Raumes mit Leben. Mehr Geist als Mensch ordnete der getreue Konrad Kropf von Flüglingen seine Glieder. »Dafür, dagegen? Als ob dieser Schlächter sich darum schert.« Die Augen versanken in den Höhlen. »Geschissen drauf, Arrigo! Der Franzose hat sein Schlachtvieh in die Karren gepfercht und nach Neapel gerollt – und die Eier der Senatoren gleich dazu. Oder habt Ihr vielleicht eine Armee gesehen? Oder auch nur einen, der sich das falsche Lachen aus dem Gesicht wischt, die Musikanten heimschickt und dem Tanz des Franzosen ein Ende setzt?« Er schüttelte den Kopf. »Konradin hat schon recht: Wir alle wissen, was das heißt.« Er schwankte durch den Raum, warf mehr Flicken als Cotte auf das Gestell mit den Laken.

»Er duldet kein weiteres Aufhebens, keinen weiteren Prozess. Er will nicht, dass auch nur einer sich verbürgt für uns und unseren Tod verhindert.« Die Stimme des Kropfs von Flüglingen überschlug sich im Gelächter, sein Blick flackerte. »Hochverrat!« Er schlurfte weiter. »Dass ich nicht lache!« Der Hauptmann griff vorbei am Becher nach dem Krug, und auf dem Weg zur Tür schüttete er den Traubensaft in seine Kehle. »Ton wird nicht ersetzt – aber zuwenigst gefüllt.« Er pochte gegen die Bohlen und erntete zwei weitere Krüge, mit einem davon verschwand er wieder in seinem Eck. »Herrgott! Verrecken hätt ich ...«

Friedrich zerrte ihn nach oben. »Kropf: Tränk dein Denken in Wein und ersäuf deine Zunge gleich genauso mit. Das Gejammer behalt für die Pfaffen.«

Kropf knurrte, und durch die Schatten, mit all der Distanz zum treuesten seiner Begleiter, ahnte – vielmehr: spürte Konradin den Haken. Friedrich stolperte rückwärts, krümmte sich, krachte auf den Stein. Die Muskeln, der Kiefer spannten sich still. Der Badener schoss hoch und stürzte auf den anderen. Der Kropf von Flüglingen prallte gegen die Wand, sein Schrei gellte in den Ohren aller.

Der Krug kippte vom Tisch, zerschellte. Konradin war bei Friedrich, packte den Arm mitten im Schwung und riss den Badener zurück. »Verflucht.« Das Wort zwängte sich durch seine Zähne. »Mein Onkel steht zwischen Rom und Neapel.« Erneut fuhr seine Hand übers Gesicht.

»Er ist kurz vor Neapel.« Don Arrigo stützte sich auf den Tisch. »Nicht weit von uns.«

»Wo auch immer.« Konradin dehnte die Worte – die Silben. Er wünschte, er könnte die Zeit ebenso dehnen. »Charles hat seine Klingen gewetzt. Wir können uns fürchten wie Mäuse. Dadurch ändert sich nichts.« Er kickte die Scherben von sich. »Ihr alle wisst: In ein paar Tagen bleibt nichts von uns als eine Federstrich in den Schriften der Geschichte.«

Friedrich rüttelte seine Schultern. »Freund, es ist noch nicht zu spät. Weshalb wendest du dich ab von der Hoffnung?«

»Hoffnung?« Er warf das Wort mit einer Geste zurück. »Nicht mehr als Lüge. Hält das hier am Schlagen.« Seine Faust klopfte auf die Brust. »Schmeckt süßer als Wahrheit. Und sie höhlt uns aus, statt mit einem Stoß unser Herz und Hirn zu löschen.« Er streifte Friedrichs Hände ab.

Der Freund sackte zusammen. Falten furchten die Stirn, Fragen das Gesicht. Er schüttelte den Kopf. »Sind wir dafür gemeinsam von Tagliacozzo geflohen? Was redest du?«

»Euer Onkel sieht nicht tatenlos zu. Der Franzose weiß das. Wenn er Euch tötet, folgt Krieg.«

Kropfs Lachen beendete Don Arrigos Überlegungen. »Und

wenn nicht?« Er plumpste zurück in die Schatten.

Konradin bückte sich nach dem Holzbrett und dem Stoffbeutel »Wenn ich am Leben bleibe – was glaubt Ihr, fürchtet Charles wohl mehr?« Das Brett krachte auf den Tisch. Er ordnete die Figuren zu den Karos. Von einem zum nächsten der Feldherren, Hauptleute, Kameraden glitt der Blick und hängte sich noch einmal an Friedrich. »Komm.« Seine Geste lud ihn an den Tisch und eröffnete. Der schwarze Bauer wartet voller Geduld auf das Weiß. Die Abendsonne sandte ihren Gruß und ihre Wärme durch den Fensterschlitz, begleitet von der Musik der Wellen kam die Nacht.

Metall biss in seine Gelenke, die Speerspitzen bohrten sich in seine Haut. Charles' Soldaten trieben Konradin und seine Gefährten auf den Karren wie Vieh, die Männer verriegelten die Ketten an den Pflöcken, zuletzt den Riegel der Pritsche. Auf ihr Zeichen zischte die Peitsche des Wagenlenkers durch die Luft, die Zugpferde wieherten und trabten durch den Torbogen aus dem Kastell. Die Ketten ruckelten mit jeder Radumdrehung und scheuerten Konradins Knöchel auf.

Wellen brachen sich gegen den Steg zum Ufer, der Karren mit ihm und jener mit seinen Getreuen holperte über die Pflastersteine und folgte der Straße zur Hinrichtungsstätte. Piazza del Mercato. Schlag um Schlag übertrug sich von der Achse über die Bohlen zu den Ketten in Knie, Rücken, Steiß. Die Möwen lachten sie aus, der Morgen stach sein Licht in ihre Augen und überblendete, was vor ihnen lag. Der Lärm schwoll mit jeder Elle an. Auf das Geschrei der Masse steuerte der Karren zu.

Eine Eierschale zerplatzte an der Wand des Karrens, Flüche gellten aus der Menge. Die Ochsen im Joch scherten sich darum nicht. Beschimpften sie ihn oder lehnten sie sich auf gegen Charles? Die Bedeutung ihrer Worte verstand er nicht. Der Wagen ruckelte weiter und jedes Zucken riss an seinen Wunden, brannte ins offene Fleisch. Ein Schatten fiel auf Konradin.

»Staufer, Gott zum Gruße.« Charles' Pferd schnaubte. »Die Stadt schreit nach Eurem Blut.« Er grinste und trat gegen die Seite des Karrens. »Eure Familie hat das Gesicht Neapels gemeißelt. Wusstet Ihr das?« Er deutete auf das Gebäude, an dem sie vorbeizogen. »Die Universität Eures Großvaters. Vielleicht ist es dem Pöbel zu viel gelehrtes Geschwätz, vielleicht verlangen sie deshalb, Euren Kopf fallen zu sehen.«

Konradin hielt dem Blick des Franzosen stand, er zerrte an den Ketten, und richtete sich auf. »Die erste Universität des Okzidents wird überdauern – Euer Gemetzel, wie Eure Lügen.« Er betrachtete die Mienen seiner Gefährten, sah Verachtung für den Franzosen darin und Verzweiflung – und ebenso erkannte er Stolz und die Treue, die in ihren Augen stand. »Wissen bringt in die Welt, was Euch nicht gelingt: Wahrheit und Fortschritt und Umbruch. Es überdauert – und damit überdauert mein Haus.« Hinter der Häuserreihe erhob sich das Bauwerk, die Spitzen lugten auf die Endloswellen des Meeres, winkten ihm ihren Gruß. In dem Wagen hinter ihm knieten seine Getreuen in fauligem Stroh. Kettenglieder banden Friedrich von Hürnheim, Graf Wolfrad von Veringen, Konrad Kropf von Flüglingen aneinander.

Charles' Lächeln tropfte auf ihn herab, der vom Papst gekrönte König von Sizilien und Neapel deutete über seine Schulter. Don Arrigo stolperte hinter dem Ross durch die Pferdeäpfel. Blut glänzte an den Knien des Kastilen, dunkle Linien rannen hinab über dessen Knöchel. Die Fußsohlen hinterließen Abdrücke in Rot. Das Tau schnitt oberhalb der Brouche in die Mitte des ehemaligen Senators, ebenso wie in seine Gelenke.

Der Franzose zog am Strick und brachte seinen Gefangenen zum dritten Mal zu Boden. »Mein Cousin.« Er richtete den schmalen Reif seiner Krone und lachte. »Das Vermögen, das ich ihm schulde, bewahrt ihn nicht vor dieser Schmach. Seht Ihr das, Staufer? Geld schützt nicht. Glaubt Ihr denn, Bücher schützen Euch? Sendet Euren Gruß den Steinen und Mauern, das Meer frisst sich daran satt. Ich herrsche hier und mein Reich wächst – und die Bücher und Papiere, die blassen Würmer, die darin lesen, sie zerfallen zu Staub und brennen im Feuer.«

Die Peitsche knallte zum Klang seiner Worte. Sie traf die Langsamen. Sie traf die Lauten und die Stillen, die Gefangenen und das Volk von Neapel.

Charles schnitt den Weg zur Piazza del Mercato frei. Zum Richtplatz.

†

†Kapitel 42 – Georg

In Mauern

29. Oktober 1268
Neapel, Piazza del Mercato

»Ihr stinkt, als hättet Ihr Euch Euer Leben lang in nichts anderem als Hundescheiße gewälzt.« Damian zog die Nase hoch.

»Dann seid Ihr in guter Gesellschaft.« Schmerz stach in Georgs Schädel, seine Augen brannten, das Getöse der Menge auf der Piazza schmerzte in seinen Ohren. Den Blick konnte er dennoch kaum abwenden.

Heute Morgen hatte geendet, was in den vergangenen Tagen und in der letzten Nacht zum Pulsschlag rund um den Marktplatz geworden war. Die Zimmerleute hatten ihre Hämmer und die übriggebliebenen Nägel zurückgelegt in die Kiste. Am Ende der Piazza del Mercato war die Bühne bereitet für den Schlussakt, der Henkersblock wartete auf die Verurteilten.

Er knallte seinem Begleiter den Weinschlauch an die Brust. »Sauft! Salute!« Er brüllte, er lallte, er torkelte gegen die Bauern und Handwerker und Tagelöhner, gegen die Bürgerinnen und die Dirnen. An der Schulter des Persers krallte er sich fest. »Haltet den Rand, Ihr verdammter Idiot«, zischte er. »Ihr wisst nicht, wer unsere Sprache versteht. Setzt wenigstens die Miene eines weintrunkenen Gaffers auf. Wollt Ihr auffallen um jeden Preis?«

»So oder so fallen wir auf, Ihr Narr.« Damian riss ihm den Schlauch aus der Hand. Er trank. »Euer Plan … Ihr seid wahnsinnig.«

»Ihr habt den Gerber ebenso gehört. Neapel hasst den Franzosen und seine Grausamkeit.«

Der Perser zuckte die Schultern. »Na, und? Wir hatten Glück mit unserem Unterschlupf bei ihm. Und noch hat er uns nicht verraten – wahrscheinlich. Macht die Augen auf, Georg: Sie fürchten ihn. Niemals würden sie sich auflehnen. Ganz allein werdet Ihr niemals schaffen zu entkommen, schon gar nicht mit Charles wichtigstem Gefangenen.«

Georg schoss auf und krümmte, schüttelte sein Lachen vor sich her. »Seid still.« Seine Lippen bewegten sich kaum. Sonnengegerbte Gesichter wandten sich um. Die Weibsbilder rafften ihre Kleider und Schürzen an sich, Ekel stand in ihren Mienen, die Männer schüttelten die Köpfe. Die einen traten zur Seite, andere stießen sie, traten nach ihnen.

»Verschwindet, Dreckspack, versoffenes.« Ein Knecht schraubte die Faust in die Höhe, Georg schlüpfte an ihm vorbei. Den Stand mit dem Rauchfleisch roch er, ehe er ihn sah. Fliegen wirbelten zwischen Fleischstücken und den Handtuchschlägen des Metzgers, krabbelten über Wurst und Fleisch und den Saft auf dem Holz, an den Fleischlappen des Saukopfs entlang.

Georg fühlte sich beobachtet, jeden Fingerzeig, jedes Blinzeln aufgesogen von ungeladenen Blicken. Er schüttelte sich, das Gefühl blieb. Der Hardenberger stützte sich an den Pfosten des Marktstandes, lehnte sich zur Metzgersfrau. Deren Fülle beschattete die Auslage. Er beugte sich noch ein wenig näher. Seinem Denken erlaubte er eine kleine Flucht, gaukelte sich ein anderes Gegenüber vor: Rötlich glühten Haare in der Sonne Neapels statt schmutzbraun, die Antworten stachen scharf, kalt, klug; die Stimme rau und voll. Er spürte seine Mundwinkel nach oben wandern.

Im nächsten Blinzeln löschte er den Gedanken, verschenkte ein paar Freundlichkeiten, erntete ein dankbares Lächeln und deutete auf einen der Stricke mit Wurst.

»Halber Denarius«, piepste das Weib.

»Ein Denarius.« Der Fleischsack neben ihr knurrte und richtete sich auf. »Und lasst Euch nicht einfallen, Eure Griffel noch wo hinzutatschen.«

»Ein Denarius? Träumt des nächtens, was Ihr wollt, und schiebt Euch Euren Wahn am Tag in den Arsch.« Die Nähte seines Hemdes knarzten, der Atem des Metzgers stank nach Wein.

»Drecksnordländer! Glaubt Ihr, Ihr seid besser, so wie der Franzos'? Ihr redet zu viel falsch.«

»Und deshalb wollt Ihr die doppelten Münzen?« Georg stieß Damian neben sich am Arm. Der Kiefer des Persers fiel nach unten, und Georg verkniff sich ein Grinsen. »Eeh, Ihr seid doch von hier? Zahlt Ihr einen Denarius dafür, mein Freund?« Er neigte sich zum Metzger. »Gebt mir zwei Strick Würste – für meinen südländischen Freund und eine für mich.« Er richtete sich auf und packte die Theke. Der Wurststand wackelte. »Ihr wollt doch keinen Ärger an diesem Tag.«

»Dreister Hund.« Der Fleischberg drehte sich ab.

Die Münzen verschwanden im Händedruck der Frau, er erntete ihr Lächeln und den Grimm des Metzgers.

Georg drehte sich und schielte grinsend dem braungekleideten Sack mit seiner Lederschürze zu. »Aye, aye, Salute«, prostete er ihm zu. Den Trinkschlauch zitterte seine Hand zum Mund und feixte dümmlich, bis der andere sich augenrollend wegdrehte. Ludwigs Herold im Schlepptau stolperte Georg sich weiter zum Podest vor der Kirche.

Das Getöse verebbte. Hufe klapperten über den Platz.

Ein berittener Trupp Wachen hielt neben den Stufen, saß ab, ließen ihre Pferde an der linken Seite zurück. Sie postierten sich im Halbkreis vor dem Aufbau. Das Poltern von Ochsenkarren hallte von links über die Piazza.

»Nehmt die verdammte Kapuze vom Kopf, Herrgott. Ihr solltet es besser wissen.« Georg schnaubte, sein Blick schnitt Damians Erwiderung ab. »Unter all den anderen Gaffern: Seht Ihr dort einen, der sein Haupt bedeckt?«

Ein Zucken im Gesicht des Persers antwortete.

»Keiner. Erst recht nicht an einem Tag wie diesem. Die Herbstsonne scheint warm und hell. Niemand kennt unsere Gesichter. Wenigstens diesen Vorteil hat Euer Scheitern als Botschafter.« Georg schob sich vorbei an einem Brocken von Kerl – so breit wie hoch, so ungewaschen wie laut – drängte die Körperfülle einer Schwarzhaarigen zur Seite, wich der Mutter aus mit dem Schreikind auf dem Arm. Zwei Bürschlein begrapschten die Taschen eines Fuhrgesellen. Sein Reitstock knallte auf die Langfinger, und wie Nebel verschwanden sie.

Der Hardenberger langte seinem Gefährten den Wein. »Ihr kennt Eure Aufgabe.« Ein Rückenkorb verewigte dessen Ladung an Tomaten auf Georgs Hemd und Überwurf. Er fluchte, rempelte nach vorne. »Wir sind alle tot, wenn Ihr versagt. Alle.«

Zum tausendsten Mal befühlte Georg den Griff seines Schwertes und zählte die Messer an seinem Körper. In der zweiten Reihe sicherte er seinen Platz. Er musterte seinen Gefährten. »Oder sagen wir: Ihr könnt Euch nur retten, wenn Ihr meinen Plan befolgt.«

»Euer Plan ist, gegen die Götter zu würfeln.« Damians Stimme leierte allmählich seine Ohren aus.

»Genug!«, zischte Georg. »Was seid Ihr doch für ein Jämmerling. Wollt Ihr nur danebenstehen und Euch am Sack kratzen? Dann stellt Euch woanders hin.«

»Neapel ist Charles' Stadt.« Der Handrücken des Orientalen klatschte an Georgs Oberarm, die Finger der anderen Hand klopfte sich Damian an die Stirn.

Georg prüfte Gesicht um Gesicht, seine Miene wurde hart. »Habt Ihr Euren Dolch bei der Hand? Der erste Stich muss sitzen. Das Chaos müssen wir nutzen, das daraus entsteht.«

Der Herold senkte die Lider, beugte sich vor. »Wir sind Werkzeuge, die Ketten hat der Franzose uns längst angelegt, nur sehen wir sie noch nicht.« Er fischte aus den Taschen seines Mantels Räucherfleisch, kaute, spuckte aus. Er schwenkte den Fleischlappen durch die Luft. »Ich …« Die Faust knallte gegen seine Brust. »Er vergisst weder den Dreck unter den Nägeln, noch uns.«

»Natürlich nicht, Ihr verdammter Windschiss.« Der Hardenberger fluchte. »Er wird uns die Haut abziehen, wenn er uns erwischt. Doch so einfach kriegt er ihn nicht, unseren Pelz.« Georg wischte in Richtung des Aufbaus.

»Glaubt Ihr.« Damian verdrehte die Augen.

Georg schnappte das Fleisch. »Geht auf Eure Position. Ihr wisst, was zu tun ist.« Er musterte seinen Begleiter. »Danach verschwinden wir.« Die Härchen an seinem Körper richteten sich auf, Unruhe überlief ihn.

»Wie schön«, versetzte der Dunkelhäutige. »Ich bin sicher, er lässt uns am Leben, falls Euer Plan schiefgeht.«

»Betet, dass der Plan gelingt. Oder betet darum, mir nie wieder zu begegnen.« Georg riss den Kopf hoch.

Pferde wieherten lauter, Ochsen muhten, Hufe schepperten auf den Pflastersteinen. Der erste Wagen rollte auf den Platz.

†

†KAPITEL 43 – KONRADIN

FINGERBREIT

29. OKTOBER 1268,
NEAPEL, PIAZZA DEL MERCATO

Konradin blickte auf. Um den Platz krallten sich Holzverschläge ineinander, Leinen hangelten sich von Pflock zu Pflock vor den Hütten, bedeckt mit trocknenden Häuten, mit Tuchen, mit Lumpenfetzen. Der Wind blähte sie, und wie schäbige Leichentücher tanzten sie in der stickigen Luft.

Frösteln kroch von seinem Nacken zur Fußsohle hinab.

Die Menge auf dem Platz durchlief ein Raunen, Miene für Miene fand ihn. Die ersten in den Reihen bei den Ständen warfen ihre Münzen zu den Händlern, schnappten Brotstangen und Wurst. Die Übrigen vergaßen Hunger und Durst. Sie drängten zurück zum Platz.

In Rom hatten Unzählige ihre Blicke auf ihn gerichtet. Gejubelt hatten sie bei seinem Einzug in die Stadt. Sie hatten ihn gefeiert als den König, der den Frieden bringt. Drei Monate zuvor.

Konradin schob die Erinnerung unter das Murmeln, das die Piazza umklammerte.

Hinter ihm erhob sich eine Kirche, vor ihm der Holzbau der Richtstätte. Die Menge drängte sich an die Front und an die Seiten, zwischen Gotteshaus und Richtstätte ließen sie Platz für die Wagen, die Pferde, die Soldaten, für den Franzosen und seinen Handlanger Montfort.

Der Wagen hielt, der zweite wäre bald da. Ein schwarzhaariger Junge starrte vom äußersten Rand des Platzes zu ihm. Honig tropfte von der Wabe in seiner Hand übers Kinn und auf seinen Kittel. Charles' Peitsche knallte herab. Eine Pranke schoss vor, der Knabe verschwand in den Armen seines Vaters.

»Herrgott, d'Anjou«, entfuhr es Konradin. Sein nächster Laut war Schmerz. Er spürte den Striemen, spürte den Riss in der Haut und feuchte Wärme in seinem Gesicht. Blut rann von seiner Stirn.

»Ist Euch wohler, wenn meine Peitsche Euch trifft?« Der Franzose winkte weitere Soldaten heran. Er trieb sein Pferd vor die Menge, und sie wich zurück. Auf sein Zeichen bildeten die Waffenträger eine Gasse.

Schwarz kam er daher, gebeugt in seinem Mantel, die Kapuze im Gesicht. Der Henker schlurfte zum Podest, sein Knecht trug ihm Schwert und Axt hinterher zum Richtblock in der Mitte kurz vor dem vordersten Rand.

»Sieh dir gut an, Bürschlein, wohin dein königlicher Schädel fällt.« De Montforts Hand zeichnete einen Strich über den Hals, dann kratzte er sich die Stirn. »Ob der Kopf platzt, wenn er auf die Steine schlägt?« Die Lust an der Qual der anderen zerrte seine Mundwinkel weiter nach oben. »Der Pöbel in der ersten Reihe vor den Soldaten wird es bald genug wissen.«

Konradin schluckte, dann schrak er auf. Ein weiteres Mal knallte die Hand an seine Wange. »Auf, auf, Verräter.« Guy de Montfort grinste. »Du darfst als erster auf die Bretter dieser Bühne. Doch freu dich nicht zu früh, Staufer: Jeden Gefährten wirst du sterben sehen, jeder Hieb schreit: deinetwegen fließt ihr Blut! Die Treue zu dir bringt ihnen nichts als Tod.« Der Dunkelhaarige lachte auf.

Er öffnete die Ketten, stieß Konradin vom Wagen und zerrte ihn hinter sich her, raubte ihm den letzten Stoff vom Leib. »Seht ihn Euch an, den Thronräuber aus der Brut des Teufels!« Den Fetzen in seiner Hand wanderte er auf dem Podest oberhalb der Bürger Neapels. Guy deutete zur Mitte vor dem Aufbau. Charles thronte auf seinem Ross, sein Blick erhob sich über die Köpfe seiner Untertanen, ein Dutzend Soldaten sicherte ihn in ihrem Halbkreis.

Der Staufer versuchte, die Gesichtern der Menge zu lesen, doch seine Gedanken waren bei den Gefährten und im nächsten Moment auch sein Blick. Der zweite Karren rollte heran.

Guy brüllte weiter, die Stimme überschlug, und seine Faust traf. Konradin keuchte nach Luft. Er riss die Arme vor den Bauch, krümmte sich. Die Schmerzen stachen von seiner Mitte bis in seine Fingerglieder. »Gegen die Heilige Kirche hat dieser Verräter …«

Ein Schrei gellte lauter als alles. Das vorderste Pferd stieg. Es wieherte, schrie, traf einen der Soldaten am Kopf. Eine Frau aus dem Pulk kreischte, andere stürzten nach vorn zu dem Ross. Strauchelnd kam es auf die Pflaster, schrie noch einmal, fiel.

Die Schaulustigen drängten näher. Guy stürzte zur Treppe. Charles' Blick klebte auf der Masse, die auf heranbrandete. Er lenkte sein Reittier rückwärts zum Aufbau.

Ein zweites Tier schrie und knickte ein. Konradin konnte von seinem Platz aus ebenso wenig erkennen wie Charles. Der Franzose fluchte, er holte aus mit der Peitsche, dann trabte sein Pferd weiter nach links, die Masse zog nach.

Konradin traf ein Stein an seiner Seite, er bückte sich weg. Das Flüstern seines Namens stahl sich unter die Schreie. Er heischte nach rechts, nach links. Niemanden konnte er erkennen. Keiner, der ihn rief. Wieder hörte er die Laute und dann einen leichten Schlag auf die Planken. Von rechts lief ein Beben über das Holz. Der Staufer sah sich um. Guy beugte sich über das Geländer der zusammengezimmerten Treppe zu Charles.

»Dolchwerfer«, vernahm er das Wort, und die weiteren Worte sprühten Gift. »Fliegende Messer.« Der König knallte die Geißelschnur in die Menge. Seine Soldaten fuhren zusammen, die Pferde schreckten zur Seite, sie stoben gegeneinander und klemmten einen der Krieger ein. De Montfort erbleichte, er schrie Befehle zu seinen Männern hinab. Metall klirrte, Speere knallten auf den Boden und das Getöse wucherte mit den Rufen der Menschen zum Tumult. Die Zuschauer reckten ihre Hälse und schoben einander darauf zu.

Die fremde Stimme rollte wieder an sein Ohr. »Kommt! Jetzt!«

Konradin schnellte herum, er suchte. Er sah nichts. Niemanden erkannte er in der Menge oder neben dem Podest. *Wer ruft mich?* Er drehte sich herum, das Menschenmeer zu seinen Füßen kümmerte sich längst nicht mehr um ihn. Der Todeskampf der Tiere bannte die Gaffer ebenso wie seinen Henker. Jedes Fingerkrümmen seiner Feinde richtete sich darauf. Konradin entdeckte den Karren mit seinen Gefährten, und dann entdeckte er ein Augenpaar auf der anderen Seite über die Planken spitzeln, sah die Hand, die ihn heranwinkte.

»Eilt Euch!«, zischte die Stimme erneut.

Der Staufer schob sich Fuß um Fuß nach hinten – weg von seinen Feinden. Den Henker und des Henkers Schwert ließ er nicht aus den Augen. Er spürte den Luftzug in seinem Rücken. Beinah hatte er den Rand erreicht. Ein Blick über die Schulter genügte, und er kannte den Mann. Der, der ihn rief, war ein Ritter seines

Onkels. Sechs Fuß noch. Die Enge um Konradins Brust lockerte ihre Pranke. Er schob seine Schritte weiter nach hinten. Noch vier. Er wandte sich um. Im Winkel seines Blicks war ein Flimmern. Konradin lief. Und die Planken bebten, er zwang sein Sichtfeld zu dem Ritter, das Herz donnerte in der Brust. Er sandte ein Gebet zum Himmel. Und er fiel.

Schmerz barst in seinem Rücken. Ein Tritt – und seine Knie knickten ein. Konradin knallte auf das Holz. Ein Arm legte sich um seine Kehle und schnürte ihm die Luft ab. Die Stimme an seinem Ohr schauderte ihn.

»Hab ich dich.«

Konradin sah seinen Retter erbleichen, die Hand zuckte zum Gürtel, zum Griff eines Dolchs. Der Ritter hastete zum Podest, der Staufer bäumte sich auf gegen Guys Griff. Ein Schlag donnerte in seine Nieren. Konradin fiel, sein Kopf knallte gegen die Bretter. Die Kraft schwand aus seinen Gliedern. Er wusste, was folgte. Ein Meer an Trauer schwappte durch ihn. *Die letzte Chance vergeben.* Sein Körper bebte. Ein letztes Mal suchte er den Blick des Ritters, er fand die schreckgeweiteten Augen, Trotz und Verzweiflung auf dem Gesicht. Konradin schüttelte den Kopf. An seinen Schultern packte und riss der Franzose ihn über das Holz. Guy drehte ihn um, grinste ihn an. Er holte aus.

Sonnenlicht blitzte auf Metall, Konradin erkannte das Messer. Er wand sich, doch: zu spät. Kälte biss durch die Haut, von seinem Oberschenkel brach Schmerz durch seinen Körper. Seine Stimme erstickte. Die Faustschläge in seinem Rücken trieben ihn weiter. Er stolperte auf die Mitte zu, hin zum Richtblock auf dem Podest.

Charles d'Anjou stützte einen Fuß darauf, eine Hand rieb am Griff seines Schwertes. Er lächelte. Ihm gegenüber zog der Henker seine Kapuze übers Gesicht. Der Scharfrichter fasste das Langschwert, beide Hände brauchte er, und er hob es an. Konradins Blick glitt nach oben. Der Hieb knallte in seine Seite. Er wandte den Kopf nach rechts, nach links, suchte nach seinen Getreuen. Er fand sie nicht. Er zwang die Verzweiflung seine Kehle hinab. Der Ritter war fort.

Konradin fiel, de Montfort zerrte ihn das letzte Stück mit sich. Splitter spießten sich in seine Knie, unter die Haut.

Stille senkte sich auf den Platz.

Jemand zwang seine Arme nach hinten, Bänder schnürten seine Gelenke ab. Der Staufer schluckte.

Er schloss die Augen für einen Moment, dann öffnete er sie. Die Oktobersonne wärmte sein Gesicht, seine Lungen sogen die Herbstluft ein, sein Blick trank noch einmal die Empfindungen auf den Mienen in der Menge. Die Menschen warteten. Sie falteten die Hände oder pressten sie an die Brust, sie murmelten etwas, das nach Gebeten klang, sie starrten ihn an.

Konradin suchte die Angst in seinem Herzen, sie war fort. Hinter sich spürte er seine Männer, seinen Freund Friedrich und die übrigen. Er musste seine Getreuen nicht sehen. Konradin richtete den Blick auf Charles, und er erkannte die dunkle Gier in dessen Augen.

Er sandte das letzte Gebet zu seinem Gott, und er wünschte Gnade für die Seinen, für sein Volk, oder Schwerter in seinen Händen. Er ballte die leeren Hände und seufzte und beugte das Haupt.

Konradin hörte seinen Namen, er fühlte den Hieb, die Kälte der Klinge. Nichts.

Sein Kampf war vorbei.

†

†Kapitel 44 – Georg

In Gassen

29. Oktober 1268, Neapel

»Tote Nordländer vermisst niemand.«

Das Flüstern fraß sich unter Georgs Haut. Zu spät bemerkte er das Mienenspiel eines Mannes vier Reihen entfernt, ein Augenzwinkern flog von diesem zu dem untersetzten Kerl neben ihm. Den Bürgern der Stadt war dies gleich. Die Bühne in der Mitte des Platzes bannte ihren Blick. Aus den aufgerissenen Mündern der Weiber schrillten Schreie, sie drückten ihre Kinder an sich und verdeckten ihnen die Augen, die Mannsbilder fluchten, manche johlten.

Der Schlag traf Georgs Nieren. Er stolperte, fiel. Seine Hand glitschte durch eine Pfütze und schmierte Essenreste über die Pflastersteine. Vom Boden rappelte er sich auf und zwängte sich durch die Menge. Der Schweißgestank eines Riesen würgte ihn. Die Faust von hinten erwischte ihn ohne Vorwarnung. Schmerz knallte in seinen Nacken, er rauschte in eine Auslage. Holz splitterte. Brotlaibe und Gebäckstangen, Teilchen und Süßzeug regneten auf ihn herab. Unter dem nächsten Hieb des Schergen duckte er sich weg, vor ihm stand ein zweiter Angreifer. Georgs Körper reagierte. Sein Haken fällte den Feind.

Der andere schob die Arme unter Georgs Achseln. Georg knallte den Kopf nach hinten, sein Ellbogen setzte einen weiteren Stoß. Georg riss sich frei, rannte, riss Neapels Bewohner in den hinteren Reihen der Schaulustigen zu Boden und tauchte vorbei an weiteren Körpern. Schimpf und Flüche verglühten hinter ihm, brandeten erneut auf, wo die Schergen ihm folgten.

Er bog in die Enge und den Schatten einer Gasse und erlaubte seinen Lungen, sich zu füllen, seinen Gliedern zu melden, wie sehr sie brannten. Er lugte ums Eck und der Stein der Hauswand scheuerte an seiner Wange. Wieder linste er – und noch einmal, bis sein Herz nicht mehr raste. Da war niemand hinter ihm in der Richtung, aus der er kam, keine Seele zeigte sich. Niemand.

Die Mittagssonne brannte auf die eine Hälfte seines Gesichts, die heile. Georg strich den Gewandstoff glatt. Er maß jeden Schritt und schlich von einer Gasse in die nächste. Sein Schädel dröhnte, sein Magen schmerzte. Er fürchtete die Ziegelmauern, die unter seinen Handflächen kratzten, könnten sein Herzpoltern verstärken und an die gesamte Stadt verraten. Stattdessen brandete selbst in diese Gassen die Ausläufer eines Spektakels.

Er fuhr durchs Haar, spähte um Winkel und schickte seine Blicke über Unrat, Stein und Matsch in den Gassen. Georg kratzte seine Stirn. Wo würden sie ihn am ehesten suchen? An der Stadtmauer, am Tor – an einem der Tore, die nordwestlich führten –, am Hafen, vielleicht. Seine Bahnen zogen ihn ins Stadtherz, bis die Schatten vor ihm ausfransten und alles dunkler färbten, was unterhalb der Dachfirste lag. Laken flatterten über ihm, streuten Tropfen herab, erzählten in Flecken ihre Geschichten neben dem Gezeter und Gestöhn, dem Geprotze von Hafenfischern, die den Heimweg im Nachmittagsglühen nicht kennen wollten.

An einer der Holzkaten hielt er, lehnte sich gegen Splitter, prüfte die Straßen, die Ecken, die Mienen der Menschen um ihn. Er verdrückte sich hinter eine Ecke, stopfte das Räucherfleisch von Damian in seinen Mund. Er sank neben einen Berg aus Abfall. Seine Fäuste lösten sich, die Fingerkuppen fuhren und fühlten sich über Erdklumpen und Steinchen, Halme und Spreu. An die Bretterwand lehnte er seinen Rücken, seinen Lidern gestattete er zu sinken. Er war müde, sein Kopf fiel nach hinten und die Erschöpfung überwältigte ihn.

Schmerz barst in seinem Kiefer und flammte sich in die Spitzen seiner Glieder. Der zweite Schlag traf seinen Magen. Pranken schlossen seine Gelenke ein und würgten seine Kehle. Der Tritt in seine Seite trieb das letzte Mμ Atem aus seiner Lunge. Georg krümmte sich. Der Fuß traf seinen Kopf und in seinem Schädel barsten tausend Sterne. Holz und Haus und Stadt, seine Glieder – alles verschwamm mit Qual und wandelte sich in Dunkelheit.

†

†Kapitel 45 – Ludwig

Worte der Macht

02. November 1268, Süditalien
Vor Neapel

Der Vorhang fiel hinter Ludwig, die Nacht blieb vor dem Zelt. Im Luftzug flackerten die Fackeln am Eingang, Feuer schimmerte über die Tischplatte und auf dem Grau von Cäcilias Robe.

Nah an ihrem Ohr umspielten Hunger und Gier Damians dunkelgoldene Lippen. Cäcilias Augenbrauen bebten, die Lippen gaben die Zähne frei. Ihre Antwort konnte Ludwig nicht verstehen. Am Klang der Stimme, im Frost ihrer Miene entdeckte Ludwig, was er wissen musste. Damians Begierde zersplitterte. Cäcilia riss ihre Hand hoch, der Herold die seine zurück, die rötliche Haarsträhne sprang von dessen Finger.

Ludwig räusperte sich. Vor der Wange des Persers stoppte Cäcilias Schwung. Damian neigte den Kopf, floss in eine Verbeugung und ein paar Schritte zur Seite. »Mein Herzog, ich grüße Euch.«

Cäcilia fluchte und starrte zu Ludwig. Er las die Anklage in ihrem Blick, zuckte die Schultern. Mit dem nächsten Blinzeln war sie neben ihm. Er kam ihren Worten zuvor. »Ihr schert Euch doch sonst nicht um meine Erlaubnis – oder um meine Gegenwart. Doch wenn Ihr auf die Legitimation Eurer Ohrfeige gegen ihn wartet, so wartet ihr vergebens.«

Ihre Augen verengten sich. Ludwig packte ihren Oberarm und schüttelte den Kopf. »Lasst das jetzt beiseite«, mahnte er. Zwei Papierrollen landeten auf dem Tisch. Die Bruchstellen fügten sich zum Liliensiegel Charles' d'Anjou. Der Herzog deutete auf die Botschaften. »Tragt Euren Kampf aus, wann Ihr wollt. Nicht jetzt, nicht hier. Wir haben Kunde aus Neapel.«

Damian verringerte den Abstand. »Mein Herr, die Händler und Reisenden erzählen von der Hinrichtung. Euer Neffe stand ohne Angst vor seinem Henker. Und anstelle zu fallen, fingen Adler ihn auf. Sie trugen sein Blut in die Himmel.«

»Haltet den Mund, Damian«, zischte Cäcilia. »Für dieses Wissen brauchen wir Euch nicht.«

»Wir? Ihr habt Glück, anwesend sein zu dürfen, Weib.« Der Herold trat hinter die Hofdame, führte die Finger von ihrem Hals über die Schultern. »Was wollt Ihr? Neuigkeiten? Die bringe ich Euch gerne: Euer einstiger Verlobter ist bald tot.« Er richtete sich an Ludwig. »Dieses Weib hat hier nichts zu suchen. Ihre Zunge ist die der Schlange.«

»Ihre Krallen sind die einer Löwin, Herold. Und ihre Augen sehen viel. Das wisst Ihr gut genug.« Ludwig kratzte seinen Bart und räusperte sich. »Sie kennt das Land und die Leute hier beinah so gut wie Ihr – vielleicht besser.«

Der Perser verschränkte die Arme vor der Brust und lehnte sich nach hinten. »Herr, was wollt Ihr erneut und wieder den Rat dieses Weibes?«

»Verringert es Euren Wert, wenn unser Herzog sich an mich wendet?«, schnappte sie. »Oder kränkt es nur Eure Männlichkeit?«

Ludwig hob seine Hand. Er brannte den Blick gegen den Herold. Der Dunkelhaarige zuckte, er wandte sich in Ludwigs Richtung. In einer Welle glitt er hinab und verneigte sich.

Ihre Gesten folgten den Linien ihres Körpers. »Das ist alles, was Ihr seht?« Cäcilias Zeigefinger stach die Brust des Persers. »Diese Ansammlung von Gliedern; zu Nutze, eine Ehe zu schließen, Land und Bündnisse zu sichern und Euer Bett zu wärmen.«

»Söhne zu gebären, vergesst das nicht«, spottete er. »Glaubt Ihr wirklich Ihr taugt zu mehr?«

Sie schoss einen zornigen Blick in die Richtung des Herolds und wandte sich von ihm ab. Vom Tisch schnappte sie eines der Schreiben, ohne auf Ludwigs Nicken zu warten. »Damian, Ihr glaubt, Ihr seid ein Jäger, und allein für jeden Atemzug gebührt Euch das Recht auf Beute. Dabei vergesst Ihr, was Ihr wirklich seid: ein Narr. Und das ist alles, wozu Ihr taugt.« Papier raschelte, Zeile für Zeile fuhr ihr Zeigefinger über die Tinte, entfaltete Worte. Die Botschaft raubte das Rot ihrer Wangen. »Verflucht, Ludwig!«

Cäcilia starrte ihn an, er stellte sich der Anklage in ihrem Blick. Papier riss. »Ihr seid zu spät.« Ihre Lippen zitterten. »D'Anjou hält Georg von Hardenberg in seinen Kerkern im Castel dell'Ovo.«

Der Herzog stützte sich auf die Platte und musterte Zoll um Zoll ihrer Unruhe. »Wir alle sind zu spät.«

Damian sammelte die Fetzen des Schreibens vom Boden. Ludwig ballte die Faust, wandte sein Gesicht zur Seite. Er zwang die Wut zurück, die nach oben drängte und seine Schultern entlangbrannte. Sein Finger zielte auf den Herold. »Ihr ...« Er schnappte nach Luft. »Ihr habt versagt! Statt um Konradins Leben zu verhandeln seid Ihr Eure eigene armselige Haut zu retten versucht. Und wo ich zwei sandte, kommt Ihr allein zurück.« Ludwig stemmte die Arme in die Hüften.

»Ich bin Botschafter, kein Krieger. Der Franzose hat von Anfang an die Hinrichtung Eures Neffen geplant und den Mord an uns mit dazu.« Der Zeigefinger pochte im Takt auf Holz. »Die Unfähigkeit Eures Ritters liegt nicht in meiner Schuld. Immerhin bin ich zurück. Lebend und unverstümmelt.« Damian schenkte Cäcilia ein mitleidiges Lächeln.

»Stellt Euch vor: Wenn Ihr auch nur einen Funken Verhandlungsgeschick besäßet und Klugheit – Ihr wäret sogar von Nutzen«, giftete sie.

Der Perser baute sich vor Cäcilia auf. »Haltet den Mund, Weib! Ihr besitzt nicht genug Verstand, ein Sandkorn von einem Stern zu unterscheiden. Was wisst Ihr schon?«

»Ruhe, jetzt!« Ludwigs Bass dröhnte durchs Zelt. »Für diese Waschweibergekeife fehlt die Zeit.« Seine Geste zielte erst auf die Hofdame, dann den Herold. Er wies die beiden an, sich voneinander zu entfernen. »Mit Konradins Tod vereint Charles ein Gros der Macht in seinen Händen. Ich will Konradin zurück. Nicht nur für seine Mutter muss ich ihn nach Hause bringen.«

»Seine sterblichen Überreste«, murmelte Damian und biss sich auf die Lippen. Ludwigs Funkeln schnitt ihm weitere Worte ab.

Cäcilia seufzte. »Charles hat Elisabeths Erstgeborenen und einziges Kind mit ihrem ersten Gemahl ermordet. Vielleicht lindert Ihr zwenigst den Schmerz Eurer Schwester, wenn Euer Neffe seine letzte Ruhe in der Heimat findet.«

»Ich will auch meinen Ritter zurück. In einem offiziellen Treffen kann ich Charles nicht gegenübertreten.« Ludwig ballte die Hände.

Ihr Kiefer schob sich vor, sie schüttelte den Kopf. Die Miene wurde Maske. »Der Tod hat seine Schippe schon angesetzt, und Georg liegt darauf.« Cäcilia verschränkte ihre Arme. »Es sind nur Knochen. Macht nicht mehr daraus! Und Georg: Lasst ihn sterben. Viel Leben ist nach den Tagen in den Kerkern vermutlich nicht mehr in ihm. Charles schenkt ihm vielleicht einen schnellen und gnädigen Tod, wenn Ihr kein Interesse zeigt.«

»Zu gern würde ich d'Anjou mit meinem Heer von dieser Erde tilgen.«

»Ihm mit Heeresmacht gegenüberzutreten, könnte er als Drohung auffassen«, warf Damian ein.

»Zuwenigst als Beleidigung könnte ihm dies gelten – kurz vor der Hochzeit mit Margarethe von Burgund«, führte Cäcilia an. »Mehr noch: eine Beleidigung, die Verletzung seiner Ehre, die bösartige Missachtung des Titels, den die Kirche ihm zugesprochen hat – König von Sizilien – und den der Sieg in Tagliacozzo untermauerte.« Sie tippte sich an die Brust. »Und die Kirche wird ihm jedes Recht zusprechen – und Euch ins Unrecht setzen, vielleicht sogar in den Kirchenbann.«

»Die Hochzeit.« Ludwig fluchte. »Konradins Körper ist noch nicht kalt – und Charles feiert Hochzeit.«

»Er kann«, versetzte Damian.

Der Tisch erzitterte unter dem Schlag. »Verflucht, ja, Herold, er kann. Er ist der König von Sizilien und der Schlächter meines Neffen. Die Welt weiß, was er kann.«

»Nichts ...« Cäcilia verschluckte sich, fasste sich an den Hals. »Nicht das Geringste bedeuten ihm die Grenzen des Anstands und der Welt. Und er bringt allen den Beweis.«

»Herzog, hört mich an: Tretet ihm mit einer größeren Gesandtschaft gegenüber, nicht mit einem Heer.« Damian trat einen Schritt vor. Der Perser nickte und fasste das Emblem am Ende seiner Gliederkette mit der Hand, zog daran. »Reicht ihm die Hand von ...«

»... Fürst zu Fürst«, unterbrach Cäcilia. »Meint Ihr, unser Herzog soll sich verbeugen vor diesem Mörder?« Als lungerte ein Insekt dort, wischte sie mit der Hand ihre Schulter ab. »Lange genug seid Ihr Unterhändler – Ihr wisst: Der Besuch des Herzogs am Hof des Thronräubers misst sich aus wie die Anerkennung von Charles Macht. Ein Kniefall, falls er es nicht als Drohung sieht.« Ihre Hand schmiss eine Geste in die Luft. »Und was glaubt Ihr: Ludwigs Zeichen …« Sie wartete einen Moment. »… wie viele von Ludwigs Verbündeten sehen dies als Schwäche oder Verrat an und wenden sich ab?«

»Cäcilia.« Ludwig knurrte. Sie verstand Ludwigs Blick und verbiss sich weitere Worte, nickte. Er schüttelte das Haupt. »Das wird nicht geschehen.«

Damian rollte die Schultern und rieb sich die Stirn. »Ihr selbst, mein Herzog, solltet nicht an seinem Hof erscheinen. Eine Gesandtschaft mit der Herzogin und Würdenträgern Eures Hofes könnte die Lösung sein.«

Ludwigs Stimme verlor den Klang. »Herzogin Anna mit ihrem Hofstaat und meinem Herold und Rittern als Geleit. Annas Besuch schlägt Wellen, aber kleine, und Charles würde nicht wagen, sie zu bedrohen.« Der Wittelsbacher hielt die Handflächen nach oben und zuckte mit den Schultern. »Glückwünsche zur Hochzeit, der Höflichkeitsbesuch einer Herzogin, das Überbringen einer Bitte. Was will er dagegen tun?«

»Glückwünsche zur Hochzeit – diesem Vorschlag könnte ich folgen, so lächerlich er klingt.« Sie trat an den Tisch und musterte die Karte. »Über die Schiffswege gelangt die Gesandtschaft schneller nach Neapel.«

»Die Hochzeit bietet Gelegenheit, in Charles Nähe zu gelangen. Eine Gesandtschaft – ohne mich.« Er presste die Lippen aufeinander. »Eine List wird er in jedem Fall vermuten.«

»*Fürchtet die Danaer, selbst wenn sie Geschenke bringen.*[20]« Die Hofdame zitierte das alte Bibelwort, fasste ihr Haar zusammen und schob es zurück. »Troja fiel auf das geschenkte Pferd herein, glaubt Ihr nicht, Fortuna ist uns hold? Vielleicht gelingt es Euch – Herzog Ludwig von Bayern und Pfalzgraf bei Rhein –, den nun mächtigsten Fürsten der christlichen Welt zu blenden?«

»Ich werde mich nicht darauf verlassen. Dennoch haben wir einen Vorteil. Seine Herrschaft gründet halb auf Sand. Der Süden hasst ihn. Gleichzeitig treibt ihn sein Ehrgeiz an, und er schielt bereits nach Norden. Er kann nicht überall sein.« Ludwig richtete sich auf. »Wie dem auch sei: Was er erwartet, spielen wir.« Er stemmte die Arme auf die Hüften.

»Zwei Bitten.« Damian rieb seinen Kinnbart, schüttelte den Kopf. »Er liebt das Spiel, er liebt die Täuschung. Einfach, weil er Euch verweigern kann, was Ihr wollt. Die sterblichen Überreste

Konradins und den Ritter. Oder auch dessen Überreste. Und wenn Ihr beides fordert, wird er mindestens eines davon behalten.« Ein Grinsen schob seine Mundwinkel hoch. »Wir könnten ihm noch eine Braut dazugeben: diese.« Er deutete auf Cäcilia. Der Blick des Herolds zog sie beinahe aus. »Für Guy de Montfort. Eure Mitgift beläuft sich auf einige Ländereien und eine hübsche Burg im Norden beim Hohen Meißner. Ist es nicht so?« Sie schwieg, sein Grinsen wuchs. »Eure Geheimnisse kennt nicht nur der Herzog, meine Teuerste – und mit diesen bieten wir Charles ein Bündnis im Norden an. Eure Ehe wird dies besiegeln, Ihr werdet endlich Euren Rang als Gemahlin auf einer Burg finden und …«

»… Euch nicht länger im Wege sein? Meint Ihr das?« Sie funkelte den Herold an. »Weil Ihr ein schlechterer Ratgeber seid als ich, eine Frau?«

»Ruhe!« Ludwigs Stimme dröhnte durchs Zelt und schnitt weitere Worte ab. »Ich ziehe mit dem Heer nach Norden. Und Ihr holt Konradins Leichnam zurück und den Ritter. Einer Ehe zwischen de Montfort und Cäcilia wird Charles kaum zustimmen. Das sind nichts als Brosamen, und mit Krümeln ist er nicht satt zu kriegen.« Er winkte ab. »Konradins Tod hat alles verändert. Vor der Hinrichtung sollte Georg von Hardenberg dem Franzosen eine andere Verbindung anbringen: seine jüngste Tochter mit meinem Sohn und Erben.«

Cäcilia legte den Kopf in den Nacken, sie starrte gegen den Zelthimmel. »Der Hinterhalt, das falsche Urteil und der Mord an Konradin … Er beschwört Übel und wird belohnt. In was für einer Welt wollen wir leben?«

»Genug davon.« Ludwig ballte die Faust. »Ich werde diesem Franzosen nicht noch mehr zugestehen. Wer bin ich, wennl ich auch die sterblichen Überreste meines Neffen einfach aufgeben– und Georg von Hardenberg mit dazu?« Ludwig ließ sie nicht aus den Augen. Er schwieg, zählte ihre Atemzüge, die feinen Wellen ihrer Miene. *Die Maske bekommt Risse. Seht an, Cäcilia. So abgebrüht seid Ihr nicht.*

Damian verschränkte die Arme vor der Brust, er knetete den Oberarm. »Eure Position …«, er räusperte sich, »… sollten wir dennoch deutlich machen. Höflichkeit beeindruckt Charles nicht. Er darf nicht vergessen, welches Heer nicht allzuweit entfernt wartet.«

Der Tisch vibrierte unter Ludwigs donnernder Faust. »Annas Hofstaat und ein Dutzend Krieger unter Hauptmann Gerhart. Und mein Herold.« Er nickte Damian zu. »Ihr wisst selbst: Ihr habt das Fingerschnippen einer Möglichkeit.« Er drehte sich ab.

Der Herold verzog die Miene und warf die Hände in Gleichgültigkeit hoch. »Und Charles erspart sich den Aufwand für den Transport.« Cäcilia schnaubte. Ihre Verachtung tat er ab. »Ihr müsst das Praktische erkennen. Er wird versuchen, den Herzog auf jedwede Weise zu demütigen. Argumenten des Anstands folgt er nicht, vielleicht aber pragmatischen.«

»Sorgt dafür, dass es gelingt.« Ludwig räusperte sich.

Sie nickte, dann wurde sie blass, schüttelte den Kopf. Cäcilia drehte sich zum Ausgang und verschwand in den Wellen von Stoff. Ludwigs Blick verlor sich.

»Wieso wollt Ihr ausgerechnet die Hilfe dieses Weibs?« Damian zielte hinter ihr her.

Der Vorhang bauschte sich noch einmal nach innen, Cäcilias Gesicht tauchte auf. »Mein Herzog, Charles d'Anjou wird uns betrügen. Ihr werdet ihm ebenso wenig beide Trümpfe abringen, wie Ihr das Schwarz Eures Haares zurückerlangt. Ich tue dies für Konradin, und ich tue, was ich kann.« Sie zeichnete das Kreuz über ihr Herz. Ihre Lider sanken herab. »Danach bin ich frei zu gehen, wohin ich will. Und Ihr werdet meine Wege sichern, wohin sie auchführen.«

†

†KAPITEL 46 – CÄCILIA

SPIELZÜGE

05. NOVEMBER 1268,
NEAPEL, CASTEL DELL'OVO

Weder die Seeluft noch die Jahreszeit verursachten ihr Frösteln. Das Castel dell'Ovo schob seine Mauern hoch aus dem Meer und wucherte in dem Himmel. Selbst dem Vesuv, dem Vulkan am Horizont, schrie es seinen Trotz entgegen seit einem Jahrtausend und länger.

Cäcilias Hände klammerten sich an die Reling, der Novemberwind rollte das Salzwasser neben dem Rumpf her. Jeder Wellenschlag brachte ihr Schiff dem Ufer näher. Auf dem Deck hinter sich und unten aus dem Schiffbauch drangen die Stimmen ihrer Begleiter und das Jammern der Hofdamen. Nur Herzogin Anna stand neben ihr und beobachtete die rollenden Wellen.

Ihre Augen folgten dem Zeigefinger des Kapitäns, vorbei am langgestreckten Kastell und an den ersten Ausläufern einer Stadt, an Steinansammlungen und Felsfingern. »In dieser Linie.« Der graue Riesenfisch neben ihr zwirbelte seine Schnurrbartenden.

Fischerhütten drängten sich auf der Megariden-Insel aneinander und auf dem Festland duckten sie sich an die Hafenmauern. Die Mauern Neapels und die ersten Häuser erhoben sich. Sie zog die Manteltasseln zusammen, dann den Stoff enger um sich. Vergebens. Der Wind fand seinen Weg.

»Näher führt uns unser Kurs nicht heran. Wir gehen neben dem Kastell an Land.« Er wedelte in Richtung der Steinmauern, die Lider flutschten über die Glubschaugen, zu, auf, zu, auf, dann polterte er davon zum Steuer.

»Was meint er damit?« Anna sah ihm nach.

»Der Platz von Konradins Enthauptung liegt in dieser Richtung innerhalb der Stadtmauern.« Cäcilias Blick glitt weiter, stieg an den Konturen des Vulkans empor. *War er das Letzte, was du sehen durftest, Konradin?* »Soll deine Seele Ruhe finden und einen besseren Platz in einer besseren Welt.« Cäcilia holte die rote Mähne über ihre Schulter nach vorne und schloss die Lider. »Welch Vergeudung dieses Lebens.«

»Konradin?«

Sie zuckte zusammen.

Damian stützte sich auf den glattpolierten Holm. Eine halbe Armlänge trennte sie. Kein Geräusch hatte seine Anwesenheit verraten.

»Herold, vergesst Ihr, was sich geziemt?«, tadelte Anna. »Ihr nähert Euch ohne Gruß Eurer Herrin.« Sie wartete seine Verbeugung ab, dann trat sie näher. »Habt Ihr etwas zu berichten?«

Er kniff die bernsteinfarbenen Augen zusammen und suchte, worauf der Kapitän gedeutet hatte. »Piazza del Mercato. Der Richtplatz. Dort fiel sein Kopf. Ihr habt den Kapitän danach gefragt – nicht mich?«

»Offensichtlich.«

Anna bekreuzigte sich. »Der Herr sei seiner Seele gnädig. Ludwigs Neffe war das Licht für uns alle.« Sie holte ein Tuch hervor, tupfte sich die Augen. »Wir gehen bald an Land.«

Der Perser blickte sich um. »Die Matrosen machen das Schiff zum Ankern klar. Wir sind bald genug am Steg des Kastells.«

Die Herzogin nickte ihnen zu. »Ich werde meine Anweisungen erteilen, damit alles bereit ist«, sprach sie und verließ das Deck.

Damians Miene erinnerte sie an ihre eigene Maske. »Ludwigs Neffe war das Licht für uns alle«, wiederholte er.

»Spart Eure Worte für Charles oder den Wind oder wen immer.« Ihre Geste umschloss Neapel. »Ihr wisst ebenso wie ich, unsere Gesandtschaft ist eine Farce.«

»Das Mittel ist zum Zweck, und am Ende zählt nur, ob wir Erfolg haben, Ludwigs Willen umzusetzen.« Er sah mitleidvoll herab auf sie. »Was glaubt Ihr denn?«

»Was ich glaube?« Sie suchte das Deck ab nach Hauptmann Gerhart – oder irgendjemandem, der sie von Damians Gesellschaft erlöste. »D'Anjou ist ehrgeizig und eitel. Er hat die Staufer vernichtet und sich den Thron gegriffen. Er spielt nicht einfach so.«

Ihre Finger gruben sich in die Maserung. »Falls er spielt, achtet er keine Grenzen. Er setzt jedes Mittel, jede Grausamkeit, jede List.« Die Wellen fingen ihre Gedanken und lenkten ihren Zorn auf die vergangenen Tage. Sie haderte mit der Entscheidung des

Herzogs. *Ludwig.* Sie sog an ihrem Mundwinkel. *Konradin wird nicht lebendiger, nur weil Ihr ihn in der Heimat unter der Erde verscharrt. Und Georg …* Cäcilia biss sich auf die Lippe. *Wohin führt uns das?*

Die Augen des Persers flackerten in ihre Richtung. »Ludwig hat entschieden.« Er legte den Kopf schief. »Wir sind die Spielsteine.«

»Spielsteine.« Sie dehnte das Wort.

Er nickte. »Eure Verbindungen helfen Euch nun auch nicht aus der Misere.« Damians Blick schweifte zum Castel dell'Ovo und zu den Ankerplätzen. »Ein wenig Zeit bleibt uns noch, Cäcilia, bis das Schiff zum Landesteg manövriert, bis die Taue befestigt und gesichert sind, und wir diesen Kahn verlassen. Soll ich Euch berichten von all den fremden Höfen und den welschen Sitten auf meinen Reisen?« Er versuchte, den Abstand zwischen ihnen zu schmelzen, trat auf sie zu.

»Ich weiß genug von den Höfen anderer Länder. Ich weiß vor allem, dass Macht und Wohlstand am besten gedeihen, wenn Frieden herrscht.«

»Glaubt Ihr wirklich, Macht und Einfluss erlangt man durch Frieden?« Sein Lächeln troff herab auf sie. »Was bildet Ihr Euch ein, Weib? Weiß Gott, weswegen Ludwig auf Euch hört. Vielleicht wart Ihr ihm in der Vergangenheit von Nutzen – oder zu Diensten. Es schert mich nicht.«

Cäcilia maß jeden Zoll des Persers. »Und Ihr? Ludwig sendet Euch nicht alleine als seine Stimme an Charles' Hof. Stattdessen stellt er Euch ein Weib – vielmehr einen ganzen Hofstaat – an die Seite, um mit Charles fertig zu werden. Kränkt Euch dies nicht?«

»Dass er mir ein Weib zur Seite stellt?« Er spuckte aus, warf eine Geste über die Reling. »Ihr tragt einen wohlgelittenen Namen, Cäcilia. Bei dieser Gesandtschaft seid Ihr dennoch nichts anderes als ein Stück Werkzeug – besser Ihr fügt Euch in Euer Schicksal.« Die Silben seiner Worte garnierte er mit Mitleid. »Letztlich ist es eine Frage der Zeit, dann wird d'Anjou Eurer überdrüssig.« Der Perser schob sich heran, seine Fingerrücken fuhren über ihren Mantelstoff. »Vielleicht spreche ich mit Ludwig über Euch. Vielleicht bessert dies Euer Ansehen – oder die Aussichten auf einen Gemahl.« Seine Hand schlüpfte unter ihren Mantel und auf ihren Bauch. »Ihr habt einen alten Namen, und ihr habt nicht mehr ewig Zeit. Ich bin noch unbeweibt. Schluckt Euren Stolz und erkennt, wo Euer Platz ist.«

»Eure Hilfe, Damian …« Sie neigte sich an sein Ohr und bemerkte, wie seine Mundwinkel nach oben wanderten. »… und Eure Gesellschaft bedeuten mir weniger als der Kot der Fische. Und daran wird sich nichts ändern – vor allem nicht nach dieser Aufgabe.« Cäcilia packte sein Handgelenk. »Ich habe genug gesehen. Und gehört. Und nichts davon gefällt mir.«

Er wand sich frei, im nächsten Blinzeln knackten ihre Fingerknöchel, und er quetschte ihre Hand. »Und dennoch bleibt Ihr in meiner Nähe. Konntet Ihr nicht entfliehen – oder wolltet Ihr nicht, Cäcilia?« Sein Blick bohrte sich in ihre Augen. »Was erhofft Ihr Euch?«

Das Schiff ruckte. Die Befehle des Kapitäns, die Antworten der Mannschaft rollten über Deck, der Steg wurde ausgeklappt. Sie folgte dem Wink der Herzogin, im letzten Moment stellte er sich in ihren Weg. Der Bart scheuerte an ihrer Wange, seine Wärme stieß sie ab. Seine Lippen gaben den Geruch frei von Wein und Minze, und ein herber Hauch von Zimt und Wald stieg ihre Nase empor.

Wie sehr seid Ihr doch gewohnt, in diesem Spiel zu gewinnen, Damian. Viele mögen Euch erliegen. Doch glaubt Ihr wirklich, so leichte Beute reizte mich? Sie setzte einen Schritt, spielte ein Lächeln. Ihre Lider sanken, ihre Stimme ebenso. »Meine Hoffnung? Keine andere, als Eure, Damian: Meine Pflicht zu erfüllen.« Sie riss sich los und entkam seinen Lippen. Er bedachte sie mit einer Verwünschung.

Vorbei an den anderen Hofdamen glitt sie in die Reihe hinter der Herzogin. Damian rauschte an der Gruppe vorbei. Er versäumte nicht, sie zu touchieren. Sie kostete Salzluft, hörte die Schreie der Möwen, prägte das Blau und die Wolkenknäuel des Himmels in ihr Gedächtnis, bis die Entourage ihre Ordnung gefunden hatte.

Gerharts Räuspern holte sie zurück. An seiner Seite schritt sie hinter Anna und Damian vom Steg auf die Brücke zur Burg. Sie blinzelte, deutete auf die Burg in den Wellen. »Kennt Ihr die Legende dieser Halbinsel, der Megaride, Hauptmann?« Sie seufzte und steckte eine weitere Haarsträhne fest in den Zopf, den sie um ihren Kopf geflochten hatte.

Er runzelte die Stirn. »Was meint Ihr?«

»Parthenope wurde dort an Land gespült.« Sie deutete auf die Landspitze des Castel dell'Ovo.

»Die Schutzgöttin der Stadt? Sie war eine der Sirenen. Nicht?«

»Ja. Sie begehrte, Odysseus in ihrem Nass zu ertränken, und an ihm scheiterte sie. Statt ihrer Ablenkung zu verfallen – und damit dem Tod – überlebten er und seine Mannschaft mit List die Gefahr in den Felsen. Parthenopes Plan schlug fehl, sie stürzte sich ins Meer aus Wut und Enttäuschung.«

»Mh.« Der Hauptmann quittierte die Erzählung. »Sie wählte den Tod, weil ein Mann ihrer Verführung widerstand?«

Cäcilia zuckte mit den Schultern. »Tod aus Zorn. Sie bekam nicht, was sie wollte.« Sie musterte ihn. »Tod überall, und noch mehr Tod aus den Geschichten unserer Legenden. Schon die Alten berichten, wohin Zorn führt.«

»Zorn und Stolz, nicht wahr?« Gerhart maß jeden Fuß des Burgmassivs vor ihnen. Sein Kopf bewegte sich kaum, sein Blick glitt von der Brücke zum Trutztor, wie ihrer kletterte er daran empor. Die Lilienbanner flatterten rechts und links davon. Die Fransen berührten den Boden.

Auf dem Vorsprung links über dem Tor harrte der Herr der Burg. Der Blick unter den halbgesenkten Lidern hängte sich an das, was ihn unterhielt – das Treiben zu seinen Füßen. Er musterte die Ankömmlinge wie Vieh, das er zu kaufen gedachte oder zu schlachten oder abzudecken.

Cäcilia sah ihn zum ersten Mal, Gänsehaut rollte über ihren Körper. Sie wusste, wer er war, und sie wusste: *Er genießt kein Spiel um des Spielens willen. Und eine Niederlage billigte er nicht.* Die Geschehnisse der letzten Wochen waren der beste Beweis. Er hatte aus gutem Grund die Stufen der Macht erklommen.

Seine Züge waren gemeißelt wie eine Statue, ein älterer Paris vielleicht. Die schwarzglänzende Wolle des Mantels fiel über die linke Schulter, Pelz verbrämte die Ränder. Die purpurne Cotte aus Seide trug er, als wäre er darin geboren. Sein Blick wanderte zu ihr. Dann verschwand er.

»Keiner von uns lernt aus den Geschichten und Sagen und den Fehlern, die dort begangen wurden.« Zu spät versiegelte sie die Lippen.

Damian warf einen Blick nach hinten. »Weib: Was wisst Ihr

schon?« Vor ihr – flankiert von zwei Bannerträgern, geschützt von Soldaten auf beiden Seiten – durchschritt er das Tor. Hinter der Gesandtschaft knarzte das Eisengitter. Sie passierten die Stallungen zu ihrer Linken, vergitterte Gänge zur Rechten und erklommen Stufe um Stufe des Steilpfads. Links außen wand sich der Weg entlang der Burgmauern und stach dann von der Spitze des Eilands bis ins Herz des Castel dell'Ovo.

»Seid Ihr deswegen hier? Als unsere Erleuchtung auf einem neuen Weg?«, gab Cäcilia zurück. Damian und der Hauptmann strebten zum Plateau. Die Bucht der Stadt lag vor ihnen, das Meer darunter bäumte sich unter dem Novemberwind. Sie blickte in das Gesicht jedes Soldaten, Knappen, Knechts des Kastells. Ihre Finger lösten die Tasseln. Der Mantel glitt zu Boden auf die Pflasterköpfe des Burghofs. Das Dunkelblau ihres Kleides trank das Grau des Tages und schimmerte, ihre Haut leuchtete den Kontrast dagegen. Sie badete im Moment der Stille und der Aussicht auf die Häuserwürfel und die Boote.

Ein Heer an Händen stritt um die Gunst, den Mantel zurückreichen zu dürfen, ein Heer an Worten zischte Empörung. Sie musste sich nicht umdrehen, sie wusste, was die Hofdamen sprachen.

Sie folgte dem Herold und dem Hauptmann, und ein junger Stallknecht folgte ihr, den Überwurf in seinen Armen geborgen. Auf dem Plateau eilte ihnen eine edle Robe entgegen, der Kämmerer vielleicht oder der Hofmarschall. Er machte Anna seine Aufwartung. Cäcilia zwang sich in die Maske der Hofdame. Sie spürte mehr denn je: Die Patina verklebte ihre Haut, raubte ihr die Luft zum Atmen.

Der Höfling des Königs von Sizilien grüßte, lächelte, verbeugte sich. *Nicht einmal seinen Namen nennt er. Keine Worte, keine Bilder spiegeln klarer, was der von der Kirche ernannte Herrscher über Neapel und Sizilien von dieser Gesandtschaft hält.* Die nächste Geste forderte die Entourage, ihm zu folgen. Ohne weitere Worte wieselte er den Weg zurück. An einer Abbiegung führte er sie über die Stufen vorbei an der Zisterne in die Tiefen der Burg.

Flüsterworte krochen aus Seitengängen und geöffneten Türen über die Flecken an den Wänden – vor ihr und hinter ihr –, der Klang über ihre Haut. Den Sinn und Inhalt der Gespräche hielt der Moder fest. Gelächter schabte sich in ihr Ohr und überlagerte die Jahrhunderte der Erinnerung in den Tunneln zum Saal. Sie linste in den nächsten Quergang und jeden darauffolgenden, durch jeden Spalt an jeder Tür. *Kein Zeichen von Georg.*

Cäcilia schickte ihre Gedanken zurück, fort von hier, erinnerte sich an jene Nacht vor so wenigen Wochen. Jahre schienen verflogen seither. *Georg*. Seine Finger striffen ihre Wangen, seine Lippen glitten entlang ihres Halses. Sie atmete Salz. Ihre Lider senkten sich und sperrten aus, was Hier war und Jetzt.

Schmerz barst in ihrer Brust. Und im nächsten Moment in ihrem Knöchel. Der Waffenträger vor ihr schnellte herum und fing ihren Sturz ab. Er stützte sie, bis Annas Gefolge den Saal erreichte. Licht stahl sich durch die Schlitze, fiel vom Schildwappen über dem Kamin auf den schmalen Goldreifen im Haar des Mannes, über dessen Purpurrobe vom Rücken zum Boden.

Charles d'Anjou wärmte sich am Knistern im Kamin, neigte leicht das Haupt, als der Würdenträger neben ihm erschien. Die Flammen zischten zwischen Atemzügen und Augenblicken und Damians Blick, der vom Rücken des Thronräubers zu ihr schweifte. Die Stränge am Hals des Herolds spannten sich.

Der Kämmerer trommelte den Rhythmus seines Flüsterns auf den Sims. Er trat wieder vor die Gesandtschaft. »Charles, seines Namens der Erste, König von Sizilien, empfängt die Aufwartung der Anna von Glogau, Herzogin von Bayern, und die Ehrerbietung Herzog Ludwigs.« Er maskierte sich mit Freundlichkeit.

Anna erfüllte ihre Pflicht. »Der Empfang in Eurem Heim ehrt uns, königliche Hoheit. Die Verbindung mit Margarethe von Burgund wird ein Segen für Euer Haus und Eure Linie sein. Die Feierlichkeiten in wenigen Tagen werden den himmlischen Bund besiegeln. Nehmt schon jetzt unsere Glückwünsche und Geschenke entgegen.«

Damians Blick mahnte Cäcilia und Gerhart, die Höflichkeit ebenfalls zu erwidern. Der Perser trat vor und ergriff das Wort. »Die Gastfreundschaft seiner Durchlaucht erleuchtet uns. Ludwig, Herzog von Bayern und Pfalzgraf bei Rhein, bindet keine Pflicht an das Haus Anjou. Er sendet dem König seine Grüße und bekundet Anerkennung und Respekt dem, der den Platz seines Neffen eingenommen hat.«

Cäcilia wartete – auf nichts. Sie trat neben den Herold und schoss Blicke in den Rücken des Franzosen. Stille breitete sich aus. Die Ranken im Holz der Pfosten prägten ihr Sichtfeld. Sie gähnte. An den Säulen im Saal zählte sie die gemeißelten Ranken, Unruhe züngelte in ihrem Bauch und Kopf. *Pfau.* Sie kämpfte mit sich. Ihre Ungeduld rieb sich am Verhalten des Franzosen. *Was ist Euer nächster Zug?*

Der Herr der Burg nickte. Charles hob sein Schwert vom Sims. Die Spitze schabte auf dem Boden hinter ihm her, bis er seine Stellung vor ihnen bezog. Sein Blick streifte sie. Ihre Augen verengten sich. *Nicht länger, nicht anders?*

Er lächelte gegen Anna, maß jede und jeden anderen. In seiner Miene war das Urteil zu lesen. Und in den Gesichtern der Hofdamen las sie mehr, als sie wollte. Afra glitt einen halben Fuß nach vorne und heischte um den Blick des Königs von Sizilien.

Cäcilia verdrehte die Augen. Sie biss sich in den Mundwinkel und die Worte hinter ihren Lippen fest. *Ihr wisst, was Ihr tut, d'Anjou. Und sie wissen es nicht. Afra, diese Kuh, glaubt, in diesen Pfründen angelt sie sich einen Gemahl.* Ein Lächeln zwischen Spott und Mitleid blitzte kurz in Cäcilias Mundwinkeln auf, dann folgte sie in eine Verbeugung mit den anderen Hofdamen, hielt inne, bis die Floskeln ausgespuckt waren, bis Charles sein Zeichen gab, sich zu erheben.

»Herzogin Anna, Herold.« Charles Timbre verdunkelte die Melodie seiner französischen Zunge, rollte über ihre Haut und fuhr darunter. Eine Decke aus Finsternis, die in Eis gelagert war. Cäcilia fröstelte. »Verzeiht: Meine holde Braut ist noch nicht eingetroffen in meinem Heim. Margarethes Reise beansprucht mehr Zeit als gedacht.«

»Wir beten für Margarethes sichere und baldige Ankunft.« Anna lächelte. »Eure Sehnsucht nach ihr muss unerträglich sein.«

»Ich bedauere Ihr Fehlen so sehr. Als Gastgeber bin ich nur die Hälfte wert ohne sie. Verzeiht Ihr mir dies, Herzogin?« Charles spielte Demut. »Ohne Margarethe will ich Euch auch nicht unnötig an meinem Hofe halten.«

Anna nickte. »Seid Euch unseres Verständnisses gewiss, Charles.« Sie drehte sich um und winkte die Knappen heran. »Brot und Salz bringen wir Euch, König von Sizilien. Geschenke aus unserer Heimat für Euch.«

»Eure Grüße und die Gabe des Herzogs nehme ich gerne entgegen.« Charles musterte nun Cäcilia von den Haarspitzen zum

Saum ihres Kleides. Sie fühlte, wie seine Blicke sich unter den Stoff wühlten, sie schauderte. D'Anjou wandte seine Worte an die Herzogin, ohne die Augen von Cäcilia abzuwenden. »Weshalb habt Ihr die Geschenke in den Saal gebracht und nicht in meine Kammer? Ich hätte genug Verwendung dort dafür.«

Aus der Ecke hinter dem Thron schepperte ein Lachen. Der Dämon ließ seine schwarzen Augen sowenig von ihr wie Charles. Die beiden tauschten sich aus ohne Worte, und Cäcilias Beine kribbelten. Sie presste ihre Hände gegen die Oberschenkel.

Anna runzelte die Stirn. »Ich verstehe nicht.«

Sein Schwert klopfte einen Takt auf die Bohlen im Saal, seine Geste lenkte die Blicke aller. Feuer schoss durch Cäcilias Körper und in ihren Kopf, sie presste die Zähne aufeinander und ignorierte die Blicke, die auf sie gerichtet waren. Selten hatte sie ein Messer mehr vermisst.

Damians Lippen wurden Linien, sein Griff quetschte ihr Gelenk. »Erinnert Euch Eurer Pflichten, Weib.« Er räusperte sich. »Ihr wisst, was er will. Seid diesmal nicht so dumm, nutzt den Vorteil.« In ihren Fußknöchel stach erneut Schmerz. Annas Zeichen fing sie gerade noch auf. Sie straffte sich und focht mit dem Blick des Persers.

Der Herold trat nach vorne zu Charles gewandt, sagte er. »Mit unseren Grüßen und Gaben gibt es noch mehr zu besprechen, Eure Hoheit. Im Süden liegt Eure Macht, bedenkt, wie viel stärker Ihr mit Bündnissen im Norden wärt. Der Herzog sendet Euch einen Vorschlag. Er bietet Euch die Verbindung mit einem angesehenen Haus. Eurem Gefolgsmann winken reiche Ländereien, Einfluss und die Schönheit des Nordens.« Er deutete mit einem Kopfnicken in Cäcilias Richtung.

Charles winkte ab. »Verhandlungen führen wir später.«

Die Gesichtsfarbe Afras schimmerte gelb. Cäcilia setzte auf ein Lächeln. Über die Hüften wanderten ihre Hände, nach oben die Seiten entlang an ihren Brüsten. Ihre Hände wand sie zu den Schultern, die Augenlider senkte sie und wandte sich nach hinten.

Die beiden Waffenträger in der letzten Reihe stutzten kurz. Dann bückten sie sich und hoben ein Holzkistchen vom Boden. Jeder an einem Griff stapften sie nach vorn und luden es vor dem König von Sizilien ab. Der eine nahm die Kette mit dem Schlüssel von seinem Hals und sperrte die Kiste auf. Der Deckel klappte nach hinten.

»Der Herold wird Euch bestätigen, die Geschenke Ludwigs bestehen vor aller Augen. Seht!« Sie deutete auf das Glitzern in der Kiste. »Salz. Ein Geschenk des Lebens.« Der Perser trat neben sie und hielt eine Pergamentrolle empor. »Die Geschenke kommen auf Papier, nicht mit der Klinge. Ihr müsst nicht fürchten, in einen Hinterhalt zu geraten.« Sie spannte ihr süßestes Lächeln von Mundwinkel zu Mundwinkel. »Soll ich sie Euch verlesen, oder ist es die Stimme des Herolds, die Ihr bevorzugt.«

Das Grün in Charles' Augen flackerte. Sein Blick hielt auf ihr, seine Hand rieb entlang des Kinns. Der Schwung der Lippen, die hohe Stirn fügte sich in die gemeißelten Konturen. *Er könnte schön sein.* Gier, Ekel um Mund und Augen strafte das Ideal Lügen. *Wenn Ihr Euer Innerstes außen tragen müsstet – auf Eurer Haut, Charles ... Wer näherte sich Euch, wer spräche mit Euch?* Cäcilia verneigte sich.

Er stieg herab von seinem Podest und fasste Annas Hand zum Kuss. »Dank Euch für diesen Großmut.« Seine Hand tauchte hinab ins glitzernde Salz, vor Anna blieb er stehen. Korn um Korn rieselte zurück zu Boden. »Salz. Kostbar wie Gold. Eines wahren Königs würdig.«

»Und nur ein König kann sich leisten, das weiße Gold zu verschwenden.« Stille umrahmte Cäcilias leise Stimme.

»So ist es.«

Sie krallte ihren Blick in seinen, errang das Lächeln, das sie erwartet hatte. *Eitelkeit. Ist das Eure Schwäche? Oder werft ihr mit Almosen für jede Schmeichelei.* Sein Duft weckte ihre Sinne. *Ihr spielt nicht, um zu gewinnen. Ihr vernichtet.* Ihr Blick hielt stand. Dann verfluchte sie ihn, wie sie das ewige Spiel verfluchte – das Spiel von Natur und Macht; wie sie auch sich selbst verfluchte. Damian schüttelte den Kopf, die Männer im Saal räusperten sich, Annas Blick verschmolz mit dem Steinboden.

»Weib.« Das Wolfsgrinsen des Franzosen tropfte herab auf Cäcilia. Er war nah genug. Seine Worte hörte nur sie. »Ihr werdet an meinem Hof lernen, was eines König würdig ist.« Er lehnte sich auf sein Schwert, wandte sich der Herzogin wieder zu. »Seid willkommen auf meiner Burg für die kommenden beiden Tage. Meine Soldaten geleiten Euch in Eure Räume. Heute zum Bankett seid Ihr Ehrengäste.« Charles winkte die Waffenträger vor, hielt Cäcilias Arm. »Herold, wir besprechen morgen die Geschäfte.« Die Damen und Begleiter Annas strömten zwischen die Eskorte und schnatterten davon. »Ich weiß, Ihr werdet meinen Großmut ehren.«

Speerschäfte polterten auf den Boden, Rüstungen klirrten. Hinter den Saaltüren gelangte das Gefolge in den Schlund der alten Burg. An der nächsten Biegung schoss ein Stiel direkt vor ihr an die Wand. Einer der Soldaten hatte den Speer an die Wand geknallt und versperrte ihren Weg. Damian wirbelte herum, Anna entfuhr ein Schrei. Charles Soldaten bildeten eine Linie und überzeugten Anna und die übrigen Hofdamen und den Perser, den Weg fortzusetzen und Cäcilia nicht mehr zu beachten.

Die Gruppe verschwand aus Cäcilias Sicht, bog in den nächsten Gang.

Der Weg fiel ab, Tropfen rannen von den Wänden. Moder überlagerte den Geruch von Meer. Die Stufen glänzten von wogenden Schatten, auf den Planken der Türen wucherten Salzkrusten.

Sie richtete sich auf. Holz krachte auf ihren Hinterkopf, eine Pranke glitschte über ihre Schulter, Ekel jagte bis in ihre Mitte mit dem Atem an ihrem Ohr. Sie schob die Hand von sich, packte sie zu, riss an ihr, und im nächsten Blinzeln zersprang beinah ihr Schädel. Dunkelheit füllte ihre Sicht, ihr Atem floh. Die Unterlippe platzte beim zweiten Schlag. Schmerz gleißte durch die Körperglieder.

Der Schwarzhaarige aus dem Saal. Guy de Montforts Mund bewegte sich. »Ihr werdet vor allem mein Gast sein, Weib. Ich werde Euch vertraut machen mit unserer Gastfreundschaft. Dann werdet Ihr Charles Eure Dankbarkeit zeigen. Voll Hingabe und Freude.« Sie schmeckte seinen Atem. »Mehr als all den anderen Damen schenkt er Euch seine Aufmerksamkeit. Fühlt Ihr die Ehre?«

Stoff zwängte sich in ihren Mund, schnürte den unteren Teil ihres Gesichts. Ein Tritt kickte ihr die Beine weg, sie griffen sie und hoben sie, schleppten sie wie einen Sack Lumpen durch die Gänge. Die Soldaten machten kehrt, bis auf einen. Dieser bog mit dem Schwarzhaarigen und ihr um die Ecke. Cäcilia zwang ihre Arme hoch, versuchte, den Knoten in ihrem Nacken zu finden. Der Speer knallte auf ihren Unterarmen, ihr Schrei steckte hinter dem Knebel fest in ihrem Mund.

Eine Hand unter ihrem Kleid schob sich hinten zu ihrem Oberschenkel hoch und quetschte die Haut. »Versucht ruhig, um Euch zu schlagen oder den Knebel zu lösen.« Erneut riss er an der Haut. »Findet heraus, was dann geschieht.«

Scharniere knarzten und das Türblatt zitterte im Schloss. Ihr Rücken knallte auf etwas Hartes. Sie drückte sich hoch, doch der Schwarzhaarige drückte sie zurück.

Sie keuchte Laute durch den Stoff. Sein Handrücken traf ihre Schläfe. »Ihr werdet den Mund halten, bis ich will, dass Ihr sprecht, oder stöhnt, oder bettelt.« Sein Lächeln fröstelte sie. »Ich bin Guy. Und Ihr könnt erwähnen, was das Protokoll verlangt für die Behandlung von Gesandtschaften. Es schert mich einen Dreck.« Er beugte sich über sie und straffte den Knoten und griff fester um ihre Taille. »Seid unbesorgt: Der Gesandtschaft um den Herold wird es an nichts fehlen.«

Er presste ihre Brust zusammen. An ihrem Hals hinterließ seine Zunge eine Spur. Sie schauderte.

»Und für Euch wird es mehr sein als genug.« Er packte sie im Nacken und zerrte ihren Kopf hoch. »Seht ihn an!« Sein Arm fuhr in Richtung des Soldaten. »Das Kastell dell'Ovo ist gut bestückt. Er ist nur einer von vielen. Seid unserer Aufmerksamkeit gewiss. Aller unserer Aufmerksamkeit.« Von der Tür klirrte das Metall einer Rüstung.

Sie schloss die Lider und schluckte. Druck rieb hinab über ihre Hüften. Ihr Herzschlag dröhnte in den Ohren im Takt seines warmen Atems. Sie krampfte die Finger in den Stoff unter ihr und suchte in den Tiefen ihrer Erinnerung nach einem Gebet.

Dann ließ er sie los, die Tür knallte zu, Dunkelheit beherrschte den Raum. Sie schnappte nach Luft, gewöhnte ihre Augen an die Schatten und stemmte sich hoch gegen sauberes Bettzeug auf der Pritsche. Ihre Hände lösten den Knebel in ihrem Nacken. Licht schlüpfte nur noch durch einen Teil des Sichtgitters in der Tür.

Cäcilia steuerte darauf zu, betrachtete ihre Handgelenke, drehte sie. »Was hat dies für einen Sinn?« Ihr Murmeln setzte einen Stich in die Wunde ihrer Lippe. Auf Zehenspitzen erhaschte sie einen Lichtstreifen im Gang. Sie wankte, kippte gegen den Schieber vor dem Gitterrechteck, er quietschte. Mehr Licht fiel ins Zimmer. Sie stützte sich auf den Riegel und zog daran und kippte beinah nach hinten. Die Angeln knarzten, sie starrte auf den Spalt

zwischen Tür und Stock.
»Was …?« Sie rätselte, welche Absicht hinter dieser geöffneten Zellentür lauerte. Ihre Neugier trieb sie weiter. Rechts von sich erspähte sie Leere, links wachte niemand. Sie trat hinaus.

†

†Kapitel 47 – Georg

Stricke

05. November 1268
Neapel, Castel dell'Ovo

Die Spinne stakste durch die Wirrungen seiner Träume. Jetzt folgte das Wesen ihm durch den Gang – auf zwei Menschenbeinen. Er hörte es atmen, er sah es aus den Augenwinkeln. Georgs Glieder schmerzten, seine Haut brannte, die Wunden pulsten. Der Schmerz zeigte ihm, er war wach.

In seine Handgelenke schnitten Riemen. Das ausgewrungene Tuch seiner Zunge klebte am Gaumen, die Luft flimmerte vor seinen Augen. Er strauchelte. Ein Tritt in die Knie fällte ihn. *Wie lange …?* Jemand zerrte ihn hoch, … *Jeden Tag eine neue Zelle.* …drängte ihn. *Seit wie vielen Tagen?* … schleifte ihn weiter durch die Flure.

Spinnenfinger krallten sich in sein Schlüsselbein. Haarige Gliedmaßen schoben ihn tiefer in den Schlauch. Das Sichtfeld vor ihm füllte eine Fellmasse und näherte sich ihm auf zwei Beinen. Auf dem Gesicht des Folterknechts spiegelte sich Vorfreude.

Er würgte, sein Blick verschwamm. Metall quietschte, eine Tür fiel ins Schloss. *Wieder* … Er gehörte wieder ihnen. Doch hinter diesem Verschlag war es anders. Das Verlies war anders. Der Haarige zog das Tuch von dem Tisch an der Wand. Er sah mehr, als er wollte. Im nächsten Wimpernschlag stolperte er gegen ein Konstrukt aus Balken in der Mitte der Kammer.

Die Eisenglieder von den Seiten des Querholms vereinten sich im Flaschenzug an der Decke. Ein Metalldorn durchdrang auf Bauchhöhe den Längsbalken, wo der Dorn austrat, war die zweite Kette verbunden. Die Befestigungen an der Wand steuerten die Neigung. Flecken verdunkelten das riesige T. Manche waren ausgebleicht. Manche waren tiefer eingedrungen in das Holz. Spinnenfinger drückten seine Nase darauf. Er versuchte, durch den Mund zu atmen.

Um seine Oberarme schlangen sich Fesseln. Das Hemd gab unter dem Ruck nach. Georg spürte die Fetzen im Luftzug, hörte den Spott in den Stimmen.

Ein Batzen landete auf ihm. Feuchtes glitschte an ihm hinab. Dann war es still. Ein Hauch erreichte ihn zuerst, die Luft zitterte, streifte seinen Rücken, über seine Haut rollte ein Beben, Angst füllte seinen Körper.

Die Geißel traf. Der Schnäpper zerschnitt Moment und Raum und all die Fetzen seines Hemdes. Der nächste Treffer wühlte sich tiefer. Speichelfäden fielen zu Boden.

»Du kennst das Spiel.« Die Stimme des Haarigen dröhnte in seinem Kopf. »Wie viele Riemen?«

Georgs Nicken brachte eine weitere Welle an Schmerz. Er biss den Schrei zwischen Zunge und Lippen ab.

»Los, rate!«

Georg schrie eine Zahl. Er wusste nicht welche. Er wusste nicht, bildeten die Silben ein Wort oder die Laute nichts als Geschrei. Ein Hieb antwortete: Falsch. Er stöhnte erneut ein Wort. Er spürte den Luftzug, presste die Lider zu und den Atem in seiner Brust fest. Der Schnäpper verfing auf seinem Rücken. *Keine Knoten, keine Haken am Ende der Schnur.* In seinem Kopf formte sich ein Dankgebet.

»Fünf.«

Der Stock landete vor seinen Zehen. Fünf Treidelschnüre kräuselten sich über den Steinboden. Georg zählte die Schritte. Ein Tuch wurde zurückgeschlagen, etwas Hartes schob über Holz, patschte in eine Pranke. Der Folterknecht hatte sein nächstes Spielzeug gewählt.

»Du hast einen frei, Nordratte.«

Eine Zahl wand sich aus seinem Mund. Der Hieb auf den Hinterkopf erlöste ihn und schickte Nacht über all sein Empfinden.

Seine Hand klappte gegen die Innenwand des Eimers, platschte in Wasser. Das Holzgestell war in seinem Rücken. Die beiden Höllenwärter hatten ihn umgedreht und festgebunden. Georg hing in der Luft, starrte auf die Bodenplatten. Tausend Nadelstiche bissen unter seiner Haut, fraßen sich um das Gelenk und den Arm hinauf. Stricke hielten ihn, fraßen sich zugleich in Oberarme und Ellbeuge wie um seine Hüfte. Feuer lohte über seinen Nacken, Schultern und Rücken hinab.

Das Wasser im Kübel kühlte seine Hand, seine Finger zappelten darin. Seine Zunge fuhr über die Steinwüste seiner Lippen und zuckte zurück. Die Membran der Unterlippe riss.

Diesmal ahnte er den Geißelschwung nicht vorher. Die Lederknoten knallten vor ihm auf den Stein. Der nächste Hieb schleuderte seinen Kopf gegen das Holz und Schmerz bis hinab in die Zehen.

Sein Atem brannte auf der neuen Wunde an der Lippe. An seinem Ohr dröhnte das Blöken der zwei Folterknechte. Dann knarzten und bebten die Balken des Foltergestells, er ruckte hoch. Stück für Stück mit jedem Zug klackte Metallglied für Metallglied. Die Stricke trieben sich in seine Haut, in seine Nase drängte der Gestank von Schweiß, Blut, und … Urin?

Kettenglieder rasselten und die Wände warfen das Echo zurück. Seine Wärter richteten den Querholm auf. Wasser tropfte zurück von seinen Fingern in den Wassereimer. Wieder stieg Uringeruch in seine Nase. Er spürte Wärme an seinen Oberschenkeln und Nässe und blickte hinab. Das Blut in den Striemen auf seiner Brust glänzte kaum noch, Sand oder Erde oder was auch immer klebten daran.

Losgebunden und in den Dreck gelegt… Die Brouche klebte um seinen Bauch und an seinen Beinen. Sein Gehirn mühte sich mit dem Gebell der Folterknechte. Selbst wenn er ihre Sprache nicht beherrscht hätte, Gesten sagten genug.

Mit einem Ruck hielt das Rasseln an. Er hörte den zweiten Wärter die Eisenglieder übereinanderschlingen. Georgs Oberkörper kippte nach hinten. Holzspreißel spickten seine Oberarme und sein Rückgrat. Seinen Fußsohlen zappelten in der Leere.

Der Arm mit der Knute fuhr in die Höhe. Georg schauderte. Er blendete die Welt aus, zuckte. Ein zweiter Hieb. Die Haken zippten an seiner Brust.

Er krümmte sich, als könne er dadurch irgendetwas schützen. Der Haarige grölte dem Dürren etwas zu. Georg hörte sie zischeln. Eine Hand schabte in einer Masse und etwas wie Körner prasselten auf den Tisch. Ledersohlen schlurften heran. Georg wagte einen Blick. Der Dürre holte aus, fletschte die Zähne in Vorfreude und warf.

In Körnchen regnete Qual auf ihn nieder, traf die Wunden bis er den Oberkörper in Flammen glaubte, einzelne Körner drangen in die aufgerissene Lippe. Salz. Den Triumph seines Schreis gönnte er ihnen nicht, sein Kiefer schien zu zerspringen.

Dann begann es erneut. Der Knall barst in seinen Ohren – auf seiner Brust, in seinem Kopf. Feuchtes benetzte seine Wangen. Die Geißel riss den Oberschenkel auf. Georg warf den Kopf zurück. Der Zug an seinem Oberschenkel raubte ihm die Luft.

Der Busch baute sich vor ihm auf, barg etwas hinter dem Rücken. Nickte ihm zu. »Wie viele?«

Aus Georgs Kehle kroch ein Laut. Er konnte kein Wort formen, keine Zahl. Georgs Zunge leckte über die Lippen, über das Brennen hinweg. Sein Blick stolperte durch den Raum zur Tür. Was er sah, raubte ihm beinah den Atem. *Gespinste. Täuschung.* Er schluckte. ... *verliere den Verstand.*

Schmerz wucherte durch Körper und Hirn. Er blinzelte. Immer noch sah er sie deutlich. Ihr Gesicht im Sichtfenster. *Cäcilia.* Ihre Lippen presste sie zu einem schmalen, blassen Strich. Den Schwung der Wimpern, den Blick der Katzenaugen, das Entsetzen darin und die Angst.

Blut in ihrem Gesicht? Georg knickte seinen Arm in ihre Richtung. Qual flammte in den Rest seines Körpers.

Er hörte einen Schrei – nicht seinen. Dann schickte ihn erneut ein Schlag in die Dunkelheit.

†

†Kapitel 48 – Cäcilia

Blütenblätter

05. November 1268
Neapel, Castel dell'Ovo

Cäcilia schnappte nach Luft. Pranken packten zu und zerrten sie fort von dem Geschehen hinter der Zellentür und drehten ihre Arme nach hinten. Sie wand sich, krümmte sich, trat mit den Füßen. Zwecklos. Die Stimme an ihrem Ohr war ihr vertraut. Cäcilia brauchte einen Moment, Guy de Montfort zu verstehen. Diesmal fesselte er ihre Gelenke, und die Stricke schnitten ihr in die Haut.

»Manche Fragen bleiben besser ohne Antwort.« Seine Hand schoss vor ihren Mund und versiegelte diesen. »Manche Wege bleiben besser unentdeckt. Manche Türen bleiben besser geschlossen.« Guys Finger wanderten von ihrer Schulter über das Schlüsselbein, von ihrem Ohrläppchen nach unten spürte sie seinen Atem an der Haut. In der Beuge spürte sie Wärme. Seine Lippen berührten sie. Sie reckte sich zur anderen Seite.

Er ließ los. Sie kippte auf die Zellentür. Und fiel. Metall und Holz knallten gegen sie, ihre Knie knickten ein, sie rutschte zu Boden. Der Dunkelhaarige schlug die Handfläche an die Tür und gab ein Zeichen – den Folterknechten auf der anderen Seite. Sie hörte die Treidelschnüre auf Fleisch knallen Georg , hörte einen Schrei ersticken, zuckte und schlug selbst die Risse in die Maske ihres Mienenspiels.

De Montfort blickte herab auf sie – und sie las die Gedanken auf seiner Miene. *Ein Dessert zu deinen Füßen, das ist alles, was du siehst. Dreckskerl.* Er sog die Unterlippe ein, weidete sich an ihr, ließ seinen Blick in ihrem Ausschnitt weilen. *Bastard.* Sie verachtete ihn für den Glanz in seinen Augen. *Ich werde mich erinnern an dich, wenn die Zeit kommt.* Sie ballte die Finger zur Faust.

Der Sack war mit dem nächsten Wimpernschlag über ihrem Kopf. Der Gestank machte sie würgen. Guy zog sie hoch und schubste sie in den Gang. Diesmal ersparte er ihr den nächsten Sturz.

Er schob und zerrte sie durch einen anderen Weg als zuvor. Sie stolperte über Stufen nach oben. Durch den Stoff spürte sie einen Luftzug, hörte die Wellen gegen die Mauern branden. Mehr Licht drang hindurch. Er packte sie und schob sie in ein Zimmer.

»Reinigt Euch, kleidet Euch. Im Gefolge der Herzogin fallt Ihr auf – so oder so. Überlegt gut, wie Ihr Charles' Wohlwollen gewinnt. Es könnte Euch helfen.« Er löste die Stricke, die Tür krachte zu, ein Schlüssel drehte sich. »Ich hole Euch beizeiten.«

Sie streifte den Sack ab, und durch die Fensteröffnung blinzelte sie in die Sonne. Der Abendhimmel glühte über dem Meer, die Strahlen wärmten ihr Gesicht, ihre Haut. Die See warf sich gegen Felsen und den steinernen Bau des uralten Kastells. Am Fenster lauschte sie dem Rauschen. Die Wellen brachen, zerfielen zur Gischt, und in den Tropfen funkelte das Licht des Sonnenuntergangs.

Cäcilia wandte sich zur Seite. Die schwarzen Tupfen im glattglänzenden Silberoval beachtete sie nicht. Die Fremde im Spiegel sah müde aus. Ihr Haar fiel in dicken Strähnen herab, von dem Flechtkranz war kaum etwas geblieben. Klammer für Klammer fiel auf das Holztischchen, bis ihr Haar gelöst war. Ihr Kleid glitt zu Boden.

Durch Rosenblüten tauchten ihre Finger in einer Schale. Anders als die Spiegelungen auf dem Wasser schmolzen weder Demütigung noch Zorn. Tropfen glitten von der Stirn über Lider und Wangen, über Lippen und Kinn hinab. Tiefer. Sie tunkte ein Tuch ein.

Das Leinentuch trocknete sie. Sonnenstrahlen tanzten auf dem Bett, auf dem Kleid, das darauf ausgebreitet lag, die weiße Rose darauf. Die Seide schimmerte dunkelblau, golddurchwirkte Stickereien fassten Ärmel und Säume ein. *Diese Geschenke haben ihren Preis.*

Im Schloss rasselte der Schlüssel, sie legte den Gürtel um und holte Luft. Guy verneigte sich vor ihr. Der Schwarzhaarige schenkte ihr ein Lächeln, als begegneten sie sich zum ersten Mal und reichte ihr die Hand. Sie wich zurück, flocht ihren Zopf und fluchte. Ihre Bewegung hatte er bemerkt und ergötzte sich daran. Sie starrte auf den Ausgang.

»Eure Begleiter sind bereits auf dem Weg, Charles erwartet auch Euch an seinem Tisch, die Rose des Nordens.« Er packte ihr Handgelenk. »Den Moment, wenn Charles Euch mir überlässt, kann ich kaum erwarten. Ob mit oder ohne Segen der Kirche, das kommt ganz auf Euren Herold an und das Angebot des Wittelsbachers.« Guy neigte sich zu ihrem Ohr. »Ich werde mich besonders um Euch kümmern.«

Ihre Brauen zogen sich zusammen. »Die Maske der Freundlichkeit kleidet Euch nicht besser, Montfort. Spart Euch den Honig.« Ihre Fingernägel gruben sich in die Fäuste, je mehr er lächelte. Ihr Blick streifte die Haarklammern, und er bemerkte es.

»Wollt ihr mir damit ein besseres Lächeln ins Gesicht schneiden?«

»Leiht mir Euer Messer dafür.«

»Euer Duft wird Charles entzücken, und Eure Wut macht Euch noch schöner.« Er hob die Nase und roch.

Cäcilia drückte die Schultern durch. Zwei Schritte trennten sie von der Tür. Auf Zehenspitzen flüsterte sie in sein Ohr. »Mein Duft, meine Wut?« Ihr Blick forderte seinen, und sie schwor sich, er würde ihn zuerst abwenden. Sie näherte sich, beinah berührten ihre Lippen seine Haut. »Hört doch auf, Guy. Wenn Ihr mich schlagen wollt, dann schlagt zu. Aber erzählt mir nicht, wie der Stock aussieht. Charles und Ihr tut, wie Euch dünkt. Ich habe verstanden.«

Guys Lider sanken, ein wenig nur – den Hauch einer Feder – beugte er sich zu ihr. »Ihr nehmt den Mund ganz schön voll und gebärdet Euch wie ein Mannsbild. Braucht Ihr jemanden, der Euch erinnert, was Ihr seid und wo Euer Platz liegt?«

Sie schluckte Feuer hinab in ihre Kehle, mäßigte ihre Worte. »Ist das nicht der Grund, weswegen Ihr hier seid, Guy de Montfort? Charles schickt Euch, mich an die Tafel zu begleiten.« Sie öffnete die Lippen nur ein wenig, und sein Fokus glitt ab.

Seine Augen wurden schmal, er holte Luft.

»Was geschieht, wenn Charles feststellt, dass seine Befehle missachtet werden?«

Der Druck an ihrer Hüfte endete. In ihr Handgelenke strömte das Blut zurück und pochende Qual. Sie schob diesen beiseite, schob sich an Guy, sank zurück auf die Sohlen. Ihr Mund streifte von seinem Ohr zur Wange. Der Ausdruck seiner Augen genügte, sie schaudern zu machen. Cäcilia presste die Finger noch stärker zu Fäusten.

Sein Atem ging wie zuvor, seine Stimme klang eisig. »Ihr wollt herausfinden, was es wirklich ist.« Der Arm um ihre Taille riss sie an seine Mitte. Er knurrte. »Ich werde Euch zeigen, weswegen ich hier bin.« Ihr Rücken knallte an den Türstock, dann ihr Kopf, seine Zunge stieß in ihren Mund, sein Körper zwischen ihre Beine. Er biss in ihre Unterlippe, und sie schmeckte wieder Blut. Guy packte ihre Rundungen und drängte sie weiter zurück.

In diesem Takt beschleunigte sein Atem, der Herzschlag. Der Druck gegen ihren Körper wuchs. Seine Hand fuhr nach oben, sein Unterleib fixierte sie an der Stelle. Er hielt sie im Nacken, am Kopf.

Mit einem Mal gab er sie frei.

Er verschwand durch die Tür und erst nach ein paar Ellen stockten seine Schritte. Als sie die Tür hinter sich schloss, stolzierte er voran. Die wenigen Schritte über den Hauptweg und die Treppen hinab erahnte sie Antares, den hellsten Stern im Skorpion. Der Wind sandte ihr eine Bö, sie fröstelte noch im Flur. Aus dem Saal spannte sich Musik um die Unterhaltungen und die Befehle, die der Dienerschaft galten. »Lächelt«, zischte er ihr zu.

»Wenn nicht?«

»Ihr werdet es lernen«, raunte er zurück. Guy führte sie vorbei an einer Legion Wandfackeln, an Rittern und Edelleuten, den vertrauten Gesichtern der Damen und Ritter aus Annas Gefolge. An der Ehrentafel faltete eine Tonsur im Habit der Dominikaner die Hände. Zwischen ihm und d'Anjou war ein Platz frei geblieben. De Montfort deutete darauf. »Eurer.« Herzogin Anna saß auf der anderen Seite des Franzosen.

Die Knechte und Mägde reichten die Wasserschalen und Tücher und an den Tischen reinigten die Gäste ihre Hände. Charles erhob sich. »Dame Cäcilia, erweist einem besonderen Gast die Ehre: Thomas von Aquin. Er übertriff seinen Lehrer Albertus Magnus, lehrte in Paris und nun an dieser Universität. Aus der Weisheit der alten Griechen schmiedet er Schwerter der Worte für die Christenheit.«

Sie wünschte, das Lächeln aus dem Gesicht des Franzosen zu kratzen, und er lächelte noch mehr. Das Gesicht des Aquinaten erzählte von Ekel und Langeweile. Er schien Gesellschaften wie diese zu verachten. Sein Blick überraschte sie. *Er scheint Qualen zu leiden an einem Ort wie diesem. Und er wünscht sich Ähnliches für d'Anjou ... und für mich.* Thomas riss die Hände vor die Brust, nickte ihr zu und sein Blick schnellte zur Suppenschale. Er setzte sich ohne ein Wort. Das Mienenspiel hallte nach. Sein Urteil über sie schien ihn an die Grenzen des Ekels zu treiben. Die Speisen auf Tisch und Teller schienen ihm einzig beachtenswert.

Die Dienstboten hievten Platten in den Saal, Berge von Essen erwuchsen darauf. Cäcilia riss den Schenkel eines Kapauns ab, die goldene Kruste der Haut barst. »Hochwürden, Ihr wart in Köln mit Albertus Magnus. So hörte ich. Die Kathedrale dort wächst. Wart Ihr auch zugegen, als die Baumeister den Grundstein setzten?«

Sein Gesicht drehte sich zu ihr, die Augenbraue wanderte nach oben. Er neigte sein Haupt, betrachtete ihre Zehen, dann jeden Zoll ihres Körpers. Auf ihrer Mitte weilte sein Blick länger. Cäcilia rollte die Schultern.

»Geschöpf der Sünde. Euer Platz ist nicht am Tisch mit den Mannsbildern. Weib. Euer Geschlecht ist nur gut als Hilfe des Mannes, sich zu vermehren. Doch Ihr: Ihr seid nicht einmal dafür gut.« Thomas Kopf drehte sich zurück. »Die Verderbtheit des Weibes lässt sich nur langsam ausrotten.« Er aß weiter.

Sie starrte ihn an und vergaß zu kauen für den Moment. Ihr Blick schweifte über die Gesellschaft, keiner sah in ihre Richtung. Charles unterhielt sich mit der Herzogin und Damian. Sie erinnerte sich des Kapaunschenkels in ihrer Hand und biss hinein. *Die Priester des neuen Gottes.* Mit Wein spülte sie nach. Die Worte Jesu fielen ihr ein. *Liebe deinen Nächsten wie dich selbst. Die Nachfolger Jesu legen das etwas anders aus. Welch Segen für die Menschenkinder.*

Charles beugte sich zu ihr in seiner Hand eine Dattel. »Das Gewand kleidet Euch vorzüglich.« Der Speckmantel glänzte zwischen seinen Fingern und er führte sie an ihren Mund. Seine Zähne zeigten sich in einem Wolfsgrinsen. »Ihr habt die Räume meiner Burg erkundet. Wie gefällt Euch meine Gastfreundschaft?«

Sie starrte in seine Augen und zog ihre Mundwinkel hoch. »Die Dunkelheit der Verliese und in den Gängen schmeckt nach Salz und nach Meer, anders als in anderen Burgen. Von der Aussicht habe ich bislang noch nicht gekostet.« Sie nahm die Dattel und schob sie in ihren Mund.

Er verfolgte jede ihrer Bewegungen. Die Gier in seinen Augen ließ sich herab zu dem Spott um seine Grübchen. Er winkte einen der Knaben heran, Wein nachzuschenken. Mit erhobenem Kelch forderte er sie und alle Gäste zum Trinken, lächelte in die Runde. Dann widmete er sich wieder ihr. »Wie unhöflich von mir. Als guter Gastgeber vernachlässige ich meine Pflicht. Wollt Ihr mir das sagen?« Er leckte das Fett von seinen Daumen und Zeigefinger, dann hob er ihr Kinn.

Sie verzog ihre Miene kein bisschen und kaute weiter. Sein Daumen zog über ihre Unterlippe.

»Euer Herold hat mir berichtet, Herzog Ludwig wünscht ein Geschenk von mir.« Er erfasste jede Einzelheit ihres Gesichts.

Die Maske blieb starr. *Damian, dieser Idiot.* Er zerrte stärker. Blut trat aus dem Riss, und Schmerz flackerte in ihren Zügen. Er nickte, ehe er sie freigab. Erneut wandte er sich dem Perser zu.

Ihr Unterarm rieb das Rot fort. Am Tischtuch wischte sie die Finger ab und machte sich auf den Weg zum Abtritt. Guys Flüstern war an ihrem Ohr und seine Schritte hinter ihr, kaum hatte sie die Tür erreicht. »Ihr werdet die Gesellschaft doch nicht verlassen wollen. Habt Ihr nichts gelernt? Hier geht Ihr nicht, wohin Ihr wollt.«

»Guy de Montfort, wie aufmerksam von Euch. Habt Ihr Euren Platz verlassen, um mich daran zu erinnern?« Mehr als einen kurzen Blick über die Schulter gönnte sie ihm nicht. »Ich werde nicht verloren gehen, keine Sorge.«

Er legte den Zeigefinger auf die Lippen und kehrte um.

Auf dem Rückweg vom Abtritt schoss eine Hand aus der Dunkelheit. Damian packte sie und zog sie in die Abzweigung.

»Was soll das?« Seine Augen wirkten riesig, selbst in den Schatten der Gänge. »Was ist mit Eurer Lippe geschehen und den Gewändern? Wo sind Eure Gemächer?« Er presste die Worte durch seine Lippen, ohne Atem zu holen, und schob sie weiter. »Unsere Räume – meine und Gerharts und die der Übrigen – sind tadellos. Bei geschlossener Tür. Außerhalb begleiten Wachen jeden Schritt. Von Euch fanden wir keine Spur. Wo habt Ihr Euch rumgetrieben?«

Cäcilia zog die Augenbraue hoch. »Was glaubt Ihr denn – Ihr mit all Eurer Erfahrung an den Höfen?« Sie schüttelte den Kopf.

»Charles' Soldaten haben mich von der Truppe getrennt. Wirkte das auf Euch, als hätte ich über meine Wege hier zu bestimmen?«

Der Herold zischte und rollte mit den Augen. »Ihr seid ein Weib – noch dazu mit einem unrechten Mundwerk. Ihr habt Euch selbst zuzuschreiben, was geschehen ist.«

»Ihr Idiot! Ihr habt Charles von Ludwigs Absicht erzählt, Konradin zurückzuholen. Was genau waren Eure Worte?« Ihre Mundwinkel klemmten ihre Beherrschung fest und spannten ihre Lippen.

Er verweigerte die Antwort.

»Sagt es mir!« Sie schluckte. »Habt Ihr mich gesucht, um mir mitzuteilen, Ihr würdet auch bei Charles ein gutes Wort einlegen für mich?« Seine Miene zuckte. »Oder fürchtet Ihr unseren Herzog, falls Ihr ohne mich zurückkehrt?« Damians Blick sank und klebte auf dem Boden fest. Die Hofdame nickte. *Zurücklassen würdet Ihr mich immerhin nicht – lebendig oder tot.* »Was habt Ihr ihm erzählt? Von Konradin und von Georg?«

Der Herold wich dem Blick aus. »Konradin.« Er räusperte sich. »In unserem Gespräch ging es nur darum, Konradins Leichnam nach Hause zu holen.«

»Herrgott, Damian. Was für ein lausiger Botschafter seid Ihr doch! Ihr habt unsere Pläne offengelegt« Sie wischte sich übers Gesicht. »Habt Ihr wenigstens einen Weg zu den Verliesen gefunden?«, fragte sie.

»Im Palas und der Kapelle können wir uns frei bewegen. Die Treppen nach unten sind bewacht.«

Cäcilia schloss die Augen. »Ich war dort – nur kurz und doch lang genug. Dann brachten sie mich in ein Zimmer der Hauptburg. Georg ist in den Kerkern. Ein Gefangener, um den sich zwei Folterknechte kümmern. Charles wollte, dass wir das wissen – dass ich das weiß.«

Damian verbarg weder das Grinsen noch die Schadenfreude. »Nun – den Löffel hat er offensichtlich gereicht. Es ist an Euch, was Ihr mit der Suppe anfangt. Löffelt die Misere aus, oder gesteht ein, dass Ihr versagt habt. Aber vergesst nicht: Ludwig hat Euch eine Aufgabe übertragen. Euer Scheitern wird ihn nicht erfreuen.«

Sie verengte die Augen, sein Lächeln wuchs. Auf ihrer Zunge gärte etwas – im letzten Moment zerbiss sie die Erwiderung.

Damian wartet darauf, mich aus der Fassung fallen zu sehen und Charles zu provozieren. Dabei hat D'Anjou längst beschlossen, wie er uns wieder fortsendet – weder wird er Georg freisetzen, noch Konradins sterbliche Überresten herausgeben. Und dieser nichtsnutzige Herold tritt dann vor Ludwig und zeigt auf mich, wenn die Suche nach dem Schuldigen beginnt. Cäcilia ballte ihre Faust, atmete aus und wieder ein.

»Glaubt Ihr denn, Ihr habt die Welt erdacht, Cäcilia? Was wisst Ihr schon – eine Hofdame, die sich keinen Mann als Gemahl findet. Glaubt Ihr, Ihr könnt da Erfolg erreichen, wo ich versagt habe?«

»Das ist, was Ihr fürchtet, nicht wahr? Dass ich beweisen könnte, ich bin besser als Ihr.«

»Haltet den Mund, Cäcilia. Am besten für den Rest des Abends. Euer Mundwerk hat uns in diese Situation gebracht. Macht es nicht noch schlimmer.« Er fasste ihren Unterarm. »Ludwig wird vom Ausmaß Eures Scheiterns erfahren, macht Euch darauf gefasst. Und dann werdet Ihr endlich aus seiner Gnade fallen.« Damian stieß ihren Arm davon und stob weiter in Richtung des Abtritts.

Cäcilia streifte ihr Kleid glatt. Aus Richtung des Saals perlten Harfentöne; ein Lied erzählte vom Todesreigen eines verstoßenen Spielmanns. Gegenüber auf seinem Podest an der Ehrentafel lauerte der Thronräuber auf sie. Sie fasste nach ihrem Kleid und prüfte, ob der Stoff sie noch einhüllte.

†

†Kapitel 49 – Charles d' Anjou

Festmahl

05. November 1268
Neapel, Castel dell'Ovo

Charles' Blick streifte über den Saal und über die Dienerschar. Die Dunkelhaarige mit den üppigen Formen hatte er aus Rom mitgebracht, sie zuckte unter seinem Blick, versuchte, ihre Miene zu beherrschen. Er winkte sie zu sich, lehnte sich zurück in seinen Stuhl.

Am anderen Ende des Saals schritt die Rothaarige wieder durch die Tür. Sie scherte sich nicht darum, den Ausdruck in ihrem Gesicht zu zügeln. Sie musterte jeden, schätzte ab, stolzierte auf ihn zu und verfolgte die Spur seiner Hand auf den Rundungen der Römerin, ohne ihre Miene zu verziehen. Sie erwiderte seinen Blick, die Feuerfunken in ihren Augen erahnte er.

Charles' Hand tastete die Wölbungen unter dem Stoff, die Wärme, das Zittern des Körpers. Er genoss, bis eine Stimme ihn aus der Betrachtung riss.

»Ihr«, begann der Kirchenmann, und Charles verdrehte die Augen. »Erinnert Euch daran: Lust ist Sünde.« Thomas wischte sich den Mund am Ärmel ab. »Der Körper braucht Nahrung, wie der Geist. Unseren Körper und Geist sollen wir zum Ruhme Gottes stärken. Die Lust aber, sie verdirbt die Seele. Nur in der Ehe zur Fortpflanzung sieht Gott über die Sünde hinweg.«

Verdrehter Affenpriester. Er musterte jeden Schatten um Thomas' Augen, kratzte sich im Nacken. »Thomas, sagt mir: Im Paradies gab es keine Sünde; stimmt das?« Er wartete das Nicken ab. »Im Paradies gab es keine Kinder. Adam und Eva wurden vertrieben, und erst dann empfingen sie zwei Söhne.« Charles Mundwinkel schob sich zu einem Grinsen. »Wie kann es sein, dass Gott Taten in seinem Paradies geschehen ließ, die Sünde sind. Was lehrt Ihr Euren Studenten, Hochwürden?«

Thomas' Augen schrumpften. Er schob das Kinn vor. »Sünde«, keifte der Gelehrte zwischen den Zähnen hindurch. »Gott wird

Euch strafen, d'Anjou. Und noch mehr die Frau. Nichts ist sie als eine Schwäche der Natur. Und für die Ausrottung jeder Liederlichkeit wird Gott sorgen.« Die Hand krampfte sich um den Anhänger mit dem Kreuz, der Stuhl ruckelte, wackelte, knallte auf den Boden. Thomas sprang auf. »Ich bete für Eure Seele, Franzose – nicht für Euch, sondern weil Gott will, dass wir uns über die Schwachen erheben und ihnen vergeben.«

Der Herzogin warf er einen Gruß zu und etwas wie einen Segen. Den persischen Herold musterte er unschlüssig. Der Aquinat kippte den Becher auf den Tisch, dann sprang er auf. Der Habit wallte gegen Cäcilias Kleid. Die Frau mit dem Feuerhaar würdigte er keines Blickes und entfloh dem Bankett. Sie sah der Schwarzkutte hinterher, die Stirn gerunzelt.

Wie ist sie, wenn sie wütend ist? Charles' Hand drückte den Gewandstoff der Magd an deren Beine, wanderte tiefer. Annas Empörung hörte er von links und spülte ihr Schnauben mit einem weiteren Schluck Wein hinweg. Sein Blick hielt auf Cäcilia. *Sie ist so vorlaut, so kühl, so unbeeindruckt von dem, was ich ihr entgegenstelle. Was im Kerker geschehen ist, bejammert sie nicht, noch hatte sie bislang eine Silbe darüber oder über den Gefangenen verloren. Der Ritter jedenfalls kennt sie – ihren Namen. Guy mag recht haben: Der Ritter und sie, diese beiden sind mehr als nur zur selben Zeit Teil vom Hofstaat des Wittelsbachers.*

Ein Luftstoß kündigte sie an. Er atmete ihren Duft. Ihre Wangen streifte ein Hauch von Abendröte, auf den Lippen schimmerten ein tieferes Rot, ein volleres. Er griff nach dem Weinbecher und reichte ihn ihr, in einem Schluck leerte er seinen. Ihr Blick flackerte kurz, dann glitt er wieder in den Saal. Er ließ ihren Becher auffüllen, die Hand behielt er an der Hüfte der Magd.

Cäcilias legte die Hand auf den Kelch. »Genug.«

Die Dienerin überhörte den Befehl der Frau. Charles nickte der Magd zu. Die Dunkelhaarige kippte die Karaffe zurück, der Strom versiegte. Für Cäcilia erübrigte er ein Lächeln.

»Der Herr über Speis und Trank – über Durst und Hunger.« Ihr Lächeln lag schief, über ihr Gesicht lief eine Welle.

»König von Sizilien, der Euch seine Gastfreundschaft gewährt.« Beinah hätte er übersehen, wie sie die Lider einen Moment länger senkte, nickte. »Nur der erste der Titel, die noch folgen werden, der Länder, die sich beugen werden, wie die Menschen. Mann.

Weib.« Er neigte sich zu ihr.

Sie schlug die Augen auf und krallte sich in seinen Blick. »Charles d'Anjou.« Ihre Stimme schlich sich von den Tiefen seiner Mitte an und rollte Schauer über seine Haut. Sie lehnte sich vor. »Nicht aus Recht, nicht aus eigener Kraft.« Sie verzog die Miene wie über verdorbenen Speisen. »Euren Sieg habt Ihr mit List errungen. Legitimiert lediglich mithilfe eines Papstes, der voller Angst ist um seine eigene Macht.«

Er stützte sich ab an ihrer Lehne, sein Mund dicht an ihrem Ohr. »Allein dafür könntet Ihr Euch in den Kerkern wiederfinden.« Das Funkeln in ihren Augen gefiel ihm – und der Moment, in dem sie sich kurz verengten und dann weiteten, wie bei einem Tier, das zum Sprung ansetzt.

»Wofür nicht?« Cäcilia vergrößerte den Abstand. »Ihr habt bewiesen, wie sehr ich in Eurer Hand bin. Die Kerker kenne ich, wie Ihr wisst – und was mich dort erwartet.« Sie schielte an ihm vorbei. »Oder verschont Ihr mich der Herzogin zuliebe?«

»Ihr scheint beeindruckt.«

»Beeindruckt.« Sie zuckte mit den Schultern. »Davon, was Menschen anderen Menschen antun? Ihr seid nicht der Erste, Ihr werdet nicht der Letzte sein. Ich kann mich also einreihen in diesen Tanz auf den Feuern, kann stolpern und unter Eure Willkür fallen mit einem falschen Wort, oder einfach, weil Euch danach ist – oder …«

»Oder …?« Sein Knie berührte ihres ganz ohne Zufall unter dem Tisch, seine Hand fand ihren Oberschenkel.

»Wir lassen den Tanz aus. Setzt Euer Messer direkt an für den Stich.« Das Grün ihrer Augen verdunkelte sich, und ihre Lippen glühten noch mehr. »Das Messer, das Schwert. Was Ihr wollt.« Cäcilias Hände schoben über Rippenbögen und Taille den Stoff glatt.

»Ihr wisst, der Papst kann nicht zurück. Er kann mich nicht fallen lassen. Das Gefolge der Herzogin steht unter dem Gastrecht. Doch Ihr versteht, wenn ich nicht alle Mitglieder des Gefolges gleich erachte.«

»Päpste kommen und gehen. Herrscher kommen und gehen.«

»Wie die Doppelherrschaft in Euren Landen, im Norden des Heiligen Römischen Reiches?« Charles beugte sich vor. »Vielleicht wird es Zeit, diese zu beenden.« Er schwenkte den Wein in seinem Becher. »Ich habe den letzten legitimen Erben dieses Reiches vernichtet. Den Staufer, den das Volk *Friedenskaiser* hieß. Den letzten Nachkommen Friedrichs II..«

»Sollte mich dies erstaunen?« Cäcilia zuckte mit den Schultern. »Eure Pläne sind nicht auf Italien begrenzt, und Menschen sind nichts für Euch als Werkzeuge.« Sie nickte in Richtung seiner Römerin. »Sie wärmt Euch das Bett. Und …« Sie biss sich auf ihre Unterlippe, ihre Augen verengten sich. »… sie genügt Euch nicht.«

Er jagte ein Hohnlachen in den Raum. »Und Ihr tut das wohl?«

»Nein.« Sie zuckte mit den Schultern. »Ihr genügt mir nicht. Aber ich werde Euch kosten, und Ihr werdet den Mann in Euren Kerkern freigeben.«

»Weshalb sollte ich das tun?« Er lehnte sich zurück, schwenkte den Kelch in seiner Hand und senkte die Lider. Aus den Augenwinkeln nahm er wahr, wie das Gesicht der Herzogin in die andere Richtung schwenkte.

Die Rothaarige strich mit den Fingern entlang ihrer Lippen. »Herzog Ludwig hatte unsere Hochzeit befohlen.«

»Ich stehe Eurem Ehebund im Wege? Und Ihr wollt nun Euren Zukünftigen freikaufen mit einer Nacht in meinem Bett?« Die Worte ätzten aus seinem Mund – und sie prallten an ihr ab.

Ein wenig nur neigte sie das Haupt und gönnte ihm unter ihren Wimpern einen Augenaufschlag. »Die Verlobung ist gelöst. Lasst ihn in Euren Kerkern. Sein Tod – oder sein Verbleib in Euren Kerkern besiegelt dies.«

»Ich verstehe nicht.« Charles leerte den Becher in einem Zug. *Ein Spiel. Mit welchem Ziel?* Seine Finger zerrten weißes Fleisch aus dem gebratenen Tier auf seinen Teller. »Was wollt Ihr, Cäcilia? Im Gegensatz zu Ludwigs Herold seid Ihr an dem Haufen Knochen und sich zersetzendem Fleisch nicht interessiert. Konradins Überreste sind ohnehin bedeutungslos.« Seine Zähne lösten Faser für Faser und weich und würzig füllte der Geschmack seinen Mund. »Ihr wollt Eure Freiheit – oder das Häufchen Elend aus den Kellern?« Eine Welle wanderte über ihr Gesicht, dann waren ihre Züge wieder Maske. *Verflucht.* Er ärgerte sich. *Welche Antwort?* Er wischte sich den Bratensaft ab.

»Ich wollte die Ehe nicht.« Sie zuckte mit den Schultern. »Letztlich kam er mir zuvor und bat den Herzog, die Verlobung zu lösen.« Ihre Augenbraue wanderte nach oben. »Macht, was Ihr wollt mit ihm. Lasst ihn in den Ketten, setzt ihn frei. Ich bin Teil von Ludwigs Hof, und ich kann dem Herzog berichten, ich hätte um seine Freilassung gefragt und bin gescheitert.« Sie riss an einem Stück Fleisch, verschlang es, rieb die Hände am Tischtuch ab. In einem Zug leerte sie den Weinkelch und stand auf. Er packte ihre Hand.

»Euer Angebot …« Er kostete die Worte einen Moment in seinem Mund. »Ich habe es nicht abgelehnt, Cäcilia. Ihr könnt es nicht mehr zurücknehmen.«

Ihr Blick blitzte zu ihm. »Ihr wollt die Nacht?« Sie zerrte ihre Hand frei. »Die Nacht für das Leben eines Mannes … was auch immer.«

Dem Herold am Kopfende der Ehrentafel schenkte sie einen Blick wie Galle, und Charles Mundwinkel wanderten nach oben. *Sie gehört mir – und sie hasst es.* Wärme breitete sich aus in seinem Körper, rollte von den Mundwinkeln hinab, flammte in seinem Bauch und erhitzte seinen Unterleib. Er musterte ihren Körper, den schlanken, weißen Hals, der überging in ihren Ausschnitt, bis der Stoff des Kleides über ihre Brüste fiel, die Bauchebene und die Flanken. »Setzt Euch!« Charles sog den Wein aus seinem Becher.

»Ihr bestimmt nicht über mich.« Sie wich seiner Hand aus, und er griff ins Leere. »Ich gehöre Euch in den vier Wänden Eurer privaten Gemächer. Dort befinden wir uns noch nicht.« Ihr Blick fand Guy. »Und er wird dort ebenfalls nicht sein.«

Guy wird dort nicht sein. Mit dem Gedanken strahlte sein Lächeln. »Wenn Ihr in Euren Räumen warten wollt, soll es sein. Ich werde Euch rufen lassen.«

†

†KAPITEL 50 – LUDWIG

VERSPRECHEN

05. NOVEMBER 1268, SÜDITALIEN, TERRACINA
TEMPIO DI GIOVE ANXUR
(VIA APPIA ZWISCHEN NEAPEL UND ROM)

Er schreckte aus dem Schlaf hoch. Ludwig versuchte, die Konturen der Gegenstände im Zelt aus der Dunkelheit zu eisen.

Der Novemberwind sandte ihm ein Frösteln unter den Tuchen der Zeltwände hindurch. In Italien fühlte sich die Jahreszeit weniger kalt an als zu Hause in Bayern. Kalt genug dennoch. Er zog das Fell höher, dann stieß er es von sich und stemmte sich aus seiner Bettstatt.

Der Herzog warf Gewand über, seine Cotte, den Mantel aus Wolfsfell, dessen Pelzrand die Nacht aufsog. Er trabte hin, her, schließlich warf er den Stoff am Eingang zurück und führte seine Schritte durch die Gänge seiner Zeltstadt. Vor zwei Tagen hatte Annas Gefolge sich aufgemacht in die Löwenhöhle des Franzosen und er sich samt Heer nach Norden.

Vor Terracina hatte er von Weitem den Ort für das Lager ausgemacht. Über der alten Straße des Appius Claudius Caesus reckten sich noch immer die Arkaden des Kryptoportico des alten Jupitertempels, Säulen stützten Bogen um Bogen. Meter für Meter hatten die Soldaten den Aufstieg verflucht. Die Mühe hatte sich gelohnt. Der Sonnenuntergang leuchtete auf den Bergspitzen, über dem Meer und in den Gesichtern. Kein Schimpf war mehr zu vernehmen gewesen.

Rom können wir morgen Abend erreichen, oder am Tag danach. Er ballte die Hand. *Zu weit dürfen wir uns nicht entfernen und den Franzosen einladen, übermütig zu werden.*

Das Lager bei den Tempelresten bot Schutz und raubte den Atem beim Blick über den Golf von Terracina – tagsüber und selbst nachts. Die Wellen am Fuß der Erhebung erzählten von der Weite des Meeres und den Möglichkeiten, schlanke Gräser wiegten sich im Wind, Grün schmiegte sich an die Berge der Landseite.

Sein Blick glitt von den Außenmauern der Tempelanlage Giove Anxur zum Nachthimmel, zum Vollmond. *Konradin, siehst du auf uns herab? Bist du im Himmel, wie die Heilige Schrift verspricht, oder hält der Bann des Papstes dich in den Fegefeuern fest.*

Er verzerrte sein Gesicht, sein Zeh pochte. Ludwig trat nach dem Felsbrocken und schickte ihn in den Abgrund. Er heftete den Blick auf den Pfad und stieg Stufe und Stufe empor. *Fackel.* Er knurrte. *Wäre gut.*

Gebrochene Wände, Trümmer, Bruchsteine erhoben sich dunkler gegen die Dunkelheit. *Zeugnis eines Vergessenen. Kein Priester des Jupiter hält sie noch instand. Nicht einmal die Kirche, die für einen Wimpernschlag der Zeit die alten Götter vertrieb.* Wieder suchte er das Nachtzelt ab, die funkelnden Sterne. *Konradin.* Seine Faust presste sich gegen die Brust, er hob sein Haupt, die Lider schloss er und spürte die Salzluft sein Gesicht kühlen.

Mein Junge, deine Mutter hat dich in meine Obhut gegeben. Du warst das Licht meiner Schwester Elisabeth – und vielleicht die letzte Hoffnung des Volkes auf einen guten Herrscher, auf ein geeintes, starkes Reich. Ich habe versagt. Zu lange habe ich mich blenden lassen von meinem Stolz. Er wandte sich Richtung Neapel, übersah einzelne Lichtfunkeln, suchte am Horizont. *Dein Leib – wenigstens – wird ein Begräbnis erfahren, das angemessen ist. Du wirst deine letzte Ruhe finden, und dieser Mörder im Namen der Kirche soll es nicht wagen, seine Hände nach Norden auszustrecken.*

Der Mantel glitt zu Boden, er hob die Arme gegen die Meeresbrise. Stoff umflatterte seinen Körper. *Wenn dieser Gott gut ist und allwissend, ist es nur deine irdische Hülle, die noch gefangen ist.* Ludwigs Atem beruhigte sich, sein Herzschlag. Sein Blick glitt auf die Spitzen der Zelte, die Wimpel, die schwarz in der Nacht flatterten. Er versuchte, sein Zelt zu sehen, und das Zelt, in dem Luis mit der Amme untergebracht war. Ludwig lächelte, froh darüber, dass Anna den Kleinen nicht mitgenommen hatte an Charles' Hof. Dann sah er noch einmal zum Himmel. *Beschütz ihn. Beschütz meinen Luis. Er ist alles für mich. Und ich werde tun, was ich kann. Kein weiteres Mal soll mein Zorn dem Unglück einen Weg bereiten. Hilf mir! Ich lege das Schicksal meiner Familie in Deine Hände, Christengott.* Ludwig zeichnete das Kreuz und kniete nieder auf dem Geröll. *Deine Priester haben die alten Priester vertrieben. Charles d'Anjou stand unter dem Segen Deiner Kirche, und Du gewährst den Sieg. Beweise, dass Du stärker bist.*

Der Mond verblasste und sammelte die Sterne ein, und Ludwig bückte sich nach seinem Mantel. Er erhob sich und warf ihn über die Schultern. Seine Füße fanden Halt auf dem Pfad abwärts und die Brocken und Hindernisse in seinem Weg machte er rechtzeitig aus. *Rom wartet noch ein wenig. Annas Gefolge kann diesen Ort schneller erreichen. Mit den Gebeinen Konradins in Rom erwirke ich vielleicht noch den Segen des Papstes für Elisabeths Jungen.* Er gähnte und spürte zugleich sein Herz schneller schlagen.

†

†KAPITEL 51 – CÄCILIA

SCHNEIDE

05. NOVEMBER 1268
NEAPEL, KASTELL DELL'OVO

Die Tür schrammte an die Wand, Guys Hand würgte im nächsten Wimpernschlag Cäcilias Hals, fuhr in ihren Nacken, schubste sie zur Tür. Er war hinter ihr und riss an ihren Haaren, sein Atem an ihrem Ohr. Sie schauderte, presste die Lider aufeinander. *Nur eine Nacht. Nur die Stunden bis zum Morgen. Dann ist es vorüber.*

Er schob sich an ihr vorbei, ohne ein Wort. Treppauf, treppab, im Dämmer dunkler Gänge und im Flackern von Fackeln starrte sie auf seinen Hinterkopf. Vor der einen Tür wandte er sich um, prüfte jede Haarsträhne ihrer Erscheinung, jeden Faden ihres Gewandes. Ihre Brust fasste er, drückte wie an einer Frucht, und den Wein in seinem Atem konnte sie fast schmecken. Er ließ sie los. Und ging.

Licht fiel aus der Tür, zeichnete Charles' Silhouette, erreichte sie. Er nickte ihr zu und lud sie ein. Sanft berührte er ihre Schulter, den Arm, sanft fasste er den Griff der Tür und zog sie heran. »Da seid Ihr.«

Stumpenkerzen warfen zwei Schattenkörper an die Wand und gegen den Paravent. Cäcilias Augen ruhten einen Moment länger darauf, sie schauderte, als ob dort jemand wartete und sie beobachtete. Sie verdrängte den Gedanken.

Er strich entlang am Stoff ihres Kleides und seine Hände drängten an ihren Körper, zogen sie zu sich. Cäcilia schmeckte den Wein, die Gewürze. Der Geruch seiner Haut brannte sich in ihre Nase und seine Berührung über ihre Arme. Die Nähte knarzten. Sie wehrte ihn ab, schob ihn von sich. Sie löste die Schnüre, den Gürtel des Mieders und schluckte.

In ihrem Kopf glühte eine Erinnerung auf. Eine andere Nacht, ein anderer Ort, ein … der andere Mann – gefühlt ein anderes Leben. Ein Schauer überlief ihren Rücken. Ihr Blick fiel auf die

Trennwand. An ihrem Ellbogen führte Charles sie zum Bett und streifte das Kleid über ihren Kopf. Ihre Finger glitten entlang der Linie seines Kinns.

Er neigte sich ein wenig, und seine Lippen berührten ihre Unterlippe, sogen daran. Die Finger an ihrem Hals glitten über die Seite, fanden den Ansatz in ihrem Nacken und hielten sie. Die Mundwinkel kitzelte er mit seiner Zunge, nur um gleich darauf zu ihren Lippen zurückzufinden. Charles forschte, sog, lockte ihre Lippen mit seiner Berührung, und sie öffnete sie für einen Atemzug, den er fing.

Sie suchte, fand Lippen, Zunge, ihre Zunge in seinem Mund, und kostete seinen Hunger. Am Kopf, an der Hüfte zog er sie heran. Sein Kuss raubte ihr den Atem. Hitze brannte in ihren Wangen und Eis in Kopf und Bauch. Die Hand in ihrem Rücken lenkte sie.

Sein Drängen teilte ihre Lippen, fand ihre, wieder und wieder. Vom Steiß über ihr Rückgrat spielten seine Finger. Er erforschte ihr Flattern, ihren Mund. Leinen raute sich an ihren Handflächen, wieder führte er sie; ein Ruck, Stoff riss, und ihre Hände glitten über seine Haut.

»Ihr habt mir die Nacht versprochen, und ich verspreche Euch diese Nacht ebenso, Cäcilia – Ihr werdet sie nie vergessen. Ich werde sie nie vergessen.« Charles hielt sie an sich und gab ihr Halt.

Sie schauderte und blendete den Schauer aus, der ihr Rückgrat überlief. Sie wich seinen Lippen aus. »Ihr werdet den Preis zahlen für diese Nacht.«

Der Wolf lächelte, nickte.

Sie wusste nicht zu sagen, ob es die Herausforderung war, oder schlicht die Hitze und das Gären an diesem Ort in ihrer Brust, an dem in anderen Körpern ein Herz zu schlagen schien. Der Blick der schwarzen Augen forderte sie heraus. *Ich bin hier. Mein Teil des Handels, mein Wort. Zu gehen, rettet niemanden.* Cäcilia schloss die Lider, hob den Kopf, gab ihre Lippen frei. Er tastete, leckte, saugte. *Nicht Georg.*

Erneut führte seine Hand die ihre. Über die Muskeln seiner Brust führte sie über die Arkaden darunter. Ihre Hand hob sich, senkte sich, er atmete tief und ruhig. Das Herz in seiner Brust pochte in schnellerem Takt und setzte den Trommelschlag auf ihre Fingerspitzen. Die Hand in ihrem Rücken holte sie näher, einen weiteren Kuss setzte er auf ihre Lippen und einen Funken in ihren Körper. Sie schluckte. Sein Körper zog ihren an, seine Erregung spürte sie, presste sich gegen ihre Hüfte.

Nur ein wenig drehte er sie. In seinen Armen sank sie aufs Bett. Salzwasser und brennende Ähren drangen durch im Duft des Lakens, Herbst in Süditalien. Die Lippen wanderten über ihren Hals hinab, schickten Kribbeln durch ihre Arme, Beine, die Innenseite ihrer Schenkel, sein Körper drängte sich an ihre Seite. Ihre Hände folgten den Bergen und Tälern, den Wölbungen des Rückens. Finger flatterten von ihrem Nacken über das Schlüsselbein ins Tal zwischen ihren Brüsten, forschten an den Erhebungen. Die Hand an ihrer Hüfte hielt sie auf dem Laken, er ließ sie seine Erregung spüren wie seinen Hunger.

Und dann wagten seine Finger sich weiter vor. Das Gitter zerbrach und der Käfig stürzte ein, der ihre Lust gefangen hatte und alles verdrängt seit der letzten Nacht mit Georg. Ein Windstoß genügte, ein Kuss.

Seine Zunge tauchte in ihren Mund und forderte ihre. Die Glut in ihrem Körper loderte auf. Sie drängte ihm entgegen. Von der Hüfte striffen die Fingerkuppen zu den Schenkel, tanzten über die zarte Haut. Sie wollte mehr. Ihr Bein schob sich zur Seite. Leicht nur, nur ganz wenig – und seine Hand folgte, und sein Körper folgte seiner Hand, entzündete den Hunger in ihrem Körper. Ein Geräusch schreckte sie auf, ihr Kopf schnellte in Richtung des Paravents. *Verbirgt sich doch jemand dort?* Sein Zeigefinger drängte ihr Kinn zu sich, er schob sich stärker gegen sie.

Charles war über ihr, an ihr, seine Haut war Hitze und brannte auf ihrer. Ihre Finger schoben sich entlang der Lendenwirbel und zogen ihn an sich. Ihr Körper wölbte sich gegen seine Mitte, sein Atem war in ihrem Mund. Schneller, immer schneller. Seine Küsse forderten mehr, sie schloss die Augen. Stärker noch presste er sich an sie, ihre Beine schoben sich übers Laken. Sie zog seinen Kopf zu sich, erwiderte den Kuss, forderte, was ihr zustand. Und er gab. Er drängte seine Lippen gegen ihre, glitt tiefer, sein Atem brannte an ihrem Ohr und kehlig vibrierte seine Stimme über und unter ihrer Haut. Mit jeder Faser spürte sie seine Hitze, entfachte ihre daran. Er bewegte seinen Körper auf ihr, und seine Hitze wurde ihre.

Seine Hand wanderte an der Innenseite ihrer Schenkel, Finger glitten nach oben, fanden ihre Feuchte, tasteten Feuer, fachten an. Ihre Hand fuhr hinab, seine Seite, Hüfte, streifte den Nabel und den Ansatz seiner Schenkel. Sein Stöhnen entflammte sie noch mehr. Er war in ihrer Hand. Hitze und Lust rollten von ihrer Mitte in die Spitzen, sie hob ihr Becken, öffnete die Schenkel. Sie schob sich ihm entgegen und er sich in sie. Sie zuckte – im Schmerz, doch Lust riss sie fort mit seinem nächsten Stoß. Er drang in sie, reckte seinen Körper, spannte sich und füllte sie mit Gier nach mehr. Cäcilia bog den Rücken durch, seine Lippen berührten ihren Hals, und sie erschauderte – und rang im nächsten Moment nach Luft.

Kaltes biss an ihrer Kehle, eine Hand würgte. Schmerz kämpfte in ihrem Hals gegen den Reflex zu atmen, die Lungen brannten. In ihren Augen quollen Puls und Angst gegen die Lider. Ihr Verstand stolperte über verwesende Lust. »Was tut Ihr?« Flüstern – mehr gelang ihr nicht.

Charles entzog ihr die Hitze seines Körpers, war an ihrer Seite, ließ sie nackt und bloß zurück. Holz schepperte auf den Stein des Raums, ihre Ohren hallten davon wider. Der Paravent fiel. Mit der Klinge an ihrem Hals drängte d'Anjou ihren Oberkörper hoch. Die Nachtluft kühlte die Perlen von Schweiß, die Stimme an ihrem Ohr stach Eis in ihre Knochen. Sie zog ihr Knie hoch – ein letztes Schild, ein letzter Schutz. Sie konnte kaum fassen, was sie sah – wen sie sah. Nicht allein der Handlanger des Franzosen war hinter dem Wandschirm verborgen gewesen.

Cäcilias Blick erfasste den Raum, der Moment durchdrang ihr Denken. Sie sog die Luft zwischen ihren Zähnen ein. *Nein.* Sie schüttelte den Kopf, hielt inne. Die Schneide ritzte ihre Haut. *Nein, nicht. Nicht bei den Göttern. Mutter hab Erbarmen.* Sie rutschte ans hintere Ende der Liegestatt. Kälte biss in ihr Herz. Sie schüttelte den Kopf und konnte den Blick nicht abwenden von dem Mann neben dem Schwarzäugigen.

Guy de Montfort trat hinweg über die Teile des Paravents am Boden. Das Licht der Fackeln blitzte auf der Klinge in seiner Hand, Gier und Hohn in seinem Gesicht. Er strich sein schwarzes Haar aus dem Gesicht, sein Grinsen wucherte. Holz knackte, sie hörte es splittern. Ihren Blick konnte sie nicht abwenden, noch höher zog sie ihre Knie.

»Glaubt mir, es hat keinen Zweck.« Charles' Atem befeuchtete ihr Ohr, er drückte stärker, seine andere Hand drängte ihre Knie nach unten.

Cäcilia suchte seinen Blick und fand den des Franzosen. »Eine Nacht mit Euch – das war vereinbart zwischen uns. Ihr brecht den Vertrag.« Sie biss sich auf die Zunge. *Ein Mann, der Gefangenen die Füße abhackt und sie verbrennt.* Sie biss sich in die Innenseite der Mundwinkel, brennende Kälte rieselte durch ihre Glieder. *Verflucht. Was erwarte ich?*

Die Wände warfen Lachen zurück, Guy stimmte ein. Er schob – und schließlich schubste er. Er packte die Klinge fester. Georg rang um die Balance, floh vor ihrem Blick. Seine Arme spannten sich hinter seinem Rücken. Er lehnte sich gegen die Klinge, bis Schmerz sein Gesicht verzerrte. Schatten und Licht wogten über die Narben, die Striemen auf seinem Körper. Haarsträhnen klebten in seinem Gesicht. An seiner Seite schimmerte ein Schlitz feuchtes Rot, an seinem Oberschenkel klaffte eine Wunde. Sie erkannte nicht, ob die Spuren von dort zum Knöchel getrocknetes Blut, Schmutz oder Schatten waren. Im Schein der Fackeln stand seine Haut in Flammen. Seine Erregtheit stand dazu im Kontrast. Er riss sich aus de Montforts Griff, warf sich gegen seinen Wärter.

Charles erzwang mit dem Messer Cäcilias Stöhnen, und erst da fügte Georg sich de Montfort, stieß seine Knie gegen das Bett, wandte den Kopf ab. Zu spät. Sie erhaschte den Ausdruck auf seinem Gesicht.

Er verachtet mich. Cäcilia krallte sich ins Laken. Kalter Stein schlug in ihren Bauch, ein Eispflock schoss mit dem Gedanken in ihr Herz. Erneut und stärker drückte das Messer gegen ihre Kehle.

»Ihr wolltet diese Ehe nicht, und er hat Euch verschmäht. So war es doch.« Charles kam ihr näher, sie würgte von seinem Geruch. »Sieh sie dir an!« Er richtete sich an Georg. »Sieh diesen Körper, gönn deinen Augen diese Brüste, den flachen Bauch.« Seine Hand fuhr zwischen ihre Beine. »Ein Ausgleich für die letzten Tage – und wer weiß, wann du je wieder Gelegenheit hast.«

Guys Messer wanderte über den geschundenen Körper nach unten. Die Spitze fuhr vom Beckenknochen tiefer, bis er das Blatt gegen die Haut drückte und wieder anhob. Georg zuckte zusammen, seine Augen weiteten sich. Sein Körper reagierte auf Guys Spiele, und auf seinem Gesicht spiegelte sich der Zweispalt.

D'Anjou grunzte und führte seine Hand tiefer. »Nicht wegen der Kälte stellt sie die Knospen auf. Koste sie, versuche das feuchte Tal zwischen ihren Schenkeln.«

»Nass meint Ihr.« Guy versuchte Georgs Kopf zu ihr zu drehen, er schlug die Hand davon, versuchte, dem Franzosen zu entkommen.

»Du Narr«, ätzte Charles. »Als ob das etwas ändert.« Er stieß seine Zunge in ihren Mund, seine Augen starrten auf Georg.

Georg. Tu irgendwas, verdammt. Irgendwas.

An ihrem Haar zerrte er sie zurück. »Er würdigt Euch nicht einmal eines Blickes, Weib. Und doch ist er nicht mehr als ein rolliger Kater, der auf alles reagiert, was seinen Weg kreuzt.« Er wandte sich an seinen Gefolgsmann. »Was meint Ihr, Guy: Verteufeln die Pfaffen die Lust, weil sie selbst keine Katze erwischen?«

»So wird es sein! Seht Euch doch den Dominikaner an, mit seinem Ranzen und seinen ewigen Belehrungen. Er steckt die Nase lieber in Bücher als seinen Schwanz in eine warme Höhle.« Er lachte. »Vielleicht ist es dasselbe für ihn.« Guy zwang Georg mit der Klinge näher und schließlich seinen Blick auf ihre Schutzlosigkeit. »Sieh sie dir an! Eine Katze ganz für dich. Wie den Priestern wird es dir jedenfalls nicht ergehen.«

Charles schnaubte ein Lachen. »Sie werfen mir Unzucht vor und Grausamkeit. Sie sagen, ich würde Familien auseinanderreißen.« Die Klinge deutete in Georgs Richtung. »Ich habe überlegt, wie es wäre, Menschen zueinander zu führen. Was meint Ihr, Cäcilia: Wäre das nicht eine gute Gelegenheit? Er und Ihr wieder vereint.«

Sie packte sein Handgelenk und riss die Klinge von ihrer Kehle. »Schluss! Dieser Wahnsinn endet jetzt. Hier. Charles, was immer Ihr …«

Gewitter hallte in ihrem Schädel, Schmerz barst am Hinterkopf, am Kinn. Sein Haken schleuderte sie gegen die Wand des Bettes und ihre Worte davon. Das Messer ritzte, sie spürte, ein Tropfen rann über ihren Hals.

»Still!« Charles zerrte mit der anderen Hand ihr Bein zur Seite.

»Wagt nicht, Euch ohne meine Erlaubnis zu bewegen«, zischte er. »Ich befehle die Verbindung. Er …« Charles winkte, und Guy stieß Georg aufs Bett. »… wird Euch begehren auf meinen Befehl. Er wird Euch besteigen, wie ein Hengst eine Stute besteigt. Und Ihr werdet Euch merken, wo Euer Platz ist, Weib. Und dann werden wir sehen, wer Verhandlungen führt.« Er riss sie zurück und drängte ihre Handgelenke aufs Bett.

Georg stöhnte. Guy prügelte auf seine Nieren ein. Er fiel nach vorn, beinah auf sie – das Messer hielt ihn auf. Der Schrei entschlüpfte in den Raum, ehe Cäcilia die flache Seite im Fackellicht an seinem Hals erkannte. De Montforts Hand in seinem Nacken führte und zwang ihn noch näher an sie. Ein Schnitt durchtrennte die Stricke in seinem Rücken, der nächste Stoß schickte ihn auf seine Hände über sie.

Die Luftzug strich zwischen ihren Körpern. Sie spürte seine Nähe, und in seinen Augen die Abscheu – mehr als sie sie sah. Die Messer, die Drohungen der Franzosen wirkten auf ihn und brachen ihn. Charles höhnte. »Das hilft dir nicht. Du wirst dich meinem Befehl fügen und nehmen, wenn ich dir etwas darbiete. Mit einem toten Fisch oder einem eisernen Schwert. Ist mir gleich. Glaub nicht, ich schone dich, weil dein Körper versagt.« Die Messerspitze züngelte an ihrem Hals, wand sich hinab zu ihren Brüsten. »Oder sie.« Charles schlitzte die Haut.

Cäcilia verweigerte den Laut. Ihre Augen füllten Tränen, sie suchte Georgs Blick. Vergebens. Er starrte hinweg über sie, das Gesicht verzerrt. *Sieh mich wenigstens an, wenn du mich nicht anfassen kannst.* Sie schloss die Lider.

»Mach«, knurrte Charles. Die Schneide wanderte hoch. Lust und Grausamkeit vereinten sich in der Miene. Er blickte auf sie herab, ergötzte sich an den schutzlosen Körpern, der Verzweiflung, dem Hass auf ihren Mienen. Guy lehnte sich zurück und beobachtete sie von seinem Sessel neben dem Bett aus. Er bewegte die Hand in seinem Schoß.

Cäcilia schob ihre Gedanken fort, ruckte auf. Die Klinge biss in ihr Ohr. Sie japste. Warmes rann in ihren Nacken, Schmerz pulsierte in ihrem Läppchen.

»Nimm sie. In einem warmer Körper mit vollzähligen Gliedern schärft sich dein Schwert besser. Für die andere Klinge bleibt danach noch genug Zeit.« Er deutete auf sein Gemächt, dann auf sein Schwert, beugte sich vor und drückte Georg ein Stück weg. Die Schatten der Fackeln dunkelten die Details und schärften die Konturen seines Körpers. Jede. »Glaub nicht, ich würde ewig warten.« Er riss Georgs Hand vor und stieß sie zusammen mit seiner zwischen ihre Beine. Cäcilia rang nach Luft, die Klinge an ihrem Hals setzte dem ein Ende. Sie würgte.

»Nimm sie, oder sie ist tot.«

Georg riss die Augen auf. Er sah sie nicht an, er starrte auf Charles, auf die Wand, die Pfosten am Bett. Sie zerriss beinah durch seinen Stoß, schmeckte Blut in ihrem Mund und Schmerz an ihrer Lippe, ein sengendes Feuer marterte zwischen ihren Beinen, spießte sich in sie. Der Atem über ihr war der Atem eines Tiers, das vor seinem Jäger flieht, die Hitze war Fieber. Er pfählte sie auf den Befehl des Franzosen.

Cäcilia spannte die Kiefer, Tränen bahnten sich den Weg, flohen aus den Augenwinkeln. Charles genoss, Georg … Sie musterte ihn, den Mann, den sie geliebt hatte. *Er fügt sich einem Befehl.* Die Erinnerung an die Sommernacht erglühte in all dem Schmerz. *Er verhindert meinen Tod.* Sie schauderte, würgte erneut. Sie schloss den Raum aus und die Männer – und sah nicht länger, wo erfahren und erhören Qual genug war. Pflock um Pflock trieb Schmerz in Körper, Seele, Herz. Sie spürte, Georgs Körper spannte sich, kehlig atmete er.

Lass es vorübergehen. Lass die Nacht enden – und die Demütigung. Georg zuckte und schreckte hoch. Sein Laut ließ sie die Augen öffnen und nicht sogleich verschließen.

Charles fuhr sich über die Lippen und wartete noch einen Moment. Dann drückte er die Klinge fester auf. Er zog die Linie quer über den Hals. Kleine Tropfen perlten Rot aus der Linie.

Georg erstarrte. Er schluckte und bog sich nach hinten weg von der Klinge. Sein Blick flackerte von ihr zum Franzosen.

»Sein Leben oder die Knochen des Knaben, Cäcilia. Ihr entscheidet.« Er hob die Hand und kam ihrer Antwort zuvor. »Bedenkt: Er ist Zeuge Eurer Demütigung. Der Einzige an Ludwigs Hof. Jedes Mal, wenn Ihr ihm begegnet. Vielleicht besteht Ludwig doch noch auf dem Ehebund zwischen Euch.«

Höllensohn. Sie machte sich nicht die Mühe, ihren Blick zu verschleiern.

Er zuckte die Schultern. »In meinen Kerkern wäre er ohnehin

verreckt.« Der Wolf grinste. »Bringt Konradins sterbliche Hülle zurück zu Ludwig, und die ganze Familie steht in Eurer Schuld. Dankbarkeit zahlt. Eure Zukunft habt Ihr in der Hand.«

Cäcilia füllte ihre Lungen mit Luft. *Zur Hölle mit Euch, Charles. Jede Antwort darauf ist falsch.* Sie verengte die Augen zu Schlitzen, musterte Georg. Angst beherrschte seine Miene – und Zweifel. Sie spannte die Muskeln. Ihr Herz trommelte. *Du vertraust mir nicht.*

»Glaubt nicht, Ihr habt die ganze Nacht dafür, Weib.« Er wandte sich zu Guy. »Bei all ihrem Getöse möchte man glauben, sie ist klug genug, die Vorteile selbst zu erkennen.«

»Dieser schwarze Pfaffe hat nicht in vielem recht, aber es ist wohl so, wie er sagt: Das Weib ist dem Mann untertan wegen der Schwäche ihrer Natur und wegen der Kraft des Geistes und des Körpers im Manne[21]«, spottete er, und Charles stimmte ins Lachen ein.

Sie bebte. Wut brannte sich durch sie, Wut zündete die Gedanken. Sie nutzte sie. Cäcilia stemmte sich ab, sie glitt zurück, federte hoch. Halb knieend schnappte sie das Messer, riss Charles den Griff aus der Hand. Dann stand sie.

Die Spitze drückte an seinen Hals, sie schlüpfte hinter ihn, nicht ohne die Haut zu verletzen. Sie lächelte, er stöhnte und fluchte Schmerz. Georg fiel aufs Bett, Guy sprang aus dem Sessel auf sie zu. »Halt.« Die Klinge wanderte seitlich an die Schlagader. »Lasst es. Eine Klinge in einen Menschen zu stechen, schreckt mich nicht; Glied für Glied abzuschneiden, ebenso wenig. Und Ihr wollt Euren König doch lieber im Ganzen.«

Charles japste. »Halt«, kam nun aus seinem Mund. Er hob die Hand. »Was wollt Ihr? Nehmt die Klinge weg.« Er würgte und wisperte die Worte. »Seid Ihr des Wahnsinns? Ich kann Euch töten lassen dafür. Niemand würde euch vermissen.«

»Und Georg auch nicht«, ergänzte sie. Der Druck am Hals des Franzosen wuchs, ihre Geste schickte Guy zurück zum Sessel. »Am Ende dieser Nacht wären zwei Tote in Eurem Kastell, und Herzogin Anna und dem Herold braucht ihr nicht viel mehr zu erklären als ein Drama aus Liebe, Eifersucht, Tod.« Von Charles' nacktem Körper übertrug sich das Muskelspiel auf sie, Guy schwenkte den Blick zu Boden, Georg richtete sich allmählich auf und sah sich um. »Georg, am Boden, mein Kleid. Nimm es.«

»Ihr könnt die Klinge nicht ewig halten.«

»Das Gute ist: Ihr müsst Eure Seele nicht mit dieser Lüge belasten, d'Anjou.« Sie beugte sich an sein Ohr, und sie revanchierte sich. Charles riss den Kopf zurück, brüllte und fand die Klinge wieder fester an der empfindsamen Stelle über der Ader. Blut tropfte auf seine Schulter und das Laken.

Weder Charles noch de Montfort ließen Cäcilia aus den Augen. »Zwei Pferde will ich.« Sie überlegte kurz. »Drei. Und Münzen und Kleidung für ihn. Wir gehen hinunter zu den Ställen – durch den Bauch der Burg. Gemeinsam.«

†

†Kapitel 52 – Albrecht

Boten und Diener

09. November 1268, Süditalien, Terracina
Tempio di Giove Anxur
(Via Appia zwischen Neapel und Rom)

Er führte die Bürste ein weiteres Mal darüber. Albrechts Blick schweifte nach oben. Die Überreste des ehemaligen Tempels von Jupiter überschatteten das Lager von Herzog Ludwig. Der Diener senkte den Kopf und widmete sich wieder den Tieren. Von Rücken zu Rist der Pferde und zurück zum Kastanienbraunen zählte er. Er tätschelte das schimmernde Fell. *Bist das Beste.* Er nickte, Lächeln wärmte sein Gesicht. *Cäcilia sein Pferd. Cäcilia. Bald ist's sie wieder da. Der Reiters hat's gekündet. Die Damen und die Herzogin kommen bald zurück.*

Die Soldaten und Knechte klapperten mit Stangen und hämmerten Pflöcke in den Boden des neuen Lagerplatzes. Der Kastanienbraune schnaubte und neigte den Kopf, ein wenig drängte er sich gegen Albrecht. *Magst dus, gell, wenn einer sich kümmert.* Ein nächster Bürstenstrich. Das Lächeln erkaltete. *Beide sind wir hiergelassen. Weil der Herzogs so gesagt hat. Cäcilia is ins die Burg am Meer.* In der Zeltstadt um ihn schwollen die Geräusche an, die Hand mit der Bürste sank. *Aber bald is sies zurück.*

Unruhe schwappte heran, Reiter näherten sich, die Pferde auf der Behelfskoppel tänzelten und wieherten. Albrecht duckte sich zwischen die Tiere. Der Herbstwind schob einen Trupp Reisende ins Lager. *Die Gesandtenschaft von die Herzogin.* Albrechts Herz pochte.

Stimmen formten Worte, Sätze brandeten näher. Metall klapperte. Er hörte Grußworte und Schritte sich nähern.

»Bursche, he da!«

Der Stumme schüttelte sich. *Teufelsstimme.* Er verzerrte das Gesicht. Diesen Mann hasste er. *Perser.* Das schwarze längere Haar glänzte mehr als das Fell des Rappen, den der Fremdländer ritt, die Haut schimmerte wie dunkles Gold, und seine dunkelbraunen Augen starrten immer Cäcilia hinterher. *Cäcilia.* Noch ein wenig tiefer duckte er sich hinter den Fuchs und bürstete weiter. *Sie hats ihn auch gehasst.*

»He, wird's bald.«

Er schnaubte, warf die Bürste fort, und seine Hand schob Cäcilias Pferd zur Seite. Seine Schritte wackelten ihn vor den Perser.

»Der stumme Krüppel. Sieh an.« Die Hand des Herolds drückte Albrecht nieder. »Deine Herrin kann dich nicht mehr schützen, aber wenigstens die Rösser bleiben dir.« Er drängte ihm das Zaumzeug auf und schubste ihn fort. »Mach!« Damian deutete zuerst auf die Herzogin, dann auf einen Fremden. Albrecht hatte ihn noch nie gesehen. Das Wappen zeigte eine weiße Blume auf blauem Grund. *Mag dich nichts, geleckter Boller.*

Der Dunkelhaarige hielt seine Nase zu hoch und die Geringschätzung zu deutlich in dessen Gesicht. »Die anderen auch. Ich muss zum Herzog.« Damian kreiselte seinen Finger um seine Begleiter, die Soldaten mit dem Löwenwappen und den Rauten der bayerischen Herzöge, winkte dem Fremden, ihm zu folgen, und stapfte davon.

Albrecht wartete. Er band die Tiere fest, eins nach dem anderen, und nahm die Sättel und warf sie über die Stange, einen nach dem anderen. Die Soldaten verschwanden, einer nach dem anderen. Kurz horchte er, dann huschte er los. Hinten an den Zelten entlang führte sein Weg.

Hörte er Stimmen, wich er aus, duckte sich in die Schatten. Kurz blinzelte er, drehte den Kopf rechts und links. Er nickte. *Da. Es ists da.* Am Eingang wachten zwei, beobachteten die Krieger, die daran vorbeimarschierten, die Hofdamen, die außerhalb der eigenen Zelte ihre Gewänder spazieren führten.

Er schlupfte sich an die Hinterwand des Zeltes und die Stimmen leiteten ihn. *Laut sind sie. Und schnell.* Scheppern drang durch das Tuch. Albrecht kauerte sich zusammen neben einem Hackklotz.

»Was soll das heißen?« Der Herzog knurrte, der Perser übersetzte, und eine fremdländische Melodie antwortete.

Weibisches Gewäsch.

»König Charles von Sizilien, der erste seines Namens, fordert die Übergabe der Dame Cäcilia und des Ritters Georg.«

»Guy de Montfort, ich habe die Forderung beim ersten Mal verstanden.« Die Stimme senkte sich, der Klang gefror. »Cäcilia reiste mit dem Gefolge meiner Gemahlin.« Der Herzog räusperte sich. »Und im Kastell Eures Königs war sie zuletzt.« Stille. »Und nun reitet Ihr in Charles' Auftrag heran, sie für Euch zu fordern – als Gefangene, wenn ich das richtig verstehe. Nicht als Braut, wie ich Euch vorschlug.«

Albrecht zuckte. *Nicht eingesperrt. Cäcilia kanns nicht eingesperrt sein. Cäcilia.* Er schlang die Arme um seinen Oberkörper und wiegte sich vor und zurück. Der unverständliche Singsang der fremden Stimme brach seine Gedanken. Er duckte sich zusammen. Damians Übersetzung zog seine Ohren zurück ans Zelt. »Sie hat den König mit dem Messer bedroht, Georg war ihr Helfer. Sie stahlen sich davon in der Nacht. Und ...«

Eine Faust schlug auf Holz. »Habt Ihr sie verloren? Wollt Ihr mir das sagen?«

Albrecht lehnte sich näher ans Tuch. Der Franzose flüsterte beinahe nur. »Wir nahmen an, sie sei zu Euch geflohen, um Schutz zu suchen.«

»Was sollte ich mit jemandem, der das Leben eines Königs bedroht?« Der Zeltstoff vibrierte von Schritten.

»Es wäre ein Affront«, näselte der Perser dazwischen. »Charles könnte Euch ...«

»Haltet das Maul. Ich weiß genau, was Charles könnte. Ich habe ein Heer bei mir stehen. Hier. Zwischen ihm und dem Heiligen Römischen Reich. Nicht erschöpft von kürzlichen Schlachten.«

»Wo ist Cäcilia«, beharrte der Herold, »und wo dieser Taugenichts von einem Ritter?«

Jemand räusperte sich. Albrecht kratzte sich am Kopf, noch ein kleines Stück rutschte er gegen das Tuch, drückte es nach innen. Ganz leicht. Wieder säuselte die Stimme, diesmal länger und schneller, lauter wurde sie.

»Schluss.« Der Herzog donnerte das Wort in die Redesalve des Franzosen. »Sagt diesem Gustl von Montfort, er kann das Lager durchkämmen, er kann meinetwegen unter den Röcken von Annas Damen nachsehen. Finden wird er weder Cäcilia noch Georg. Und meinetwegen kann er zugeben, was wirklich war: dass er und sein König die beiden aus dem Weg geräumt haben. Er kann mir die sterblichen Reste der beiden schicken zusammen mit jenen von Konradin.«

Albrechts Augen weiteten sich. Er begann zu zittern. *Cäcilia.*

»Herzog …«

»Seid Ihr wohl still, wenn ich rede!« Etwas krachte im Zelt, schepperte auf den Boden. »Das kann er sich überlegen. Und überlegen sollte er gut, ehe ich ihm den Krieg ansage. Zwei Gefolgsleute sind unter der Flagge von Verhandlungen und Ehrerbietung an seinen Hof gereist. Nun sind sie …« Der Herzog hielt kurz inne. »… verschwunden. Oder rotten in einer Kiste neben Konradin vor sich hin. Oder im Meer. Wollen wir sehen, was der Papst dazu spricht. Habt Ihr nicht auch noch diesen Mönch am Hof, diesen Thomas? Wir sollten sehen, ob er diesen Krieg dann noch für *gerecht*[22] erklärt.«

Albrecht rollte sich zur Seite. Er krabbelte zurück, schüttelte den Kopf. *Nicht Cäcilia. Sie kanns nicht in einer Kiste sein. Tot.* Er blinzelte. *Nicht.* Rotz tropfte von seiner Nase, sein Mund schnappte Luft, sein Körper schüttelte sich, und er schlug die Arme wieder und wieder überkreuz. Tränen brannten auf seinen Wangen. *Tot. Cäcilia.* Er schluchzte. *Cäcilia. Nicht.* Seine Füße stolperten über ein Holz. Er fiel.

†

†KAPITEL 53 – MATHILDE

KERZEN

18. NOVEMBER 1268
HL. RÖM. REICH, HABSBURG

Eine Bö zupfte an den Wimpeln und Fahnen unten auf dem Weg vor dem Tor. Weit unter den Zinnen, weit unter Mathilde kroch ein Strom an Reitern und Karren in den Hof der Habsburg. Die Fußsoldaten blieben zurück. Sie begannen, Zelte am Fuß der Burg aufzuschlagen.

Mathilde schmiegte sich in den Fellmantel, ihre Nase vergrub sie im Pelz, wie die geröteten Hände. Hämmer klopften und Männer schrien, fluchten auf die Nachzügler, und der Wind trug das Gewirr zu den Zinnen. Gänsehaut krabbelte über ihren Körper, sie seufzte und drehte sich zur Tür, die in den Ostflügel führte, dann kehrte sie um. *Lieber begegne ich keinem. Anna nicht, und dem Herzog erst recht nicht. Ludwig.* Sie schloss ihre Augen für einen Moment – bis der Gedanke verging –, dann trottete sie die Stufen des Westerkers hinab und schlich durch die Gänge. Vor dem Eingang zur Burgkapelle hielt sie inne. *Wird Gott ein Gebet für Cäcilia annehmen? Oder ...* Sie rieb die Wange am Pelz. *Oder will sie diesen Gott gar nicht? Vielleicht ist er wie der Franzose, der Krieger dieser Kirche, dem sie in die Hände gefallen ist. Bete ich besser hier oder im Garten, unter dem Himmel, bei den Hollerbüschen?*

Die Schritte im Gang und die Stimme ihres Vaters ersparten Mathilde die Entscheidung. Sie schlüpfte durch die Pforte und in eine der Bänke im Schatten, hustete. Eine Fackel am Altar blakte und rußte. Mathilde kauerte sich in die Bank und lauschte. *Vater und der Herzog.* Mathilde kaute auf ihrer Unterlippe. *Ich will ihn nicht hier. Ich will Ludwig nicht wiedersehen. Was will er schon wieder? Er will mich nur durch meinen Vater an einen anderen Gemahl verschachern lassen, damit ich ihm nicht im Wege bin. Alle beide will ich nicht hier.*

Sie begutachtete die in Stein geschlagenen Figuren an den Seitenstreben der Kapelle. Die Heiligen der Kirche starrten mit ewig gleicher Kälte auf sie herab. *Zu welchem von Euch muss ich beten, um ein wenig Ruhe zu erhalten?Macht, dass sie weiterziehen – mein Vater und dieser verdammte Ludwig. Bitte. Amen.* Ihre Finger wischten das Kreuzzeichen auf Stirn, Lippen, Brust, sie wartete nicht auf eine Antwort und wandte den Blick ab von den Statuen, als folgte Unglück und die stummen Steine würden ihr verübeln, wenn sie zu lange auf sie starrte. Sie betrachtete das Kreuzgratgewölbe und entschied, es zu mögen. Die Bögen beugten sich ihrer Pflicht ohne zu murren. Auf ihren Stelzen trugen sie eine Unzahl an Steinen und stützten das Dach.

Die Türangeln seufzten, Mathilde richtete sich auf. Der Blick huschte zum Eingang, und ein Schwall Eiswasser schwappte durch ihre Adern. Ihr Vater lud Herzog Ludwig ein, ihm in die vorderen Bänke zu folgen. Sie nickte einen kurzen Gruß, klammerte ihren Blick an den Altar.

Ludwig näherte sich dem Holzgestell mit den Kerzen und entzündete einen schmalen Stab an einer der Flammen. Er steckte ihn in den Halter, seine Lippen bewegten sich. Zu ihrem Vater neben die Bankreihen kehrte er erst dann zurück. Die Fragen auf dessen Miene waren ihre.

»Für Konradin, für Luis.«

Ihre Augen wurden schmal. »Und Cäcilia?«

»Mathilde.« Ludwigs Blick schwenkte zwischen ihr und ihrem Vater. »Es ist nicht, wie du denkst.«

»Was wisst Ihr von meinen Gedanken?«, schnappte sie und verwünschte sich. Die Worte konnte sie nicht mehr zurückholen. Ludwig neigte den Kopf. »Wollt Ihr mich glauben machen, sie sei nicht tot?«

Sie schob ihren Kiefer vor. »Sie war zuletzt am Hof in Neapel. Keiner hat sie seither gesehen. Eine Frau wie sie. Wenn sie bei Euch keinen Schutz findet, hat sie Verbindungen zu vielen Höfen.« Sie senkte die Stimme. »Wir hätten Wort …« Mathilde bekreuzigte Stirn, Mund, Brust, neigte ihr Haupt und raffte die Röcke. »Wenn Cäcilia an einem der Höfe Zuflucht gesucht hätte, wäre die Nachricht zu uns gelangt.« Sie erhob sich. »Sie ist tot. Ihr müsst mich nicht belügen, als wäre ich ein dummes Kind.«

»Bleib.« Ihr Vater wies auf die Bank. »Du bist alt genug, Mathilde. Ich will, dass du lernst, was wir tun können, um Netze zu bilden oder Verbindungen zu zerschlagen. Wir müssen diejenigen schützen, die uns anvertraut sind. Das geht nur, wenn wir stark sind. Stärke bedeutet, Trauer zu überwinden – und Verlust.« Der Graf von Habsburg nickte Ludwig zu.

»Ottokar, also?« Der Bayernherzog nahm das Gespräch von zuvor wieder auf.

»Der König von Böhmen hat mit Wenzel den Vertrag geschlossen, bei Wenzels Tod erbt er.« Die Schatten gruben Gebirgstäler in die Mimik ihres Vaters und fuhr sich übers Gesicht. Er fasste Ludwig in seinen Blick.

»Seine Gebiete wuchern gen Westen. Er nähert sich den Grenzen Eurer Länder«, sagte Ludwig. Er hakte seine Daumen am Ledergürtel ein. »Ihr wart an meiner Seite für Konradin, ich werde an Eurer Seite stehen, wenn die Zeit kommt.«

Rudolf streckte ihm den Arm entgegen, und Ludwig und er schlossen den Pakt. »Ich werde Euch nicht vergessen, und Ehre werde ich mit Ehre vergelten.« Die Stimme tönte über die Bänke, die Häupter der Statuen bis an die Bogenfenster über dem Altar, überrollte Mathilde, gefolgt von Gänsehaut.

»Und Ihr sagt, Charles' Hunger sei nicht zu bändigen. Er giert nach dem Norden.« Rudolf schüttelte den Kopf. »Seit der Vernichtung Konradins muss dem Franzosen der Geifer aus dem Maul tropfen.«

Der Bayer brummte. »Der Papst hält weiter zu ihm seine Grausamkeit oder dieses ehrlose Vorgehen spielen keine Rolle.«

»Ein Hinterhalt in einem Krieg.« Ihr Vater schüttelte den Kopf. »Er hat die Werte der christlichen Ritterheere mit Füßen getreten. Mit Tücke kämpfen nur die Sarazenen und die Krieger des Morgenlands.«

»Die Ungläubigen?«, mischte Mathilde sich ein, räusperte sich. »Jene, die die Kirche als Ungläubige bezeichnet. Und die Kirche hat sein Vorgehen legitimiert durch die Schriften des Thomas von Aquin.«

Ludwig warf die Hände hoch. »Am Ende zählt Sieg oder Niederlage. Charles hat ein Hindernis aus seinem Weg geräumt.«

»Konradin«, murmelte Mathilde mit gesenktem Haupt.

»Habt Ihr Kunde von Eurer Schwester aus Tirol?« Rudolf von Habsburg musterte den Verbündeten. »Der Tod ihres Sohnes ist für Elisabeth ein schwerer Schlag.«

Ludwig antwortete kopfschüttelnd, er kaute auf seiner Unterlippe.

»Ihr solltet mit ihr sprechen.« Die Hand ihres Vaters verweilte auf der Schulter des Herzogs. »Der Franzose weiß, wie es um den Norden steht. Und falls er es nicht weiß, findet er es bald genug heraus: Die beiden Könige sind schwach, die Fürsten nutzen das für sich.« Die Finger drückten den Gewandstoff nach unten. »Nicht zuletzt Ihr, Wittelsbacher.«

Ein Lächeln spitzte auf Ludwigs Gesicht und erlosch sogleich. »Seine Taten gegen Konradin und dessen Getreue haben ihm viele nicht verziehen.«

Mathilde richtete sich auf. »Das Volk im Süden hat im Frühjahr aufbegehrt, als Konradin zunächst gegen Charles siegte.« Sie drehte die Hände gegeneinander, als quetschte sie eine Frucht. »Und wegen der hohen Steuern, die Charles' französische Beamte aus dem Süden pressen.«

Ludwig nickte. »Charles muss zuerst dort für Ruhe sorgen. Doch das wird ihn nicht lange aufhalten.« Die Hand des Herzogs kippte nach recht, nach links. »Er will mehr. Früher. Später.«

Rudolf legte den Kopf in den Nacken. »D'Anjou mit dem Rückenwind der Kirche aus dem Süden, der Böhmenkönig vom Osten, die Franzosen im Westen.« Er seufzte. »Wer stellt sich dem entgegen?«

»Solang' Papst Clemens hinter ihm steht …« Ludwig winkte ab. »Gott, die Kirche. Gegen diese Allmacht begehrt das Volk so schnell nicht auf.«

†

†KAPITEL 54 – GEORG

SPIELMANNSFLUCH

20. NOVEMBER 1268, HL. RÖM. REICH
HERZOGTUM BAYERN, VOR MÜNCHEN

Ein klang durch die Stube des Sentlinger Hofs, und Georg verfluchte jeden einzelnen Ton. An den Plätzen neben sich tippten die Mitreisenden ihre Holzlöffel im Takt an die leeren Suppenschalen. Kinderwangen drückten sich noch fester an die Sprossen des Treppengeländers zum Zwischenbodens. Die Kulleraugen der Kleinen glänzten, ihre Mündchen formten die Worte, und sie sangen mit.

Er ertrug das Bild nicht und schloss die Augen. In Georgs Kopf war nur Platz für sie. *Cäcilia.* Er sah ihr Gesicht, ihr Lachen, ihre Lust. Er erinnerte sich an ihre Angst und den Schrecken. Und ihre Verachtung bohrte sich in seine Mitte. Noch immer.

Wie an jedem der vergangenen fünf Abende verwünschte er die Spielleute, den Fiedler und den Lautenspieler, den ganzen Trupp und die Fröhlichkeit. Wie immer tanzten ihre Finger, ihre Bögen über die Seiten. *Wie können sie es wagen? Wie können sie so tun, als wäre alles wie immer.*

Er verfluchte sich selbst. *Sie hat mich gerettet. Weshalb konnte ich nicht dasselbe für sie tun?*

Aus dem Dreibein verdampfte über dem Feuer etwas Würziges und ließ seinen Magen knurren, mischte sich mit dem Rauch. Talglichter rußten und malten Schattenfratzen über die Gesichter. Die Gemahlin des Hofverwalters hatte mit den ersten Tönen der Lieder den Kessel mitsamt Inhalt, den Stapel Essschalen, die hungrigen Gäste vergessen. Sie verfolgte jede Drehung der Spielleute, ihre Lippen formten eine Strophe nach der anderen.

Georg glitt von seinem Platz zur Tür und hinaus in Richtung Abtritt. Das Licht aus den Fensterschlitzen und Türspalten des Gesindehauses flackerte mit ihm auf dem Weg. Vom Hauptgebäude des Sentlinger Hofs gegenüber und von allen anderen Gebäuden gähnten dunkle Fensterbögen in die Sternennacht. Dort hatten am Nachmittag der Herr und die Dame von Sentling die Reisenden empfangen und beurteilt, wie Weidevieh. Aus Fiedel und Laute, Drehleier und Schalmei, Flöte und der Kehle des Sängerpaares beflügelten die Musikanten die Gastfreundschaft. Die Sentlinger hatten von ihren Sitzen die Gnade einer Übernachtung im Pferdestall herabgelassen.

Mich, den schwarzen Fleck in dieser bunten Truppe, haben sie erkannt. Der Sentlinger hatte mit ihm vergangenes Jahr im selben Haufen gekämpft. Der Hofherr blickte von ihm zur Sängerin und zurück, grinste, strich sich durch die schmalzigen Haare. Er wusste gut genug, Georgs Ziel musste die Rückkehr zum Herzog sein. Er wusste mehr als gut genug, das Sentlinger Anwesen war kaum eine Stunde entfernt von Ludwigs Burg in München. Er stellte keine Fragen.

Der Hofverwalter hatte ihnen den Weg zum Nachtquartier gewiesen und die Gäste zum Abendbrot an seinen Tisch geholt. Die Wangen der apfelbäckigen Frau glühten, sie klatschte und lachte und sang vorbei am Takt der Musik und der Tonfolge. Ihr Gemahl stand ihr in nichts nach. Die Mäuseschar Kinder drängte sich aneinander und lauschte. Das Lichtflackern spiegelte sich in fünf Augenpaaren.

Georgs Magen knurrte lauter. Auf dem Rückweg zu seinem Platz streckte er sich nach dem Brot in der Mitte des Tisches. Der Laib war aus seiner Satteltasche, war von der letzten Station der Reise nach der Nacht in Neapel. Er riss ab davon, schob sich einen Teigklumpen in den Mund. Mit einem Zug schickte er einen Strom roten Traubensafts hinterher. Der Wein stieg ihm in den Kopf und schälte die Ereignisse der letzten Tage aus seinen Gedanken. Georg drückte die Finger gegen seine Schläfen.

Gestern waren die Händler noch bei ihrem Trupp gewesen. Die Händler drängte es zum Markt und zu den klimpernden Münzen in der nahen Stadt. Sie wollten keine weitere Rast, sie wollten durch das Südtor passieren, ihre Weinschläuche und Fässer gegen Silber und schimmernde Tuche aus Flandern tauschen.

Stoffe für Gewänder. Kleider, wie Cäcilia sie liebte. Er leerte den Becher erneut, schloss die Augen. Er sank hinab in die Bitterkeit der Erinnerung. Cäcilias Kleid war rot gewesen an dem Abend im Kastell. Rot, als sie das Zimmer betrat, rot, als sie den Raum mit ihm verließ. Ihr Messer an der Kehle des Königs von

Sizilien, das Messer aus der versteckten Tasche in ihrem Gewand richtete er gegen Guy de Montfort. Durch die Gänge der Burg waren sie geschlichen, den Waffenträgern ausgewichen. Ihr Blick genügte ihm. Er sah sie an, erahnte, was sie dachte, was sie plante. Sie folgte seinen Wegen, war mit ihm auf der Hut, sein Flüstern warnte sie vor Stolpersteinen. Niemand hielt sie auf, keiner entdeckte sie. Bis zum Stall gelangten sie mit ihren Geiseln, und dort hatte sie zum letzten Mal die Worte an ihn gerichtet.

Der Fiedler tanzte heran und stupste ihn. Mit Mühe presste Georg seine Faust auf den Tisch. Im Grinsen und Lachen zerstob die Erinnerung. »Verschwinde.« Georg schreckte auf vom Klang der eigenen Stimme. *Verflucht.* Den Giftblick sandte der Spielmann nur ihm, für das Hofverwaltersweib klappte ein Lächeln auf.

Hurenbock. Jedes Weib, glaubst du, ist dein, jede Nacht aufs Neue seit Pisa. Cäcilia hättest du ebenso angelächelt vom ersten Moment bei eurem Reisetrupp. Georg fuhr sich übers Gesicht. *Und sie hätte zurückgelächelt. Wenn Neapel nicht gewesen wäre. Ein Lächeln für dich, Schweigen für mich. Weshalb musste es so geschehen?* Er schluckte – seine Zunge war ein Klumpen Fleisch –, nahm einen tiefen Zug aus dem Schlauch, hustete. Sein Hunger war erloschen. *Sie hat mein Leben gerettet – und was bleibt? Was zählt es ohne sie? Kein letztes Wort, kein letztes Mal die Hitze der Haut, der Duft, ihr Lachen an meinem Ohr.*

Er nickte einen Abendgruß und trollte sich in den Stall. Stroh kratzte und stach in seine Haut und durch das Gewand. *Morgen.* Er drehte sich, und seine Knochen schmerzten nicht weniger. Wie sein Herz. *Morgen bin ich zurück in der Burg. Und sie wird nicht dort sein.*

Georg schreckte auf. Ein Halm stach in seine Haut, und wieder waren seine Gedanken bei ihr. Er presste seine Faust an die Brust. *Zu spät. Die Gelegenheit habe ich verschenkt; nichts gesagt, nichts getan, ihr zu zeigen, was sie ist für mich. In meinem Leben. Sie ist fort.* Er schloss die Augen und öffnete sie erneut, würgte. Er sprang auf und suchte in den Satteltaschen nach Papier, fand und presste das Pergament an seine Brust. *Einer hier wird Tinte und Feder haben. Vielleicht finden meine Worte auf Papier zu ihr – all jene, die ich nicht aussprechen kann.*

†

†KAPITEL 55 – THOMAS

WECHSELWIND

30. NOVEMBER 1268, ITALIEN
NEAPEL, UNIVERSITÄT

Die Tür knallte gegen die Wand der Schreibstube und der Novize auf den Boden. Das Tonkrüglein flog ihm aus der Hand, zerschellte. Tinte verspritzte Füße und Gewänder, befleckte das Schreibpult und verästelte sich über die Fliesen in die Ritzen. Selbst seine Tonsur färbte sich rot. Er rappelte sich auf, dem Gesicht fehlte jegliche Farbe. Er schnappte die zwei krumpeligen Rollen und rettete sie vor dem Tintenmeer.

»Pass doch auf!« Thomas fuhr ihn an, und die Kopfnuss brachte ihn erneut ins Schwanken. Der Bursche zitterte ihm eine der Rollen mit dem Siegel des Camerlengo entgegen. Der Aquinat schreckte auf. Er riss das Papier auf, seine Augen klebten noch an dem Burschen. »Direkt aus Rom?«

»Viterbo«, stammelte der Schreiber.

Thomas Augen weiteten sich, sein Herz schlug schneller.

Der Schreiber beeilte sich zu nicken. »Unmittelbar. Der Bote …, der Papst …«, stotterte er und sank in sich zusammen.

Die Tintenflüsschen auf dem Boden breiteten sich weiter aus und erreichten Thomas' Sandalen. Seine Augen folgten den schwarzen Linien auf dem Pergament bis zum Ende. Den Brief rollte er wieder auf, steckte ihn in seine Ärmeltasche. »Trug der Bote nur das Schreiben für die Universität?«

»Er sitzt …« Der Novize verschluckte sich an seinem Husten. Der Kopf erglühte, die Augen tränten ihm. »… sitzt noch in der Mensa.« Er zog seinen Kopf zwischen die Schultern. »Er ist die Nacht durchgeritten.«

Thomas räusperte sich. Seine Hand ruhte auf der Schulter des Jungen, der Blick erfasste die anderen beiden Schreiber. Sie hingen an jedem Zucken seiner Miene. »Legt die Federn nieder. Für eine Weile sind andere Dinge von Bedeutung. Versammelt Euch im Gebet in der Kapelle. Nehmt den Boten aus Rom mit Euch.«

Sie nickten.

»Aber …« Der Novize hob den Kopf.

Der Aquinat deutete auf die Pulte. »Teile die Kunde aus Rom mit deinen Brüdern. Der Heilige Vater hätte es so gewollt. Dann betet für die Seelen – besonders für seine Seele. Das Schreiben an den König eilt nicht. Auch noch in zwei Spannen oder in drei genügt es, wenn d'Anjou davon erfährt.« Er gebot ihnen, sich zu erheben. »Ich komme in Eure Mitte in einer Spanne.«

Die Fußstühle quietschten, Sohlen tappten aus der Stube. Thomas trat zum nächsten Pult, fuhr über seine Tonsur, zeichnete das Kreuz, stützte sich auf. »Gott sei uns gnädig.« Er musterte das Kreuz mit der gemarterten Christusskulptur. Noch einmal riss er das Schreiben aus seinem Ärmel und striff es glatt auf dem Tisch. Die Worte reihten sich aneinander wie zuvor.

Am 29. November des Jahres 1268 nach der Fleischwerdung des Herrn hat der Allmächtige in seiner Güte seinen Diener zu sich gerufen.

Auf den Tag ein Monat. Thomas schloss die Augen und stöhnte. *Den Triumph über seinen Erzfeind, den Hass, das Gefühl, gesiegt zu haben – dazu hatte es den Papst geführt. Tod, nichts als Tod. Das Leben Clemens IV. endet im Tod, einen Monat nach dem Tod Konradins.* Seine Mundwinkel zuckten, er schüttelte den Kopf. *Lachen, trauern, wundern? Gottvater, wie setzt du deine Scherze?* Das Pult gab nach und kippelte, er schnaubte und lachte auf.

»Genug Zeit, Charles zu rechtfertigen und zu bestätigen. Zu wenig, ihn an die Zügel zu nehmen.« Er schoppte das Schreiben wieder in den Ärmel zurück. Zweimal drehte er den Schlüssel, dann hastete er durch die Flure der Universität, blinzelte gegen das Sonnenlicht, das sich zu den Fensterauslassen hereinwagte. Im Kräutergärtchen sog er Luft in sich wie ein Wüstenwanderer Wasser.

Zwischen den Beeten furchten seine Schritte die Wege, er hielt inne, zerstarrte die Wolken am Himmelsdach. *Clemens' Tod wird …* Er schluckte. *Clemens' Tod wird seinen Gegnern erscheinen wie ein Urteil direkt aus Deinem Mund, oh Herr. Der Papst wollte ihren geliebten Konradin vernichten, den ersehnten Friedenskaiser, und nun reißt es ihn selbst ins Totenreich.* Seine Hand polierte die kahle Stelle seines Hauptes, die Kiesel knirschten unter seinem Schritt.

Am Brunnen im Gärtchen machte er halt. Unter das glitzernde kalte Nass schob er die Schale seiner Hände, trank, frischte sein Gesicht ab, fröstelte. Sie werden sagen, sein Tod bedeutet, sein Urteil war falsch. Und die Wahl seiner Verbündeten. Charles.

Thomas breitete die Arme aus, legte den Kopf zurück. »Herr, sag mir: Was soll ich tun? Ich will Deine Herrlichkeit erforschen und verbreiten, meinen Schülern die Wege zeigen, die Du in Deiner Weisheit schon Aristoteles offenbart hast. In Deiner Güte hast Du selbst die Heiden und Ungläubigen erleuchtet.« Er schloss die Augen und atmete Herbstluft.

»In diesen Hallen liegen die Zeugnisse – und vor den Toren lauert der Wolf, den kein Hirte mehr fernhält. Und er wird tun, was er kann, den Hirten zu schwächen – oder zu reißen, ehe er die Herde der Gläubigen erreicht.« Thomas breitete die Arme aus. »Charles hat keinen Papst mehr, der ihn unterstützt.« Er seufzte. »Und niemanden, der ihm Einhalt gebietet. Seine Gegner im Norden sammeln noch die Knochen vom Schlachtfeld und flicken ihre Wunden zusammen. Niemand tritt ihm entgegen.

Hilf uns, Herr! Sende einen Mann, der deine Kirche hüten und deine Kinder stärken kann.« Das Kreuzzeichen beschloss sein Gebet. »So sei es in Deiner Hand. Amen.«

†

†Kapitel 56 – **Charles d' Anjou**

Wellen

30. November 1268
Neapel, Castel dell'Ovo

Die Spitze der Klinge bohrte sich ins Herz. Aus der Mitte der Landkarte ragte sie aus der Stadt. Das zweite Messer spießte sich allgemeiner in die Kartenlandschaft nördlich der Alpen. Das Dritte drehte Charles knapp oberhalb der Stiefelspitze hinein. Abgerissene Papierzähne fransten aus über der dunklen Lücke.

Erst jetzt hob er den Kopf. »Mönch.« Er knurrte, stützte sich mit beiden Armen auf die Platte. *Das Beste an diesem verkopften Spinner ist die Schriftrolle in seiner Hand. Vermutlich.* Um den weißen Habit mit dem Gürteldamm hing sich die Dunkelheit des Ordensmantels. Die Schritte flossen wie zähe Milch, das Gesicht wie gestockte.

»Ihr bringt Kunde, Aquinat?« Charles schnaubte, wischte sich sein Lächeln aus dem Gesicht. »Oder habt Ihr eine neue Bestimmung gefunden in Eurem Leben? War Euch der Bücherstaub zu trocken?«

Die Mundwinkel Thomas' von Aquin glitten noch tiefer.

»Oder fordert Ihr mehr Mittel für Eure Studierstuben?« Charles winkte ab. »Federn und Papier müssen warten, wenn Schwerter geschmiedet werden.«

Der Mönch baute sich am Ende des Kartentisches auf, dort wo das Land im Norden endete. Alle Farbe presste er aus seinen Lippen.

Was in seinen Augen stand, wusste Charles nicht zu lesen. »Wo ist Eure übliche Verachtung für mich und der Hass?«, spottete er, verengte die Augen.

Der Aquinat neigte das Haupt, zeichnete sein albernes Kreuz und platzierte die Rolle in Höhe von Rom. Charles stutzte.

Die Erhabenheit des Siegels brach unter Charles' Fingern, die Worte auf dem Papier saugten sich in sein Denken, er spuckte Lachen aus. Und er hielt inne im nächsten Augenblick. Das

Schreiben fiel auf die Karte. »Er ist also tot.«

»Der Herr gebe ihm die Ewige Ruhe und lasse Sein Licht leuchten über ihm.«

»Spart Euch diesen immergleichen Sermon«, schnauzte er, »für den Besuch an den Gräbern. Hier …« Seine Geste schloss den Raum ein und das gesamte Kastell, »… wird geplant. Eure Floskeln leert woanders aus, und Eure Lehren treffen nicht auf dieselben offenen Ohren wie diese.« Sein Zeigefinger tockte auf das Schreiben.

»Das gilt für Eure Worte ebenso.« Der Mönch richtete sich auf und krallte sich in seinen Blick. »Und für Euer Handeln. Und für alle Verbindungen nach Rom.«

Das Schaudern fraß sich von dem Punkt kurz hinter Charles' Ohr über Hals und Schultern bis in die Hände. Er kreuzte die Arme vor der Brust, legte den Kopf schief, lehnte sich zurück. Seine Augen ruhten auf dem anderen.

»Clemens hat Euren Wahnsinn unterstützt.« Thomas von Aquin stemmte die Hände in die Seite. »Eure Grausamkeit zu legitimieren, spielte er, was er musste. Er hatte ein Ziel.« Der Mönch wartete.

Charles trat an den Tisch, bis sich die Platte in seine Oberschenkel drückte.

»Konradin von Hohenstaufen ist vernichtet. Das Haus der Staufer ausgelöscht.«

»Konstantinopel und Byz …«

»… spielen keine Rolle mehr nach seinem Tod. Wer hält weiter seinen Mantel über Euch? Was glaubt Ihr?«

Verdammt. Charles' Blick fiel auf die Karte, die Messer, die Brust des Mönchs. Die Fingernägel gruben sich in seine Faust.

Thomas von Aquin klopfte auf den Tisch. »Eure Hoheit, ich empfehle mich. Die traurige Kunde habt Ihr erhalten. Ich lade Euch ein zum Gebet. Die Pforten stehen Euch jederzeit offen.« Er schwenkte herum. Der schwarze Mantel warf Wellen bei jedem Schritt.

D'Anjou bis sich auf die Lippen. *Brenn im Höllenfeuer, verdrehter Pfaffenhund.* »Wartet, Thomas.« Er versucht noch nicht einmal, seine Abneigung zu verbergen. *Drecksbrut.* »Thomas, Ihr und ich – wir sind nicht einer Ansicht.«

»Nie. Jetzt nicht, nicht in Zukunft.«

»Ihr wisst, aus welchem Säckel die Münzen rollen für die Universität.«

»Droht Ihr?«

Charles verdrehte die Augen. Wieder stützte er sich auf den Tisch und hob den Kopf. »Ich stelle fest. Ich stelle auch fest, mein Kriegsheer kann der Kirche jederzeit zu Diensten sein. Und das Königshaus in Frankreich steht fest an meiner Seite. Der nächste …« Er fuhr über seinen Mund und musterte sein Gegenüber weiter, »… jeder Papst hat für das Wort des Herrn ein starkes Schwert mithilfe meines Blutes.«

»Und der Preis dafür?« Thomas schüttelte den Kopf. »Wollt Ihr über die Wahl bestimmen?«

Eine Bö stieß zum Fenster herein und fegte das Blatt vom Tisch, knapp entglitt es Charles' Hand und landete auf dem Boden. Sein Blick schweifte von den Fußspitzen des Mönchs zum Scheitel. »Stellt Euch all das Wissen vor, Thomas. All die Bibliotheken, zu denen Ihr freien Zugang hättet, wenn mein Schwert den Weg der Kirche freikämpft. Neapel, natürlich, und auch all die anderen.«

Der Aquinat blinzelte, runzelte die Stirn, dann verklärte sich seine Miene. Er lugte aus dem Fenster auf das endlos rollende Meer, schwieg.

Was macht er? Charles verlagerte sein Gewicht von einem Bein aufs andere, schob seinen Schwertgürtel zurecht. Das Gesicht des Gelehrten überliefen Wellen wie die Gezeiten die Ufer. »Mönch?«

Thomas zuckte, kehrte zurück aus seinem Tagtraum, er nickte. »Mit dem Wissen der Vergangenheit lernen wir, uns für die Zukunft zu rüsten.« Er räusperte sich und richtete sich auf. »Ich werde meinen Brüdern in Rom Eure Kunde bringen.«

Was immer Ihr wollt. »Die Welt des Wissens und des Glaubens ist Eure, Thomas. Teilt den Kardinälen mit, ich kämpfe mit Feuer und Eisen für die Christenheit. Wer immer bereit ist, mein Schwert anzunehmen.«

†

†KAPITEL 57 – ALBRECHT

STROH UND DRECK

ANFANG DEZEMBER 1268
HL. RÖM. REICH, HERZOGTUM BAYERN, MÜNCHEN

Der Mauergürtel fasste den Umfang der wachsenden Stadt schon lange nicht mehr. Die Häuser ließen kaum mehr eine Ahnung an das Mauerband Münchens. Nur in der Nähe der Burg des Herzogs klammerten sich die Hütten an die Stadtmauer. Wärme oder Schutz fanden die Behausungen in diesem Regenwinter dennoch sowenig wie Albrecht beim Gesindezug. Der Diener drängte sich zwischen die anderen und mit ihnen und mit Händlern und Bauern und Reisenden vom Nordtor weiter zur Burg.

Der Hofstaat samt Herzog, Herzogin war dem Gefolge weit vorausgeritten.

Nicht Cäcilia. Er lugte über die Schulter. *Nirgends nicht ihr rotes Haar*. Dunkle Planen schirmten die Blicke auf die Sitz- und Ladefläche des Ochsenkarrens ab. Albrecht ballte die Hände, er humpelte auf den Wagen mit Cäcilias Hab und Gut zu. Er spürte noch die Splitter der Holzkiste, dieser eine Spreißel juckte und brannte in seinem Finger. Die Stelle rundum glühte dunkelrot.

Der Wagen rumpelte zum Tor herein, und der Wicht von einem Stallmeister zog Albrecht davon weg. »Der Einfluss der roten Herrin hat dich zu der Arbeit in den Ställen gebracht, und dort wirst du deine Arbeit verrichten. Nicht anderswo. Bilde dir ja nichts ein, Krüppel.« Er kratzte sich unentwegt unter seiner Gugel und schwenkte seine Baumstammarmen in Richtung des Gefährts. »Dafür finden sich andere. Die Kisten mit den Gewändern und dem Schmuck werden deine dreckige Gestalt nicht sehen.« Er schubste ihn. »Ab!«

Albrecht deutete auf den Burgstock, den Ort, wo die Küche lag, auf seinen Bauch. Im nächsten Moment kämpfte er um sein Gleichgewicht und rieb sich die Schulter.

»Gegessen wird später, die Arbeit kommt zuerst.«

Er fiel. Seine Hände tauchten in den Dreck und Schlamm und

die Kälte. Albrecht hob den Kopf und starrte zu seiner Seite auf Stiefelschäfte.

»Pass doch …« Die Stimme erstarb.

Der Stumme rappelte sich auf und erkannte sein Gegenüber. Der Mann unterschied sich kaum von einem Toten. Düsternis und Trauer umschatteten die Augen, über den Konturenkanten spannte die Haut. Er blickte auf den Planenwagen und der letzte Rest Farbe wich aus seinen Wangen. Der Ritter kehrte auf dem Absatz um und verschwand im Burgstock.

Cäcilias Ritter. Er läufts davon. Seine Augen wurden schmal und Wut zappelte in seinem Bauch. *Er war zuletzt mit ihrs.* Mit einem Tritt brachte sich der Stallmeister wieder in Erinnerung. Albrecht rappelte sich auf und rieb sein Hinterteil.

»Los jetzt!«, bellte der Kerl.

Auf seinem Weg erhaschte Albrechts Blick den Karren, die Kiste. Vier Knechte hievten den Holzkasten zum Lorenzistock, kippten ihn leicht und manövrierten ihn durch die Pforte, und die Tür schloss. Ein Kloß schnürte seinen Hals enger.

Das Stroh stob hoch und kitzelte ihn in der Nase. Ein Luftzug frischte den Schweiß auf seiner Haut und schickte ihm ein Frösteln. Er hörte die Schritte und wollte nicht wissen, wer sich näherte, stehen blieb an jedem Verschlag, Türen öffnete und wieder verriegelte.

»Wo bist du?«

Albrechts Hände krampften sich um die Heugabel. Die Zinken tauchten ins Gold der Ähren, stippten auf und verteilten an den Trögen – Welle um Welle. Still. Er beugte sich tiefer unter die Linie der Pferderücken.

Georg blieb in Sichtweite stehen. »Knecht.« Etwas raschelte in seinen Händen, er räusperte sich. Er stand da.

Gehs weg. Albrecht gabelte Heu vom Haufen in den Trog, watschelte weiter, füllte den nächsten, trottete voran, näherte sich dem Ende der Reihe. Bevor er den Kopf drehte, wusste er, was er sehen würde. Der Stiel der Heugabel schepperte auf dem Boden. Albrecht schob die Hemdsärmel hoch über die nassen Unterarme. Grimm in der Miene, das Kiefer vorgeschoben stampfte er auf den Rittersmann zu. Nicht eine Armlänge passte mehr zwischen beide.

Georg neigte den Kopf, sah ihn an und sah herab an ihm. Die Nähte und Flicken auf dem Stoff verrieten, wo einst Löcher gewesen waren. Sein heutiger Tag hatte am Oberhemd nichts hinterlassen als Schweiß, die Hose starrte vor Dreck. Er fasste nach dem Stoff und schüttelte den Kopf.

Warums zuckt sein Mund. Albrecht grunzte und riss sich los. Er kniff die Augen zusammen und hob die Fäuste.

Der Ritter hielt ihm die offene Handfläche entgegen. Mit der zweiten Hand umklammerte er eine Papierrolle. Er seufzte und zeichnete die geflickten Stellen in der Luft nach. »Ich weiß, sie achtet auf dich. Warum auch immer – nach allem, was auf deinem Kerbholz steht. Was du trägst, ist ordentlich ausgebessert, der Stoff ist nicht der gleiche, der den anderen Stallknechten die Haut aufscheuert.«

Albrecht legte den Kopf schief, seine Arme sanken. »Hmmnn«, knurrte er. Sein Kinn ruckte in Richtung der Rolle, Georg streckte sie ihm hin.

»Geh zu ihr. Gib ihr meine Zeilen.« Er zog etwas aus der Innentasche seines Surcots. »Dich wird sie zu sich an die Tür lassen. Ich …« Sein Satz brach.

Albrecht zuckte mit den Schultern und streckte das Kinn noch ein wenig vor. *Sags, was es is. Und gehs doch selbst. Ich bin Cäcilias und in ihrem Dienst. Dein Laufbursche bin ichs nicht.* Er wagte, ein Nein anzudeuten. *Cäcilia.*

Er straffte sich. Der Ritter überragte ihn bestimmt um eine Hauptlänge. »Es ist wichtig für Cäcilia. Für ihre Zukunft.« Der Blick bohrte sich in Albrechts Augen. »Du willst eine gute Zukunft für Cäcilia und für dich.« Georg hob und senkte den Kopf, bis er in das Nicken einstimmte. Dann streckte er ihm das Schreiben entgegen und eine Münze damit. »Bring ihn zu ihr.«

Albrecht nahm und nickte erneut, dann runzelte er die Stirn. »Hmmmnn«, schob er den Laut wieder zu seinem Gegenüber.

»Sie wird wissen, wo sie mich findet. Wenn sie will.«

Die Angeln der Stalltür quietschten, das Schnauben der Pferde verrieten ihm: Er war allein. Albrecht besah sich die Rolle. Er quetschte das Papier zusammen. Auf die Münze biss er. *Essen. Und Wein. In der Taferna.* Sein Mund verzog sich zu einem Grinsen. Wein. Das Schreiben in seiner Hand knautschte er auf die Hälfte, steckte es in den Hosenbund. *Zuerst die Arbeits. Der*

Stallmeister wirds prüfen. Und dann ... Er tätschelte das Pergament. *Cäcilia.*

Auf der Tenne war er der Erste heute, die übrigen verrichteten noch ihr Tagwerk. Albrecht schnappte sein Bündel Habseligkeiten und fischte nach einem Gewand mit weniger Dreckklumpen. Die Rolle stopfte er ins Sackerl. *Wirst schon sehen, Rittersmann. Wirst sehen, wems Cäcilia gehört und seine Zukunft. Nicht dir.*

†

†Kapitel 58 – Ludwig

Sonnwendwinter

12. Dezember 1268, München

Sie pustete den Stab aus und steckte die Kerze auf. An ihr entzündete sie Weitere. Der Kerzenschein fiel und flackerte auf Elisabeths schwarzem Gewand. Licht erhellte mehr und mehr den Raum. Ludwig konnte nicht anders als zu lächeln. Als Kind schon hatte seine Schwester diesen Tag geliebt. Der Tag wand die Nacht um. Wintersonnwende. Ab jetzt wuchs das Licht. Der Tag schenkte Freude und den Kindern Geschenke. Die Sonne wurde neu geboren wurde. Luciatag, so nannte die Kirche ihn nach einer ihrer Heiligen.

Er dachte daran, wie die Kirche die Geschichte der Lucia erzählt. Lucia war, als es geschah, so jung gewesen wie das Christentum, zu dem sie sich bekannte. Sie wies ihren Bräutigam zurück und verschenkte ihre Mitgift für ein Leben im Geiste. Man übergoss sie mit heißem Öl, stach ihr die Augen aus, doch erst ein Dolchstoß in die Kehle tötete sie. Sie ließ sich nicht abbringen von ihrem Entschluss für den Glauben. Und die Kirche ehrte das Opfer ihres Lebens und ihre Stärke an diesem Tag. Ihn schauderte. *Vielleicht war der Bräutigam nichts als zornig über die verlorene Mitgift und das Mädchen nichts als stur.* Der Gedanke an das wiederkehrende Licht gefiel ihm besser. Er seufzte und dachte zurück an Terracina.

Elisabeth drehte sich zu ihm. Fünf Schritte brachten ihn zu ihr. Ludwig streckte seinen Arm nach seiner Schwester und zauderte. Furchen gruben sich von ihren Mundwinkeln zum Kinn, Schatten um ihre Augen, Falten fächerten von den Winkeln über die Wangen. Wenige braune Strähnen musterten das graue Flechtwerk ihres Haars. Ihre Wangen glänzten von Tränenspuren. Die Mutter Konradins blinzelte müde und fasste sich an die Brust, ans Herz. Die Kette um ihren Hals trug als Anhänger kein Kreuz. Das Symbol daran erkannte er nicht. Ihre Lider flackerten, und sie neigte das Haupt, wandte sich den Kerzen wieder zu.

Er entschied sich, und seine Arme umfassten ihre Zerbrechlichkeit. Sie legte den Kopf an seine Schulter. »Trotz allem …«

Sie löste sich. »Trotz allem bin ich deiner Einladung gefolgt, Bruder.« Ihre Stimme erinnerte ihn an Rabenflügel, die durch die Luft auf die Erde glitten, tief, von roher Eleganz.

Ludwig sog Atem in seine Brust. »Kein leichter Weg. Weder in diesen Zeiten, noch zu dieser Jahreszeit.«

»Ludwig.« Seine ältere Schwester mahnte ihn mit einem Wort, straffte die Schultern.

Er nickte, sein Kinn schob sich vor. »Du hast mir deinen Sohn anvertraut, und ich konnte ihn nicht schützen. Ich war zu spät.«

»Konradin war mein …«

»… Erstgeborener und der einzige Sohn Konrads, die Hoffnung auf Frieden in diesem Reich und Schutz vor der Gier der Franzosen und Böhmen und der Kirche.«

Elisabeths Augen wurden schmal. »Und dein Schlüssel zur Macht.« Sie schnaubte. »Denkst du, ich weiß das nicht?«

»Und doch hast du ihn an meinen Hof gegeben, kaum dass er laufen konnte.«

»Er ist tot.«

»Wer ist tot?« Das Türblatt donnerte gegen die Wand. Heinrich stiefelte zu ihnen, er stopfte sein Obergewand in den Ledergürtel, schob die Ärmel hoch und richtete das Wams aus graubraunem Fell gerade. Ein Strahlen irrlichterte auf seinem Wieselgesicht. Elisabeths Augenbrauen wanderten hoch, ihr Kinn klappte hinab, die Wangen brannten. Der jüngste Bruder räusperte sich. Ihm gelang eine Verbeugung. »Verzeih, Schwester. Meine Seele trauert mit dir um deinen Sohn. Gott sei seiner Seele gnädig.« Mit seinem Kinn warf er Ludwig einen Gruß zu. »Sofern er sie findet.«

Elisabeths sog Luft zwischen die Zähne, ihre Augen schossen Pfeile gegen den jüngsten Bruder. Ludwig berührte ihre Schulter und schüttelte den Kopf. »Herrgottnocheins, Heinrich.« Er ballte die Faust. »Was muss es sein? Sag mir eine Zahl. Fünf, acht, zehn? Wie oft willst du uns mit deinen Worten treffen und verspotten? Du warst Konradins Oheim, wie ich es war. Und nun verspottest du uns damit, dass dieser verirrte Papst den Kirchenbann über Konradin verhängt hat und dem Volk einredet, seine Seele findet nicht in den Himmel zu Gott?« Sein Blick schweifte zu Elisabeth. »Ist das dein Ernst – oder ist es dir einfach gleichgültig?«

Die Züge der Ältesten glätteten sich. »Der Tod.« Sie knallte Heinrich die Hand ins Gesicht. Und als wäre nichts, rollte sie die Schultern und lehnte sich vor. »Konradins Exkommunikation war ein Haufen Worte in den Wind geblasen. Am Ende ist der Papst genauso tot wie mein Sohn.« Elisabeth griff nach einer der Kerzen und hielt sie in die Mitte. »Die Kirche erzählt den Leuten, was sie glauben sollen. Das Lichtfest nennt sie den Tag der heiligen Lucia. Sie verdreht die Geschichten und Gebräuche, die seit Jahrhunderten und länger erzählt und gelebt werden. Und sie erzählt den Bauern vom Paradies. Nach den irdischen Qualen wartet der Himmel, und die Seele ist verloren für den, der sich abwendet von der Kirche.« Sie schnaubte. »Ein Himmel nach dem Tod.« Sie schüttelte den Kopf und verdrehte die Augen. »Was für ein schönes Märchen.« Elisabeth räusperte sich und stellte die Kerze weg. »Einen Monat auf den Tag nach Konradins Tod hat der Schnitter den Papst gemäht. Zufall? Ein Zeichen Gottes? Ein Zeichen der alten Götter?«

Heinrich trat von einem Bein auf das andere. »Elis«, seufzte er, zuckte mit den Schultern. »Elisabeth, dein Sohn wird nicht lebendig, die Kirche wird sich nicht entschuldigen. Ich kann dir Honig ums Maul schmieren. Am Ende …« Heinrich musterte ihn, musterte die Schwester.

»… ist jeder tot.« Ludwig verbreiterte den Stand, beugte sich vor.

»Mei.« Heinrich warf seine Gesten in die Luft. Sein Blick floh über die Wappen an der Wand, er legte Elisabeth eine Hand auf den Arm, deutete auf Ludwig. »Unser Bruder hier hatte nach dem Tod deines Gemahls die besten Aussichten auf die Krone. Und fiel. Nicht wahr, Ludwig.« Seine Finger zeichneten eine Linie quer über den Hals. »Der Tod deiner ersten Frau hat dir letztlich jegliche Aussichten darauf geraubt.«

»Er hat genug gebüßt, Heinrich.« Elisabeth schob die Hand ihres Bruders davon. »Ludwig hat das Kloster gestiftet und ehrt Marias Andenken. Und er ist der, der dir immer wieder die Hand entgegenstreckt. Erinnere dich: Gegen Ottokar ist er dir damals in Mühldorf zur Hilfe geeilt. Du konntest Landshut wieder sichern und somit dein Niederbayern.«

»Das war vor der Ewigkeit von zehn Jahren, Elisabeth. Hast du in Tirol in deinen Bergen die Jahre verschlafen, oder warst du in den kalten Wintern dort im Eis mit den alten Göttersagen festgefroren?«

Die Tür öffnete sich erneut. Eine Magd huschte herein mit zwei Krügen und einem Laib Brot. Heinrichs Blick erfasste jede der Bewegungen, und als sie den Raum verließ erneut. Er leckte sich die Lippen, die Tür schloss sich hinter ihr. »Danach stellte er sich gegen mich, und ich habe Passau verloren und Salzburg«, blaffte der jüngste Herzog des Hauses Wittelsbach.

Ludwig kreuzte die Arme vor der Brust. »Auch das liegt Urzeiten zurück. Dein Vorgehen damals war Unrecht.«

»Das mag sein, doch es war der Besitz unserer Familie. Sollten wir nicht als ein Haus unseren Besitz verteidigen und mehren? Ist dir wirklich so wenig gelegen an unseren Banden, Ludwig?« Heinrich senkte sein Wieselgesicht.

Der Herzog zog die Augenbrauen hoch, er musterte den Bruder von den Zehen zum Scheitel. »Ich erinnere mich nicht, dich an der Seite meines Heers in Italien gesehen zu haben.«

»Konradins Heer.« Elisabeths Augen funkelten. »Schluss jetzt. Ihr seid Brüder, wir sind eine Familie. Der Tod meines geliebten Sohnes hat uns zusammengeführt. Eure Eitelkeiten haben genug Leid über uns gebracht. Ludwig, du hast uns versammelt. Charles enthält uns Konradins Leichnam vor. Die Zukunft, auf die wir blicken, ist dunkel.«

Eine der Kerzen erlosch, Heinrich grinste. »Wie dem auch sei. Der Papst ist auch tot, Italiens Süden ist in der Hand eines Franzosen, und dieser dürstet nach Macht und Blut und …«

Elisabeth starrte ihn an mit offenem Mund.

»Und er schielt nach Norden«, beendete Ludwig den Satz.

»Konradins Tod bedeutet Euch nichts, und sein Leib in Händen dieses Tyrannen?«

»Elisabeth.« Ludwig räusperte sich, senkte die Stimme und zeichnete das Kreuz auf die vorgeschriebenen Stellen. »Ich habe Konradin aufwachsen sehen. Er war ein Sohn für mich. Diesem tollwütigen Franzosen können wir nicht zur Herausgabe bringen, wenn wir höflich fragen. Und wenn wir unhöflich fragen, liefern wir ihm einen Vorwand, einen Krieg mit dem Norden zu beginnen.«

Sie lehnte seine Gedanken ab. »Das ist doch lächerlich, Ludwig. In unserem Reich stehen ihm zwei Könige gegenüber. Er wird sich nicht mit beiden anlegen.«

Heinrichs Wieselaugen huschten zwischen der Schwester und ihm hin und her. »Das glaubst du, Elisabeth? Er weiß genau, im Heiligen Römischen Reich streiten sich zwei Könige um das Vorrecht der Herrschaft seit nunmehr zwölf Jahren.« Er sah sich um und entdeckte den Kamin. Ludwig und Elisabeth tauschten Blicke, Heinrich kramte in dem gestapelten Holz. Mit einem Arm voll Ästen kam er zurück. Sie rollten und klapperten auf dem Tisch. Heinrich schob die Äste zusammen, löste seinen Gürtel und band ihn darum. Die Rolle, dick wie ein Unterarme, reichte er Ludwig. »Zerbrich sie«, forderte er ihn auf.

Ludwig runzelte die Stirn. »Was sind das für Kindereien?«

»Zerbrich sie«, wiederholte der Jüngste. »Die meisten der Äste sind kaum dicker als ein Finger. Das schaffst du doch, oder?«

Der Herzog schüttelte den Kopf, Elisabeth zuckte die Schultern. »Was auch immer du vorhast, Heinrich. Ich verstehe es nicht.« Sie wandte sich ihm zu. »Tu ihm den Gefallen, Ludwig. Es schadet ja nicht.«

Er seufzte und packte das Gebinde. Ludwig drückt und beugte den Stoß. Er legte ihn über sein Knie, die Muskelstränge an seinem Hals spannten sich, die Stöcke rieben aneinander, knarzten, bogen sich. Mehr nicht. Seine Hände fassten den Stoß anders, er versuchte erneut. Sein Kopf glühte. Nichts geschah. Heinrich stemmte die Hände in die Hüften und legte den Kopf schief. Er grinste. Dann nahm er die Rolle an sich. Heinrich hob das Bündel ein wenig hoch. »Das ist unser Reich, das ganze, mit allen Fürstentümern und Grafschaften.« Aus dem Gebinde zog er den ersten Stock und legte ihn auf den Tisch, den nächsten platzierte er mit etwas Abstand davon. Er verteilte die Stäbe auf zwei Hälften. »Alfons von Kastilien.« Er deutete auf die eine Seite der Stäbe, dann auf die andere. »Richard von Cornwall.«

Ludwig nickte, wie Elisabeth. Beide hingen an seiner Vorführung, auf dem Gesicht seiner Schwester las Ludwig dieselben Fragen, die ihn die Vorstellung Heinrichs in den Kopf pflanzte. Heinrich fasste einen der Stäbe mit beiden Händen. Nur ein wenig änderte er den Winkel seiner Arme. Der Stock knirschte und krachte und brach. Die Stücke fielen zu Boden.

Ludwigs Augen weiteten sich, er sog Luft ein. Elisabeth packte den Gürtel des Bruders und gab ihn zurück. »Und das sollte der eine Herrscher sein?«

»Charles ist nicht dumm«, sagte Heinrich und wischte mit seinem Unterarm über den Tisch. Die Äste klapperten zu Boden. »Und er ist nicht der Einzige, der hierher blickt.«

»Ottokar von Böhmen.«

Heinrich nickte. »Charles und Ottokar strecken ihre Hände nach diesen Ländereien aus. Dennoch: ohne weiteres kann keiner der beiden losschlagen. Sie brauchen einen Grund, oder Unterstützung. Und der Papst hat auch noch ein Wort mitzureden.«

»Sobald ein neuer Papst gefunden ist«, ergänzte Elisabeth.

»Weder vor dem Böhmen noch vor dem Franzosen werde ich knien.«Ludwig musterte seinen Bruder.

Heinrich zuckte die Schultern, schubste einen der Stöcke. Der Stab kullerte über den Boden. »Nur ein Fürst, der stark genug ist, kann uns vor den beiden bewahren. Ihm muss gelingen, die übrigen Fürsten zu vereinen und die Böhmen und den Franzosen abzuwehren.« Sein Blick verknotete sich in Ludwigs. »Noch ist keiner hervorgetreten aus der Masse der Fürsten und Herzöge, der dies vermag. Noch ist kein Name genannt, der die anderen Mächtigen hinter sich bringen kann.«

»Einer muss den Mut finden und hervortreten. Er muss voranschreiten und uns in eine bessere Zukunft führen«, murmelte Elisabeth. »Wie Konradin es getan hätte.«

Nach einer Weile nahm Ludwig Elisabeths Hände in die seinen. »Erst dann wird Ruhe herrschen. Erst dann wird Charles der Herausgabe der sterblichen Hülle deines Sohnes zustimmen. Erst dann wird Konradin Ruhe finden – und das Reich ebenso.« Er senkte die Stimme. »Wir werden sehen, was geschieht. Einer muss vortreten, und er wird sich bald zeigen.«

†

EPILOG

12. DEZEMBER 1268
MÜNCHEN

»Was tust du hier?«

Cäcilia hob den Kopf. Ihre Fackel steckte auf der anderen Seite der Linde im Schnee, verstreute ihr Licht in die Nacht. Unter dem dunklen Umhang der Alten lugte ein weißes Kleid hervor, so weiß wie das Haar, so weiß wie der Schnee. Der Flackerschein wandelte Weiß zu Gold. Selbst die kahlen Zweige der Sträucher im Burggarten schimmerten.

»Fr …« Sie räusperte. »Hulde«, korrigierte sie. »So nennt man Euch doch auch.« Sie erhob sich und lehnte sich an den Lindenstamm. Der Winterwind sandte eine Böe, schaukelte die Äste. Wo die Tränen Spuren hinterlassen hatten auf ihren Wangen, brannte die Haut. Sie schluckte und stellte sich dem Blick.

Die Ältere schritt näher. »Cäcilia, es sind Namen. Laute, die man aneinanderreiht.«

»Namen haben Macht.« Cäcilias Blick schweifte zum Himmelszelt und zurück. »Ist es nicht so?«

»Namen haben Macht. Unser Wille und unsere Herzen auch.« Hulde nickte. »Und unsere Gedanken besitzen viel mehr Macht, als wir glauben.« Sie tippte sich an die Schläfe. »In unseren Taten wohnt Mut und Macht. Wenn wir dies wählen.« Sie stützte sich auf ihren Stab. »Was tust du hier, Cäcilia?«

»Ich …« Sie schüttelte den Kopf. »Nichts. Ich wollte die Ruhe für mich – keine Worte, kein Gelächter, das stört. Ich wollte die kalte Winterluft mit niemandem teilen.«

»Weil keiner da ist, der sie mit dir teilt, glaubst du?« Die Ältere stand neben ihr.

»Weshalb seid Ihr hier?« Cäcilia seufzte. »Ihr taucht auf aus dem Nichts und ebenso verschwindet Ihr wieder. Wenn ich Euch suche, finde ich Euch nicht.«

»Du musst mich nicht suchen, Cäcilia. Alles, was du brauchst, und was du wissen musst, ist in dir.«

»Hört auf!« Sie drückte sich weg von der Linde und aus dem Fackelschein. »Frau, was wisst Ihr davon?«

»Du musst nicht alleine nach Marburg reisen.«

Cäcilia schrak zusammen, und ihre Hände fuhren hoch und zurück vor ihre Mitte. »Woher wisst Ihr …« Sie hielt in der Bewegung inne und verengte die Augen. »Sophie wird mich in ihrer Burg aufnehmen, wo ich sie vor all den Jahren verlassen habe.« Sie nickte. »Natürlich reise ich nicht alleine. Ich breche morgen auf mit einem Trupp Reisender und Waffenträgern, die Ludwig zu meinem Schutz stellt, und zwei Rittern. Und Albrecht.« Ihre Stimme verlor sich, ihr Blick glitt in die Tiefen der Dunkelheit.

»Das meinte ich nicht. Das weißt du.«

Cäcilia wandte ihr Gesicht ab, über ihre Mundwinkel, ihre Miene rollten Wellen, und nichts konnte sie dagegen tun.

»Dein Ritter ist nicht dabei.«

»Wir waren gemeinsam auf dem Rückweg.« Die Erinnerung stach wie eine Messerklinge in ihr Herz.

»Aus Neapel.« Huldes Blick bohrte sich in ihre Augen. »Er hat dich beschützt.«

»Wir waren im Schutz und Geleit anderer Reisender auf dem Weg in den Norden; Kaufleute, Pilger, Weinhändler.«

»Eine Frau reist nicht einfach allein in dieser Zeit. Er war dein Ritter.«

»Ein Ritter ohne Worte, ohne Gesten. Vor den Toren Münchens habe ich ihn zurückgelassen. Und er ist einfach zurückgeblieben. Ohne Protest.« Der Schmerz raubt ihr den Atem. »Was geschehen ist …« Sie schüttelte den Kopf und biss sich auf die Unterlippe. »Weshalb hat er die Grenze zwischen uns nicht niedergerissen?« Ihre Hände ballte sie fest an die Seite. Sie wollte nicht noch mehr preisgeben.

»Charles hat in dieser Nacht in Neapel Eure Seelen geschunden. Hast du gewagt zu überwinden, was zwischen euch steht? Du fandest ebenso nur Schweigen für ihn.« Hulde hob die Fackel. »Die Wunde ist unsichtbar, sie reicht tief, kein Verband, kein Kräutlein hilft dagegen. Nur die Zeit.« Sie legte Cäcilia die Hand aufs Herz und kümmerte sich nicht um das Schaudern. »Vertrau deinem Herzen, Tochter. Eure Wege sind füreinander bestimmt. Später, nicht jetzt. Noch nicht. Es gibt einen Grund, weswegen er nicht zu dir findet. Dennoch: Es ist nicht, dass er nicht will.«

Cäcilia schnappte nach Luft. Sie stieß die Hand fort. »Seid still. Pflanzt diese Hoffnung nicht in mein Herz. Ihr verlängert und vermehrt nur die Qual, bis es endgültig bricht und versteinert.«

»Hab Geduld, Tochter. Dein Weg ist nicht einfach.« Ihre Hand war auf Cäcilias Bauch, sie blickte ihr tief in die Seele. »Auch damit nicht.«

Cäcilias Hände legten einen Schutz über ihre Mitte. »Wie wisst Ihr davon, Hulde? Wie kann das sein? Ich weiß es selbst erst seit dem heutigen Tage.«

»Und du schämst dich für deine Freude.«

Cäcilias Blick schoss zu Boden. »Ich schäme mich nicht allein dafür, Hulde.« Ihre Hand bedeckte ihr halbes Gesicht. »Es war diese eine Nacht im Kastell. Es ist nicht aus Liebe geschehen.« Ihre Stimme versagte. »Es ist … Seit dieser Nacht gab es nicht ein Wort zwischen Georg und mir.«

Die *gute* Frau nahm sie in die Arme. »Glaube an das Gute, Cäcilia.« Hulde legte die Hand schützend über Cäcilias Bauch. »Sie wird dir Licht und Freude sein«, flüsterte sie. »Und: Halb das Herz wird sie dich kosten. Eine Zeitlang wirst du sie wachsen sehen. Doch du musst eine Entscheidung treffen und sie zurücklassen. Es ist besser so, und es ist zu ihrem eigenen Glück – wenn du auch deines finden willst.« Sie drückte sie. »Vergiss nicht: Unser Herz ist ein Muskel. Er wird nur stärker, wenn wir ihn gebrauchen. Er schmerzt, doch die Freude darin überwiegt.«

Die Wärme Huldes strömte über auf ihren Körper, unter die Haut. Cäcilia lehnte sich an, schloss die Augen. »Ich will das nicht. Ich will nicht kämpfen, ich will nicht die Blicke der anderen spüren und ihr Urteilen. Ich will nicht mein Kind verlassen. Ich will den Mann an meiner Seite, der an meiner Seite sein sollte.«

»Es wird sein.«

»W …« Der Finger verschloss ihren Mund, das Wort brach. *Georg*. Sein Name hallte durch ihr Denken.

»Es gibt für alle Dinge eine Zeit, Cäcilia. Sie kommt nicht dann, wenn es den Regeln der Welt und den Herrschern gefällt, oder den Vorstellungen der Kirche oder dem Maß all der anderen. Die Zeit beginnt, wenn du bereit bist dafür.«

†

DANK

Seit der Veröffentlichung meines ersten Romans BLUTFÖHRE ist viel geschehen. Jeder Buchstabe, jeder Punkt war Arbeit und Freude gleicher-maßen, war Zweifel zu überwinden, war Hunger und Lust die Geschichte zu erzählen, deren Ausläufer bis in unsere Zeit wirken.

Ich danke Euch, meinen Lesern und Kritikern, für Euer Feedback – Ihr bringt mich zum Lächeln, Ihr macht mich besser, Ihr seid Ansporn, ich freue mich auf das Treffen und den Austausch mit Euch bei meinen Lesungen.

Ich bin und bleibe dankbar für jeden Einzelnen, der mich dabei unterstützt, gelehrt oder angetrieben hat, weiterzugehen, für jede Begegnung auf meinem Weg seit BLUTFÖHRE.

DANKE

– Jenen, die an mich glauben und bei mir bleiben – auch gegen mich selbst,

– jenen, die mich sehenden Auges in Fehler rennen lassen und mich lehren zu wachsen,

– jenen, die meinen Weg begleitet haben und/oder mir Freunde sind und waren,

– jenen, die mich inspirieren,

– jenen, die mich wohlmeinend auf Fehler hinweisen und mir die Chance geben besser zu werden,

– jenen, die hier nicht namentlich erwähnt sind, die schon länger oder kürzer meinen Weg begleiten

– jenen, die mir helfen, besser zu werden und Kraft zu tanken

– Dorothea, meiner Lektorin, für ihren Spiegel, die Anregungen und die bereichernde Zusammenarbeit.

– Affing – besonders dem Bücherstüberl; Friedberg, der dortigen Bücherei und vor allem der Buchhandlung lesenswert, die als eine der ersten meine BLUTFÖHRE ins Sortiment genommen haben.

– den Lesern von Blutföhre für das viele positive Feedback dazu

– den einstigen Nachbarn und Bekannten, den Menschen, mit denen ich aufgewachsen bin. Eure Unterstützung tut gut.
– meinen aufmerksamen Testleserinnen – allen voran: Rotraud T. und meinen großartigen anderen Leserinnen für ihre Anmerkungen, den Austausch, die Anregungen: Angelika S., Sandra M., Andrea S., Karin S., Britta W.,
– Julia. Selbst in deinen dunkelsten Stunden hast du alles überstrahlt. Du hast mich bestärkt, meiner Bestimmung zu folgen. Dich zu kennen war ein Geschenk, die Freude darüber und die Erinnerung an dich überdauern den Tod und den Schmerz des Verlustes.
– Freunden, die ich gewonnen habe. Schmerz hat auch helle Seiten.
– einer Familie, die stolz auf mich ist, die für und mit mir durchs Feuer geht, und alles in Bewegung setzt.
– vor allem: Thorsten V., Claudia Beinert, Nele, Laura Newman, Tanja, Jennie, Jutta, Guido, Jens, Olli, Owen, Sebastian, Stefan, Andreas und Alexandra, Philipp, Gökhan, Gary und dem Freebird.

†

Nachwort

Geschichtlicher Rahmen

Deutschland/Heiliges Römisches Reich, 13. Jahrhundert

1254 stirbt der letzte König aus dem Haus der Staufer. Sein Sohn *Konradin* (*1252) ist zu jung und wird von den wahlberechtigten Fürsten als Nachfolger abgelehnt. *Wilhelm von Holland (*1228 – 1256) folgt auf den Thron* als König des Heiligen Römischen Reiches. Wilhelm verunglückt im Januar **1256**.

Wieder stellen sich die Fürsten gegen *Konradin*. Sein Onkel und Vormund Ludwig II. aus dem Hause Wittelsbach ist aussichtsreichster Kandidat für die Thronfolge. Doch durch eine Intrige und die Ermordung seiner Frau verspielt Ludwig die Chance auf die Krone.

Die Fürsten wählen *Richard von Cornwall* und *Alfons von Kastilien* **1256/1257.** Die Doppelherrschaft (Interregnum) nutzen die Fürsten, sie verfolgen ihre eigenen Ziele; die niederen Stände versuchen als Raubritter zu überleben.

Die Macht und der Einfluss der Könige im Heiligen Römischen Reich schwindet, Deutschland und seine Adelshäuser spielen zu dieser Zeit kaum eine politische Rolle in Europa.

1267 unterstützt Papst Clemens *Karl I. von Anjou (*1227 – 1285)* als Regent in Italien. Er stellt sich somit gegen Konradin von Hohenstaufen und gegen die verbliebenen Herrschafts – und Erbansprüche der Staufer, und er verhängt den Kirchenbann über den jungen Staufer Thronanwärter.

1268 im Oktober wird der sechzehnjährige Konradin in Neapel auf der Piazza del Mercato nach einem umstrittenen Prozess enthauptet. Die Linie der Staufer endet.

†

Adelshäuser (ab 12. Jahrhundert)

Haus Wittelsbach

1180 setzt Kaiser Friedrich I. (Barbarossa) seinen Cousin Heinrich, den Löwen, als Herzog von Bayern ab und überträgt das Herzogtum an Otto von Wittelsbach.

1214 wird Ottos Sohn, Ludwig I., mit der Pfalzgrafschaft Rhein belehnt.

1231 – 1253 übernimmt Otto II. die Herrschaft und vererbt diese an seine Söhne, Ludwig II. und Heinrich.

1255 teilen die Söhne das Reichsfürstentum in Herzogtum Oberbayern, das von Ludwig II. weiterhin regiert wird, und Herzogtum Niederbayern, das Ludwigs jüngerer Bruder Heinrich regierte.

1268 fällt das Haus – und einstige Königsgut Mering in den Besitz der bayerischen Herzöge. Bis zu seinem Tod im Jahre 1294 bleibt Ludwig II. einer der einflussreichsten Fürsten des Reiches, der versucht die Macht zu bündeln.

Nach seinem Tod spaltet sich das Haus Wittelsbach in eine pfälzische und eine bayerische Linie. Sein Sohn Ludwig, der Bayer, steigt auf zum Kaiser des Heiligen Römischen Reiches deutscher Nation. Er bietet der Kurie aus Rom die Stirn und verändert mit neuen Ideen während seiner Regentschaft Reich, Verfassung und Gesellschaft – in der »Zeit der Entwürfe*« (*Zitat Michael Menzel).

Könige und Kaiser(innen) gehen aus dieser Linie hervor, unter anderem der weltberühmte „Märchenkönig“ Ludwig II., und Kaiserin Elisabeth „Sisi“.

In Politik und Architektur hinterlässt die Dynastie der Wittelsbacher Spuren, besonders in und um München (baulich z. B.: Alter Hof, Residenz, Kloster Fürstenfeld).

†

Haus Staufen/Hohenstaufen

Stammsitz des Adelshauses liegt bei der Burg Hohenstaufen (Nordrand der Schwäbischen Alb/Baden Württemberg).

1156 wählen die Fürsten des Reiches Friedrich I. »Barbarossa« zum König. Er belehnt im selben Jahr seinen Cousin aus dem Haus der Welfen – Heinrich (von Braunschweig), den Löwen – mit dem Herzogtum Bayern, entzieht ihm dieses aber anno 1180. Heinrich hatte sich geweigert Friedrichs Italienpolitik weiter zu unterstützen.

1190 folgt Heinrich IV. seinem Vater und erweitert den Machtbereich der Staufer von Nord-/Ostsee bis nach Sizilien. Nach seinem Tod 1197 und nach dem Thronstreit gegen den Welfen Otto von Braunschweig erringt Philipp von Schwaben den Sieg in der Schlacht bei Wasserberg und

1206 die Krone.

1211 fällt die Wahl der Reichsfürsten auf Friedrich II., Philipps Neffe, als römisch-deutschen König. Seine Herrschaft gilt als eine der bedeutendsten, er – ab 1220 Kaiser – erhält später den Beinamen »das Erstaunen der Welt« (Stupor Mundi), als hochgebildeter, an Wissenschaft und Islam interessierter Mensch, der gleichzeitig das Christentum verteidigt.

Immer wieder gerät er mit dem Papsttum in Konflikt, erstmalig 1228, er folgt dem päpstlichen Aufruf zum Kreuzzug nicht unverzüglich. Mehrmals bis zu seinem Tode rufen Päpste den Kirchenbann gegen ihn aus. Der Papst (Gregor IX.) betitelt ihn als Antichrist.

1237 setzt Friedrich II. seinen jüngeren Sohn Konrad als Nachfolger ein, nach der offenen Rebellion seines Erstgeborenen, Heinrich VII..

Papst Gregor IX legt den Grundstein für den generationsübergreifenden Hass und Kampf der Päpste gegen die Staufer und ihre Nachkommen. Papst Innozenz IV. entzieht **1245** Friedrich II. die Kaiserwürde.

1250 stirbt Friedrich II. überraschend, dennoch mit dem Wunsch nach Verständigung mit dem Papsttum. Sein Sohn Konrad regiert bis 1254 und stirbt in Italien. Die wahlberechtigten Reichsfürsten entscheiden sich gegen Konrads – erst zweijährigen Sohn, Konrad/Konradin.

†

Kirchlicher/Religiöser Rahmen

Folgende Zusammenfassung soll einen kurzen Abriss zur Struktur und die (geistig-religiösen) Strömungen im 13. Jahrhundert geben. Detailliertere Abhandlungen sind über die im Quellenverzeichnis angegebene Literatur und den dortigen Verweisen zu finden.

In den unzähligen Herrschaftsgebieten Europas war die Kirche noch nicht so gefestigt. Neue religiöse Gruppierungen entstanden, es Papsttum gelang nur teilweise, diese in die Kirche einzubinden. Gleichzeitig änderte sich die Rolle der Frau. Das Papsttum begann, Glaubensvorstellungen zu strukturieren, sich gegen andere Religionen zu behaupten oder diese zu verdrängen. Götter und deren Gedenktage wurden durch Heilige und Märtyrer ersetzt, Legenden verändert. Das 4. Lateranischen Konzil (1215) gab Regeln vor zur Ausübung und zur Unterscheidung von anderen Religionen. Die Kirche verschärfte das Vorgehen gegen Ketzer (Personen, deren religiöse Ansichten sich deutlich von der Kirche unterschieden). Durch Folter wurden Abweichler ermittelt und bestraft, ab Mitte des Jahrhunderts verstärkte sich dieses Vorgehen.

Unter Papst Innozenz III. erreichte Anfang des 13. Jahrhunderts die päpstl. Macht im Mittelalter ihren Zenit, der Kirchenstaat wuchs zur stärksten Territorialmacht. Später wurde dies und die Forderungen der Kirche nach Mitsprache bei der Wahl weltlicher Herrscher vor allem durch Frankreich und England abgewehrt. Gleichzeitig gewann Frankreich in Süditalien immer mehr Einfluss.

Vor allem in ländlichen Regionen Mitteldeutschlands hielten sich Bräuche rund um die Religion der Germanen. Zum Teil existieren manche Bräuche noch immer und werden z.B. auch in Süddeutschland und Österreich zum Jahreswechsel noch ausgeführt.

Die wichtigste Göttin war unter vielen Namen und Beinamen bekannt, Jacob Grimm, Wolfgang Golther uvm. beschäftigten sich mit ihren Mythen, Sagen, Legenden und Überlieferungen in der Figur der Frau Holle. In den überlieferten Erzählungen um Frau Holle und/oder Frija finden sich bemerkenswerte Eigenschaften der Göttin, vor allem jene, Schutzgöttin der Frauen gewesen zu sein. Zum Teil scheinen Eigenschaften der Göttin auf die christliche Muttergottes – Maria – übernommen worden zu sein, zum Teil gibt es Ähnlichkeiten in der Darstellung der beiden in den jeweiligen Religionen wichtigen Frauen.

Als weitere Namen der wichtigsten nordischen Göttin werden angeführt: Prechta, Berchta, Frigg, Frigga, Jördh, Frea, Frikka, Frija. In der Forschung herrschen unterschiedliche Ansichten, ob dies Synonyme für die Göttin waren, für deren verschiedene Aspekte und Eigenschaften oder möglicherweise Nebengöttinnen.

†

Handelnde Personen

Historische Figuren

Konradin von Hohenstaufen

*1252 – 1268 rechtmäßiger Erbe des Königreichs Sizilien und der Königskrone im Heiligen Römischen Reich deutscher Nation, letzter Nachkomme aus dem Haus der Staufer, Enkel Kaisers Friedrich II..

1254 beim Tod seines Vater wird der Zweijährige bei der Königswahl übergangen. Wilhelm von Holland wird von den Fürsten zum König gewählt.

1256 bei Wilhelms Tod wird Konradin erneut nicht berücksichtigt, stattdessen kommt es zur Wahl von zwei Königen (siehe Interregnum). Sein Onkel Manfred verwaltet zunächst stellvertretend Konradins Erbe in Süditalien, das Königreich Sizilien. Allerdings bringt Manfred die Kirche noch stärker gegen die ohnehin von der Kirche verhassten Staufer auf.

1265 krönt die Kirche Charles d'Anjou zum König über Konradins Erblande.

1266 unterliegt Manfred in der Schlacht von Benevent Charles d'Anjou, den die Kirche gegen die Staufer schickt.

1267 nach Manfreds Tod startet Konradin erfolgreich einen Feldzug gegen Charles, mangels finanzieller Mittel, Nachschub und Unterstützung durch seinen Onkel Ludwig und andere Verbündete muss er zunächst in Verona abwarten. Er versucht gemeinsam mit seinen Verbündeten 1268, sein Erbe zurückzuerlangen.

Konradins Wappentier sind die drei staufischen Löwen.

VERBÜNDETE

LUDWIG II. »der Strenge« (*1229 – 1294),
Herzog von Bayern und Pfalzgraf bei Rhein, entstammt dem Adelshaus der Wittelsbacher.

Er erringt bereits in jungen Jahren Achtung als Kriegsherr. Die Heirat mit *Maria von Brabant (*1226 – 1256,* Verwandte des Königs Wilhelm von Holland) schafft die Verbindung zum holländischen Königshaus. Durch die Heirat seine Schwester Elisabeth mit dem Staufer–König Konrad (*1228 – 1254) verstärken sich die Bande zum Königshaus im deutschen Reich.

1253 beauftragt er die Erweiterung der Burganlage in München (heutiger »Alter Hof«).

1255 teilte Ludwig das Herzogtum Bayern. Niederbayern ging an seinen jüngeren Bruder Heinrich. Dieser trat die Pfalz (Rhein) an Ludwig ab. Der »Alte Hof« München wurde Mittelpunkt Oberbayerns.

1256 unterstützt Ludwig sein Mündel **KONRADIN VON HOHENSTAUFEN** *(*1252 – 1268)* bei der Wahl im Jahr 1256.

1257 beauftragt er den Bau der Burg Friedberg.

1260 heiratet Ludwig erneut (*Anna von Schlesien–Glogau *1240 – 1271*).

1267 zieht er mit dem verbündeten Grafen Rudolf von Habsburg bis kurz vor Verona mit seinem Neffen Konradin. Ludwig kehrt zurück nach Hause, sein erster Sohn, Ludwig Elegans (*1267 – 1290) wird geboren, Konradin bleibt in Italien.

1268 fällt die Grafschaft Mering an Ludwig. Nach dem Tod Konradins fallen durch die Konradinische Schenkung Besitzungen in der Oberpfalz, Sulzbach, Südwestbayern und Bayerisch–Schwaben (unter anderem die Grafschaft Mering => mehr Geschichte dazu in meinem Roman: BLUTFÖHRE – veröffentlicht 9/2016).

Friedrich von Baden *1251 – 1268 bester Freund Konradins, verbrachte mit ihm zwei Jahre an Ludwigs Hof. Titular Markgraf von Verona und Baden

Corrado von Antiochia *1242 – 1320 – Enkel Friedrichs II. als Sohn des unehelichen Sohnes Friedrich von Antiochia

Heinrich von Kastilien * Cousin von Charles d´Anjou, Senator Roms, Charles schuldet ihm einiges an Geld, wird auch Enrique die Castiglia und Don Arrigo genannt, stellt sich gegen Charles und auf Konradins Seite – vertreibt **1268** den Papst aus Rom.

Konrad Kropf von Flüglingen *1210- 1268 – Marschall des Königreichs Sizilien, Gefolgsmann Konradins, Stammsitz der Kropfen von Flüglingen war Weimersheim im Altmühltal

Rudolf von Habsburg *1218 – 1291 Graf mit großem Territorialgebiet, Mitstreiter Ludwigs und Unterstützer Konradins, geschickter Stratege, nutzt seine Mittel.

Mathilde von Habsburg *1253 – 1304 – älteste, unverheiratete Tochter Rudolfs, wissbegierig, von eher durchschnittlicher Schönheit, aber wachem Verstand.

Elisabeth von Bayern **1227 – 1273* – römisch-deutsche Königin durch ihren ersten Mann Konrad (+1254), ältere Schwester Ludwigs II., Mutter Konradins, ab 1258 verheiratet mit Meinhard II. von Görz und Tirol

Herzogin Anna von Schlesien–Glogau *(*1240 – 1271)–* Ludwigs zweite Gemahlin, Heirat 1260. Die gemeinsame Tochter Maria wird 1261 geboren und stirbt. 1267 schenkt sie Ludwigs Sohn, Ludwig »Elegans«, das Leben.

VORGESCHICHTE

*Manfred II. von Sizilien *1232 -1266 – Konradins Onkel, unehelicher Sohn Friedrichs II., Fürst von Tarosa, Verweser in Reichsitalien und Sizilien. Er soll eigentlich die Besitztümer im Namen seines Neffen verwalten, ließ sich jedoch selbst 1258 zum König krönen. Er untergräbt die Macht der Kirche und bringt das Papsttum noch mehr gegen die Staufer auf. Manfred unterliegt Charles d'Anjou in der Schlacht von Benevent. Er war ab 1259 verheiratet mit Helena von Epirus. Helena gerät nach der Niederlage in Charles' Gefangenschaft, die sie vermutlich auf der Burg Nocera verbringen muss und stirbt dort. 1271.*

†

GEGNER

CHARLES/CHARLES D'ANJOU

*1227 – 1285 jüngster Sohn des französischen Königs, Ludwig VIII. der Löwe († 1226) und dessen Ehefrau Blanka von Kastilien. Sein Geburtsdatum ist unbekannt und bis heute Gegenstand der Forschung. Durch Heirat wurde er Graf der Provence, mit den Grafschaften Maine und Anjou. Sein Ehrgeiz kennt keine Grenzen, er will die bekannte Welt regieren.

1248 bricht er zum Kreuzzug nach Ägypten auf, gerät in Gefangenschaft bis 1250. In der Folgezeit festigt und erweitert er das Territorium seiner Macht in Frankreich u.a. auf Kosten der Grafen von Savoyen.

1263 wird Charles zum Senator in Rom gewählt.

Weil Manfred von Sizilien den Einfluss der Kirche beschränkt, sucht Papst Clemens IV. Hilfe bei dem Franzosen.

1265 krönt der Papst ihn zum König von Sizilien und Neapel.

1266 zieht Charles gegen Manfred und siegt in der Schlacht von Benevent. Strebt nach grenzenloser Macht und Einfluss, vom Papst zum König Siziliens eingesetzt. Er zentralisiert die Staatsverwaltung und erhöht die Effizienz, hauptsächlich mit französischen Beamten. Die Steuerlast für die Bevölkerung steigt deutlich und damit die Unzufriedenheit. Als sich Konradin zur Rückeroberung seines Königreiches aufmacht, startet die gepeinigte Bevölkerung in Charles' Reich eine Revolte, unterstützt durch die pisanische Flotte (Verbündete Konradins) und hofft auf Konradins Sieg.

1268 (April) verleiht der Papst Charles den Titel Reichsvikar von Italien, gleichzeitig exkommuniziert Clemens IV. den Staufer Konradin. Im Juni unterliegt Charles ein weiteres Mal dem Staufer – diesmal in der Schlacht bei Ponte die Valle.

1268 Im August findet die entscheidende Schlacht der beiden Gegner Charles und Konradin in Tagliacozzo im Tal des Salto statt.

Guy de Montfort *1244 – 1291/1292 – gehört dem anglo-französischen Adelshaus Montfort an und ist Sohn des Earl of Leicester und dessen Frau Eleanor, Tochter von Johann von England. Er ist mit Charles d'Anjou befreundet.

1264 macht er sich im Krieg der Barone verdient und erhält danach von seinem Vater die Verwaltung der Ländereien Cornwall und Devon.

1265 gerät er in Gefangenschaft (Dover).

1266 kann er aus der Gefangenschaft nach Frankreich fliehen (vermutlich durch Bestechung).

1268 tritt er in Dienst von Charles d'Anjou. Der Dichter Dante verbannte später in seinem Inferno im XII. Gesang Montfort als Mörder in den siebten Kreis der Hölle.

Érard de Valéry *1220 – 1270 – französischer Ritter aus dem Herzogtum Burgund, Großkämmerer von Frankreich. Begleitet den Kreuzzug nach Ägypten (1248) mit Charles d'Anjou und gelangt 1250 zurück nach Frankreich. Im Verlauf der Schlacht bei Westkapelle (flämischer Erbfolgekrieg) gerät er 1253 in Gefangenschaft und wird von d'Anjou ausgelöst.

1265 zog er mit Graf Odo von Nervers zu einem Kreuzzug ins Heilige Land, blieb auch nach dem Tod des Grafen noch eine Weile in Akkon.

1268 Anfang August traf er in Apulien wieder auf Charles und verstärkte dessen Heer.

Giovanni Frangipani *unbekannt – römischer Adeliger, zunächst Gefolgsmann Konradins, die Familie hat eine starke Stellung in Rom und Latium. Besitzungen u.a. in Terracina, Torre Astura, Sezze.

Henry/Henri de Courances *unbekannt – 1268 – gehört zur Familie der Seigneurie de Courances nahe Paris. Marschall von Frankreich (*höchste militärische Auszeichnung in Frankreich) und erfahrener Kriegshauptmann in Diensten von Charles, wird für eine besondere Strategie des Königs eingesetzt.

Wilhelm II. von Villehardouin *unbekannt – 1278 – Fürst von Achaia, war auch bekannt als Dichter und Troubadour. Er erhielt ab 1236 das Herzogtum Archipelagos und venezianischen Territorien in der Ägäis. 1259 heiratete er in 3. Ehe eine Tochter von Michaelis II. Angelos, Despot von Epirus, wurde dadurch Schwager von Manfred von Sizilien. 1259 führte er die achäische Armee gegen Nicäa (Griechenland), floh vom Schlachtfeld aufgrund desertierender Heerteile, wurde entdeckt und blieb bis 1262 in Gefangenschaft und verlor seine gesamte Macht. 1267 erkannte er Charles als Oberherrn an.

Joann/Jean/Jehan/Johann de Braiselve *unbekannt – 1268 – wichtigster Kriegsmarschall Charles', gerät im Juni in Konradins Gefangenschaft, wird jedoch nicht hingerichtet. Erst bei Konradins Niederlage in Tagliacozzo findet die Hinrichtung statt, nicht ganz klar ist, ob durch die staufischen oder die französischen Truppen.

†

KIRCHE/PAPSTTUM

***Papst Clemens IV.* *ca. 1200 – 1268** studiert zunächst in Paris und war verheiratet, entscheidet sich dann für die geistige Laufbahn.

1256 nach dem Tod seiner Frau, 1257 wird er Bischof von Le Puy, 1259 Erzbischof, 1261 Kardinalbischof.

1265 wird er Nachfolger von Papst *Urban IV.* Er führt den Kampf der Päpste gegen die Staufer fort. Begonnen hat dieser Kampf unter Papst *Gregor IX.*, als Friedrich II. den Kreuzzug aufgrund Erkrankung abbrechen musste, die freundliche Haltung Friedrichs gegenüber »Ungläubigen« verschärfte die Anfeindungen durch Papst Gregor IX. und seine Nachfolger. Friedrichs spätere Eroberung von Jerusalem und wiederholte Friedensangebote änderten an dem Konflikt mit der Kirche nichts.

Clemens IV. unterstützt Charles, krönt ihn zum König Süditaliens, spricht über Manfred von Sizilien als „stinkenden Kadaver jenes Pestmenschen Manfred“.

1266 erklärt er Charles zum allgemeinen Friedensstifter.

1268 bestätigt er dessen Titel und ernennt Charles zum Reichsvikar. Zur Verurteilung und zum Tod Konradins schweigt er. Der Dichter Dante verdammte ihn in seiner *göttlichen Komödie*.

***Thomas von Aquin* * 1225 – 1274** – wird als jüngster Sohn auf Roccasecca bei Aquino geboren. 1239 tritt er in das Studium Generale in Neapel ein.

1244 tritt er dem Dominikaner Orden bei.

1245 studiert er in Paris als Schüler von dem Gelehrten Albertus Magnus, begleitet diesen 1248 – 1252 nach Köln, vertieft sein Studium zu Aristoteles, erreicht erste wissenschaftliche Erfolge.

1256 erhält er die Lehrerlaubnis. verteidigt seinen Orden gegen Angriffe von Wilhelm von Saint-Amours. Er definiert das Ordensleben, liefert eine Rechtfertigung der Bettelorden im Hinblick auf Predigt, Beichte und Armut und widerlegt die Vorwürfe des Weltklerus.

1259 erweist sich Thomas durch die Quaestiones disputatae als eigenständiger Theologe, geht zwischenzeitlich nach Neapel, erhält von Papst Urban Auftrag zur Glossierung der Evangelien.

1265 – 1268 hält er sich in Rom – höchstwahrscheinlich am Hof des Papstes auf, entwickelt die Seelenlehre »de Anima« und die »Summa Theologica«, sowie seine Thesen zum gerechten Krieg. Er ist bereits zu Lebzeiten angesehener Kirchengelehrter, später und bis in die Jetzt-Zeit verehrter Heiliger der katholischen Kirche, der die Lehren des Aristoteles als Basis der modernen Theologie eingebracht und die weitere Entwicklung der Kirche entscheidend prägte.

†

FIKTIONALE CHARAKTERE

Cäcilia – Die Adlige wuchs im Fuldatal auf, ihre Großmutter lehrte sie Heilkunde und die Wirksamkeit von Pflanzen. Cäcilias Kindheit war geprägt von den Legenden und Weisheiten des alten germanischen Glaubens und seiner Göttin Frija/Frigg. Am Hof von Brabant (*Sophie von Brabant *1224 – 1275 – Tochter der Elisabeth von Thüringen, Verwandte von Herzog Ludwigs erster Frau, streitbare Herzogin von Thüringen)* erzogen die Priester und Mönche sie zum Christentum. Cäcilia begleitete vor langer Zeit den zweijährigen Konradin an Ludwigs Hof, später folgte sie dem Ruf von Konradins Mutter, der Schwester von Herzog Ludwig, nach Tirol. Ihre Verbindungen zu den Adelshäusern sind wertvoll für Herzog Ludwig und Konradin. Zwischen altem und neuem Glauben sucht sie ihren Weg und einen standesgemäßen Gemahl. Doch eine alte Schuld bringt sie immer wieder ab von ihren Zielen.

Georg von Hardenberg – Zweitgeborener eines reichen, unbedeutenden Adelshauses. Der Stammsitz seiner Burg ist auf der Burg Hardenburg, Rheinland-Pfalz, angesiedelt. Er liebt Cäcilia, doch die Vergangenheit beider und Cäcilias Ehrgeiz stehen zwischen ihrer Liebe.

Albrecht – stummer Diener des Hans von Eurasburg, hat eine düstere und grausame Vergangenheit, weigerte sich als Jugendlicher einem Priester gefügig zu sein und wurde seiner Zunge beraubt.

Friggerl/Hulde – weise, alte Frau. Sie ist vertraut mit dem alten Volksglauben. Hinter ihr verbirgt sich mehr, als der erste Blick verrät und sie wird unter mehreren Namen gerufen (Berthe, Brechta, Hulda, Frigg, Frea)

Afra – Hofdame am Hofe von Herzogin Anna und Herzog Ludwig, kann Cäcilia nicht ausstehen, weil die Herzogin Cäcilia vorzieht.

Fabio – Fischer bei Astura/Torre Astura, versucht seinen Lebensunterhalt zu verdienen

Hauptmann Gerhart – vor langer Zeit Knappe von Ludwig II., inzwischen treugedienter und erfahrener Hauptmann

Bezugnahme auf Charaktere aus BLUTFÖHRE

Ulrich von Mering

Mering bei Augsburg, Nähe Friedberg, wird vermutlich bereits im Nibelungenlied erwähnt und war – als Königsgut Möringen – uralte Ilsung–Grafschaft. Der Ort gilt als Mittelpunkt der Welfenherrschaft. Anno 1268 fiel die Grafschaft Mering in den Besitz der bayerischen Herzöge von Wittelsbach.

Ulrichs Ehrgefühl, seine Aufrichtigkeit und sein tragisches Schicksal sind durch »*die Sage von der Blutföhre*« überliefert.

Agnes von Hardenberg

Agnes ist in der *Sage von der Blutföhre* & in meinem Roman BLUTFÖHRE die Verlobte Ulrichs. Anfangs widerwillig finden die beiden zueinander, doch das Schicksal hat eigene Pläne. Zu Agnes finden sich keine hilfreichen geschichtlichen Anhaltspunkte. Wo das Stammhaus Agnes' lag, lässt sich nicht eindeutig zuweisen. Denkbar ist Hardenburg in der Nähe Heidelbergs. Heidelberg war Ludwigs II. Residenz in der Pfalz.

Hans von Eurasburg

Über Hans berichten mehrere Sagen, in BLUTFÖHRE treibt ihn sein eigenes Unglück dazu, andere (Ulrich & Agnes) ins Unglück zu stürzen. In meinem Roman BLUTFÖHRE beginnt Cäcilia eine Affäre mit ihm.

Eurasburg: Geschichtliche Quellen weisen hin auf einen großflächigen Ansitz mit Burgplateau. Vermutlich wurde dieser im 13. Jahrhundert verlassen.

†

Endnoten- & QuellenVerzeichnis

[1] **Palmsonntag**: Im Christlichen Glauben wird der Sonntag am Beginn der Karwoche »Palmsonntag« genannt. Die Christen erinnern sich an den Einzug Jesu in die Stadt Jerusalem. Er ritt auf einem Esel durch die Tore und wurde gefeiert wie ein heimkehrender König. Das Volk begrüßte ihn mit Palmzweigen. Jesus wurde in der damaligen Zeit als Erlöser erhofft, zum Teil aus weltlicher Sicht als Befreier von der Vorherrschaft der Römer.

[2] **Wilde Jagd**: geht zurück auf eine Volkssage der alten nordischen Religionen. Die Variationen der Sage weisen regionale Abweichungen auf und könnten eingebettet im Aberglauben ein Erklärungsversuch der Winterstürme gewesen sein. Die Sage berichtet von einem Heer übernatürlicher Jäger und/oder gewaltsam gemordeter Seelen. Es wird angeführt von Frau Holle (Hulda, Huldra, Perchta, z.T. Frea oder andere div. Namensformen), gelegentlich in Begleitung oder ersetzt durch Odin/Wotan. Besonders in den zwölf Nächten zwischen Weihnachten (25. Dezember) bis Dreikönig (06. Januar) jagt das Heer durch die Lande; aber auch um Fastnacht, sogar Karfreitag/die Karwoche kommen als besondere Daten in Frage. Der Geisterzug stürmt durch die Nächte, mitgezogen werden Menschen, die ihn betrachten.

[3] **Julfest /Wintersonnenwende**: Ende Dezember (21.- 22.12.) In Mitteleuropa war das altgermanische Fest bis in die Neuzeit gefeiert. Der letzte Tag des Julfestes war der Tag Frigg/Freyjas. Sonnenrad/Besprechung mit den Toten ist in etwa die Übersetzung des Wortes. Der letzte Tag des Julfestes jedoch war der Frigg oder Freyja gewidmet.

Die Kirche versuchte die tief verwurzelten Sonnwendfeiern (Juni = Johannis, Dezember = Weihnachten/Jul) auszumerzen, doch sie konnte sie nur „umwidmen". Aus einer Idee der ersten christlichen Versammlungen/Konzile um das 4. Jhd. setzte sich ab dem 12./13. Jahrhundert die Umwandlung aus dem germanischen Julfest ins Weihnachtsfest durch.

Danke @ http://www.berel-am-ries.de/haupt.htm dortige Quellen:
http://www.sagengestalten.de/lex/germ_A.html von A – Z
www.odinownsyouall.de
http://home.freiepresse.de/freis/feste.htm
http://www.berserks.de/Wikinger/wikingerkalender.htm
Germanische Göttersagen – Reclam Verlag – Reiner Tetzner
Die Enzyklopädie der Mythologie – Edition XXL GmbH – Arthur Cotterell
Bildatlas der Weltkulturen " Die Wikinger" – Bechtermünz Verlag – J. Graham- Campbell
Mythen der Welt " Mythologie der Wikinger" – Athenaion Verlag – Morgan J. Roberts
Runen-Welten – Schirner Verlag – Igor Warneck
Die Edda – Bechtermünz Verlag – Manfred Stange
Die Edda – Eugen Diederichs Verlag – Manfred Günther

[4] Thomas von Aquin folgte den Theorien der Kirchenväter, hauptsächlich Augustinus. In vielen Aussagen zeigt sich eine Geringschätzung gegenüber der Frau.

[5]Zitat Thomas von Aquin: »Hinsichtlich der Einzelnatur ist das Weib etwas Mangelhaftes und eine Zufallserscheinung; denn die im männlichen Samen sich vorfindende Kraft zielt darauf ab, ein ihr vollkommen Ähnliches hervorzubringen. Die Zeugung des Weibes aber geschieht auf Grund einer Schwäche der wirkenden Kraft wegen schlechter Verfassung des Stoffes.«

[6] »Fürchtet euch nicht, sein ganzes Tun wird in Rauch aufgehen. Er ist ein Lamm, das die Ghibelinnen zur Schlachtbank führen.«

Clemens gibt dies von sich als Konradin an Viterbo vorbeizieht im Juli nach dem Staufersieg bei Ponte a Vale.

Quelle: Lehrbuch der Weltgeschichte: ¬Die christliche Zeit: Das Mittelalter ; 2, Band 3 von Johann Baptist Weiss.

[7] **Triduum Sacrum** – oder: österliches Triduum. Der Begriff bezeichnet den dreitägigen Festkreis, die »heiligen drei Tage« vor dem Osterfest. Im christlichen Glauben ist das Osterfest das höchste Fest. Es feiert den Tod und die Auferstehung Jesu, des Gottessohnes. Er wird geopfert für die Sünden der Menschen und stirbt am Kreuz. Am dritten Tage ersteht er auf von den Toten. Durch sein Opfer erlangen im christlichen Glauben alle das ewige Leben, die an Gott und Jesus glauben.

[8] Matthäus 7:3 (Evangelium; NT) – »Was siehst du aber den Splitter in deines Bruders Auge, und wirst nicht gewahr des Balkens in deinem Auge?«

Quelle: Bibel/NT

[9] **Friedenskaiser**: Friedrich Barbarossa schläft laut einer alten Volkssage im Kyffhäuser Berg. Wenn sein Bart dreimal um den Tisch gewachsen ist und die Not so groß, wird er erwachen. Er wird als Friedenskaiser zurückkehren und sein Volk erlösen. Frau Holle führt ihm den Haushalt.

Quellen: Sagen/u.a. GardenStone – Göttin Holle

[10] **Interregnum**: Ab 1256 bis 1273 herrschten Alfons von Kastillien und Richard von Cornwall als König und Gegenkönig. Die Zeit ist als Interregnum bekannt, eine Art Machtvakuum. Die Könige bekriegten einander und begünstigten Machtkämpfe zwischen den Herzögen. Wirtschaft und Infrastruktur des Landes litten mangels funktionierender Strukturen.

[11] **Mann/Frau**: Zitat Thomas von Aquin, Summa Theologica: Die Frau wurde, wie die Schrift sagt, als Hilfe des Mannes; freilich nicht als Hilfe irgendeines anderen Werkes, wie einige sagten, weil ja zu jedem anderen Werk der Mann durch einen anderen Mann entsprechendere Unterstützung fände als durch eine Frau; sondern als Hilfe zur Fortpflanzung.«

Quelle: Summa Theologica

[12] **Heilige**: Die katholische Kirche verehrt Menschen mit außergewöhnlichem Leben, Verdienst oder Martyrertod als Heilige. Den Heiligen sind besondere Schutzeigenschaften zugewiesen. Der Heilige Lorenz wurde zum Beschützer vor Brandwunden, Fieber, Feuer, Rückenschmerzen, vor den Qualen des Fegefeuers, aller Berufe, die sich mit Feuer befassen, weiterhin der Bibliothekare, Studenten der Armen, der Reben (gegen die Sonnenglut des Augusts). Lorenz wurde auf einem glühenden Rost zu Tode gemartert,

[13] Der Herr Jesus muss regieren, bis Gott ihm alle seine Feinde als Schemel seiner Füße hingelegt haben wird (Ps 110,1; Mt 22,44; Apg 2,35; Heb 1,13).

Quelle: Bibel/NT

[14] „'Jeder, der das Schwert ergreift, wird durch das Schwert umkommen' (Mt 26,52)."

Quelle: Bibel/NT

[15] **Hora**: Zeitmaß

Die *Horen*, wörtlich *die Stunden*, waren die ursprünglich griechischen Göttinnen, die das geregelte Leben überwachten. Sie waren die Schutzgöttinnen der verschiedenen Tageszeiten. In griechischer Tradition wurden die zwölf Stunden von kurz vor Sonnenaufgang bis kurz nach Sonnenuntergang gezählt.

Diese antike Einteilung hat sich als Tageseinteilung in der Bezeichnung der liturgischen Tagzeiten *Prim, Terz, Sext, Non* erhalten. Sie wurden nach der ersten, dritten, sechsten und neunten Stunde des Tages benannt. Ebenso wurde auch die Nacht in zwölf Teile eingeteilt. So soll die *Matutin* nach der Benediktusregel zur „achten Stunde der Nacht“ gebetet werden, was etwa 2 Uhr entspricht. *Laudes* („Morgenlob“), *Vesper* („Abendzeit“) und *Komplet* („Tagesabschluss“) sind nicht an bestimmte Stunden gebunden. Die Vesper wird am Abend gebetet, etwa bei Einbruch der Dämmerung, die Komplet unmittelbar vor der Nachtruhe.

Quelle: Wikipedia

[16] Zitat Thomas von Aquin: »Der wesentliche Wert der Frau liegt in ihrer Gebärfreudigkeit und in ihrem hauswirtschlaftlichen Nutzen.« Zitat **Thomas** von **Aquin** (1225-1274)

[17] **Samhain** galt bei den Kelten als Fest der Toten. Es findet statt in der Nacht vom 31. Oktober auf den 01. November, die Tore zur Anderswelt öffnen sich, und man gedenkt den Ahnen. Es wurden Feuer angezündet und Partnerschaften gesegnet, es war also durchaus ein sehr positiver Termin. Mutter Erde wurde mit Opferritualen bedankt und man bat um ihren Segen im neuen Jahr. Die Kirche übernahm den 01. November als Allerheiligen 835 n.Chr. durch Papst Gregor IV.

[18] **Morrigan** bedeutet **„Große Königin«** und erschien in der **dreifachen Form** der großen Göttin, in den germanischen Religionen wird sie als die Alte und Todesgöttin verehrt und ähnelt der alpenländischen Göttin Holla

[19] **Danaer**/Sprichwort: »Fürchtet die Danaer, selbst wenn sie Geschenke bringen.« Das Sprichwort bezeichnet Gaben, die dem Empfänger mehr schaden als nutzen. Angelehnt ist der Ausdruck an die Begebenheit rund um das »Trojanische Pferd«. Der Legende nach hatten die Danaer hatten Troja trotz Belagerung nicht einnehmen können. Sie hinterließen ein hölzernes Pferd, das die Trojaner als Opfergabe und Geschenk zu den Toren der Stadt hereinführten. Im Inneren des Pferdes verbargen sich Krieger, die nachts den Korpus verließen und die Stadt übernahmen.

[20] Zitat Thomas von Aquin: Das Weib ist dem Mann untertan wegen der Schwäche ihrer Natur und wegen der Kraft des Geistes und des Körpers im Manne.

†

QUELLENVERZEICHNIS

Aufgeführt sind die wichtigsten Quellen und Nachschlagewerke, die entscheidende Hinweise für die Entwicklung der Handlung gegeben haben.

Geschichte der Hohenstaufen und ihrer Zeit Papstschrift- BSB-Katalog
1268/ Der tragische Untergang einer Dynastie – WELT Jan von Flocken 29.05.2007
Genealogie Mittelalter – Manfred Hiebl
Konrad und Konradin: Die letzten Staufer – Hans Spichalsky
Peter von Aragon und die sizialianische Vesper – Otto Cartellieri
Thomas von Aquin und der gerechte Krieg – Gerhard Beestermöller
Thomas von Aquin – dlbb
Lehrbuch_der_Weltgeschichte – Dr. J. Weiß 1868
Germanische Mythologie – Wolfgang Golther
Götter und Kulte der Germanen – Ruolf Simek
Deutsche Mythologie – Jacob Grimm
Mittelalter – Planet Wissen/Horst Bastin
Wissen Digital
Göttin Holle – GardenStone
Die dreieinige Göttin – Michael Düsberg
Die abendländische Kirche im Hohen Mittelalter – Heinrich Holze
http://www.berel-am-ries.de/haupt.htm dortige Quellen:
http://www.sagengestalten.de/lex/germ_A.html von A – Z
www.odinownsyouall.de
http://home.freiepresse.de/freis/feste.htm
http://www.berserks.de/Wikinger/wikingerkalender.htm
Germanische Göttersagen – Reclam Verlag – Reiner Tetzner
Die Enzyklopädie der Mythologie – Edition XXL GmbH – Arthur Cotterell
Bildatlas der Weltkulturen " Die Wikinger" – Bechtermünz Verlag – J. Graham- Campbell
Mythen der Welt " Mythologie der Wikinger" – Athenaion Verlag – Morgan J. Roberts
Runen-Welten – Schirner Verlag – Igor Warneck
Die Edda – Bechtermünz Verlag – Manfred Stange
Die Edda – Eugen Diederichs Verlag – Manfred Günther

†

Inhaltsverzeichnis

†

Mehr von MONIKA PFUNDMEIER

BLUTFÖHRE

GEWINNER DES DEUTSCHEN SELFPUBLISHING PREISES 2017 – PUBLIKUMSPREIS

HISTORISCHER ROMAN

Veröffentlichung
9/2016 eBook
4/2017 Taschenbuch
ISBN-13: 978-3744802949

Im Schloss in Friedberg überdauert ein 800 Jahre alter Baum die Zeit: Die Blutföhre. Sie wächst, als großes Unrecht sich ereignet – wie einst im Jahre 1268.

Zu dieser Zeit schlägt ein Raubritter seinen blutigen Pfad durch die Gebiete rund um Friedberg. Er hat es auf den edlen Grafen Ulrich abgesehen, dessen Hochzeit mit der schönen und widerspenstigen Agnes bevorsteht.

Ulrich fürchtet um die Sicherheit seiner Braut. Er bittet seinen Lehnsherrn Ludwig von Wittelsbach um weitere Unterstützung gegen den Raubritter. Eine Meinungsverschiedenheit dazu endet im Streit. Ulrich sieht sich mit einem Mal einem unerwarteten Gegner gegenüber, und die Zeit verrinnt zwischen seinen Fingern.

Der Raubritter kreuzt den Weg seiner Braut, kurz darauf geschieht ein Mord. Ulrich bleibt nur eine Möglichkeit – und nur eine Hoffnung die Kette folgenschwerer Ereignisse zu durchbrechen.

†